粵西文論選

陳丕武　劉海珊　編著

暨南大学出版社
JINAN UNIVERSITY PRESS

中國·廣州

圖書在版編目（CIP）數據

粵西文論選/陳丕武，劉海珊編著. —廣州：暨南大學出版社，2021.3
ISBN 978 - 7 - 5668 - 2990 - 0

Ⅰ.①粵…　Ⅱ.①陳…②劉…　Ⅲ.①中國文學—古典文學—文學評論—文集　Ⅳ.①I206.2 - 53

中國版本圖書館 CIP 數據核字（2020）第 189094 號

粵西文論選
YUEXI WENLUN XUAN
編著者：陳丕武　劉海珊
....

出　版　人：張晉升
策劃編輯：杜小陸
責任編輯：亢東昌
責任校對：劉舜怡
責任印製：周一丹　鄭玉婷
封面題簽：劉惠階

出版發行：暨南大學出版社（510630）
電　　話：總編室（8620）85221601
　　　　　營銷部（8620）85225284　85228291　85228292　85226712
傳　　真：（8620）85221583（辦公室）　85223774（營銷部）
網　　址：http://www.jnupress.com
排　　版：廣州良弓廣告有限公司
印　　刷：廣州市穗彩印務有限公司
開　　本：787mm×960mm　1/16
印　　張：15.75
字　　數：275 千
版　　次：2021 年 3 月第 1 版
印　　次：2021 年 3 月第 1 次
定　　價：59.80 圓

序

粤西地處南疆，遠離中原。然其地自秦時已爲始皇帝所經略，令鑿靈渠以通中原，使中原文化得以傳入八桂。數千年的流風遺韻，使粤西之地亦得中原文化的沾溉。故曾經的荒蠻之地，歷經數百年的積累沉澱，乃得以漸具文學氣象。

而粤西以其荒遠僻陋，爲瘴鄉南蠻之地，所以成爲古代士人的流放貶謫之所。如南朝劉宋時期的顏延之，唐代柳宗元、張固、金貂、韋瓘、李商隱，宋代的秦觀、黃庭堅、劉克莊等均流寓粤地。這些文人雅士，流連山水，因茲發詠，固是感於哀樂，緣事而發。但此種風雅風範，卻在潛移默化中影響了當地士人的興趣和愛好，使彼地士民產生嚮慕文學風流的熱情。此外，即如柳宗元在元和十年（815）被貶柳州刺史時，"江嶺間爲進士者，不遠數千里皆隨宗元師法；凡經其門，必爲名士。著述之盛，名動於時，時號'柳州'云"。有名師點撥，必能使彼時文學之士熱心向學矣。

且粤西之地，以桂林爲代表，山清水秀，甲於天下；洞奇石美，秀出嶺表；鍾靈毓秀，人傑地靈。自詩歌而言，唐則有曹鄴、曹唐導源於前，蔣昇、蔣冕、謝良琦、謝濟世、朱依真、鄭獻甫等人揚抿於後，文士乃前赴後繼，詩歌則彬彬大盛。清末張凱嵩《杉湖十子詩鈔序》言："粤人皆知朱（依真）、李（憲喬）詩法之高，於子才來初，不甚尚之也。朱、李既往，粤之詩人益多輩出，尤莫盛於道光之初。……夫人才誠不擇地而生，然而山川磅礴之氣實鬱泄焉！故與其人才力必有相應而發見者。桂林、陽朔奇峰羅列，鑱天拔地，嶒崒萬狀，灕江天下之清，灘瀧數百，水石相激，雷輥雪歕……讀諸君詩，嶄然如見此邦山水之奇，使人幾不復憶壯遊五嶽，籲其勝哉！"詞則有晚清四大詞人之王鵬運、況周頤，可爲粤西詞人之代表。且王鵬運又爲粤西"臨桂詞派"的創始人，葉恭綽《廣篋中詞》謂："幼遐（王鵬運）先生於詞學獨探本原，兼窮蘊奧，轉移風會，領袖時流，吾常戲稱爲桂派先河，非過論也。彊村翁（朱祖謀）學詞，實受先生引導。文道希丈（廷式）之詞，受先生攻錯處，亦正不少。清季能爲東坡、片玉、碧山之詞者，吾於先生無間焉。"文則有"嶺西五大家"承桐城緒業，光耀粤地。曾國藩《歐陽生文集序》

謂："仲倫與永福呂璜月滄交友，月滄之鄉人，有臨桂朱琦伯韓、龍啟瑞翰臣、馬平王錫振定甫，皆步趨吳氏、呂氏，而益求廣其術於梅伯言，由是桐城宗派，流衍於廣西矣。"近代廣西黃薊《嶺西五家集》則曰："有清道光、咸豐之交，桐城之學流衍於廣西，而月滄（呂璜）、伯韓（朱琦）、翰臣（龍啟瑞）、定甫（王錫振）、子穆（彭昱堯）諸子詩古文辭並著名當世。曾文公於《歐陽生文集序》述其淵源特詳，長沙王益吾（王先謙）、遵義黎蓴齋（庶昌）兩先生復相繼以其文選入《續古文辭類纂》，由是天下學者莫不知有'嶺西五大家'矣。"則自唐宋以降至晚清，粵西文學，已自可爭雄於文壇矣！

　　文學之盛如是，而粵西的文學批評思想亦復大有可觀。其散見於粵西學者評論詩文之序跋者，如契嵩、蔣勵常、謝良琦、謝濟世、俞廷舉、蘇宗經、況澄、鄭獻甫、朱琦、龍啟瑞、王錫振、蘇時學、倪鴻等，均多一得之見者。至其顯者，則朱依真有《論詩絕句二十二首》，況澄作《倣元遺山論詩三十首》，況周頤著《蕙風詞話》，廖鼎聲撰《拙學齋論詩絕句一百九十八首》以及《味蔗軒詩話》，的爲得文心詩者之作。其尤佼佼且廣爲人知者，則當推《蕙風詞話》。朱祖謀譽之爲"八百年來無此作"，復言"自有詞話以來，無此有功詞學之作"。趙尊岳則謂："詞學不見重於世久矣，選聲訂韻者流，何嘗無才雋之士？卒以蠡測管窺，未獲奉教於大雅，致蹈纖佻、叫囂、膚廓、餖飣諸失而末由自拔。自吾鄉皋文、翰風兩張先生提倡詞學，起衰振靡，宇內奉爲宗派。比歲半塘老人益發揚光大之。顧校刊爲多，未見論詞之作。斯文未墜，詞客有靈，天以絕學畀先生，於文物衰敝、風雅弁髦之日，以薪火之傳貽來者，斯道剝復之機將於此爲轉移焉，學者南針奉之，紉蘭荃之清芬，復《咸》《韶》之雅奏。"則粵西文學批評理論，亦可稱盛矣！

　　唯粵西文學批評思想之總結研究，乃始於20世紀90年代，且其中相關著作或論文亦寥若晨星。學者之討論研究，又較多集中於況周頤《蕙風詞話》，於粵西其他批評家之批評思想的研究則更少，僅得數文（余於2015年獲得廣西哲學社會科學的研究課題"廣西古代文學批評思想研究"，乃搜羅文獻，輯成《粵西文論選》，並與課題組成員陸續發表了數篇相關研究論文）。討論亦簡略，且大多理論家的文學批評思想之成就得失尚未勾勒。至於粵西文論文獻資料的整理，僅得兩部。郭紹虞《萬首論詩絕句》（人民文學出版社，1991年），錄蘇宗經、況澄、朱琦、龍啟瑞、蘇時學、廖鼎聲六家論詩絕句，有作者小傳卻甚爲簡略，又無注釋。廣西大學麥晶晶的碩士學位論文《廣西清代文論選》（2007年），選錄清代學者的文學批評文章，爲之注釋；但其書僅錄清代文論，宋明兩代的文論資料則闕如；又爲選錄；所用版本雖爲善本，然校勘又間有訛誤；注釋亦簡單。觀彼二著，均未可目爲盡善。

廣西師範大學胡大雷教授主持 2012 年度國家社科基金的重大招標項目“桂學研究”業已結題。先生嘗謂：“‘桂學’是指廣西地域文化之學，旨在探究廣西文化之特質與文化積澱，培育廣西的文化品牌，宣傳廣西的文化資源，提升廣西的文化自信。這既是廣西打造文化軟實力的內在需要，也是廣西文化自覺的必然訴求。”則粤西文學批評文獻的整理與其思想的研究必大有裨益於“桂學”之厚植廣西文化自信力。又粤西文化亦爲我國古代文化遺產之重要組成部分，故爲之校讎考鏡，理董發微，又可彰顯我國古代文化之多元及繁盛氣象。可不勉哉！

陳寅恪先生嘗謂：“苟今世之編著文學史者，能盡取當時諸文人之作品，考定時間先後，空間離合，而總匯於一書，如史家長編之所爲，則其間必有啟發，而得以知當時諸文士之各竭其才智，競造勝境，爲不可及也。”自文學作品的排比臚列中考其空間離合以見諸文士之才智，此固爲治學金針矣！以此而論，欲考知唐宋以來粤西學者的文學批評思想，以概見其理論主張、源流、得失，梳理其發展之整體脈絡，則不能不取彼時文士談詩論文之資料，“考定時間先後，空間離合，而總匯於一書，如史家長編之所爲”。誠如此，則必可辨章其學術，考鏡其源流矣！

凡　例

一、《粵西文論選》選錄自宋至清末，廣西學人對文學、文人之反省、品鑒、批評的文章，取其在粵西文學理論發展史上具有一定的代表意義，能夠反映粵西學人的文學思想與主張者。

二、正文按作者的時代先後編次，並附作者小傳。

三、選錄的各篇文章，均以善本爲底本，以今人的整理本相參。

四、節錄的文章，指在原書中自爲獨立章節者，如《十室遺語》僅錄其《論文》一章，其不涉文學理論者則闕如。

五、流傳既廣，已爲學界所熟知者，姑不選入，如《蕙風詞話》。若已流傳，然不易爲眾人所熟知者，則酌情錄入，如《拙學齋論詩絕句》。

六、選錄的文章，淺顯明白者則不出注釋。需要注釋者，或注事，或釋義，或事義兼釋，繁簡詳略，視具體情況而定。對文章所涉學者，尤多介紹，以爲按圖索驥之需。

七、前文已有注釋者，一般不重注。其所不知，則闕如。

八、原文有雙行夾注者，均隨文以單行小字出之。

目　錄

契　嵩

　　契嵩（1007—1072），字仲靈，號寂子，又號潛子，藤州鐔津人。北宋高僧，與歐陽修等人同時。契嵩知識淵博，著述繁富，除佛教論文外，另有《鐔津文集》。

品　論

　　唐史以房[1]、杜[2]方蕭[3]、曹[4]，然房、杜文雅有餘，蕭、曹王佐[5]不足。德則房、杜至之矣！觀房則半才，視杜則純道。君子曰：“杜益賢也。”姚崇[6]、宋璟[7]其不逮丙[8]、魏[9]乎？姚、宋道不勝才，而魏則厭兵，丙則知相。燕公[10]文過始興，而公正不及。大將軍光[11]不若狄梁公[12]之終無私也。袁安[13]之寬厚則婁[14]相近之，正與仁則異施。房琯[15]、顏真卿[16]方之李固[17]、陳蕃[18]，其世道雖異，而守忠持正一也。汾陽王[19]省武而尚信，仁人也。段太尉[20]忠勇相顧，義人也。晉公[21]終始不伐，仁人也。荀子[22]之言近辯也，盡善而未盡美，當性惡[23]、禪讓[24]，過其言也。揚子[25]之言能言也，自謂窮理而盡性，洎其遇亂而投閣[26]，則與乎子路[27]、曾子[28]之所處死異矣哉！太史公[29]言雖博而道有歸，班氏[30]則未至也，宜乎世所謂固不如遷之良史也。賈傅[31]抗王制而正漢法，美夫！宜無有加者焉；三表五餌[32]之術，班固論其疎矣，誠疎也。董膠西[33]之對策，美哉！得正而合極，所謂王者之佐，非爲過也；《繁露》[34]之言，則有可取也，有可舍也。相如[35]之文麗，義寡而詞繁，詞人之文也。王充[36]之言，立異也。桓寬[37]之言，趨公也。韓吏部[38]之文，文之傑也；其爲《原鬼》《讀墨》，何爲也？柳子厚[39]之文，文之豪也，剔其繁則至矣！《正符》詩尤至也。李習之[40]之文平，考其復命之說，宜有所疑也。“疑”，有作“發”。陳子昂[41]之文，不若李華[42]；華之文，不若梁肅[43]；肅之文，君子或有所取也。李元賓[44]之文，詞人之文也；皇甫湜[45]之文，文詞之間者也。或無“詞”上“文”字。郭泰[46]、黃憲[47]之爲人也，賢人也，訥言而敏行[48]，顏子[49]之徒歟？徐穉[50]之爲人，哲人也，識時變而慎動靜焉！袁奉高[51]之遁世也，不忘孝，不傷和，中庸之士也。《論》曰：“引其器，所以稽其範之工拙；辨其人，所以示其道之至否。”然範工資世之所用，道至正世之所師。所師得，則圣賢之事隆而異端之說息也。是故君子區之、別之、是之、非之，俟有所補也，豈徒爾哉！《記》曰：“文理密察，或作“察察”。足以有別也。”《孟子》曰：“是非之心，智之端也。”斯亦辨道之謂也。（《鐔津文集》卷七）

【注釋】

［1］房：房玄齡，字喬，唐齊州臨淄人。居相位十五年，與杜如晦共掌朝政，世稱“房謀杜斷”。

［2］杜：杜如晦，字克明，唐初京兆杜陵人。與房玄齡共掌朝政，臺閣制度、憲物容典率二人裁定，當世稱良相，並稱“房杜”。

［3］蕭：蕭何，西漢泗水沛人。初爲沛主吏掾，從劉邦入關。劉邦稱帝，封酇侯。高祖死後，事惠帝，病危時薦曹參繼相。

［4］曹：曹參，西漢泗水沛人。秦時，爲沛獄掾。隨劉邦起事，屢立戰功。惠帝时为相，一遵蕭何約束，有“蕭規曹隨”之稱。

［5］王佐：王者的輔佐，佐君成王業的人。

［6］姚崇：本名元崇，唐陝州硤石人。玄宗时为相，後引宋璟自代，史稱“姚宋”。

［7］宋璟：唐邢州南和人。居官鯁直，爲武則天所重。後繼姚崇爲相。

［8］丙：丙吉，姓或作邴，字少卿，西漢魯國人。宣帝時任丞相。

［9］魏：魏相，字弱翁，西漢濟陰定陶人。宣帝時任丞相。

［10］燕公：張說，字道濟，唐河南洛陽人。玄宗開元初任中書令，封燕國公。長於文辭，朝廷重要文件多出其手，與許國公蘇頲並稱“燕許大手筆”。

［11］大將軍光：霍光，字子孟，西漢河東平陽人，霍去病異母弟。昭帝年幼即位，與桑弘羊等同受遺詔輔政。昭帝死，迎立昌邑王劉賀，旋廢之而迎立宣帝。

［12］狄梁公：狄仁傑，字懷英，唐并州太原人。武則天時爲相，後封燕國公。

［13］袁安：字邵公，東漢汝南汝陽人。章帝時遷太僕，後拜司徒。

［14］婁：婁師德，字宗仁，唐鄭州原武人。太宗時，累官至同鳳閣鸞台平章事，掌朝政。

［15］房琯：字次律，唐河南人。初以蔭補弘文生。玄宗幸蜀，房琯

馳至普安郡謁帝，官終刑部尚書。

[16] 顏真卿：字清臣，唐琅邪臨沂人。封魯郡公，世稱顏魯公。工書法，創“顏體”，有《韻海鏡源》等，今不傳。

[17] 李固：字子堅，東漢漢中南鄭人。少好學，博覽典籍，知名京師。

[18] 陳蕃：字仲舉，東漢汝南平輿人。桓帝時累遷太尉，謀誅宦官，反被害。

[19] 汾陽王：郭子儀，唐華州鄭縣人。肅宗時，功封汾陽郡王。世稱郭汾陽。

[20] 段太尉：段秀實，字成公，唐隴州汧陽人。累官涇州刺史、司農卿。

[21] 晉公：裴度，字中立，唐河東聞喜人。官至御史中丞，力主削平藩鎮，後封晉國公。

[22] 荀子：名況，字卿，戰國時趙國人。遊學於齊，嘗爲楚蘭陵令。有《荀子》。

[23] 性惡：荀子以爲人性本惡，須以禮義刑罰治之，才能使之改惡從善。

[24] 禪讓：中國古代歷史上統治權轉移的方式，帝王把帝位讓給他人。

[25] 揚子：揚雄，字子雲，西漢蜀郡成都人。成帝時任給事黃門郎，校書天祿閣，博覽群書，長於辭賦。有《太玄》《法言》《方言》等。

[26] 投閣：揚雄校書天祿閣時，劉棻曾向雄問古文奇字。後棻被王莽治罪，株連揚雄。揚雄恐不能自免，即從閣上跳下，京師傳語：“惟寂寞，自投閣。”

[27] 子路：仲由，字子路，孔子弟子，春秋時魯國卞人。

[28] 曾子：曾參，字子輿，曾皙子，孔子弟子，春秋末魯國南武城人。

[29] 太史公：司馬遷，字子長，西漢左馮翊夏陽人。早年遊歷遍及南北，後繼父任爲太史令，寫成《太史公書》（即《史記》）。

[30] 班氏：班固，字孟堅，東漢扶風安陵人。續父未竟之業，修成《漢書》。善辭賦，有《兩都賦》《幽通賦》等。

[31] 賈傅：賈誼，西漢河南洛陽人。以文才出名，召爲博士，爲大臣周勃、灌嬰等所毀，貶爲長沙王太傅，遷梁懷王太傅。

[32] 三表五餌：賈誼陳獻防禦匈奴法，以立信義、愛人之狀和好人

之技爲“三表”；以賜之盛服車乘、盛食珍味、音樂婦人、高堂邃宇府庫奴婢和親近安撫爲“五餌”。

[33] 董膠西：董仲舒，西漢信都廣川人。嘗爲膠西相。主張罷黜百家，獨尊儒術。

[34]《繁露》：《春秋繁露》，西漢大儒董仲舒的政治哲學著作。

[35] 相如：司馬相如，字長卿，西漢蜀郡成都人。武帝讀其所作《子虛賦》而善之，召爲郎。有《子虛》《上林》等賦。

[36] 王充：字仲任，東漢會稽上虞人。出身細族孤門，勤於著述。有《論衡》。

[37] 桓寬：字次公，西漢汝南人。學識淵博，善屬文。有《鹽鐵論》。

[38] 韓吏部：韓愈，字退之，郡望昌黎，世稱韓昌黎，唐河南河陽人。工詩文，與柳宗元共倡古文。有《昌黎先生集》。

[39] 柳子厚：柳宗元，字子厚，唐河東解人，世稱柳河東。其文峭拔矯健，又工詩，風格清峭，有《柳河東集》。

[40] 李習之：李翱，字習之，唐趙郡人。從韓愈爲文章，辭致渾厚，有《李文公集》。

[41] 陳子昂：字伯玉，唐梓州射洪人。官至右拾遺，世稱陳拾遺。提倡漢魏風骨，反對齊梁以來綺麗詩風，是唐詩革新的先驅。有《陳伯玉集》。

[42] 李華：字遐叔，趙郡贊皇人。與蕭穎士齊名。

[43] 梁蕭：字敬之，唐安定人。師事獨孤及，爲文尚古樸。

[44] 李元賓：李觀，字元賓，唐趙州人。以文名。

[45] 皇甫湜：字持正，唐睦州新安人。從韓愈學古文，其文奇僻險奧。

[46] 郭泰：字林宗，東漢太原界休人。博通典籍，善談論，善品評海內人士。

[47] 黃憲：字叔度，東漢汝南慎陽人。初舉孝廉，又辟公府，暫到京師而還。

[48] 訥言而敏行：指勉力修身。

[49] 顏子：顏回，字子淵，孔子弟子，春秋末魯國人。

[50] 徐穉：字孺子，東漢豫章南昌人。太守陳蕃不接賓客，唯穉來特設一榻，去則懸之。

[51] 袁奉高：袁閬，字奉高，東漢汝南慎陽人。數辭公府之命，名重當時。

紀復古

　　章君表民[1]以官來錢唐，居未幾，出歐陽永叔[2]、蔡君謨[3]、尹師魯[4]文示予學者，且曰：“今四方之士以古文進於京師，嶄然出頭角，爭與三君子相下者不可勝數。”視其文，仁義之言炳如也。予前相與表民賀曰：“本朝用文已來，孰有如今日之盛者也！此聖君之德而天下之幸也。”退且思之，原古文之作也，所以發仁義而辨政教也。堯舜文武，其仁義至，其政教正，孔子以其文奮而揚之，後世得其法焉。故爲君臣者有禮，爲國家者不亂。方周道衰，諸侯強暴相欺，上下失理，孔子無位於時，不得行事，故以之用褒貶，正賞罰，故後世雖有姦臣賊子，懼而不敢輕作。及戰國時，合縱、連衡之說以傾天下，獨孟軻、荀況以文持仁義而辨政教，當時雖不甚振，而學者仰而知有所趨。漢興，賈誼、董仲舒、司馬遷、揚雄輩以其文倡之，而天下和者響應，故漢德所以大而其世所以久也。隋世王通亦以其文繼孔子之作。唐興，太宗取其徒發而試之，故唐有天下大治；而韓愈、柳宗元復以其文從而廣之，故圣人之道益尊。今諸儒爭以其文奮，則我宋祖宗之盛德鴻業益揚，天子之仁義益著，朝廷之政教益辨。然而卿士大夫内觀其文，知所以修仁義而奉上，正政教而涖百姓。萬邦百姓，外觀其文，知所以懷仁義而附國家，聽教令而罔敢不從；四夷八蠻觀其文，以信我祖宗之德業，知可大而可久也，使其望而畏之，曰：“宋多君子，用其文以行古道，中國之禮樂將大修理，不可不服也。”《易》曰：“文明以正人文也。”又曰：“觀乎人文，以化成天下。”彼戎狄叛命兇慝之邊鄙，今朝廷當行征伐以誅其不廷，而文之興也郁郁乎如此，是亦止亂不專在於威武，明文德而懷之也。君子觀之，謂其化成天下也，宜與堯舜文武較其道德也哉！夫社稷之靈長久，曆數之無窮，雖漢唐之盛美而奚足以比並？（《鐔津文集》卷七）

【注釋】

　　[1] 章表民：章望之，字表民，宋建州浦城人。爲文辯博，長於議論。

　　[2] 歐陽永叔：歐陽修，字永叔，號醉翁、六一居士，宋吉州廬陵人。提倡古文，抑“太學體”。能詩詞文，爲當時古文運動領袖。有《歐陽文忠公集》。

　　[3] 蔡君謨：蔡襄，字君謨，宋仙游人。工書法。有《蔡忠惠集》。

　　[4] 尹師魯：尹洙，字師魯，宋河南府人，世稱河南先生。博學有

識度，與歐陽修等提倡古文。有《河南集》。

文　說

　　章表民始至自京師，謂京師士人高歐陽永叔之文，翕然[1]皆慕而從之，坐客悅聽。客有一生遽曰：“文興則天下治也。”潛子謂客曰：“歐陽氏之文，言文耳。天下治，在乎人文之興，人文資言文發揮，而言文藉人文爲其根本。仁、義、禮、智、信，人文也；章句[2]、文字，言文也。文章得本則其所出自正，猶《孟子》曰‘取之左右逢其原’。歐陽氏之文，大率在仁、信、禮、義之本也。諸子當慕永叔之根本可也，胡屑屑徒模擬詞章體勢而已矣。周末列國嬴秦[3]時，孰不工文？而聖人之道廢，人文不足觀也！蓋其文不敦本乃爾！孔子無位，其道不行，病此不得已，徒以六經《春秋》之文或云《春秋》六經。載之以遺後世，故曰：‘我欲載之空言[4]，不如見於行事之深切著明也。’聖人豈特事其空文乎？君臣、父子、師徒、朋友，其文詞有本，仁、義、禮、智、信藹然，天下不治，未之有也。《易》曰：‘觀乎人文，則天下化成。’豈不然哉？”坐客聞吾說，皆諤然[5]不辯。（《鐔津文集》卷七）

【注釋】
　　[1] 翕然：一致稱頌。
　　[2] 章句：剖章析句，經學家解說經義的一種方式。亦泛指書籍注釋。
　　[3] 嬴秦：指秦國或秦王朝，秦爲嬴姓，故稱嬴秦。
　　[4] 空言：只起褒貶作用而不見用於當世的言論主張。
　　[5] 諤然：驚愕的樣子。

書《李翰林[1]集》後

　　余讀《李翰林集》，見其樂府詩百餘篇，其意尊國家、正人倫，卓然有周詩[2]之風，非徒吟咏情性，咄嘔苟自適而已。白當唐有天下第五世時，天子意甚“甚”或作“喜”。聲色，庶政稍解，奸邪輩得入竊弄大柄。會禄山[3]賊兵犯闕，而明皇幸蜀[4]，白閔天子失守，輕棄宗廟[5]，故作《遠別離》以刺之。至於作《蜀道難》以刺諸侯之强橫，作《梁甫吟》

傷懷忠而不見用，作《天馬歌》哀棄賢才而不錄其功，作《行路難》惡讒而不得盡其臣節，作《猛虎行》憤胡虜亂夏而思安王室，作《陽春歌》以誡淫樂不節，作《烏棲曲》以刺好色不好德，作《戰城南》以刺窮兵不休，如此者不可悉說。及放去，猶作《秋浦吟》一作《東甫吟》。冀悟人主。意不果望，終棄於江湖間。遂紆餘[6]輕世，劇飲大醉，寓意於道士法，故其游覽贈送諸詩，雜以神仙之說。夫性之所作，志之所之，小人則以言，君子則以詩。由言詩以求其志，則君子、小人可以盡之。若白之詩也如是，而其性之與志豈小賢哉？脫當時始終其人盡其才而用之，使立功業，安知其果不能也？邇世說李白清才逸氣，但謫仙人耳，此豈必然耶？觀其詩，體勢才思如山聳海振，巍巍浩浩，不可窮極。苟當時得預聖人之刪，可參二《雅》，宜與《國風》傳之於無窮，而《離騷》《子虛》不足相比。（《鐔津文集》卷十三）

【注釋】

[1] 李翰林：李白，字太白，號青蓮居士，唐隴西成紀人。其詩風雄奇豪放、清新飄逸，與杜甫並稱"李杜"。有《李太白集》。

[2] 周詩：指《詩經》。因其爲周代詩歌，故稱。

[3] 祿山：安祿山，本姓康，初名軋犖山，唐營州柳城胡人。少孤，隨母嫁突厥安延偃，遂姓安，更名祿山。玄宗天寶十四年（755）冬，於范陽起兵叛亂，次年自稱雄武皇帝，國號燕，後爲其子慶緒所殺。

[4] 明皇幸蜀：李隆基初以姚崇、宋璟爲相，革除弊政，國力强盛，史稱"開元之治"。後寵楊貴妃，用李林甫、楊國忠相繼執政，吏治腐敗，又好聲色，奢侈荒淫。安史之亂時，避難奔蜀。

[5] 宗廟：朝廷和國家政權的代稱。

[6] 紆餘：形容人有才氣從容不迫。

蔣　冕

蔣冕（1462—1532），字敬之，一字敬所，廣西全州人。明成化十三年（1477）鄉試解元。累官吏部左侍郎、禮部尚書、文淵閣大學士、太子太傅、戶部尚書。時主亂政錯，蔣冕持正不撓，有匡弼功，卒謚文定。有《瓊瑰錄》《湘皋集》《瓊臺詩話》。

詩稿自序

夫人之能言、非能言也，乃不能不爲之言也。情蘊於中，感於物而動，夫雖欲不言，其可得耶？冕聞大司成[1]邱先生[2]之論，以爲古能言之人，皆有所不得已而後有言，故其言工。以故凡學爲詩詞，未嘗敢有得已而爲者，爲之必不得已，皆所以言吾情之所感者。伸紙信筆[3]，率爾而爲，言雖不工，不能逮古，然亦不衂[4]也。自戊戌歲至辛丑，凡所爲詩得若干首，彙次成帙以呈於先生。先生曰："小子之詩成篇章而合格式矣！自茲以往，勉而不怠，其或可逮，能言者之言乎。"冕受言而退，因論敘之，而藏於篋中。（《湘皋集》卷十五）

【注釋】
[1] 大司成：唐國子監祭酒，掌儒學訓導之政，相當於西漢博士僕射、東漢博士祭酒。高宗龍朔二年改國子監爲司成館，祭酒爲大司成。
[2] 邱先生：未詳。
[3] 信筆：隨手書寫，不甚經意。
[4] 不衂：不憂憫，不顧惜。

謝良琦

謝良琦（1624—1671），字仲韓，號石臞，廣西全州人。明崇禎十五年（1642）舉人，入清出仕，官至福建延平通判。恃才傲物，孤直不容於時，久不得調，以老罷歸。嗜讀書，工詩能文，以文名當世。有《醉白堂文集》《醉白堂詩集》。

與李研齋[1]論侯朝宗

研齋足下，辱示侯生文，鄉時在金陵，草草涉獵，不甚留意，兩日來乃卒讀。讀已而歎，歎已復讀，且讀且歎，不能自已。海內稱侯生[2]十餘年矣！十餘年之間，海內崇尚六代，而侯生視棄六代如棄敝屣。其敘吳次尾[3]遺稿，且曰：“余初汩沒於六朝，故不知其善。”是侯生於六代，非不能知而不爲，不更爲，不屑爲也。夫世方尚六代，而又獨稱侯生，此僕所以歎也。然世之稱侯生，又不如其稱虞山[4]。虞山馳，侯生勁；虞山汗漫，侯生簡潔；虞山以論辨勝，以博綜勝；侯生乃無所不勝。虞山宜於制舉，宜於錦屛繡軸；侯生乃無所不宜。世既稱虞山，又稱侯生，此僕所以再歎也。世既稱侯生之文，則必知秦漢八家之文；既知秦漢八家之文，而又稱侯生之文，則世之能爲秦漢八家之文，而不屑屑於侯生之文，其必知之，其必稱之，可知也。此僕所以再三歎也。此非有所詭讓於侯生也。凡爲文章，以氣爲主，其次格局，其次議論，而皆整齊之以法度，此世所知也。氣厚矣，厚之中有其寬舒；格高矣，高之中有其平衍；議論雅正矣，雅正之中有其奇闢；法度嚴密矣，求之法度之中而失，求之法度之外而得，世之所難知，人之所難能也。而侯生能之，此其所長也。寬舒矣，厚如故。平衍矣，高如故。奇闢矣，雅正如故。軼於法度之外，不域於法度之中矣，嚴密如故。世之所不能知，人之所不能爲也。而侯生不能，此其所短也。此其故侯生不能知，非研齋與僕亦不能知也。侯生之所長，已足稱於天下。其所短，相其才氣，尚可深造而得。不幸已蚤死，惜哉。然自眉山父子[5]而後，天下之能爲侯生之文者卒亦未見。吾欲選侯生文數十首行於世，而更告之以侯生所以短長之故，使天下之稱侯生者，確然知侯生之文，因以知六代之文，知虞山之文，知秦漢八家之文，知天下固有秦漢八家之文，而不屑屑於侯生之文。然後侯生之文足以稱於天下，而凡能爲文者，其所以長短亦共白於天下，研齋以爲然乎？其不然耶？侯生文約百首，盡選之可得四十首，今選止二十四首。《蹇千里傳》《憫獐》《盧告》等篇亦皆有深致，惜其類於《滑稽傳》，志銘稍不古重，姑錄其佳者，幸更爲訂定見示。

此書當與昌黎《與李翊論文書》參看，昌黎曰養，正養其所以幾此者也。朝宗之文具在，世之稱朝宗者亦具在，若果平心而論，當必不河漢。自記。（《醉白堂文集》）

【注釋】
[1] 李研齋：李長祥，字研齋，自號石井道人，西蜀達州人。出身官紳之家，生而神采英毅，喜談兵，有《天問閣集》。
[2] 侯生：侯方域，字朝宗，明商邱人。擅長散文，尊唐宋八大家，以寫作古文雄視當世，與魏禧、汪琬爲"國初三大家"，有《壯悔堂文集》《四憶堂詩集》。
[3] 吳次尾：吳應箕，字次尾，號樓山，明末清初貴池人。有《樓山堂集》等。
[4] 虞山：在今江蘇常熟西北，爲市主山，因以稱常熟。此或指錢謙益，字受之，號牧齋，又號虞山蒙叟，清常熟人，明清之際文壇宗主，學殖宏博，有《初學集》等。
[5] 眉山父子：眉山，今四川樂山。此謂蘇洵、蘇軾、蘇轍父子三人，並工散文。

再與李研齋書

叩別後渡江，次日至揚州，晤桐城方學士[1]，具言足下前時與論文數日夜。足下於天下尊崇誦法之人一無所推服，獨於僕津津不置口。僕誠自顧菲薄，不知何以得此於足下也！記在毗陵與足下看梅東郊，夜坐無文上人禪室，足下忽慨然起歎曰："天下無文章四百年矣，鄉者中州侯生頗能落筆，惜其不壽，無所成就。及今乃見吾子，子其勉之。"僕時以爲足下戲言。異日就索足下所爲文讀之，則見其宏深奧衍，不惟殊異於流俗者之所爲，而又能以其闔闢變化者與古今作者爭勝，則又以爲疇昔之言，足下自道耳！顧僕何人，其安敢與於斯？今者聞學士言，乃知足下實見許與僕。誠自顧菲薄，不知何以得此於足下也？僕少年讀書爲文，頗能不事章句，思欲於尋常繩墨之外，精索其理，以求當於聖人之道。故於近世諸家所爲文集頗見厭絕，間一開卷，十餘行已昏倦欲臥。至於莊周[2]、列禦寇[3]之徒，雖樂其奇肆，然切疑其用意奇僻，與聖人六經之旨不合。只是周秦、兩漢、唐宋八家之書，需以歲月，以庶幾一日之獲。然方迫於制舉業，不得肆力。最後嬰世綱，奔走南北，飢寒流離況瘁，則又以其不得意者託於詩而發之。故自戊戌以前，我生已三十四年，率未嘗爲文章。足下所見，乃在毗陵時，官閒無事，偶然刻畫古人者耳，雖自謂與世之徒事枝葉者稍異，不知何以遂得此於足下也？足下數爲僕言：“少時篤志古文已十年，及釋褐[4]登朝至今又二十年，所見盛衰、興廢、悲憂、愉戚、山林、海水、雷霆、霹靂、戰鬥，凡意有所蘊結，無不發之於文。故平生所作，詩者十之四，文者十之六。”夫以足下積三十年之精神，一注於文，而又囊括乎六經、周秦、兩漢、唐宋八家之書，以暢遂其懷。閱歷乎升沉顯晦，艱難險阻，扁舟間關以砥礪其志氣，宜其文章淩轢百代，而於舉世尊崇誦法之人又一無所推服，則是足下之於人，必且無佞譽阿諛之事，而況身所自任之文也哉！然則以僕之菲薄，而得此於足下，雖愚蒙亦知必有其故矣！竊嘗謂古今作者不一，要其源流，無不同出於學聖人，故六經者，聖人之書也。古之聖賢以道爲文，故其辭簡。後之君子以文爲道，故其辭繁。以道爲文者，其道立。以文爲道者，其文傳。文傳，道亦傳也。周秦戰國之書，幾疑於非道矣，然而其文是也，故其文傳。兩漢載紀及諸儒之書，其文與道皆似矣，故其人亦傳。至齊梁之間，文始一變。至唐宋之間文又再變，而後有八家者出，卒能論辯匡救，以終返之於道。故學者苟無志於聖人則已，如其有志於聖人之道，則必於六經、周秦、兩漢、唐宋八家之書求之。而近世學者恥言卑近，必欲馳騖於高深幽遠以自鳴得意。究其所得，不過莊周、列禦寇與齊梁之文，甚者僅出入於近世諸家所爲文集。嗚呼！此於古今作者之流源，果何所歸宿哉？嘗與足下反覆論說，足下不以爲謬，或者足下之所以許僕者，其即在於此也。曩見足下所作文論，其言六經與諸儒異同得失，其意一準於聖人。至其敘僕之文，則又言文選之不足觀，與性理之文之非，不足附於六經之末。嗟乎！足下之論，又何其與僕相符合，且補所未備也。自來聖哲賢豪，平居更相推讓。至於卓然自立之處，不敢不勉。僕齒少於足下十四年，造詣未深，不知自命當在何等？足下讀書多見理，審度今且何所自位置者，並以待僕乎？以孔子大聖，宜其一蹴而至聖域，而其自敘生平，亦必十年而後有進。則足下之深自挹損，而遂遽以與僕者，或者亦稍過矣。嗟乎足下，凡文人之生也不數，不幸不相值，幸而相值，或不相知遇，如韓、柳、歐、蘇、曾、王[5]，能以其文相往復琢磨，類不易得。僕雖非文人，幸與足下生同時，又感足下所以相望甚厚，故罄竭其愚以求證於足下，示不敢自怠廢，因以勉吾足下也，足下以爲何如？（《醉白堂文集》）

【注釋】

[1] 方學士：方以智，字密之，號鹿起，明安徽桐城人。學問廣博，於禮樂律數聲音文字書畫藥卜，無不精研，有《浮山集》等。

[2] 莊周：戰國時宋國蒙人，嘗爲蒙漆園吏，後居家講學、著書。學祖老子，今存《莊子》。

[3] 列禦寇：戰國時鄭國人。主張清靜無爲，尚玄虛，被道家尊爲前輩。

[4] 釋褐：脫去平民衣服，喻始任官職。

[5] 韓、柳、歐、蘇、曾、王：韓愈、柳宗元、歐陽修、蘇軾、曾鞏、王安石，此六人與蘇洵、蘇轍並稱唐宋八大家。

與王貽上[1]書

貽上足下：前在維揚，辱見示《漁洋山人詩集》，僕反覆卒讀，且讀且歎，在車中二十有三日，不知其勞；經陟二千六百餘里，不知其遠；過黃河泰山，不知其深且高也。僕往時在江南，見人開口談詩，便昏倦欲睡，間有投贈者，未一過輒已。止一山右馮訥生相與往復論說，在毗陵則董文友[2]、陳賡明[3]、龔介眉[4]，近又得西蜀李研齋。其詩皆能原本性情，而不爲其規摹剽竊之陋。及今又喜得吾貽上也。詩道至今日榛蕪極矣。卑者不足論，高者取法於“三百”，取材於少陵[5]。夫“三百篇”之尊於天下者，以其性情深也。觀於十五國里巷、男女歌謠之作，而以爲《風》焉；觀於朝廷、宗廟、燕饗、贈勞、升歌、告成之作，而以爲《雅》《頌》焉；觀於俗之貞淫、奢儉、與時之治亂，而有其正變焉。其性情雖一，其音與體殊也。不惟其性情之一與音與體之殊，而曰取法於“三百”，此規摹之陋也。至規摹之極，其敝遂流爲剽竊，勢也。少陵之稱於天下者，亦以其性情深也，感於興衰成敗，而發於詩；感於窮達，而發於詩；感於道途、山川、蟲魚、花木、日月、風雨，而發於詩。其性情雖一，其感殊，其義無不殊也。不惟其性情之一與感、與義之殊，而曰取材於少陵，此剽竊之陋也。至剽竊之極，其敝遂流爲規摹，亦勢也。貽上視今天下之詩，豈有異二者之爲者哉？竊嘗與文友、研齋論詩及此，未嘗不反覆浩歎也。文友曰："詩非'三百'無法，非少陵無材，然而規摹剽竊之敝生焉，甚矣！詩之難也，非詩之難，自得其性情之難也。"研齋曰："不然。去其規摹焉而可矣！去其剽竊焉而可矣！然欲去之，要非性情不爲功夫。"二子者之言，何其與僕相符契者乎？貽上之詩，不知其爲"三百篇"、少陵與否？竊觀其意之所極，則莫不有其性情之自得者，以應之大之天地、河嶽、人物、事爲之蕃，及於山巔、水湄、壺觴嘯詠之細，無非溫柔敦厚之旨，一唱三歎之遺。此豈無所停蓄浸漬而然者哉？至其自言則又曰："哀樂發乎其情，愉怫系乎其遇。"僕所以得吾貽上而益喜也。且人之遭遇於世，其不能不異者，時也；其不能不同者，性情也。知其不能不異、不能不同，而強與爲同異者，至愚者也。故自其異者而觀之，則"三百篇"一變而漢魏，再變而六朝，再變而唐、而宋、而明。自其同者而觀之，則皆詩也，皆古人所以自道其性情者也。謂世有升降，則詩有盛衰，此固風會使然。若謂性情亦與爲疏滯，有是理乎？今貽上之詩，一本於性情，謂爲"三百篇"可，謂爲漢魏可，謂爲六朝、唐、宋、明亦可。即不以爲"三百篇"、漢、魏、六朝、唐、宋、明之詩，而直以爲王貽上之詩，亦無不可。必曰："如是而'三百篇'，如是而少陵，吾懼規摹、剽竊之不免也。"僕所以得吾貽上而愈益喜也。僕前四五年時時爲詩，近見世人類爲詩，遂不欲爲詩。今見貽上詩，又復不敢爲詩，不敢論詩。詩道至今日，欲使不知者不妄作，不知者不妄論，豈可得哉？獨賴有吾貽上耳！馮訥生在京師，訥生於貽上同年友也，見貽上詩，亟稱道，更欲僕爲貽上作序。僕此時窮苦湮鬱，性情不舒暢，不能爲。故先作書以告貽上，當俟還江南時，再過泰山、黃河，觀其奇險，然後爲文，以敘吾貽上也。(《醉白堂文集》)

【注釋】

[1] 王貽上：王士禎，字貽上，號阮亭，別號漁洋山人，清新城人。清代詩壇宗匠。有《帶經堂集》。

[2] 董文友：董以寧，字文友，清武進人。善詩文，與鄒祗謨、陳玉璂、龔百藥並稱"毗陵四家"。有《正誼堂集》。

[3] 陳賡明：陳玉璂，字賡明，號椒峰，清武進人。有《學文堂集》。

[4] 龔介眉：龔百藥，字介眉，清武進人。有《湘笙囿草》。

[5] 少陵：杜甫，字子美，自稱杜陵布衣，又稱少陵野老，唐河南鞏縣人。工詩歌，與李白齊名。後人又稱其爲詩聖，稱其詩爲詩史。有《杜工部集》。

自壽序

　　余以十九舉於鄉，蓋崇禎之壬午歲，至於今又二十一年矣！余年十二，先中憲[1]見背，賴吾母太宜人及吾兄奉常[2]督教，服闋[3]，補弟子員。己卯，已得復失。庚辰，奉常公第歸，責益嚴。余亦自奮，得盡熟子、史諸書，猥以苞經[4]，受知江寧賈夫子[5]。公車未及上，遭世變，筮仕爲淳安令。辛卯，吾母太宜人即世。乙未，起復爲蠡令，遷常郡，倅已被罪，賴天子聖明，復其秩及今。悲夫，自昔遭逢之不幸，未有甚於余者也。人誰不願爲孝，而吾父死未及葬，母死不得視含殮[6]，不能盡其孝；人誰不願爲忠，而吾崎嶇險阻歷落，不能盡其忠；人誰不願兄弟相樂，而吾兄死，不得憑其棺、臨其穴而哭；人誰不願妻子相保聚，而吾妻亡子喪，乃至於今未有嗣；人誰不願仕宦富貴，而吾狂妄戇直，十年不得調，且幾於擯斥摧折以去。悲夫！自昔遭逢之不幸，未有甚於余者也。以此鬱鬱學爲詩歌，以其陵厲激楚者抒寫其悔恨，而世人不察，徒以爲舒憂娱悲之詞；以此鬱鬱學爲文章，以其胸中之所停積、意中之所抑浮，質之前之古人，告之後之來者，而用力不多，不能深知古人之意，故雖有作，亦不能求合於古人之心。然則余之生平固無一可者也？古之君子之善其身也不一，其道固有履信思順，而獲安貞之吉者矣！若乃遇坎陷，終身不得志，乃亦不可勝數。然其見於語言，傳之天下後世，則又相與愾歎愛慕，悲其遇，想見其人，意其所爲不朽者，必有在也。古聖賢如孔子、孟軻，吾不敢道之已，屈原[7]放逐作《離騷經》，揚雄寂寞草《玄》[8]，太史公宮刑述《史記》，柳子厚、張籍[9]、孟郊[10]之徒雖不遇，其文章累代傳誦。夫是數子者，當其失意，其咨嗟涕洟，豈有異余之今日哉？獨其感激奮發，不自廢墜，卒光史傳，是爲難耳！而余也常馳逐聲色，心已放逸，質本愚濁，不能旁通，且多病善忘，末由早作夜思。又患難顛沛之後，舊聞散失，家貧不能多致書，平常親舊疏闊，有書亦不肯借。自分不能以是表見，或者幸其身未老未死，其志未懈，終當簡練以爲揣摹。庶幾，其至不敢怠以止也爾矣！然而誦《蓼莪》[11]之詩，哀我父母，讀《鶺鴒》[12]之歌，悲我兄弟，《春秋》思君臣，《易·歸妹》[13]蠱念妻子，《伊訓》[14]傳命，徘徊致君之業，又未嘗不拂袖起立，掩卷長歎也。雖曰“百世以俟聖人而不惑”，然反之生平，自顧缺陷，究且何所裨益乎？涂之十二誕晨，親舊以余復將出而仕也，舉觴相屬，余悲余之志不白於世，乃爲文以自壽，後有君子庶觀覽焉！（《醉白堂文集》）

【注釋】

［1］中憲：即中憲大夫。此指謝良琦父謝日升。

［2］奉常：官名。此指謝良琦兄謝良瑾。

［3］服闋：舊制，父母死後守喪三年，期滿除服，稱爲服闋。

［4］葩經：因韓愈《進學解》曰“《詩》正而葩”，故稱《詩經》爲“葩經”。

［5］賈夫子：未詳。

［6］含殮：含，含玉於口。殮，入殮。古者人死，含玉於口，殮首足，然後納棺。

［7］屈原：名平，又名正則，字靈均，戰國時楚國人。事楚懷王，主張聯齊抗秦，後被放逐於沅湘一帶。有《離騷》等。

［8］草《玄》：草，書寫，草擬。玄，指《太玄》，揚雄倣《易經》而作。

［9］張籍：字文昌，唐吳郡人。長於樂府，與王建齊名。有《張司業集》。

［10］孟郊：字東野，唐湖州武康人。工詩，與賈島齊名。詩風瘦硬，有“郊寒島瘦”之說。宋人輯有《孟東野集》。

［11］《蓼莪》：《詩經·小雅》篇名，表現人子苦於兵役而不能盡孝之苦，此謂盡孝。

［12］《蠨匡》：喻兄弟之情。《禮記·檀弓下》曰：“成人有其兄死而不爲哀者，聞子皋將爲成宰，遂爲哀。成人曰：‘蠶則績而蠨有匡，範則冠而蟬有緌，兄則死而子皋爲之衰。’”

［13］歸妹：《周易》六十四卦之一。蠱：誘惑，此作引起解。《易·歸妹》闡釋婚姻之道，每讀之當引起作者對亡妻之思。

［14］《伊訓》：《書》篇名，伊尹作。相傳伊尹恐太甲未能纂修祖先偉業，乃作書誡之。

《才子必讀書》序

生平不識金聖歎[1]，戊戌冬，從陽羨徐二玉[2]所讀《五才子書》，方慨然想慕其人。聖歎於書率稱才子，《五才子書》者，其所評閱《水滸傳》也。今年秋，過吳門書肆，見聖歎所選古人之文，又曰《才子必讀書》。余謂古之人之有志於道者，皆謂之學，其曰才者，材也，謂材具之美也。凡古之著書立言，傳天下垂後世者，必其才美，又加學焉，故得至此，似不宜僅以才子名。然聖歎謂之必讀書，則其意猶將以教天下之爲才子者，其取類固不謬也。先是，余既知聖歎，因思識其人，每扁舟到吳門，必問聖歎。或曰："噫！狂士也，且不見貴客。"或曰："聖歎敢爲異說高論，往往醉飽酒肉，登壇說佛法，所謂離經叛道。雖其言時若可喜，其人不足稱也。"其後再至，再問，終不得見，則聖歎已罹法死矣。聖歎既死，妻子流離，家所藏書狼藉散失，求其遺文，隻字不可得，獨是書去其死後二載方行於時。嗚呼！聖歎天才夐絕，余讀其書，固多可稱，其繆戾詭譎，亦不合於道。再考之，或者之論其觸刑辟也固宜，然其志意亦有足悲者，可謂不易得之士矣。余嘗考古賢人所爲，如聖歎者多有。苟其言語議論有可傳，則後世猶不廢黜。然則聖歎之書，亦學者所宜觀覽也。聖歎於書好出新意，獨於古人之文，毅然一歸於正。蓋聖歎之爲人，少時如奇禽怪獸，悍然出其羽毛鱗甲以驚駭當世。及其遇網羅、逢矰繳，退而息於深林大澤，然後飢食渴飲以順適其翔遊之性。特其不幸蚤死，不然，或且爲鳳，爲祥麟不可知。而其論說古今，亦紛華險遠，漸造平實，其可傳也宜哉！雖然聖歎往矣，天下之爲才子者甚多，方共寶惜。所謂《五才子書》之類，又所爲有志於道者，余又未之見，則是書之傳不傳猶未可知也。（《醉白堂文集》）

【注釋】

[1] 金聖歎：名采，字若采，明亡後改名人瑞，字聖歎，明末清初文學批評家。好評點古書，稱《莊子》《離騷》《史記》《杜詩》《水滸》《西廂》爲"六才子書"，並評點後兩種。

[2] 徐二玉：未詳。

西湖函上人詩序

柳子厚爲僧浩初[1]作序，首言："儒者韓退之嘗病余嗜浮圖言，訾余與浮圖[2]遊。"余謂退之之惡浮圖，非惡其人也，惡其道也。苟其人能不失其性情而寄志於詩文山水，雖退之必好之矣！退之於大顛[3]也，召致州郭與之語，取其能以理自勝，不侵亂於事物，造其廬留衣服爲別。子厚不待言，歐陽子[4]之學上宗退之，作《本論》以閑邪說，然於秘演[5]、惟儼[6]，則爲序其詩。蘇子瞻爲惠勤[7]序詩，亦云："公不喜佛老，其徒有治詩書、學仁義之說者，必引而進之。"子瞻放逐，所至與學佛人遊，佛印[8]、參寥[9]其最著者也，此皆後世所謂有道君子也。然則余與心函遊，其亦不詭於君子之道矣！余於諸君子有志未逮，若心函則誠大顛、惠勤之流。憶癸巳春，在明聖湖上雨中與心函登天竺山，躋五雲高峰，顧見寥廓，賦詩歸臥煙雨樓，心函夜起，秉燭酌酒，勞我索紙筆爲文章，紀山川遊覽之勝。自是往來吳越，必至湖上與心函論詩。及來毗陵，心函亦扁舟相過，爲余訂定《醉白堂詩集》。嗚呼！是豈退之所惡者哉？心函結廬南屏山，名其室曰“方庵”。士大夫之游西湖者必至，至必賦詩。心函亦時有屬和，皆棄不存，存必其佳者。其造語務原本性情，而涵泳之以風雅。余爲選若干篇行於世，悲夫，心函之爲人，或以其道掩，若其詩固君子所必錄也。或者又曰：“柳子厚、退之所罪者，其跡也。髡而緇，其人固不當與游也。”余又以爲不然，弟子之守其師之法，如士之遵一王之制令，使前數君子者生於今之世，幅巾深衣，其無悔乎？獨其道，無夫婦、父子，不耕農蠶桑而活於人，其書音義啅譟怪譎不可讀，宜爲聖人所棄，則雖余與心函交遊且善，余亦惡之。

安章命意極力摹倣古人，是作發於持滿之後，不知與古人遠近。自記。（《醉白堂文集》）

【注釋】

[1] 浩初：唐僧，龍安海禪師弟子。

[2] 浮圖：佛教名詞，代稱佛教、佛教徒。

[3] 大顛：唐僧，俗姓楊。與韓愈友善。

[4] 歐陽子：歐陽修。

[5] 秘演：號文惠，宋僧。與石延年、蘇舜欽、尹洙、歐陽修交。

[6] 惟儼：宋僧。博通經論，嚴持戒律。

[7] 惠勤：宋餘杭人，歐陽修謂其能文而長於詩。

[8] 佛印：俗姓林，字覺老，號佛印，宋僧。工書能詩，尤善言辯。與蘇軾、黃庭堅等均有交遊。

[9] 參寥：俗姓何，號參寥子，宋僧。能文章，尤善作詩，爲時推重。與蘇軾、秦觀、陳師道諸士人爲友。有《參寥子集》。

鄧子材《感遇詩》序

阮嗣宗[1]，古所稱嶔崎歷落之士。其《詠懷》十六章，學士大夫至今稱誦勿絕。今觀吾友鄧子材《感遇詩》，何其音節要妙與嗣宗若合符契也？子材勉乎哉！夫以嗣宗窮途之哭，其憤世嫉邪，發於詠歌，要不必深有所寄託己，必傳於今。若此矧子材之遇事感物，徘徊忠孝之交，流連新故今昔之殊，大者憚赫，小者紆鬱，其傳於後何疑耶？子材勉乎哉！世嘗謂古今人不相及，嗣宗生於亂世，竹林之遊[2]，有友六人相與晤言放歌。而子材少時獨與予莫逆，及予小草自汙，子材獨處窮山中，顧能磅礡奮發以自伸其獨往之志，寧可不思其所以異耶？若夫發焉而不知其所止，惝恍焉而莫必其所守，則子材之筆可以廢矣！（《醉白堂文集》）

【注釋】

[1] 阮嗣宗：阮籍，字嗣宗，三國魏陳留尉氏人。好《老》《莊》，蔑視禮教，縱酒談玄。擅長五言詩，詩風隱晦。阮籍對世事極度悲觀，時率意獨駕，不由徑路，車跡所窮，輒慟哭而返。後人輯有《阮步兵集》。

[2] 竹林之游：魏晉之間陳留阮籍、譙郡嵇康、河內山濤、河南向秀、籍兄子咸、琅邪王戎、沛人劉伶相與友善，常宴集於竹林之下，時人號為“竹林七賢”。

李研齋詩序

語天下山川之奇險，必首西蜀。其在夔州也，瞿塘、巫峽，蒼蒼莽莽尤勝。研齋鍾天地磅礡鬱積之氣，篤生其間，其文章恢奇壯麗、卓爾不群，固宜也。然天地磅礡鬱積之氣，既已散為山林、海水、日月、雷霆、草木、花實，而又以其精者鍾而為人，人又以其精者發而為言，此則何故？夫天地之氣，其不能不磅礡而鬱積，此氣之大也。散而為山林、海水、日月、雷霆、草木、花實，而後其氣始條達而疏暢，而非有人，焉統之？則其用或不可見，而氣或幾乎息，故又以其精者鐘而為人。其在人也亦然，亦各有其山林、海水、日月、雷霆、草木、花實，而非有言，焉發之？則其義不可見，而氣亦或幾乎息，故亦以其精者發而為言。研齋鍾天地磅礡鬱積之氣，發為文章，其恢奇壯麗、卓爾不群，又宜也。天以其山林、海水、日月、雷霆、草木、花實而統之於人，人又以其山林、海水、日月、雷霆、草木、花實而發之於言，又以其言之得之山林、海水、日月、雷霆、草木、花實，自然之性情、自然之音節而名之為詩。詩者，言之尤精者也。上古聖賢之言皆謂之文，詩亦文也。後世別之，曰文，曰詩，故司馬遷、揚雄、賈誼、董仲舒皆以文名，而不知其詩，李白、杜甫、陳子昂皆以詩名，而遂掩其文。山林也，海水也，日月也，雷霆也，草木、花實也，文也，詩也。文之別而爲詩，詩之合而爲文也。司馬、揚、賈之不能爲李、杜也，李、杜之不能爲司馬、揚、賈也，此其故非鍾天地磅礴鬱積之氣不能知，知而不能全也。研齋鍾天地磅礴鬱積之氣，其恢奇壯麗、卓爾不群者，於文已然，於詩無不然，又宜也。余交研齋最晚，讀其文蕭然生其敬畏，而研齋亦以爲余之文能不謬於古。顧吾之文雖與研齋別，然而山林、海水、日月、雷霆、草木、花實，方其發之於言也，亦莫不有其磅礴鬱積之氣焉，而吾之詩，實不及研齋遠甚。夫山林、海水、日月、雷霆、草木、花實，其可以形跡意象求者，有盡者也。其不可以形跡意象求者，無盡者也。吾方偃然順適，恣意所取之，而研齋已渾然包舉，寥廓無外，豈非其氣之全者，能合司馬、揚、賈、李、杜而爲一者歟？然則山林也，海水也，日月也，雷霆也，草木、花實也，天地磅礴鬱積之氣也，西蜀之山川也，瞿塘、巫峽之蒼莽也，研齋之文也。余之文也，皆研齋之詩也。（《醉白堂文集》）

董文友詩序

往余在金陵論詩，時時聞人稱蘭陵董生云。及令蠡，吾彼中無可與語，縉紳先生之行過是邑者，間論詩，則又必稱董生。董生年今未四十，計其時止二十餘，其詩名已稱於南北若此哉！丁酉，來蘭陵，始交董生，然後知董生之才不獨以詩稱。即以詩稱，而南北之稱董生者，猶未盡知董生也。竊嘗謂：詩者，六經之一也。古之聖人憂勞天下，其所爲議道自己[1]者，自天文地志、陰陽律曆、兵農禮樂、教化政刑、工虞水火、麟鳳龜龍、山川原野、四海九州，莫不兼總條貫，深著其理於事而顯筆其言於經。至於理有所不及周，事有所不得行，言有所不能盡，然後優遊浸漬而發之於詩，故詩者，六經之一也。明堂[2]、《清廟》[3]則將享先王，《天保》[4]《卷阿》[5]則誦美君父，以至燕饗贈勞，受釐[6]陳戒，或感時念亂之深其旨，或憂讒畏譏之危其辭，或忠臣孝子之自言其情，或野夫遊女之自致其思，或徵夫思婦之自寫其懷，若此者，皆詩之自然者也。聖人以爲："言之不足，故長言之。長言之不足，故嗟歎之。"以爲不如是，則言不足以悟，而聞者亦不足以誠，豈曰：吾更爲是詩焉，以誇示天下後世也哉？降及近代，家各專經，其於先王六經之理已不備，而天下之士莫不人人自有其詩。美人、香草競以名篇，感懷吊古率焉寄志。舟車晨暮、親朋會離，文采葩流，枝葉橫溢。然而源流不深，群言淆亂，是尚不知詩之所由始，而遑與論工拙乎？董生天才英發，自其少時，書已無所不讀，最後屢舉報罷，尤篤學嗜古不倦，上綜黃虞[7]，下迄昭代，事無鉅細，莫不推原所以興衰得失之故，與及門之士[8]相與講習討論，作爲文章，以申明先王所以立言垂訓之意，不負於學者之心，而又以其宜於詩者出而爲詩。嗚呼！是豈僅以詩稱名南北者哉？余論詩十年，自以爲庶幾不謬作者，及退而讀古先聖賢之書，乃知向者猶溺於流俗者之所爲。而董生齒少於余，已能先我而得之，性情風雅不失其正若此！此得"三百篇"之遺而少陵之嗣響者歟？蘭陵舊有《十子詩刻》，董生已爲弁冕，今又盡出其所藏，合爲若干卷以問世。余慮世之人猶僅以能詩稱董生也，故爲道其所以能爲詩者如此，與天下共見之。（《醉白堂文集》）

【注釋】

[1] 議道自己：謂君子謀議道理先自己而始。

[2] 明堂：古代帝王宣明政教之處，凡朝會、祭祀、慶賞、選士、養老、教學等大典，都在此舉行。

[3]《清廟》：《詩經·周頌》篇名，指古帝王祭祀祖先之樂。

[4]《天保》：《詩經·小雅》篇名，内容是爲君王祝福。

[5]《卷阿》：《詩經·大雅》篇名。《毛詩序》謂召康公作以誡成王求賢用起士。

[6] 受釐：漢制祭天地五疇，皇帝派人祭祀或郡國祭祀後，皆以祭餘之肉歸致皇帝，以示受福，稱受釐。"釐"即"胙"，祭餘之肉。

[7] 黃虞：黃帝、虞舜合稱。

[8] 及門之士：本謂現時不在門下，後以"及門"指受業弟子。

龔介眉詩序

吾交龔子介眉，蓋在癸卯之歲，距其登賢書二十年矣。三吳家工制舉業，而爲古文辭詩歌，率在釋褐之後，獨介眉屢舉報罷用，能以沉淫涵詠之餘，奮然發而爲詩，故其詩尤工。非謂介眉之詩必如是而後工，不如是不能如介眉之工而必傳也。竊嘗謂：制舉之業[1]，似無關於性情學問，然當時所稱大家如昆湖震川[2]，類皆旁求於六經、《左》、《國》、《莊》、《騷》、《史》、《漢》、百家之書，以博通其義類，煥發其文辭。至近世崇尚淺近，則賢者或薄不肯爲，而其決得失於一夫之目者，又皆憚其艱深，樂其平易。余雖未見介眉應世之作，獨見介眉家居，於古人書博稽廣覽，不遺纖細，與人議論縱橫闔辟，馳騁古今上下之際，踔厲風發，舉坐驚歎。至其落筆爲文，則又波濤洶湧，魚龍之變化，而雷霆風雨之交至。然後知士之有志於千秋之業，類不肯廢繩墨法度以希必合，而其性情學問，實有其深且厚者，亦樂於古文辭詩歌而發之也。介眉既不汲汲於一日之遇，所居三吳多賢人君子，二十年鉛槧之暇，相與遊處，晏樂贈答，故其所作於詩爲多。常自言：少時肆志吟詠，每苦識見狹隘，不能如意。逮公車[3]再上，舟楫車馬，所見道途山川險易，人物風俗之盛衰、州里都會、星霜寒暑榮落，可喜可愕，然後胸中浩浩落落，無所礙滯。然則介眉不以失乎彼者自苦，而獨以得乎此者自樂，其胸懷何如哉？肯與世之希志兼得者同其憂患哉？近代作者無慮數百家，每一辭出則必稱工，工則期必傳，至科第貴顯者尤易工，尤易傳，其或孳孳矻矻爲之不已者，反泯滅焉，此蓋一時之言。夫昆湖震川以其肆力於古人者爲文，尚不傳，況他乎？詩文之傳不傳，視其用之力之淺深厚薄而已。介眉之詩，以二十年之性情學問出之，其閱歷不爲不深，其停蓄不爲不厚，必如是而後工與傳，可得而幾焉？工與傳豈易言耶？介眉年未四十，使從此而榮遇，其工其可傳如是，是則余之所謂兼得，余尤樂道之，余豈敢謂必當棄其所樂而從其所苦哉？蘭陵舊有《十子詩刻》，介眉其一人，其九人者余皆知之，其已兼得無論，亦有尚困諸生者。故余爲是說以敘介眉，且令諸子知所勉勵，毋徒役志制舉業焉！（《醉白堂文集》）

【注釋】

[1] 制舉之業：指八股文。

[2] 震川：歸有光，字熙甫，又字開甫，別號震川，又號項脊生，世稱"震川先生"，明太倉昆山人。崇尚唐宋古文，其文風格樸實，感情真摯，爲明代"唐宋派"代表作家。有《震川先生集》。

[3] 公車：漢代以公家車馬遞送應徵之人，後因以"公車"爲舉人應試之代稱。

陳賡明詩序

論詩者必首"三百篇"，其次唐杜少陵，既已人人而知之，人人而規摹擬似之矣。余獨以爲才難，既有其才矣，風雅頌[1]之異其體，興比賦[2]之殊其義，感懷吊古、登臨行役、紀述燕勞、贈答之各有其情思，皆能得其自然之音響、節族，整秩不紛亂尤難。陳子賡明聞吾言而樂之，相與往復論說。賡明之言曰："信哉！詩之難也，不博稽古今之圖史載籍，不能詩；不周知天地山川、陰陽律度、日月星辰、人物事爲之蕃變，不能詩；不經行關塞江河、舟車裘褐，曠覽煙雲草木魚鳥，不能詩；不閱歷浮沉顯晦、榮華知遇、流離憔悴，不能詩。"是說也，余猶樂稱之。賡明之說以學，吾之說以識，非學無識，非識無學，賡明與余議論交相發也。賡明少年天才飆發，家世貴顯，多藏書。亂離之後，舊時卷帙散失，獨其家完好如故。賡明因得盡發其所藏，反覆究讀。凡事之見於紀載者，雖奇辭奧旨，靡不通達，故其爲詩，一出而爲蒼莽浩蕩之音。其後流連吳越齊魯、泰山黃河、燕磯金焦、驚濤駭浪，北游長安宮闕，車馬臺觀，氣象蕭穆，胸懷開朗，鬚眉軒豁，呈露則其爲詩，又出而爲沉雄春雅之音。最後兩射策南宮不第，道途羈旅，飢渴宵行，見月風霜冰雪，少時所讀《國風》《大小雅》懷人寄遠、憂時憫俗之篇，以及少陵睠懷宗國，每飯不忘君父[3]之意，感動觸發於中，則其爲詩，又直寫胸臆，往往累數百言，其音一歸於沉鬱頓挫[4]、疏密曲折盡致，庶幾古人溫柔敦厚[5]之旨。余嘗與王貽上、董文友論賡明之詩，以爲賡明年甫三十，其才氣雄放固宜，不應意思安雅沉練遽至此。及觀賡明論詩，然後知賡明之至此皆以漸，而其學其識亦由此而深也。賡明又爲余言："子所謂自然音響節族，此語似不易到。"余謂賡明："子殆已能之，特不自知耳。古人教人以法度繩墨，豈有蹤跡可尋求乎？子歸而讀'三百篇'之詩與少陵之詩，又自讀所爲詩，或合或不合。其合者，度用吾力幾何？其不合者，度用吾力幾何？以此意計揣量，可八九得也，故曰以識。"賡明又曰："然。"賡明盡刻所爲先後諸詩問世，索余敘。余念無以敘賡明，即以余之論詩與賡明之論詩者敘之如此。(《醉白堂文集》)

【注釋】

[1] 風雅頌：《诗经》的三個組成部分，"風"是用於教化、諷刺之作；"雅"是反映王室政治成敗得失之作；"頌"是讚美君主、祭祀神靈之作。

[2] 興比賦：《詩經》的三種表現手法："興"是借物起興，"比"是指物譬喻，"賦"是敷陳其事。

[3] 每飯不忘君父：謂杜甫時刻不忘忠君憂國。

[4] 沉鬱頓挫：謂文辭深沉蘊藉，音調抑揚有致。

[5] 溫柔敦厚：溫和寬厚，儒家以此爲《詩經》的基本精神及教育意義，後亦被當作對詩的要求。

沈康臣詩序

余論詩於京師，又得一人焉：山陰沈康臣[1]，康臣讀書明道者也。夫康臣方以詩名世，世亦方以詩稱康臣，而余獨以爲讀書明道者，何故？蓋詩者，發乎情，止乎禮義，而盡乎人物之事也。古者，天子五載巡狩，必命太師陳詩以觀民風[2]。風者，所謂風俗也。其事錯雜不勝書，則節取其義，而被之詠歌，以審觀其貞淫奢儉之所自，以爲一國之風在是焉，此詩之所由始也。其後明堂清廟，莫不有詩；燕享贈勞，受釐陳戒，莫不有詩；以及一時賢人君子憂時憫俗，莫不有詩；或野夫遊女之自言其情，忠臣孝子之自明其志，莫不有詩，則詩之正變，亦因以殊焉！然其人類皆有聖賢之才，而又能博觀人物事爲之得失，故其意義所歸，皆不失其性情、禮義之正。於是聖人者出，取而刪之[3]，奉以爲經，垂之學宮，博士[4]、弟子講習焉，詩之源流固如是哉！《離騷》作而詩始一亡矣，夫《離騷》，非詩也，然而猶能存其意。樂府作而騷始一亡，詩且再亡矣。夫樂府[5]，非騷[6]也，並不得其詩之意，以爲音節或近似焉！歌行[7]古律作，而樂府一亡，騷亦再亡，詩又三亡矣。夫歌行古律，非騷也，非樂府也，然而猶是詩也。詩之所在，眾人之所尚，而以爲詩亡，此非讀書聞道，其安能聞而信、信而不惑也乎？夫詩之降而騷，騷之降而樂府，樂府之降而歌行古律，勢也。由歌行古律而反之樂府，由樂府而反之騷，由騷而反之詩，人也。故曰：至變之中有其不變者存，豈虛語哉？康臣之所爲詩，大略不離樂府及歌行古律者近是，獨其能原本性情，而範圍之以禮義，則淫哇靡繢[8]之習，吾固知其免焉！蓋康臣少年天姿秀出，毅然以風雅自命，以爲漢魏三唐遂已在是，及乎榮華紛綗，閱之既久，始寧神靜慮，以庶幾溫柔敦厚之一當。噫嘻！此其志豈易量者乎？吾聞君子之有志於其業也，必明其道，讀書者所以明道之事也。康臣讀破萬卷，於詩之源流本末既已畢達，而又能孜孜矻矻以爲之，於不已則所爲由歌行古律以反之，於樂府、於騷、於詩，皆康臣之所甚易，而天下又何從而不信之乎？十餘年，常持此義與天下論詩，間有合有不合，其不合者無論，合者，其詩或又不及是焉，以爲詩人之難。今得康臣，乃自喜益信。韓昌黎曰："莫爲之前，雖美勿彰。"吾豈敢謂吾之言之遂足以信之者乎？蓋詩之亡於天下也，亦已久矣。（《醉白堂文集》）

【注釋】

［1］沈康臣：名允範。餘未詳。

［2］陳詩以觀民風：王巡狩見諸侯後，乃命諸侯掌樂之官，各陳其國民風之詩，以觀其政令之善惡。

［3］取而刪之：據傳孔子得黃帝玄孫帝魁之《書》，爲三千二百四十篇，斷遠取近，定可以爲世法者百二十篇，其中一百零二篇爲《尚書》，十八篇爲《中侯》。

［4］博士：古代學官名。武帝時置"五經"博士。

［5］樂府：古代主管音樂的官署。漢武帝始立樂府，掌管宮廷、巡行、祭祀所用音樂，兼採民歌配以樂曲。後來成爲一種詩體，初指樂府官署所採制之詩，後將魏晉至唐可以入樂之詩以及做樂府古題之作統稱樂府。

［6］騷：以屈原爲代表的詩人所作、帶有楚地色彩的文學作品。

［7］歌行：古代詩體之一，音節、格律一般比較自由。採用五言、七言、雜言，形式也多變化。

［8］淫哇靡繢：淫邪之聲，虛浮華麗之詩風。

《程昆侖文集》序

庚子十月，余以拮据軍旅事至潤州，別駕程昆侖[1]置酒焦山上邀余。是日，長風怒號，大江上下，波濤洶湧。余與昆侖躡級至絕頂，顧望海門，寥廓震盪，劃然一聲，響動林木，同游八九人相顧毛髮竪立，獨昆侖把酒長嘯。余觀昆侖，意思超忽，知其胸中抑勃與涵澹澎湃相擊發也。異日，昆侖乃出其所爲詩文示余，雖不多，若其氾濫停蓄，則林莽邱壑之勝與汪洋浩瀚、一瀉千里之勢，皆兼而有之。深信古人所稱文章奇肆，類有得於江山之助，而歎昆侖雖鞅掌[2]，猶能以其性情一自肆於山水之間，雖然四嶽三瀆[3]，流峙天地，不知幾千年矣！吾家桂林多佳山水，峰巒空靈秀聳，行巖壑中數十里，危礎絕澗，紛然應接。湘水發源靈陽山，其流甚大，至如京口三山，長江襟帶，南北舟楫往來，名賢高士經過，登臨憑吊，嘯詠無虛日。若夫武鄉山右巖邑山，雖綿互不土而石，無草木之蓊蔚，北土頗無水，間有不能浩蕩。昆侖生其鄉，雖家世貴顯，壯遊燕都，與天下賢人君子遊處。其少時，手、口、心、目所觸，其靈異亦無所舒泄。然而翼軫[4]之野，累百世無傳人，金、焦兩山，紀志數百篇，求一語足稱道不可得，而昆侖獨能以其詩文名，則又疑山水者於文章無補，或者能文之士，其性情所至，間有待於山水而發之也。余觀昆侖爲人，胸中所挾持甚鉅，其與人言，議論不肯出諸口。至於登覽之際，曠懷綿邈，則又落筆數百言，往往淋漓暢滿，譬之高山大川，風日晴麗，人猶狎而玩之，忽然天氣蕭穆，雷霆風雨交至，虎豹魚龍吟嘯隱見，然後觀者戰掉辟易，若此者，皆其胸中自有所融結，而豈區區山水之遊歷也哉！昆侖舊時文集遭世亂散失，今所刻特僅存者，其於諸體已備。友人李研齋爲言其源流同異，於文章之旨甚詳，又念余與昆侖並生斯世，昆侖著述未已，不敢遽定其所歸，故不備論，止就一時一節言之，亦使世之讀昆侖之集者，毋徒從事於外之山水，且內以求其性情也。然以昆侖性情之深厚，鄉者不借助於山水猶不易窺測，矧今日在潤州，登高而賦以決眥蕩胸者乎？吾誠不能知昆侖之所至矣！（《醉白堂文集》）

【注釋】

[1] 程昆侖：程康莊，字坦如，一字昆侖，明末清初山西武鄉人。工詩古文詞，爲時輩推重。有《日課堂集》。

[2] 鞅掌：職事紛擾煩忙。

[3] 四嶽三瀆：“四嶽”指東嶽泰山、西嶽華山、北嶽恒山，南嶽衡山。三瀆或當作“四瀆”，古人將四條獨流入海的大川稱爲“四瀆”，即江、河、淮、濟。

[4] 翼軫：二十八宿中翼宿和軫宿，古爲楚之分野，大抵相當於今江西、湖南一帶。

《秋懷詩》自序

京師，古幽燕地，天氣苦寒，往往未仲秋已蕭瑟零悴，日落風起，人家閉窗牖，下簾櫳，兒女妻孥，雜坐炕上，非貴官富商之家，率無深堂邃室可避霜雪。今年閏六月，秋氣更早，八九月間微雨，著單布衣兩三重，肌骨凜慄，故窮愁離索之人，類不能居。然獨以聖天子乘輿[1]所在，萬國車書[2]會同，奔走銓選[3]者歲以數千。富者儌華屋，鮮衣怒馬從交遊，鄉黨宴會，歌童舞女，無春無夏；貧者深巷蓽門[4]擁爐火，十日不出戶，見倒景屋梁，驚喜過望。故窮愁離索之人，雖居亦不能堪。不能居、不能堪，然猶居之，故嘗以其不能堪者發之於詩，詩無臺閣[5]崢嶸氣，臺閣之人無所事詩；詩無草野寒儉氣，草野之人亦無所事詩。詩者，窮愁離索之人爲之也，故悲窮則詩，言愁則詩，歎離索則詩，游郊原、望西山秋色則詩，昏夜叩人門戶，乞一絲一粟、仰人冷面則詩，夜寒獨起酌酒，讀自所爲詩，歡喜踴躍則詩，不能寐則詩，懷人則詩。詩不一，皆作於秋，遂以"秋懷"名焉。懷，思也，所以自言其情思也。（《醉白堂文集》）

【注釋】

[1] 乘輿：帝王所用的車輿，此用爲帝王的代稱。

[2] 車書：泛指國家文物制度。

[3] 銓選：選才授官。古代舉士與選官相一致，士獲選，即爲官。

[4] 蓽門：比喻窮人所住之處。

[5] 臺閣：明初上層官僚間所形成的文風。其代表作家有楊士奇、楊榮、楊溥等三人，同入台閣輔政。爲文講究雍容典雅，但內容則多粉飾太平，稱之爲"臺閣體"。

奉常公《未刻書》序

《未刻書》者，吾兄奉常公自丁亥後去之山中所著，及歿，戒家人藏之以遺之余者也。奉常公少好學，於古今書無所不讀，爲文章清麗和雅，又縱觀上下數千百年事勢成敗利鈍，忠臣孝子，審時觀變，生死去就，議論證據經史，較然一秉於是非義理之正。始應童子試第一，既而鄉會試，皆一戰勝。獨生平多愁善病，令茂苑未三月而廢。因著《阮遊草》《擬騷》諸篇，志悲感焉！及肇慶立，改官黃門[1]，遷太常卿[2]，未幾，復以亂歸，時則丁亥之四月也。奉常公既避世，慨然於世道人心之不古，其所爲不合於道，推原喪亂所由，始失聲痛哭，又親在班聯[3]，見諸臣、媚子、驕兵、悍弁，並及士大夫依阿苟且之習，感憤皆裂，無可告語，則盡舉其讀書所得，力折衷反覆而筆之於書。嗚呼！人生不幸當亂世，至於國亡家破，其於傷心流涕之際，固有心可得而悲、口可得而言、手必不可得而書者，若乃心可得而悲、口可得而言、而手又必不可不得而書，則其人蓋將揭日月、舉泰山、亙天地云，故奉常公之書題曰"未刻"者，示不敢也，其曰未者，又欲遺之余者，猶望其傳之也。昔鄭所南[4]作《心史》，以錫爲函投井中，其後數百年始出。余觀其書，義例叢雜，乖戾不可讀。後之學者猶取其心，從而寶惜之，況如斯人者乎？今之書，有《離騷》[5]之怨而不能忘其君，抱《采薇》之節[6]而不敢非其世，止是睠懷故國、傷心仳離、歎息痛恨，於賢人君子，謀人之國，食人之食，敗人之事，使天下讀之，知家國雖亡，其草澤之士固有感時念亂、悲吟愁歎而不可禁者，雖無益於事，其志亦足悲也。又其中有可備觀鑒者，亟命梓之。梓成，仍題曰“未刻書”，以終奉常公之志。（《醉白堂文集》）

【注釋】

［1］黄門：官名，因給事黄門，故名。後爲非宦者充任之黄門侍郎、給事黄門侍郎等官之稱。

［2］太常卿：漢景帝中元六年（前144）改秦奉常爲太常，爲九卿之一。

［3］班聯：指朝官。

［4］鄭所南：鄭思肖，字所南，號憶翁，一號三外野人，宋末元初福州連江人。元兵南下，痛國事日非，叩闕上書。宋亡，隱居吳下。善詩，有詩集《心史》。

［5］《離騷》之怨：此代指憂國憂民之情。

［6］《采薇》之節：《采薇》指《采薇歌》。商末孤竹君二子伯夷、叔齊，隱於首陽山，不食周粟，采薇蕨而食，及飢且死，作歌以見志。

《孟次微文集》序

余交孟子次微[1]始乙巳八月，是時，余方南歸，次微手一篇送余長安東門。倉皇展讀，驟觀其意，以爲次微才士，既困於名場[2]，意不自得，其憂愁慷壯之懷，庶幾有託於文而發之也。既別去，反覆卒讀，則又疑次微天才复絶，苟出其緒餘，已足以取科第、耀當世，何至歎世風之渺、悼命之終窮而並咎斯道之難者。踰年，再至京師，乃得盡取次微生平所論著讀之，然後知次微有志於斯道甚鉅，而故託之嶔嶇歷落以自見其懷，來者冀天下之知之，而相與引伸其志於無窮也。余不敏，竊嘗有志於聖人之道，既旦暮遇其人，則未嘗不樂得而稱道之。故余與次微遂殷殷論說不衰云。嘗竊以爲，文者，載道之言也，孔子曰：“天之將喪斯文也，後死者不得與於斯文也。”又曰：“文王既沒，文不在茲乎？”孔子之言文也，蓋言道也。聖人之道之在天下者，不可得而見，則必於其文焉傳之？玉門[3]之所演，伐檀削跡[4]之所論述，人以爲聖人之文，而不知皆聖人之道，即人或以爲聖人之道，而不知即聖人立誠居業，所以明道行道之文，故曰：道之所至，文亦至焉！故雖以孔子之不幸，而其道不容於當日，猶幸而孔子之文足以自傳其道，而昭示於來兹，此非聖人之道之文有幸有不幸。而道之託於文以傳者，蓋將千萬世垂之，而不以其不容而遂已者然也。然則孔子之後，世之有志於斯道者，其大略亦可睹已。夫雖然孔子之文簡，至孟子而繁矣！孟子之文繁，至韓愈、歐陽修而益繁矣！夫孟子，孔子之徒也，韓愈、歐陽修亦孟子之徒也，其文在是，斯其道亦在是，而繁簡固殊焉者，何也？則時之爲之也。故論孟子之後，屈原、揚雄之文愈於韓愈之文，然而文不屬焉者，道不在是也。韓愈之後，程朱[5]之道勝於歐陽修之道，然而道不屬焉者，文不在是也。由斯以觀，文有繁簡，道無升降，文以傳道[6]，道以存文，文與道交相維焉！世之類有斯人，顧不重歟？自歐陽子歿，道之不得託於文以傳者，六七百年矣！然其道卒不至散亂而無歸者，以聖賢之文具在，而天下之引伸之而不窮者，當不自歐陽子而止也。然則生乎今之世而有志於斯道，則必求詳於文，求詳於繁簡之文，其於窮通已不暇，又何知憂愁慷壯之所爲託也，余固以知次微之志之有所在也。嗚呼！鳳德[7]既衰，席不暇暖[8]，天未平治[9]，環轍[10]終窮，嶺海瘴癘之侵[11]，孤甥姦利之謗[12]，古人往矣，斯文斯道繫焉！而余也以其負罪嬰罿、憂讒畏譏之身，與次微之流落不偶適相類意。斯道斯文之於今日，或亦絕續之一會歟？士苟有志，雖知其不能，亦且可以自勉，既不敢怠廢，更以望吾次微也。（《醉白堂文集》）

【注釋】

[1] 孟次微：不詳。

[2] 名場：指科舉考場，以其爲士子求功名場所，故稱。

[3] 玉門：指宮闕，君門。

[4] 伐檀削跡：伐檀，當爲伐樹，削除車跡，謂不被任用。此指孔子。

[5] 程朱：宋代理學主要派別，首創者爲北宋程顥、程頤，集大成者爲南宋朱熹。因爲他們的學說基本一致，後人稱之爲程朱學派，也稱程朱理學。

[6] 文以傳道：宋理學家周敦頤主張文章需傳儒學之道。

[7] 鳳德：指士大夫的德行名望。

[8] 席不暇暖：連席子都來不及坐暖，形容奔走忙碌，沒有安居時間。此指孔子。

[9] 天未平治：謂天下大勢未到太平時。

[10] 環轍：亦作"轍轘"，喻周游各地。此指孟子。

[11]"嶺海"句：此指蘇東坡。東坡嘗謫居廣東惠州、海南儋州。

[12]"孤甥"句：孤甥，失去父親之外甥；姦利，以非法手段獲利。此指歐陽修。

《南平令蘇君分校朱卷》序

己酉，福建奉命大比文武士，南平蘇使君兩與分校，於《戴記》得五人，《易》得四人，武十五人，因錄其文以傳。先是，世祖章皇帝深惡門生座主[1]之說，戒分校官共閱一經，列銜名於其上，至"某某所取"則略之，示不得私焉！是役也，使君於《戴記》爲專經，已更出其餘力摸索英俊，則主者借才故也。夫朝庭以科第取士，士以其文章應之，此公之天下之事也。習門生座主之陋以植吾私，罪之誠是。然而文章知遇，古之人往往歎之，則何也？夫文章者，獨知之契也。士方寂寞，其精神性情以求當於一夫之目，辟之夜光投人[2]，按劍則按劍已耳，彼固不知抱璞者之泣吾刖也[3]。然使我亦寂寞，其精神性情出而與之相遇，則其際固甚深焉！故古人於一字之知，終身以之。若乃雜然錯出，紛然應接，冷然觸目，悠然會心，然後庶幾弋者之一獲，則其精神性情尤堪與天下相見，此士之所望也。故使君今日之於諸子，必不敢有其門生座主之名，而必不能忘於文章知遇之際，出其文章以見遇者之精神性情，出其評騭以見遇之者之精神性情，如是而已。然余以謂門生座主獨今有之，古概未有聞焉！唐之陸贄[4]，宋之歐陽修，人傑也，韓愈、蘇軾，亦人傑也。贄得愈，修得軾[5]，是四公者皆爲名臣。其道同，其骨鯁剛毅之氣同，其才全而德備同，其始終同，然史傳所稱，絕無依傍假借之事。獨軾守潁州，潁爲修舊游地，讀其詩文，想見其流風餘韻，則爲之欷噓出涕。嗚呼！古今人不相及，豈待言之而始歎之也哉！今使君春秋方富，異日者爲陸、爲歐，豈異人事？而諸子者，又皆韓、蘇之才用，能輝煌炳蔚，以其業比隆於四公者，正未可量，則斯編又不過其託始者耳！雖然，士之懷才而不獲知遇者多矣，得毋讀斯編而喜聞吾言而悲者乎！（《醉白堂文集》）

【注釋】

[1]座主：座師，科舉考試中對主考官之稱。

[2]夜光投人：謂人們因不知而怪。

[3]"抱璞"句：春秋時，楚人卞和獻璞玉於厲王，被厲王以爲誑而

斷其左足。後又被武王斷右足。文王時，卞和抱璞哭於楚山之下。文王乃使玉工剖其璞，得美玉。

　　[4] 陸贄：字敬輿，唐蘇州嘉興人。作奏議多用排偶，條理精密，文筆流暢。有《翰苑集》。

　　[5] 修得軾：指歐陽修提攜蘇軾。蘇軾於嘉祐二年（1057）禮部試，爲歐陽修所識，提拔爲進士第二名。

《紡授堂集》序

　　《紡授堂集》，溫陵曾弗人[1]之所作也。弗人諱異撰，後父歿六月而生，母張守志捧負。及長，能讀書，博通經史百家之業。紡授者，謂母氏紡織時所授讀，誌不敢忘也。弗人行峻潔清，爲文章窮極原本，然於制舉業每不肯俯首就繩墨，以故年五十始一遇。已而公車再蹶，遭世亂，遂憔悴以卒。其詩歌、古文辭雖傳於世，世亦未有能知之者也。余嘗讀而悲之，已又讀其所爲《〈卓珂月[2]文集〉序》，益悲其意。珂月者，當時錢塘知名士也，其言曰："余與卓子珂月皆爲時義而不易售者也。夫爲時義則時義耳，不易售則爲其易售者耳，而嘐嘐然而著書、而立言，奚爲者？且今天下之人材，帖括[3]養成之人材也，今之國家，帖括撐持之國家也。國家三歲一大比士，士不由是選，不得躋卿大夫之列。然主者自經義而外，其他率未常有去取焉，寧惟不去取而已者，練達而以爲迂，慷慨而以爲諱。夫三場皆制舉業也，盡心焉，猶且不可，而況嘐嘐然而著書、而立言，豈非適燕而南轅乎？雖然古鬱鬱不得意之流，且有不得已而至於飲醇酒、近婦人者矣！夫飲醇酒、近婦人，古之樂死而憂生者之所爲也，著書立言，古之窮愁者之所爲也。古之人以其不得意而託之醇酒、婦人以消折其形骸。余與珂月以其窮愁而託之著書立言，以發舒其意氣，此其意有以異乎？無以異乎？自余觀之，則是二者固一身之苦樂集焉！夫取古人之醇酒、婦人，倒行而借用之，則亦窮愁著書之類也。何以知之？吾嘗知之古人之書矣！屈子之書，書之怨者也，其《離騷》《天問》，以爲是醇酒、婦人，非耶？吃公子[4]之書，腐史[5]之書，書之憤者也，其《說難》《孤憤》《史記》，以爲是醇酒、婦人，非耶？使屈原而不爲《離騷》《天問》，則其怨不申；使吃腐而不爲《說難》《史記》，則其憤不泄。不申不泄則其窮而無所之，當更有甚於求死而不得者，顧安得不出於醇酒、婦人而憂生而樂死也耶？夫事固有極樂而實苦者，亦有極苦而實樂者，非余與珂月，其誰能辨此者？非余又誰爲珂月敘之如此者?"嗚呼！弗人往矣，其言固在。弗人之序卓子，蓋自敘也。集僅八卷，書序爲多，諸體頗不備。詩附見曹石倉[6]《十二代詩選》中，集無有焉。又無序，余初欲爲敘之，既念當無出弗人之意外者，故僅錄其書以見弗人之意。(《醉白堂文集》)

【注釋】

[1] 曾弗人：曾異撰，字弗人，明晉江人。有《紡授堂集》。

[2] 卓珂月：卓人月，字珂月，明末仁和人。工詩詞曲，有《蕊淵集》。

[3] 帖括：唐制，明經科以帖經試士。把經文貼去若干字，令應試者對答。後考生因帖經難記，乃總括經文編成歌訣，便於記誦，稱"帖括"。

[4] 吃公子：韓非，戰國末韓國人。爲人口吃，因稱之。集先秦法家思想之大成。有《韓非子》。

[5] 腐史：司馬遷曾受腐刑，故其所著《史記》被稱爲"腐史"。

[6] 曹石倉：曹學佺，字能始，號石倉，明侯官人。明亡，入山投環死。有《石倉集》。

評定《詩歸》自序

明詩自北地[1]、信陽[2]而外，必推七子[3]，近時有欲尊李西涯[4]者，其論卑不足道也。竟陵鍾伯敬[5]、譚友夏[6]有《詩歸》之選，其意欲以排斥濟南[7]。夫《詩歸》即能排濟南，乃排濟南選詩耳，安能排七子哉？然其論尖新幽僻，故當時從而和之。夫論選唐之弊，則竟陵與濟南皆過也。近時諸家又頗知《詩歸》之謬，復推濟南。夫兩者皆過，而或稱此，或稱彼，則論詩者又過也。嘗試言之，《周禮》太師掌六詩以教國子，所謂六詩者，即《毛詩·大序》所謂六義也，其義天下之人皆知之，不待論說。然而作者之能事盡此矣！即選者之能事亦視此矣！故不盡觀古今之詩，不可與之言詩；即盡觀古今之詩，而謂此之詩即彼之詩，亦不可與之言詩，以一詩自有一詩之體也。執一端以求詩，不可與之言詩；執多端以求詩，亦不可與之言詩，以一詩自有一詩之體，詩又自有詩之體也。夫詩之不能不異者，體也；其不能不同者，氣也。濟南單言聲調，夫聲調是也，以言律稍有取爾也，古亦專主聲調乎？竟陵單言幽澹，夫幽澹是也，以言古稍有取爾也，律亦專主幽澹乎？泥一己之所近，將使一代胥受成焉！嗚呼，是亦難矣！大約濟南能動而不能靜，竟陵能靜而不能動。至於不知體、不知氣，則其失均，此其大略也。濟南云："唐無五言古詩。"其說是也，竟陵極詆之，是以其古詩爲古詩也，竟陵非也。唐詩數萬，濟南所選寥寥，又其意若將以某首爲某體第一者，竟陵詆之，竟陵是也。然而濟南率意選詩，當時震於其名，遂因而傳之，濟南無意選詩者也；竟陵選詩欲以排濟南，有意選詩者也。無意選詩故惟詩之求，意無所適。有意選詩，故嘗矯於其失，而因以失之也。竟陵之選杜，是也，其選李，非也。選杜，盡杜之長，選李，不盡李之長，此意有所適者，過也。杜以律勝而不及絕，李以絕勝而不及律。古人有能、有不能也，不自諱也。李選律謬矣，杜選絕而以爲生，又以爲有別趣，若將勝李，然吾誰欺？矯於其失而因以失之者也，過也。且夫詩固不當選，亦不可選。試就一節觀之，古人一題或數詩，其數詩豈盡能佳？然而各有其義，意不可紊也，不可少也。濟南選杜《後出塞》止一首，竟陵選杜《遊何將軍園林》，亦止一首，諸如此類甚多，不備述。若使讀者不合前後諸詩觀之，能通其義意乎？且彼之所選者，果安取乎此？其故非惟濟南、竟陵不能知，即鍾嶸[8]、嚴滄浪[9]亦初不能知，吾其敢易言哉？客居無事，因取《詩歸》論次之，其詳者節節而言之也，而先著其概，雖然後起之論若聚訟，然其視今也何異於昔。吾何知定論，亦心之所是，不能以默已爾！至竟陵因排濟南以及七子，文人爭相雄長，亦固其所要，其中尚無所推奉，若尊茶陵[10]者遂排北地，則爲不知量矣！茫茫一代，誰主齊盟？後有君子當復論定，余因論詩遂並及之。（《醉白堂文集》）

【注釋】

［1］北地：漢郡名，在今甘肅環縣東南，舊屬慶陽府。明代前七子的領袖人物李夢陽是慶陽人，因以"北地"代指李夢陽。李氏詩宗杜甫，以復古爲己任。有《空同子集》。

［2］信陽：今河南信陽，此指何景明。他與李夢陽同爲前七子的重要人物，主張"文必秦漢，詩必盛唐"，有《大復集》。

［3］七子：明代弘治、正德年間，李夢陽、何景明、徐禎卿、邊貢、康海、王九思、王廷相等七人，並以文章名世，稱"前七子"。又嘉靖、隆慶時期李攀龍、謝榛、梁有譽、宗臣、王世貞、徐中行、吳國倫等七人，亦以文章名世，稱"後七子"，倡導以復古求革新。

［4］李西涯：李東陽，字賓之，號西涯，明湖廣茶陵人。作詩追求典雅工麗，開"茶陵派"之風。有《懷麓堂集》。

［5］竟陵：指明末的文學流派竟陵派，力矯公安派性靈流弊，反對

復古派，追求“別趣奇理”，形式上孤奇僻怪。鍾伯敬：鍾惺，字伯敬。竟陵派代表人物，評選《古詩歸》《唐詩歸》，名滿天下。

[6] 譚友夏：譚元春，字友夏，竟陵派代表人物。與鍾惺編《古詩歸》《唐詩歸》。

[7] 濟南：指李攀龍，字於鱗，號滄溟，明歷城人。與王世貞同爲“後七子”首領，作詩力倡“詩必盛唐”。有《李滄溟集》。

[8] 鍾嶸：字仲偉，南朝梁穎川人。著《詩品》品評漢魏至梁時一百二十餘詩人之詩作，分上中下三品。《詩品》爲古代第一部詩歌批評專著。

[9] 嚴滄浪：嚴羽，字儀卿，一字丹丘，號滄浪逋客，宋邵武人。精於論詩，推崇盛唐，反對宋詩散文化、議論化，對蘇軾、黃庭堅及江湖派詩風均表不滿。創“以禪喻詩”之說，強調“妙悟”與“興趣”。有《滄浪詩話》。

[10] 茶陵：指明末的文學流派茶陵派，因其代表人物李東陽爲茶陵人而得名，講究聲律格調等技巧。

《蘆中集》序

《蘆中集》者，莆田余賡之[1]先生之所著也。名之者何？先生家海濱，避亂居蘆中，生平所作於蘆中爲多，故從其多者名之也。嗟乎！使先生不幸而不居蘆中，雖有得其庸，愈乎？先生幸而居蘆中，而能以其集傳也。余從總角[2]時知先生，及喪亂，則先生隱矣。余游江南，往往讀先生文，用益高先生之爲人。及今，乃得登先生堂而讀先生全文也。嗚呼幸哉！竊嘗謂：天之生才也不數。即人之有其才，能善用之以不陷於一偏者亦不數。夫人生幼而學，壯而行，其能致君澤民，上也；躋卿相、都華膴[3]，次也；若乃流離況瘁，飢寒困頓而後託之立言以自見其意。夫言之爲用而必有待於流離況瘁、飢寒困頓。凡立德立功[4]之人，豈真初不能言者哉？則凡窮餓之士，豈真皆能言者哉？非也。夫典謨訓誥[5]之文，其言典，其人則伊尹[6]、周公是也。《山高》《牧民》之文，《春秋》之文，其言富，其人則管仲[7]、晏嬰[8]是也。孔子、孟軻之文，其言大而遠，其遇則窮愁憂怖無聊者也。故有其所爲，必有其所言，乃所謂才也。然而三者常有，而言不常有，故曰：天之生才不數也。雖然，天亦常生才矣，其在人也，當明盛之時，而爲哀傷悲思之言，則荒而不能言；居得爲之位，而爲山林遠引之言，則誕而不能言；處危疑之地，而爲輕世肆志之言，則悠謬而不能言。若是者，非不能言也，然而三者，其失均，乃所謂一偏也，故曰：有其才能善用之者亦不數也。獨先生則不然，蓋先生，天下才也。先生蚤歲釋褐，則其言廣大而清明，曰：我將以鳴國家之盛也。其出爲令，則其言疏暢而條達，曰：我將以從政也。及其避世隱居，則其詞纏綿而輾側，曰：念亂也。夫先生之言一也，然而所以異者，則先生之時爲之也。故由先生言觀之，則天之生才也；由先生之時觀之，則先生之善用其才也。先生以爲然乎哉？天下後世以爲然乎哉？然以先生之才，不使登之明堂，施之郊廟[9]，而使之居於蘆中以老，則又先生之幸而言之不幸。然而世之遭喪亂困而不克自見於世者，亦多有矣！不幸而不能言，幸而能言，而託之以傳，則其人固將與立德立功者同不朽，豈異量乎？故有蘆中之集，而先生之人傳；有先生之人，而蘆中之集傳。人以傳言，言以傳人，世蓋兩重之矣！先生詩近萬首，既失之蘆中，又從蘆中得萬首。文亦千首，家貧不能刻，其門人方以智爲刻之南中，僅得若干首。世不乏知人，蓋嘗其一臠知全鼎[10]云。（《醉白堂文集》）

【注釋】

[1] 余賡之：余颺，字賡之，號蘆中人。崇禎進士。凡所爲詩文皆典雅可誦，有《蘆中集》。

[2] 總角：古時兒童束髮爲兩結，向上分開，形狀如角，故稱總角。

[3] 都華膴：都，彙聚。華膴，華衣美食。

[4] 立德立功：樹立德業，建樹功績。

[5] 典謨訓誥：《尚書》體例，傳統分爲典、謨、訓、誥、誓、命六種。此代指《尚書》。

[6] 伊尹：商湯大臣，名伊，一名摯，尹是官名。

[7] 管仲：名夷吾，字仲，春秋時齊人。輔佐齊桓公稱霸。有《管子》。

[8] 晏嬰：晏子，字平仲，春秋時齊國人。後人集其行事言論爲《晏子春秋》。

[9] 郊廟：古代帝王祭祀天地神祇和祖先之處。

[10] "嘗其"句：品嘗鼎裏的一片肉，即可知整個鼎所調製之味。

《清遠閣詩》序

古者其言之傳恒在身後，其刻詩文以問世者，近不過八九十年，名之於人甚矣哉！至近時，則婦人女子之詩亦滿天下。夫詩文之傳固不惟男子婦人與身前後之異，然詩者，古人所以自道其性情者也，使婦人女子亦出其性情，以與天下相見，有求斯應，有唱斯和，宜乎？不宜乎？其於名何有焉？故余於江南得婦人詩，盡焚之，而獨存《清遠閣》一帙。蓋《清遠閣》之詩，其言繫彝倫風教[1]之大，其音得和平莊雅之常，且篇什不多，刻於身後，不近名，不表異，詠雪[2]單詞，所爲嘖嘖千古者也。孺人[3]蔣氏，毛留鄰[4]元配，司百之母，吾友鄒訏士[5]常爲之序云。（《醉白堂文集》）

【注釋】
[1]　彝倫風教：倫常、風俗教化。
[2]　詠雪：謂女子有詩才。
[3]　孺人：古稱大夫妻，唐稱王之妾，宋代用爲通直郎等官員之母或妻之封號，明清則爲七品官母或妻之封號。亦通用爲婦人尊稱。
[4]　毛留鄰：初名章斐，又名雲仍，字子宜，號旦齋，清江蘇武進人。博覽群書，性好山水，與“毗陵四家”交。
[5]　鄒訏士：鄒祇謨，字訏士，號程村，清江蘇武進人。工詩文，“毗陵四家”之一。有《遠志齋集》。

詩餘自序

半生無暇爲填詞，時劍津之役，舟小灘涸，日行數十里；又與張蹇庵[1]、妻舅張我濟[2]童正公俱，不能獨讀書。無事，乃間爲韻語。既多，則若可爲填詞者然。然素不習，不知用韻及字數多少。蹇庵雖知之，亦不能詳。無已，則取生平所偶熟者擬之，因得十餘闋。最後滯榕城，時時有所感觸，則書，既久，亦得數十闋。夫詩餘[3]者，詩之終事也。詩自“三百篇”一變而漢魏，再變而唐、而宋，至詩詞流爲歌曲，而詩遂亡。非詩餘之能亡詩，勢使然也。顧其體，始於唐而盛於宋。花間[4]、草堂[5]，今讀之猶有風人之意，至於明，俚且率矣。近時作者數千，大約刻意爭勝，求之過高，則不惟詩亡，幾並詩餘而亡之，無他，浸失其意而好異者之過也。譬之適食然，五穀，人之所同嗜也，珍錯，亦人之所同嗜也。今有人厭五穀、珍錯之同，而惟異之求，則將何食？必也汙穢臭腐始足饜斯飢乎？凡吾爲文章，豈惟自娛樂？亦將以上同於古人，不求人知，不敢立異，至於合不合，則學所成就，不可強也。詩餘雖小，亦文之一體，既已爲之，則亦不敢漫然以從事矣。而況詩餘亡而後歌曲作，歌曲作而後詩亡，則詩餘不亡，詩猶未亡也，詩餘之所繫又豈渺少也哉！凡事不足傳天下、示後世，則不爲之，不則終其身，皆以其暇日學之矣。（《醉白堂詩餘》）

【注釋】

[1] 張蹇庵：未詳。

[2] 張我濟：未詳。

[3] 詩餘：詞之別名。宋人已有此稱，一般認爲是把詞作爲詩之餘緒。

[4] 花間：五代時西蜀詞派，尊唐末溫庭筠爲鼻祖，其名稱來自後蜀趙承祚所編《花間集》。收入溫庭筠、韋莊、歐陽炯等十八人詞。以豔詞爲主，風格綺麗。

[5] 草堂：即草堂體，明寧王朱權所定樂府體十五家之一，其《樂府體式》曰：“草堂體，志在泉石。”

謝濟世

謝濟世（1688—1756），字石霖，號梅莊，廣西全州人。康熙壬辰（1712）進士，改庶吉士，授檢討，歷官浙江道御史等。有《謝梅莊先生遺集》。

《陶人心語》序

余夙聞雋公唐先生能詩而未之見也。今年春，督運赴淮，過九江，值先生奉命監景德鎮陶工，兼理關務，留飲於東堂。酒半，余索詩，先生出手錄一編，名曰《陶人心語》。余一見亟贊曰："可傳矣！"先生笑曰："異哉贊也！未讀之，何由知之？"余喟然歎曰："詩之亡也久矣！學竟陵者務艱深，若可解若不可解，是昧其心而爲自欺欺人之語者也；學峿峒[1]濟南者事摹倣，如此方爲盛唐，如此方爲老杜，是捨其心而效他人之語者也。邇來風氣稍變，漢魏、六朝、兩宋兼習之。然大都辭難就易，避實擊虛，詳於景而略於情，捨古人之性情而求肖其聲音笑貌。嗚呼！舉世皆以喉舌脣齒語，而君獨以心語，此余所以知其可傳也。"先生曰："吾語雖根心，奈未工何？"余曰："君不自名爲陶人乎？吾聞陶之爲道也，搗金石之屑，採草木之精，埏之、坏之、�之、繪之、釉之、煆之，別土脈火色，尋蠏爪魚子[2]，自柴、汝、官、哥、定、霍[3]以來，至今日而其製益精。君以製器者立言，其工也何疑！"先生曰："吾自名爲陶人者，非以示勤苦，乃以傷遲暮也。吾年四十六，來此督陶，始爲詩，故名曰'陶人'。東坡有言：'詩非甚習不工。'少而習者，庶幾能工，老而習者，其能工乎？"余曰："詩之工不工，不繫乎習之少與老也。世之束髮苦吟，迄白首而無一句可傳者何限？昔高常侍年過五十始學爲詩，每吟一篇，輒爲好事者傳誦[4]，至今稱高、岑[5]焉。少而習者工乎？老而習者工乎？且夫詩固望窮而工[6]，亦以工而窮。人稟二五[7]之秀，爲萬物之靈，當總角時，即沾沾以詩人自命，競一韻一字之能，極月露風雲之狀，甚至落鬚眉、墜坑塹而不自知。內無益於身心，外無補於家國，一不遇則怨天尤人，借景物以抒寫其憤懣之人也，不爲賀之夭[8]、郊之獨[9]，則爲籍之盲[10]、甫之餓[11]，雖欲無窮，不可得也。若夫豪傑之士，遭際盛時，以社稷蒼生爲己任，不惟不屑爲詩，亦不暇爲詩。洎乎中年以往，觸緒興懷，其天分本優，而學又至，有時發而爲詩，仁之言藹如，義之言秩如，自然叶宮商而直追風雅，斯其遇固未嘗窮，而其詩亦未嘗不工。是以有唐三百年間，學詩之晚者無如適，詩人之達者亦無如適。由此觀之，君之詩之工不必言，而從此鼓吹休明，達而不窮亦可預卜也已！"先生嘿無言。余乃命左右剪燭，開峽浮白，擊節而快讀之。明日分袂登舟，乃記錄其語以遺之，使弁於簡端。（《謝梅莊先生遺集》卷四）

【注釋】

[1] 崆峒：指明代詩文家李夢陽。

[2] 蟹爪魚子：均指瓷器上的紋路及特點。

[3] 柴、汝、官、哥、定、霍：均爲古代窯名。柴窯出北地，世傳爲後周世宗柴榮所建；汝窯出汝州，宋時所建；官窯，宋政和間京師自置；哥窯出處州；定窯出定州；霍窯出霍州，亦名彭窯。

[4] 好事者傳誦：謂高適詩爲人稱頌。

[5] 高、岑：盛唐詩人高適與岑參並稱，兩人都善寫邊塞詩，風格也相似。

[6] 窮而工：歐陽修論詩主張，認爲詩人愈失意，則愈能寫人情之難言。

[7] 二五：指陰陽與五行。

[8] 賀之夭：唐代詩人李賀，辭尚奇詭。七歲能辭章，年二十七而卒。

[9] 郊之獨：唐代詩人孟郊，少諧合，詩多苦寒之音。

[10] 籍之盲：唐代詩人張籍，十年不得升遷，有眼疾，被孟郊嘲爲"窮瞎張太祝"。

[11] 甫之餓：唐代詩人杜甫，初舉進士不第，遂事漫遊，後居困長安近十年。

纂言內篇·辭章第七

古之學學性命，今之學學辭章。譬諸草木：性命，稻粱菽粟；辭章，牡丹芍藥。

《老子》約，《莊》《列》剽，屈、宋豔[1]，左氏、孫武峭，史遷疏以宕，揚雄縝而奥。柳近左氏，韓近揚，歐近史，蘇近莊。老、莊害道，諸子亦未能載道。道不在，皆辭章之類。

古之文簡而賅，今之文駢以麗。誥、頌、銘、誄，今體非古體，猶適於用。詔、冊、令、教、表、奏、箋、啟，古無而今有，亦不可廢。賦，無謂也，古賦在詩內，今賦在詩外。荀[2]、宋揚鑣，賈、馬接跡，富者傾書廚[3]，貧者設獺祭[4]。十年而就《二京》[5]《三都》，何益？既不足覆瓿[6]，則亦不足疥壁[7]也。"七"與"連珠"更無謂矣！

古人以行之餘爲歌詩，今人以詩之餘爲詞曲。兒女情懷，鄭衛音節[8]，文風之衰，至斯而極焉。

詩譬諸偶：宋齊梁陳描，魏晉塑，三唐鋄，兩漢鑄。（《謝梅莊先生遺集》卷六）

【注釋】

[1] 宋豔：宋玉辭賦風格華麗，故有"宋豔"之稱。亦用以稱頌文辭華麗。

[2] 荀：荀況《成相篇》被認爲是最早的賦。

[3] 書廚：諷喻人讀書多而不能運用。

[4] 獺祭：謂獺常捕魚陳列水邊，如同陳列供品祭祀。

[5] 《二京》：即東漢張衡著《西京賦》與《東京賦》。

[6] 覆瓿：喻著作毫無價值或不被人重視。亦用以表示自謙。

[7] 疥壁：謂壁上所題書畫如疥癬，令人厭惡。

[8] 鄭衛音節：春秋戰國時鄭衛兩國民間音樂。因不同於雅樂，被儒家斥爲"亂世之音"。

蔣勵常

蔣勵常（1751—1838），字道之，號嶽麓，廣西全州人。蔣勵常學問淹博，精通醫理，滿腹經綸，文武雙全。然仕途坎坷，官不過訓導。回歸故里，入主清湘書院，乃以教書終老。專注於子孫教養，其子蔣啓徵、蔣啟斅，孫蔣琦齡、蔣珣，曾孫蔣實英等均享有功名，多有建樹。有《十室遺語》《養正編》《嶽麓文集》。

趙飴山《聲調譜》書後

古詩失傳久矣！趙飴山[1]《聲調譜》雖言之鑿鑿，而語多拉雜，意鮮折衷，仍使讀者憒憒。余於所引諸詩中玩其評注，得其用意，恐久而或忘也，姑擇其要者識之以備參考。如評岑參[2]《登慈恩寺塔》詩，云"無一聯似律者，平韻古體當以此爲式"。可知古詩不可上下二句純律，間出數句無礙也。評王維[3]《青雀》詩，云"近體有用仄韻，仄韻古詩卻自不同，只在粘聯及上句落字中"。細玩之，可知仄韻近體，上句落字斷宜用平，而古體則以不獨仄可用，兼有可救下句處，仄韻近體上下句斷宜用粘，而古體則以不粘爲得也。評孟浩然[4]《秋登萬壽山》"愁因薄暮起，興是清秋發。天邊樹若薺，江畔洲如月"四句，云"下二句俱律句，正以上二句第三、第五字用仄而調協"，可知下句律，上句斷不可用律，而仄韻詩上句仍用仄字落，正所以爲下句地也。又云"上二句落字仄，合下律句，仍是古調"，又云"下二句亦拗律調"，可知拗律不特可入古體，兼可救古體中之律句也。評《夏日南亭懷辛大》，云"開元、天寶之間，鉅公大手頗尚不循沈、宋之格，至中唐以后，詩賦試帖日嚴，古近體遂判不相入。然盛唐諸公，亦無四句純律者，今人不得藉口也"。可知開元、天寶間，亦無四句純律古體，以後並兩句拗律亦少矣！總之，古體間用數律句亦可，若連用四句或三兩句純律則不可。拗律雖無礙，然亦不可大段是拗律，大段皆拗律，則是拗律詩，非古詩矣。

又每句四五字連用平或用仄，如仄仄平平平、平平仄仄仄、平平平平平、平平平仄平之類，即古體中亦不宜多用，轉韻尤不可用。否則語

句過於生硬，於音節未免有乖矣！（《嶽麓文集》卷四）

【注釋】

[1] 趙飴山：趙執信，字伸符，號秋谷、飴山，清山東益都人。此書主要稽考五、七言詩各種詩體平仄規律，旨在辨析古體、齊梁體、律體在平仄聲調上之區別以及律體變格。

[2] 岑參：唐荊州江陵人。工詩，多寫邊塞風光，與高適齊名。有《岑嘉州集》。

[3] 王維：字摩詰，唐河東人。官至尚書右丞，故世稱王右丞。以詩名盛於開元、天寶間，尤長五言，多詠山水田園，與孟浩然並稱。有《王右丞集》。

[4] 孟浩然：名浩，字浩然，唐襄州襄陽人。早年隱居鹿門山，游京師，應進士不第。工詩，善寫山水景色，與王維齊名，有《孟浩然集》。

五言拗律 半格詩，上二字粘，下三字不粘

野店正分泊，以第三字在律中宜平而仄。繭蠶初引絲。以第一字宜平而仄，第三字宜仄而平。行人碧溪渡，繫馬綠楊枝。苒苒跡始去，悠悠心所期。秋山念君別，惆悵桂花時。愚謂：止拗一字已是拗律，若兩字，即與古句無別。（《嶽麓文集》卷四）

救字法

評東坡[1]《和蔣夔[2]寄茶詩》中一句“三年飲食窮芳鮮”云：“下三字平，第四字必仄以救之，如第四字平，則第六字必仄以救之。總之，每句中或連數平聲、數仄聲字，恐句過於生硬，必於當要處用一字以救之，使不失爲圓轉。二、四、六字，七言緊要處也，然亦不能過泥。”

古體句法不一，而先生以“仄平仄仄平、平仄平仄仄”爲古詩句，豈古詩必宜用此兩種句法耶？何古人多不然，此實余所不解。

余少觀《笠翁[3]詩韻》有云：“如無平聲字可用，當以上聲字代之。”因取律詩中當用平聲字作上聲讀之，拗口殊甚。今飴山乃思以入代平，不思平聲和緩，入聲直突，二者更難強同，不知何所見而云然也。

譜尤有難盡憑者，如杜牧[4]《送盧秀才》詩“行人碧溪渡……秋山念君別”，注云“拗律”。王維《青谿》詩“澄澄映葭葦……清川淡如此”，注云“拗律”。孟浩然《秋登萬壽山》詩“心隨飛雁去……平沙渡頭歇”，注亦“拗律”。至所選齊梁體沈佺期[5]《和杜麟臺春情詩》“蛾眉返清境，閨中不相識”，則云“末二句古體”，又云“亦與古詩相入”。同一用平仄，而彼云拗，此云古體，余不知其何說也。且既云“古體”，又云“亦與古詩相入”，然則古體與古詩又各有異耶？（《嶽麓文集》卷四）

【注釋】

[1] 東坡：蘇軾，字子瞻，號東坡居士，宋眉州眉山人。所作詩文清新暢達，作詞豪放，開拓內容，突破綺靡詞風，工書善畫，有《東坡樂府》等。

[2] 蔣夔：未詳。

[3] 笠翁：李漁，字笠鴻、謫凡，號笠翁，明末清初蘭溪人。入清，流寓金華、杭州、南京等地，終老於杭州。有《閒情偶寄》等。

[4] 杜牧：字牧之，唐京兆萬年人。善屬文，工詩，世稱小杜。有《樊川文集》。

[5] 沈佺期：字雲卿，唐相州內黃人。工詩，尤長七言，始定七律體制，與宋之問齊名。明人輯有《沈佺期集》。

十室遺語（節錄）

論文

文之爲言，交也。五聲交而樂文成，五色交而錦文成，未有不交而能成文者。故行文之道，或以賓主交，或以反正交，或借彼喻此，或引古證今，或以緩承急，或以濃形淡。其法不一，要皆欲使之相交而成文也。至於錯綜變幻，不可方物，而極其自然，滅盡針線之跡，人亦無從測其妙矣！

物相交則成文，交而不亂則成章。譬之窗格，其往來縱橫，彼此相錯，文也；其縱橫交錯，具有條理，不雜、不亂，秩然可觀，章也。

凡作文，先於參差中求整齊，而後能以整齊爲參差。整齊之中有參差，文也；參差之中見整齊，章也。

《左》《國》之文多整齊，當於整齊中求其流動處；《國策》、諸子、

《史記》之文多放縱，當於放縱之中求其嚴整處。

平鋪直敘便不成文。古文往往敘一人一事，未了忽然截住，另敘他人他事，或參入議論，入後遙接前文，雲橫嶺斷，舊境忽現奇觀，左氏[1]慣用此法。史公[2]祖述，其合數人爲一傳，錯綜變幻而意味愈覺無窮。

左氏敘"鄭伯克段"至"大叔奔共"，宜接"置姜氏於城穎矣"，忽插入書法一段，而後以"遂置姜氏"一語遙接前事。此等章法最好看，亦即所謂整齊之中求參差也。《左傳》似此者不可勝數，後人詩文亦多效此法。獨怪近日選本，遇此等每以爲閒文，往往節去，亦何可笑。

前法《論》《孟》之文亦有之。《論語》如"有子其爲人也"章，突接"君子務本"。《孟子》"食之以時"章，忽插入"民非水火不生活"等篇，皆是也。

《論語》"巧言"章"鮮矣仁"，若入俗手，必作"仁鮮矣"，或作"鮮仁矣"，此獨倒"矣"字於中，微特句法老健，蓋三字之中，章法亦具焉奇絕。

作文須醇而後肆，未醇而肆，恃才者浮，務博者靡。

秦、漢以前文字，每借題以抒所欲言，故同一事而所記之人或不同；同一人而所記之事或不同，非盡聞見異詞也。蓋胸中先有一段至文，特借題以發之。至放言、寓言，且不必實有其人、實有其事矣！故其爲文恢奇變化，不可端倪。後人先有題而後求文，斤斤焉惟恐於題不合，牽於繩墨而迫於範圍，好奇者乃以艱深飾凡近，詞不可讀，而意亦猶人。夫題生於文，文心無窮者也。故人同、事同，而彼此各擅其妙。文生於題，題境有限者也，故人異、事異，而前後或剿其說。自唐、宋以來，古文作家碑版志銘，其佳者多於題外生情，此謂作文當置身題外。

文章之妙，莫妙於陡，陡便不平，陡便有力，所謂"筆在紙上要豎得起"，則精力俱振也。然陡之患在突，陡仍不突，以前有安頓也。憶少時與友人閱《西廂傳奇》，至"驀然見五百年"句，喜其用筆之陡，然使夫人先無暫至庭前之命，則唐突甚矣，尚得爲妙乎？即此可類推。

昔吾師羅碧泉[3]先生源漢。教人爲文，須用提筆，則氣機自不平弱。提筆者，亦陡之謂也。

門人王琳[4]問作文如何而能圓足。曰：惟足而後能圓，如吹豬脬[5]，其未圓者氣未足也。"氣盛則言之短長、高下皆宜"，盛即足，宜即圓也。上文足，則下文之或轉或接，都不喫力，一定之理也。

作古文須先分段落。而每段起結及每段中小段起結，尤當細爲別白。起有突起者，有以承上文爲起者，有以轉爲起者，有以束上爲起者。結有遙結本段者，有結本段而逗起下段者，有預伏後段者，有回應前段者。又有以提爲起，以宕爲起，皆在突起例。有以撇爲收者，有以點出通篇主意爲收者，皆在徑結本段例。能一一辨別，於古人文字，思過半矣。然此亦其大略，推之以極其變，是又存乎其人，非膠柱[6]刻舟[7]之謂也。

《左傳》記介葛盧聞牛鳴[8]，結以其音云，便覺文理俱活。使後人操觚[9]，必云“牛作何語矣?”如《雜記》之記公冶辨鳥音[10]，《論衡》之記翁偉通馬語[11]，言之鑿鑿，愈覺僞妄，此可悟用筆之法。

左氏“成周宣火”五句，連下六“火”字，不覺其複贅，此可悟用筆之法。

朱子論東坡文太恣肆。然作文不能恣肆，便是不會作文。雖高簡足貴，亦必先由絢爛以造平淡也。

理醇而文肆，《孟子》是也。故論文者但論其理之當否，不可以文之恣肆而詆之。周子[12]曰：“美斯愛，愛斯傳。”文不恣肆，第拘拘於繩墨之間，烏見其可愛而可傳耶?

茅鹿門[13]選唐、宋八家文。八家中，昌黎、老泉皆得力於《孟子》者也。

文字最患陳腐。昌黎《送王塤序》“太原王塤”一段，但覺矯變非常，初無些子腐氣，以其工於用喻也。東坡通其法於詩，故每出奇無窮。

說理不善運筆，便近注疏、語錄。然而運筆之妙，當先於《孟子》求之。此余十數年用心古文獨有會心，未易爲不知者道也。

【注釋】

[1] 左氏：左丘明，春秋時魯國人，傳爲魯國史官，或謂與孔子同時。相傳他據《春秋》紀年，集各國史料撰《左氏春秋》（即《左傳》）。

[2] 史公：司馬遷。

[3] 羅碧泉：未詳。

[4] 王琳：未詳。

[5] 豬脬：豬膀胱。

[6] 膠柱：膠住瑟上弦柱，以致不能調節音高低，比喻固執拘泥，不知變通。

[7] 刻舟：即刻舟求劍，喻拘泥成法，固執不知變通。

[8] 介葛盧聞牛鳴：介葛盧，春秋時夷狄國君，相傳其能通牛語。

[9] 操觚：執簡，謂寫作。

[10] 公冶辨鳥音：公冶長，字子長，春秋齊人，傳說能通鳥語。

[11] 翁偉通馬語：翁偉即楊偉，據傳其能通馬語。

[12]　周子：周敦頤，本名敦實，字茂叔，號濂溪，宋道州營道人。精於《易》學，喜談名理，爲道學創始人。有《周子全書》。

[13]　茅鹿門：茅坤，字順甫，號鹿門，明歸安人。提倡學習唐宋古文，反對"文必秦漢"，主張必須闡發"六經"之旨，與王愼中、唐順之、歸有光等，同被稱爲"唐宋派"。編選《唐宋八大家文鈔》，推崇韓愈、歐陽修和蘇軾。有《茅鹿門集》。

讀《孟》

孟子初見梁惠王[1]，即曰"何必曰利"，所謂當頭棒喝[2]，三日耳聾也，須重讀。隨帶出仁義，用筆何等輕捷！此兩句領下文兩段。"王曰"段用竪筆陡筆，句句宜重讀急讀，若高山轉石，萬馬絕塵，勢不容緩。然中亦有略頓處。自"王曰"句至"而國危矣"句略頓，再振筆至"不爲不多矣"又頓，復振筆至"不奪不厭"，皆申言言利之害也。"未有"段用縱筆緩筆，宜輕讀緩讀，若江河長流，滔滔無窮。連下二"未有"，二"而"字，二"者也"，夷猶[3]詠歎，官止神行，申言亦有仁義之旨也。前以十六句爲一段，後以兩句爲一段，讀之覺銖兩[4]悉勻，多者不嫌其多，少者不覺其少，可謂奇絕。"王亦曰"二句雙起，仍用雙收也，宜緩讀。章法極整嚴，極變幻，殆古今不能有二之文。

"保民"章，齊宣首問桓文之事，下文"王"字即從桓文反面攝起。"未之聞"句撇得乾淨無已，則"王乎"帶起"王"字，領起通章。起手五句，與首章"王何必曰利"二句，同一隨撇隨入手法也。"保民而王"五句再領通章，"王"字、"保民"字，俱領通章，而"王"字實，"保民"字虛，保民是王內事也。"何由知吾"一句，前半篇從此分針，"是心足以王"一句答他"可"字。"百姓皆以"一句起下"察識"一段。"固知王之不忍"，隨手帶起"慇懃"一句，使他不得不察識，且"擴充"段亦從此生根。蓋惟實有此不忍之心，方可擴充也。三句三轉，真如芍藥當風，偏反莫測，文筆之妙，至此極矣！"於我心有戚戚"，"察識"段盡於此句，此心之所以合於王者。何也？下"擴充"即從此句帶起，使俗手爲之，必將擴充意先從孟子口提起另說，此即從王口中帶起，省卻無數筆墨。古人往往有以上節落句作下節起句者，此類是也。"此心之所以有合於王"句，便可直接"吾老"句，但恐王以不能爲解，故先將不能、不爲分辨明白，使王無可自諉，然後說到推恩而連用比喻，文亦如花聚錦團，駭心眩目。"善推其所爲"句亦可直接"五畝"節，卻縮住而以"今恩"三句蕩開，生出下文無窮境界。前"獨何歟"對"興兵構怨"說，讀至此，"王請度之"句更須少頓方讀。"抑王"以下數句，以"興兵構怨"爲快,便顧不得百姓。然人雖至忍,未有以此爲快者也,而非以重言激之,豈肯自寫供狀?"緣木[5]殆甚",奇語驚人,鄒魯之喻更奇,蓋亦反其本。此本字照"發政施仁"說,又隨手帶出下節。"發政施仁"即是推恩,此處卻止說出四字,留待下文實發。將吐復吞,含而不露,文情倍覺有趣,而使天下五事即將發放施仁之效,橫中隔住,並將五事極力說得驚天動地,以視桓[6]、文[7]之事,真若霄之與壤,聞者那得不歆羨?不由不虛懷請益也。"吾惛"以下三節,俱是說產之不可不制,至"五畝"節,方實說如何制產。"王欲行"之句轉身極快,實力大使然也。盍反其本,此本字又照"五畝之宅"以下四事說。至"五畝"節,文如群山萬壑,千里來龍,結穴於此。到結處仍護衛重重,星羅棋佈於數十百里之間,使與來脈相稱。如"五畝之宅"以下連列四事是也。或曰:"古文到結穴處,必申說數段回映上文,方合龍遠局大之說。此文只一'王'字便止,無乃不稱耶?"曰:此正回龍逆結法也,"王"字回頭一顧,則來龍盡屬朝拱,又非腰結盡結可比矣!開口提出"王"字,保民即王字內事,故結穴亦止一"王"字,許多事物,千頭萬緒,以一字提、一字結,亦奇矣哉!

又,此章宜分五大段。首段至"無以則王乎"止,從桓文引出"王"字,爲一篇之綱。次段至"此心之所以有合於王者,何也"止,於以羊易牛一事,不憚反覆言之,務使王有以自識,其不殺之故實出於不忍,而知己於"保民而王"尚有足恃也。起句"保民而王"呼起通篇,並伏結尾一大段,其力甚大。段末"於我心有戚戚焉"結,本段"此心之所以有合於王者",應首段"王"字,隨喝起下段,隨結隨喝,皆莫測之筆也。三段至"王請度之"止,欲王推廣其不忍之心以及於民,且使之自度其所以不能推廣者究竟爲何?蓋求其病根所在而針砭之之意也!而段末"王請度之"一頓,中間似有待於王之自度,而倉猝之間王卻無辭以對,孟子只得代爲王度之。譬之彈琴,正當急時忽然歇住,少頃復彈,其妙當求之音響之外。四段至"孰能禦之"止,是既得其所以不能推廣之故,隨力抉其弊,使自知其向所恃者其害如此而皆不足恃,則不能不唯吾保民之策是從矣!五段至末,實言保民之事。尾句"王"字,正與首段"王"字相應。又此章分三大段亦可,起一段,"察識""擴充"各一段。

"莊暴"章不說好樂有妨政事,偏以"好樂何如"爲問,便不是與孟子下面許多說話全然不對,此亦用筆有斟酌法。前"王之好樂甚"二句呼起通章,卻一呼便住。後"王之好樂甚"再呼通章,論章法本合如是也。"今之樂猶古之樂",伏"今王""鼓樂"二節。"獨樂樂"一節,先注後敘法也。王知不若與眾，則下面不與民同樂，之所以使民疾首蹙額；與民同樂，之所以使民欣然色喜，不待申說，而王自喻。"今之樂猶古之樂"句，原可直接"今王""鼓樂"二節，用此段一隔，方見章法。末句應"齊國其庶幾"句。

又，此章共五節，自首至"齊國其庶幾"一節；至"臣請爲王言樂"一節；至"不與民同樂也"一節；至"與民同樂也"一節；末二句爲一節。中三節分一頭兩腳起結，前伏後應。

"問囿"章"於傳有之"四字，答得極有斟酌，即此可悟用筆之死活。"民猶以爲小也"，奇語，伏次節"民猶以爲大"，伏末節"臣始至於境"，忽參以閒語，卻不多，頰上添毫，別有風致。

又，侯封百里而有七十里之囿，民不以爲大而以爲小，真是奇事，及說出又是情理之常，所謂奇而不失其正也。然言之者，必先有下一段意思在胸中，方敢作此驚人之語。凡作文好奇者須解此。

又，此與"靈台"章同一章法，皆末二節相承，彼此回映，複句便止，不必另加結句。蓋本節結句即通章結句也。

"雪宮"章王問"賢者亦有此樂乎"？孟子曰"有"，以一字撇開，"人不得，則非其上矣"直入"不得而非其上者，非也"，隨蕩爲民，"上而不與同樂者，亦非也"，隨轉樂民之樂者。陡接筆墨靈活，至此極矣！

又，誰道賢者不應有此樂？宣王之問，真問得無趣。宜孟子只以一"有"字撇開，不必申說所以然，而"不王"二句，蓋言王且不難，彼區區"雪宮"何足道哉？

【注釋】

[1] 梁惠王：名罃，武侯子，戰國時魏國國君，即位後遷都大梁。

[2] 當頭棒喝：佛教禪宗祖師爲打破學人凡想迷情，棒喝交馳，作爲特殊的施教方式。

[3] 夷猶：猶像遲疑不前。

[4] 銖兩：一銖一兩，引申爲極輕之分量。

[5] 緣木：即緣木求魚，爬上樹去捉魚，比喻行動和目的相反，勞而無所得。

[6] 桓：齊桓公，姜姓，名小白，春秋時齊國國君。

[7] 文：晉文公，名重耳，獻公次子，春秋時晉國國君。

讀《韓》

《上于襄陽書》，"士之顯當世者""照後世者"，兩層對起，莊重流利。"莫爲之"前一接極陡。"是二人者"足此兩句，下文"然而"一轉方得勢。"是二人者之所爲皆過也"，蓋"下未嘗干之"一句接復陡甚，無此句便接不去也。"愈之誦此言"二句，有此一曲，下"側聞"一段方不突也。末引用郭隗[1]語，省卻許多筆墨。"世之齪齪者"云云，仍用陡結，其力到底不懈。

《後十九日復上宰相書》，起二段工於取譬，從《孟子》文得來。"若是者何哉"云云，結出所以然，而"勢誠急"，"急"字，"情誠悲"，"悲"字，即逗出正義。蹈窮餓而曰水火，顧喻意也。"溺於水，蒸於火"一段，仍顧上文，文特矯變。"若愈者"二句，仍收回本段正義。末段言節度[2]觀察[3]亦得舉士，另一段作結，想時相庸陋，或以薦舉爲嫌，此正敲醒他無可藉口，亦所以激之也。結尾引古之進賢者，健甚。

《二十九日復上宰相書》，起一段連用許多"皆已"字，而長短變化，讀之不覺其複遝。此種章法、句法，最宜細玩。次段極力揚周公[4]抑進見之士。下文"然而"一轉便覺有力，且益以見周公之不易及，而時相之輕賢慢士爲可羞也。"設使"一轉尤妙，不獨於本段文字爲氣足理充，亦即爲下段時相寫照，蓋結上文即暗逗下文矣。"今閣下"一段復連用九箇"豈盡"字對上段九箇"皆已"字，仍不犯複，是何等筆力！"雖不足""雖不能"兩小段用筆變甚，細玩亦道理上本應如是說，妙。帶添兩箇"豈盡"字，此寓參差於整齊法也。"古之士"以下述己所以求見之急，"捨乎此"以下連用三"矣"字而有不同，上二"矣"字是拖下語。"山林而已矣"，"矣"字方讀斷，"山林者"一轉，鬥絕。"如有憂天下之心"一轉，亦捷甚。

《與李翺東書》，首段聞諸眾人猶略，次段得諸李君[5]特詳，而敘中丞賢處，正其自占地步處。"藉私獨喜"，有此喜方覺下段自悲。又筆之變"退自悲"，有此悲方覺下段自奮。用筆之變，敘自悲處便極淒惻，敘自奮處便極勃發，真筆有化工矣！若藉一段自敘，是"主夫盲者業專"一句振起作收，"感恩"一段作結。

又，通篇從"盲"字生出奇情，而"自奮"段尤奇，"自奮"及"當今盲於心"句，是通篇警策處。

《送王塤序》"吾嘗以孔子之道"云云，數千年儒術之弊，只以七八語道盡，確甚，老甚。

《送石處士序》，自"先生居嵩邙"至"若燭照數計"爲第一段，其樂道不仕，似不必求。自"大夫曰"至"求先生之廬"爲第二段，不必求而正求之，奇。自"先生不告於妻子"至"張上東門外"爲第三段，聞命即行，略無商量，又奇。"大夫以義取"句應前第二段，"先生以道自任"句應第三段，"又酌而祝"云云，總收三段。"又酌而祝"云云，總束後方，入規諷意，此行文步驟有序也。"於是東都之人士"一句收拾全篇，語有千鈞之重。

《送溫處士序》，通篇以馬作譬，起勢突兀。首段"冀北馬多於天下"伏"東都"句，"遇其良輒收之"伏"朝取"二句，"群無留良焉"伏"處士之廬"句。"東都士大夫之冀北"，"冀北"二字蒙上，則上段方有著落。"無所禮於其廬"，此"廬"字引下"廬"字，"廬無人焉"句應首段"空"字。結尾"盡取"二字，應首段"取"字。妙在雙管齊下，說怨處更是喜處。其運筆之妙，令人千復不厭。

《諍臣論》第一段，"《易》所謂"二句虛領通篇。第二段用《蠱》之"上九"反說一層，活甚。第三段"陽子將爲祿仕乎"一句，隨落隨起，筆勢翩然。第四段"夫陽子本以布衣"句，提筆也，"且陽子之心"云云，隨起一波作收也。第五段"夫天授人"句，提筆也。"且陽子之不賢"云云，又蹙一波作收也。然此一波與前一波不同。前是說完上意，另起一波作收；此是上意尚未說完，橫起一波沖斷，下文仍繳回上意作收，較前一波更好看，古文中亦往往有之。末段分解"盡言招過而君子居位"二句，即帶收正義，妙極。"且國武子"云云，又起一波作結，與前相配結，仍許陽子以爲善人，所謂"廻風生紫瀾"，東坡《范增論》結尾即脫胎於此。

又，此文分六段。自起至"有道之士固如是哉"爲第一段。"且吾聞之"至"無一可者也"爲第二段。"陽子將爲祿仕乎"至"如此其可乎哉"爲第三段。"或曰否"至"是啟之也"爲第四段。"或曰陽子不求聞而人聞之"至"惡得以自暇逸乎哉"爲第五段。"或曰君子不欲加諸人"至末爲第六段。儲同人評此文，謂前三段是責陽子正旨，下三段如游兵制敵，隨其所向而應之，是餘意。竊疑第四段仍是足上三段之文，且必如此，章法始覺勻稱。蓋上三段，言知遇並當諫處尚略，此復暢快言之，聚精會神，爲通篇最精卓處，似未概作餘意。且下二段，一曰"何子過之深"，一曰"傷於德而費於詞"，明是無可回答，而反責言者之太甚，詞窮而遁矣，真餘意也。且此段諫不使人知覺，陽子取法古人，正其遠過今人處，其措詞甚強，移此與下二段合，亦不相類。又通篇用兩"愈應之曰"、兩"愈曰"，作者亦似非無意矣。

先大父肆力於古文，嘗自謂於孟子文有心得，於唐、宋大家尤嗜昌黎、老泉，謂皆得力於孟子者也。坊肆間有蘇評孟子，僞託眉山，至爲弇陋，因欲做其書自抒積年所得。適主講清湘書院，因命門人日抄孟、韓文各一首置案頭，暇則爲加評論。後緣事，其業未竟。其已加墨者，亦爲門人傳抄散佚，同志惜之。此數則爲姑丈謝竹莊所藏，戊戌之冬始求得之，存其什一，想見大概而已。然吉光片羽，讀而愛且惜者，未始不可因一臠以測全鼎也。

【注釋】

［1］郭隗：戰國時燕國人。昭王欲報齊仇，問策於郭隗，隗以"千金市馬"爲喻說昭王。

［2］節度：節度使，唐初沿北周及隋舊制，於重要地區設總管，後改稱都督，總攬數州軍事。

［3］觀察：觀察使，唐於諸道置觀察使，位次於節度使。

［4］周公：姬旦，西周初期政治家。輔武王滅商，又輔成王治政。繼而釐定典章制度，爲聖賢之典範。

［5］李君：李巽，字令叔，唐趙州贊皇人。精於吏職，善理財。

論舉業時文

昔鄭子太叔[1]問政於子產[2]，子產曰："政如農功，日夜思之，思其始而成其終；朝夕而行之，行無越思，如農之有畔，其過鮮矣。"愚謂子產此言不獨爲政，凡事皆當如是。讀書應試其尤甚者也，讀書宜先立志，爲聖爲賢尚已，即以舉業科目言之，元魁鼎甲[3]，皆學人分內事，初學即以元魁鼎甲自期，非誇也，必如是乃可謂之有志。志既立定，方可安排用功夫，得失利鈍自有定數，非人力能強。然功夫做到十分成熟，即首選高魁，數不可知而理自可必也。但此十分成熟工夫不易做到，姿稟高者數年，低者非十年、十數年不能收效。既各量其質之高低以爲年之遠近，又將某年應作何工夫，某時某月應作何工夫，逐次細細算定。然後按照次序做去，如行之有程，不敢少怠，亦不必過銳。務令無一日間曠，至期而不成熟者，吾不信也。又嘗謂：學人用功，只一見小之心害之。見小則欲速，欲速則東塗西抹，工夫做不成路數，不獨數年、十數年間一無所就，甚至老而無成，始自悔其從前之誤，不已晚乎？

"思其始而成其終"，成即思之成也。

用功大略："四書"宜透宜融；"六經"宜熟宜看注疏；《史》《漢》宜選讀；歷朝古文膾炙人口者宜讀；子書雜記約四五萬言；《通鑑綱目》宜看，不必事事記得，但能得其大義；詩賦涉獵多寡量力；策讀三四十篇；時文按天分讀，多至百五六十篇而止，看則多多益善；應制詩賦讀不過百首，亦不妨多看。此爲中人習舉業者言之，其有異稟過人者，當益求其遠大，不在此例也。

時文至前明啟、禎時極盛矣，然氣勢峻迫，多噍殺之音、亡國之音[4]也。國初文局度寬博，多和緩之音、治世之音[5]也。學者不騖高奇，求爲清真雅正之歸，則亦不必近捨康成[6]而遠學北海[7]也。

時文與古文何以異？但限於題，縛於律耳。而能古文者，亦可以古文爲時文。余生平應試文，唯祁竹軒[8]學使考教職見之，詫曰"古文手也"。蓋賞音亦不易矣！

作時文無別法，唯以肖題爲主，猶之畫師寫真，總以肖乎其人爲主。畫師寫真，必先將其人之面目、精神切記在心，然後照依畫去，稍有忘忽，仍請其人端坐審視，然後復畫，故無不肖之像。作文亦然，亦須先將題之面目、精神細細分別，認定記清，了無所疑，然後按照佈局命意，選調練詞，每兩比或一段成，仍照題之精神面目默誦一遍或數遍，看其合否，如有不合，塗抹另改，如此自無不肖之文矣！

題之面目有在題位，有在題之實字者；精神有在題理，有在題之虛字者。必書理融透，方得了然。

凡作文，須知割愛法。

小題路窄，前路須用騰挪法，漸次拍入題爲善。

作截下題，凡收煞處有三種法子：一從本題縮住，如在堂上走路，至近階時急縮住腳是也；一從前路縮住，如在堂上走路，至近階時卻從後面縮住腳是也；一從旁路縮住，如在堂上走路，至近階時忽從兩邊縮住腳是也。（《十室遺語》卷九）

【注釋】

[1] 鄭子太叔：游氏，名吉，字太叔，春秋時人。鄭簡公、定公時爲卿，善辭令。

[2] 子產：公孫僑，字子產，春秋時鄭國人。鄭簡公時爲正卿，執政。

[3] 元魁鼎甲：元魁，殿試第一名，即狀元；鼎甲，科舉制度中狀元、榜眼、探花的總稱。

[4] 亡國之音：指國家將亡時的樂音充滿悲愁哀思。

[5] 治世之音：指國家太平時的樂音充滿安閑與歡快情調。

[6] 康成：鄭玄，字康成，東漢北海高密人。博通群經，以古文經學爲主，兼採今文經說，自成一家，號稱"鄭學"。

[7] 北海：指鄭玄。

[8] 祁竹軒：祁貢，字竹軒，又字宗庵、寄庵，清山西高平人。嘉慶元年（1796）進士，官至刑部尚書、兩廣總督。

俞廷舉

俞廷舉，字介夫，號石村，生卒年未詳，廣西全州人。乾隆三十三年（1768）舉人。工詩文，有《一園文集》《一園詩集》。

自　敘

文以載道。道者，天下第一義也，如遇君言仁，遇臣言忠，遇父言慈，遇子言孝，遇兄弟言友，遇夫婦言敬，遇朋友言信，遇男子言孔、孟、朱、程，遇婦女言婉嫕淑慎，遇富貴言施，遇貧賤言守。於異端邪說則癖之，於詖行淫辭則放之。砥行勵名之人雖微，必闕三祝[1]九如[2]之事，雖頌亦規。凡有關世教人心，鮮不大書特書，即微物瑣論，皆寓至理名言。此之謂道，此之謂文。文其可易言乎？昔昌黎起八代之衰，歐陽挽一時風氣，皆能得第一義者。是以古人論文，謂柳不如韓，蘇不如歐，道在則然，豈有他哉？近世人不知此，競以文字相尚，其上者誇多鬥靡，鋪陳典故，堆砌餖飣，獺祭魚、點鬼簿[3]是也，而世以爲淵博；其下者淫辭豔語，富貴利達，聲色貨利，恬不爲恥，《巴人》《下里》[4]是也，而世以爲風流。風流者固不足道，而淵博者則不可不辨。夫古人論文，以理爲上，氣次之，筆又次之。理者何？仁義禮智、忠孝節廉、四書六經是也。氣者何？孟[5]之浩然，韓潮蘇海[6]是也。筆者何？左氏之縱橫嚴密，南華[7]之神龍夭矯，西京[8]之雅健渾厚，昌黎之瑰瑋絕特，柳州[9]之雋傑踔厲，歐陽之大雅春容[10]，介甫之峻峭，老泉之遒勁，子瞻弟兄之疏爽豪放，南豐[11]之清潔是也。具三者之長，自爲至文，捨三者而外，別無法路。自六經三傳以及秦、漢、唐、宋，罔不如是。從未聞徒以獺祭、點鬼爲能，竟置此三字於不講者！是豈古人枵腹[12]不若今人哉？其所見者大也，豈曰離奇斑駁？文中典雅亦不可無，然皆古人之緒，余未嘗以之爲能事，何今人專以此爲尚哉？不知文無理、無氣、無筆，而徒以鋪陳典故爲能，是猶以土人木偶而具衣冠，不亦塊然一物乎？然而文章一道，能爭上流者，則莫如立品，人品高者文品亦高，聖經賢傳非欺我也！余生多病，懶於爲文。然自少讀書，即知天壤間有第一義，故凡有所作，概不敢苟，此余之自信而實未敢以之信天下也。庚子春，余遊都門，與羅子筠莊[13]友善。筠莊，湘南名宿也，詩文書法噪輦轂者二十年。一日與余樽酒論文，兩人暢所欲言，若合符節，遂出其集與之訂正。筠莊閱訖，即走筆覆曰："子之文殆真得古人第一義者。煌煌巨論，至理名言，發所未發，無一非載道之文。觀者徒賞其用氣、用筆之妙，則落第二義矣。"余獲之，深慚其過譽。然而文章聲價，從來有一定之評，自不遇識者，則卞玉與碔砆莫辨矣！若夫大雅之前，心平如秤，眼炯如鑒，雖片語隻字，皆可分寸斤兩而出，問之四海無異也，問之千古無異也。文字月旦之評[14]，豈果無據哉？回思昔年，便不知此，而徒以瞻博典麗爲名，則按之無物，其不爲大方哂也幾希！余因之愈自奮勉，遂揭其論文之旨於簡端，以質夫世之能文者。（《一園文集》卷首）

【注釋】

[1]　三祝：祝頌之詞，指多福、多壽、多男子。

[2]　九如：本爲祝頌人君之詞，因連用九個"如"字，並有"如南山之壽，不騫不崩"之語，後因以"九如"爲祝壽之詞。

[3]　點鬼簿：譏刺詩文濫用古人姓名或堆砌故實。

[4]　《巴人》《下里》：古代民間通俗歌曲。

[5]　孟：孟子，他自言善養浩然之氣。

[6]　韓潮蘇海：唐韓愈和宋蘇軾文章如潮如海，氣勢磅礴，波瀾壯闊。

[7]　南華：莊子別稱。

[8]　西京：未詳。

[9]　柳州：柳宗元遭貶後，徙爲柳州刺史，因以爲其代稱。

[10]　大雅春容：指文章氣度雍容，用辭典雅。

[11]　南豐：曾鞏，字子固，世稱南豐先生，宋建昌軍南豐人。少有文名，爲歐陽修所賞識，又曾與王安石交遊，爲唐宋八大家之一。有《元豐類稿》。

[12]　枵腹：空腹，謂飢餓。

[13]　羅筠莊：未詳。

[14]　月旦之評：東漢許劭與許靖每月在汝南品評鄉黨人物的優劣，被稱爲月旦評，此指品評人物。

香奩無題詩論

　　詩發乎情，止乎禮義。溫柔敦厚，詩之本意也；思無邪，詩之大旨也。歷代詩人，多有於房帷兒女私情，言之津津，桑間濮上[1]，載之詩話，余見之不能無遺議焉。近世子弟輕薄，每遇宮體、宮怨、宮詞、閨怨、閨情、香奩及《玉臺新詠》《情史》等詩，未有不寶之如珠玉，奉之如師保[2]者，以為前人尚不能無，我輩何樂不為！故凡淫邪之詩，非盈篋即纍牘，且以此居然自謂為風雅。間有不為者，群起而非之，以為迂腐，是真舉國若狂而偏指不狂以為狂者也。不知以鬚眉丈夫之身，而作婦人女子之語，寫婦人女子之情，其亦有恥無恥也耶？昔孔子於"群居終日，言不及義"深痛其難，古人謂評論女色、談人閨閫，皆大損陰騭，無恥下流所為。由二說觀之，則凡以婦人女子之事託諸筆墨，待月西廂[3]之詞載之篇章，其心尚可問哉？夫以目之所成、心之所欲不可問，竟大書特書，問之於世，而獨不畏賢人君子之所醜，其病狂喪心可知，亦足見風俗之惡，習染之汙，何無一挽回也。有為之說者曰："如李義山之《無題》等詩，不得志於君臣朋友，而寄遙情於婉變，結深怨於蹇修，以序其忠憤、無聊、纏綿、宕往之致，豈亦得謂之淫邪乎？"曰：非也。彼忠憤無聊者，心也；而婉變者，辭也，心不可見而其辭顯。然淫邪者也，天下後世之人，豈盡讀其辭而想其心者哉？讀其辭而不想其心，開卷只閱其淫豔之語，掩卷誰揆諸至苦之衷？故後世之讀義山《無題》等詩，類以才人浪子目之，解《錦瑟》詩者，皆指為令狐青衣[4]而言。即愛厥詩者，亦不過以為房帷、暱媟之詞，與《玉臺》《香奩》例稱而已。欲其效法忠憤、無聊、纏綿、宕往之致者，百無一二。而不欲其效尤於房帷、暱媟之詞者，竟遍天下矣！如子言，義山縱無淫邪之心，而寔開後人以淫邪之心，此作俑之罪魁也，謂之淫邪，誰曰不宜？古人謂小說傳奇家，不以忠孝廉節之事風世，而以才子佳人之事諷世，寔足以亂天下之人心，傷天下之風化者，即此意也。紀曉嵐[5]宗伯[6]曰："大凡風流佳話，即是地獄根苗。"可不畏歟？不然，天下後世淫邪之徒，豔語淫辭而皆藉於託芳草以怨王孫、借美人而喻君子以塞責者，此風伊於胡底哉？（《一園文集》卷三）

【注釋】

　　[1] 桑間濮上：古人以為亡國之音出於桑地間、濮水上，因以指淫

靡之音。

　　[2] 師保：古時任輔弼帝王和教導王室子弟之官，有師有保，統稱
"師保"。

　　[3] 待月西廂：謂情人私相約會。

　　[4] 令狐青衣：李商隱的《錦瑟》詩，有人認爲青衣是令狐楚家婢
女之名。

　　[5] 紀曉嵐：紀昀，字曉嵐，一字春帆，晚號石雲，道號觀弈道人，
清直隸獻縣人。其學宗漢儒，博覽群書，工詩及駢文，尤長於考證訓詁，
有《閱微草堂筆記》。

　　[6] 宗伯：指文章學問受人尊崇的大師。

與朱野塘論文書

　　文章一道，各隨其人之學力、目力高下以爲低昂。同一文也，高者
見之謂之高，下者見之謂之下。天淵不同，固不能望人說好，亦不能禁
人說歹，如人在山上，則所見既高，自無處不知；若在山下，則所見既
低，如何能識山上之景？此一定之理也。如使天下俗人皆爲說好，則文
尚可謂之文乎？況以文章名世者，見解既高，出筆自異，豈肯求好於俗
人之口、求合於俗人之目哉？亦唯孤芳自賞，聽其天下知者好之，其不
知者惡之可耳！昔韓昌黎與馮宿[1]論文，書曰："僕爲文久，每自測意中
以爲好，則人必以爲惡；小稱意，人亦小怪；大稱意，人必大怪。及應
事作俗下文字，下筆令人慚，示人則以爲好，小慚者亦蒙謂之小好，大
慚者即必以爲大好。"此文之難知也明矣！文人之爲文也，誦詩讀書，尚
友古人[2]，慎思明辨，日與古人證是非、考得失，只求其千古道理之是，
不顧其一時議論之非，豈屑與時人較長競短？凡我所信者有古人，古人
所信者有我，先後若合符節，不愧古人足矣，此外世人一切之毀譽，原
不必計也。以此而言，作者之不祈人知又明矣！然而天下之大，又未嘗
無識者也，昔孟子書，與荀、楊並列，其稱之者不過曰"文人"，至昌黎
出，而後始知其爲有道之文，趙宋因而得列其書與孔、曾並重，號爲
"四子之書"。即昌黎在當時《毛穎傳》一出，人爭非之，而深知酷好者
唯柳子一人。以此而言，非柳固不知韓，非韓固不知孟，亦以見惟韓知
孟，惟柳知韓。待其人而文自有一定之評，並非空虛無據之謂也，自不
遇識者，則是非顛倒。"李杜文章在，光芒萬丈長。不知群兒愚，那用故
謗傷。蚍蜉撼大樹，可笑不自量。"在韓昌黎，早已深惡痛絕之矣！故文

字相感，遠近不論，親疏不論，有埋之百年而或伸之一時，此一時可憑，有非之億萬而或得之一人，此一人可據者，其文字知己之謂歟？僕爲文有年矣，然皆與古爲徒，無關於世教，勿作也，無關於人心，勿作也。從不似近今俗下應酬文字，妖淫諛佞譸張之說，無不出乎其中，此足下所知者也。愚者昧焉，謂生今日何苦，獨孤其詣，而爲此覆瓿之用？然揚子雲曰："後世復有揚子雲，必好之矣。"僕雖爲今世覆瓿之用，而又何憾也！昌黎《答崔立之[3]書》云："士固伸於知己，微足下無以發吾之狂言。"僕於足下今日亦云。（《一園文集》卷五）

【注釋】

［1］馮宿：字拱之，唐婺州東陽人。

［2］尚友古人：與古人爲友。

［3］崔立之：字斯立，唐博陵人。憲宗元和初爲藍田丞，邑庭有老槐樹四行，南墻有巨竹千桿，立之日吟哦其間。

朱野塘《梅花百首詩》序

梅花不與眾芳爭妍，獨超然於冰雪之中，殆花木中之有骨有品者。范石湖[1]云："梅以韻勝，以格高，故以橫斜疏瘦、老枝怪奇爲貴。"縱不遇孟襄陽踏雪尋訪，而其香自在也。詩之佳者亦然，如宋廣平[2]《梅花》一賦，陸凱[3]之"聊贈一枝春"，王建[4]之"夢中喚起梨花雲"，張謂[5]之"疑是春來雪未消"，王曾[6]之"而今未問和羹事，且向百花頭上開"，陸放翁[7]之"淩厲冰雪節愈堅，人間那有此癯仙"，高季迪[8]之"雪滿山中高士臥，月明林下美人來"等句，無不膾炙人口。然評者每以庾子山之"枝高出手寒"，蘇東坡之"竹外一枝斜更好"，林和靖[9]之"疏影橫斜水清淺，暗香浮動月黃昏""雪後園林纔半樹，水邊籬落已橫枝"爲上。高季迪之"流水空山見一枝"，亦能象外孤寄，餘皆刻鵠。余謂天下古今好句正多，特人未盡識耳，如陸放翁之"欲與梅爲友，常憂不稱渠。從今斷火食，飲水讀仙書"，與梅花尼[10]之"歸來笑撚梅花嗅，春在枝頭已十分"，此絃外之音，意味悠悠，豈不亦爲絕倒乎！然此皆一首兩首、一句兩句，求其一題百首，古今來亦未多覯。吾友朱子野塘[11]，梅花七律百首，錦心繡口，層見疊出，恍若坐玉照堂中，梅花三百樹，環潔鮮映，泊如對月，讀之令人肺腑俱香。一時傳播，群呼爲"朱梅花"，竟使千古之寒香雪豔，獨爲野塘占去，亦梅花之知己也。或曰：

"詩貴精，不貴多，何取乎爾？"余曰："此爲多而不佳者言，若精華百出，玉屑紛披，如入寶山，觸目皆琳琅珠玉，山陰道上應接不暇^[12]，豈非人生一大觀哉？"此余曩日之序也。今野塘死矣，其子亦死，問其詩亡矣！余前在省領諮，四處遍覓，懸金購之而不可得。古今來，才人如此湮沒，豈少也哉？曷勝浩歎。茲哀其人之不遇，而並歎其詩之亦不傳也，故綴此數語表之，然而朱梅花之名則自在也。(《一園文集》卷七)

【注釋】

［1］范石湖：范成大，字致能，號石湖居士，宋蘇州吳縣人。素有文名，尤工於詩，有《石湖集》。

［2］宋廣平：宋璟別稱。唐玄宗時名相，以剛正不阿著稱於世，曾封廣平郡公。

［3］陸凱：字敬風，三國吳郡人。《荊州記》載："陸凱與范曄相善，江南寄梅花一枝，詣長安與曄。並贈花詩曰：'折花逢驛使，寄與隴頭人。江南無所有，聊贈一枝春。'"

［4］王建：字仲初，唐潁川人。工樂府，與張籍齊名。又有宮詞百首，傳誦尤廣。有《王建集》。

［5］張謂：字正言，唐河內人。工詩。

［6］王曾：字孝先，宋青州益都人。景祐時拜相，封沂國公。

［7］陸放翁：陸游，字務觀，號放翁，宋越州山陰人。工詩、詞、散文，亦長於史學。其詩多沉鬱頓挫、感激豪宕之作，與尤袤、楊萬里、范成大並稱爲"南渡後四大家"。有《劍南詩稿》。

［8］高季迪：高啟，字季迪，號槎軒，明蘇州府人。博覽群書，工詩，尤精於史，與楊基、張羽、徐賁並稱"吳中四傑"。有《高太史大全集》。

［9］林和靖：林逋，字君復，宋杭州錢塘人。隱居西湖孤山二十年，種梅養鶴，終身不娶，時稱"梅妻鶴子"。卒後，仁宗賜謚和靖先生。有《和靖詩集》。

［10］梅花尼：未詳。

［11］朱野塘：未詳。

［12］"山陰"句：謂景物繁多，來不及觀賞。

左北溟《見獵草詩》序

北溟^[1]，桂林名士也，弱冠才名大著，而於詩尤長。生平所作，每於月白風清下，舉酒朗誦，後即投祝融[2]，屢作屢焚，百不存一，間有存者，亦不過膾炙人口數首而已，蓋其意原不以詩爲能也。一日，有客自遠方來，聞余與野塘、北溟之名，務求其詩稿以見，獨北溟無。客問其故，北溟曰：“舊作無存，如之何？”客曰：“舊作雖失，新作可待？”北溟應之曰：“唯唯。”於是十數日間，即成詩一卷，出以示客，命厥名曰“見獵草”，蓋有取於程子“見獵心喜”之事也，並邀余作序。余見其《田家樂》等篇，清真雅正，不禁喟然歎曰：詩以道性情，情之所至，口不盡言，藉筆傳之，何傷之有？唯勸善懲惡之心，寫溫柔敦厚[3]之辭，俾讀者得以興起感發，是詩之旨也。若徒嘲風弄月，淫詞豔語，心志固日流淫蕩，而精神枉費，見者不生畏而生玩，邪僻之心頓起。是詩原以正人心，而今反以邪人心，其何以爲風化勸哉？此天地間不正人也，烏足取。昔孔子於“三百篇”，約其旨曰“思無邪”[4]，今吾於君之詩亦云。（《一園文集》卷七）

【注釋】

[1] 北溟：左方海。

[2] 祝融：帝嚳時火官，後尊爲火神，命曰祝融，亦代稱火或火災。

[3] 溫柔敦厚：溫和寬厚。儒家認爲這是《詩經》的基本精神和教育意義之所在。

[4] 思無邪：心無邪意，心歸純正。

朱桂水詩序

士君子未得志於時，窮居草莽，業不克展，道不克行，布衣藿食，鄉黨笑之，豪貴慢之，終日淒淒，捨吟詠無所爲事。是以窮年纍月，不禁鏤肝吐臟，嘔血劌心，此亦無可如何事也。太史公曰“非窮愁不能著書”，歐陽子曰“詩愈窮愈工”，豈虛語哉？余友桂水[1]，才人也，弱冠遊泮冠軍，見知陳文宗[2]。文宗愛其才，評其文曰“桂林一枝”。然一生多愁多病，遭家不造，所謂“孤臣孽子”是也。庚寅，登賢書，因場前改經，爲學政某奏革。復應童子試，三試冠軍。己亥，中副車[3]。癸卯，復中鄉榜。當其晏《鹿鳴》也，桂水自書一聯於馬前旗曰：“重遊泮水人如舊，三人蟾宮老不多。”一時傳爲佳話。然桂水卒以一孝廉終，何才人之不遇如此而其詩因此而愈工？嗚呼！桂水之詩工，桂水之心亦甚苦矣哉！然而天地間情之所鍾，發於不已，當窮愁困苦時，呼天無應，叫地無聲，問之父母不能荅，問之兄弟不能對，問之宗族、鄉黨、親戚、朋友而皆不能言，斯時搔首抑鬱，正萬難可解者也。有一筆墨於此，自不得不大書特書，或少而三四言，或多而千萬言，一經脫稿，自不知手之舞之，足之蹈之。蓋以爲我呼天地而不應者，筆墨今於我應之；我問父母而不荅，問兄弟而不對，以及於問宗族、鄉黨、親戚、朋友而皆不能言者，今筆盡皆於我荅之，於我對之，於我言之。是筆墨也，宗族、鄉黨、親戚、朋友以及兄弟、父母、天地而皆不能及，非我之真宗族、鄉黨、親戚、朋友乎？非我之真兄弟、真父母、真天地乎？吟詠之一端，雖士君子之苦心，何莫非士君子之樂事也？然而爲苦爲樂，固難爲外人道也。（《一圍文集》卷七）

【注釋】

［1］桂水：未詳。

［2］陳文宗：未詳。

［3］副車：即副榜，科舉時代會試或鄉試取士，除正榜外另取若干名，列爲副榜。

醉翁詩序

余嘗訪友人於巨麓大嶴[1]之中，酣歌暢飲，把酒論詩，正上下古今，剝啄漢、魏、唐、宋間，不覺於古篋中獲《詩鈔》一卷，殘篇斷簡，閱厥名，則翁作也。翁爲吾邑明經[2]，因事而罹非罪於某地，冤矣！天下之人，聞者莫不悲之。今讀小序，則即在某地作也。沉鬱懇至，平淡清奇，不媿詩人。問之友人：“胡爲藏之而不刊以公世？”友人曰：“子何相賞之深耶？見之者輒以爲尋常故。”嗚呼，何世人之好妄也！夫以翁之才，不能置身清廟、明堂之上，奏雅頌之音，固可悲已，而又使之抱無辜之冤，居海濱之上，殊方澤國，覩物傷情，僅藉此一吟一詠，以自慰罪人遷客之思，此翁之大厄也。然即身遭是厄，而能使是詩之美，得遇高人名士一目心醉，或月白風清之夜，或黃花紅豆之間，一唱三歎，長歌短詠，繞花竹以微吟，循欄杆而朗誦，發厥清音，上入杳冥，俾鬱志苦衷洩而爲疾風迅電，錦心繡口燦而爲景星慶雲[3]，身死之後，得一文字知己，翁之心又何恨哉！而無如大謬不然，平淡清奇，僉指爲庸常粗里；蘊藉深厚，群摘爲語意涵濛；此竟洗脫一切脂粉，彼反目爲不豔麗纖穠。種種嗤黜，使數十年之刻苦精神，一旦盡打入阿鼻地獄[4]，即痛呼詩字，詩字亦不能出而爲我作據。夫如是，風雨晦明之際，雷電有不霹靂而出者乎？如惔如焚之下，祝融有不煸熛而化者乎？然竟不出而不化也，則藏之古篋中，聽蟲吟之唧唧，有獨自助厥歎息者矣！聞風雨之瀟瀟，有相與鬼神共哭者矣！是翁固厄，而此詩又一厄也。厄之於翁，何其纏綿不已如是耶？悲哉！而今可以免矣！余因是袖而歸之，歸而爲之序。何序乎爾？序之以見天下才人原自多厄，凡抱才而遭刖足之痛者，讀翁之詩，自當拍案大叫曰："此翁尚然，況我輩乎！"序之亦以見天下才人，又自不久沒也，凡懷才而抱知希之恨者，讀石村之序，又當渙然自釋曰："吾何慮哉！天下後世豈無一石村其人者乎！"是爲序。(《一園文集》卷七)

【注釋】

[1] 大礐：山多大石。

[2] 明經：漢代以明經射策取士。隋煬帝置明經、進士二科，以經義取者爲明經，以詩賦取者爲進士。

[3] 景星慶雲：古代以爲祥瑞之事物或徵兆。

[4] 阿鼻地獄：梵語譯音，意譯"無間"，即痛苦無有間斷之意。爲佛教傳說中八大地獄中最下、最苦之處。

《靜遠樓詩集》自序

詩正而葩。正者，本也；葩者，末也。天下事先本而後末，詩與文無二理也。文貴有品，詩亦貴有品。品者何？正是也；正者何？孝弟、忠信、禮義、廉恥之道是也。故孔子教小子學《詩》，先興觀群怨，事父、事君之正，而後及於鳥獸、草木，名之葩，孰不先本而後末哉？又論"詩三百"而蔽以一言，曰"思無邪"，孰不本正道以立言者哉？是《風》《雅》之訓，以正爲歸，固千古一定不易之理，亦千古一定不易之評。後世卮言日出，謂"詩有別趣，非關於理"，竟將"正"之一字一筆抹煞，放詖邪侈，無所不言。自號變風[1]變雅[2]以爲葩，不知變風變雅，古人亦云"發乎情，止乎禮義"。故《豳風》[3]居變風之終，是正與葩合而爲一，並非分而爲二也。何其所見不廣，言不及義，群起效尤，打入魔道，而"三百"之旨盡失，詩之品亦掃地俱無，是皆由不明"正"之一字有以害之。觀於詩，可以知其人之邪正矣！孟子曰"淫辭知其所陷"，真知言哉，然而未易言也。余詩屢變亦屢刪，髫齡無知，未免爲習氣染，亦喜綺語豔辭，如義山《無題》等類，無不欣然爲之。及長聞道，則知詩以無邪爲旨，遂概刪去，此一變也。弱冠又好爲麗句，雅尚錘煉，如晚唐風雲月露之詞，無不欣然爲之。自後讀漢、魏、唐、宋諸大家集，則知詩以"氣味""骨格"爲上，"淡遠""雄渾"爲高，遂亦刪去，此二變也。然生平好爲古體，好擬樂府，如前人諸樂府題，無不曲意摹之。戊戌、庚子兩遊都門，與諸名宿商訂，皆以樂府、少陵、張[4]、王[5]、元、白諸公，皆各自出新裁，前人舊題不必蹈襲。若如今人字摹句倣，置之卷首以撐門面，何異自炫門閥者，稱乃祖、乃宗絕大官銜，而不知與己無干也，遂亦刪去，此三變也。有此三變，故余詩隨意所到，信筆直書，從不揣摩一家一體，而於唐、宋詩醇，李、杜、韓、白、蘇、陸六大家之得意者亦無不有，此所謂不謀而合者也。但其間事非禮義，絕口不言，固無牛鬼蛇神之奇，更無聲色貨利之醜，耿耿此心，差堪自問。然而一迴想焉，自少推敲，至今將三十載，其間可刪者至再至三，即所存者百無一二，詩其可妄作乎哉？由是進而思之，歲月甚長，理境無盡，倘學有所增益，將來其可刪者又不知凡幾，是不得不望諸有以教我者。（《一園文集》卷七）

【注釋】

[1] 變風：指《詩經》"國風"中邶至豳等十三國作品。《詩大序》認爲此類詩歌因王道衰、禮儀廢、政教失、國異政、家殊俗而作。

[2] 變雅：《詩經》中《小雅》《大雅》的部分内容，與"正雅"相對，多指反映周政衰亂之作。

[3]《豳風》：《詩經》十五《國風》之一。共計七篇二十七章，爲西周時詩。

[4] 張：張籍。

[5] 王：王建。

《浣花濯錦》序

蜀之會垣在百花潭北，城曰錦城，里曰錦里，江曰錦江，水曰錦水，石曰錦石。城之外有浣花溪，溪畔一帶，在昔歌樓舞樹，鏤月裁雲，畫舡簫鼓，晝夜不倦，雖古之秦淮不過，是殆天然花團錦簇之鄉也。蜀之東南，又有峨嵋山三峰、巫山神女十二峰，玉筍排空，芙蓉映日，山川佳麗，翠黛逼人。是以生其地者，每多錦心繡口、如花似玉之人。然而青山瘞玉[1]，白骨成塵，水流花謝，月落烏啼，誰其過而問之？吾友朱退唐[2]明府[3]，有心人也，講課之餘，蒐輯古今蜀中婦女詩，上自后妃嬪娥，下及青樓仙鬼，無不備載。集成，名曰《浣花濯錦》，較之鍾伯敬之《名媛詩》，歸水鏡山房[4]之《名媛尺牘》，殷淳[5]之《美人集》《瑤台新詠》，梅垞[6]之《名媛詩詞》，王西樵[7]之《然脂集》，汪訒庵[8]之《本朝名媛集》等書更美。俾錦之娥眉吐氣一時，重豔人間，不致玉碎香銷，蘭蕙與蓬蒿同朽，亦千古名媛之知己也。夫望月吟詩，登樓作賦，千錦羅胸，萬花在手，執奪錦之標，操生花之管[9]，此男子之事也。乃以巾幗中人，雲鬟霧鬢，既乏良師益友之助，復無試闈館課之催，竟籹奩之側不廢詩書，風前月下，詠絮簪花，何其韻也！且此外更有連篇累牘，倚馬萬言，如花蕊夫人[10]《宮詞》百首，直與唐之王建抗衡，蘇若蘭[11]《迴文織錦圖》，廣僅八寸，詩二百餘首，縱橫其間，反覆進退，無不成章。何其多材多藝、好學深思、精靈巧慧如是哉！是真所謂神女散花、天孫織錦矣！世之紈綺子弟、黪眉丈夫，錦衣美食，日在名場翰墨之中，竟有腹負[12]將軍、伏獵[13]宰相，錦其身而不錦其製，花其面而不花其心者，是又所謂"天地英靈之氣，不鍾於男子，而鍾於婦人"，不亦大可媿也乎？讀是篇者，當思感發興起，不必讓美彼妹可也！（《一園文集》卷七）

【注釋】

[1] 青山瘞玉：古代祭山禮儀，治禮畢埋玉於坑。

[2] 朱退唐：未詳。

[3] 明府：漢魏以來對郡守牧尹之尊稱，又稱明府君。

[4] 歸水鏡山房：未詳。

[5] 殷淳：或即南朝劉宋時殷淳，字粹遠，陳郡長平人，南朝宋目錄學家。有《婦人集》及《婦人詩集》。

[6] 梅垞：未詳。

[7] 王西樵：王士祿，字子底，一字伯受，號西樵，明山東新城人。自少能文章，工吟詠。有《然脂集》。

[8] 汪訒庵：未詳。

[9] 生花之管：即"生花筆"，喻寫作才能傑出。

[10] 花蕊夫人：五代時前蜀主王建妃，亦稱小徐妃。有《花蕊夫人宮詞》。

[11] 蘇若蘭：竇滔妻蘇氏，名蕙，字若蘭，前秦始平人。苻堅時，竇滔被徒流沙，蘇氏織錦爲《迴文旋圖詩》以贈滔。凡八百四十字，宛

轉迴圈以讀之，詞甚悽惋。

　　[12] 腹負：謂腹中無文章之士。

　　[13] 伏獵：唐戶部侍郎蕭炅曾將"伏臘"誤讀爲"伏獵"。後因以
"伏獵"爲大臣不學無文之典實。

《一園時文》自序

　　制義創自宋主，半山[1]變策論[2]爲經藝[3]，俾人日讀孔孟之書，講
明聖賢之學，誠良法也。時衹有理，而無比、伏、避、下等法。至前明
乃盛，王守溪[4]、唐荊川[5]、歸震川、胡思泉[6]四家爲一代之冠，而歸、
王又謂之集大成，猶詩之盛唐李、杜是也。古人謂讀明文而以宋文參之，
始文質得中，況讀今文而不讀明文，讀明文而不讀成、宏、正、嘉者哉！
此溯流窮源之道也。然而文章從來不外理法二字，制義上乘，理尤第一，
一題有一題之精義微言。蓋代聖人說話，其理大中至正，無過不及，恰
好至善，所謂聖人復起，不易吾言是也。下者無論已，即專門名家逞偏
鋒，矜才使氣，得粗遺精，皆非也。此非十年讀書、十年養氣、格物致
知[7]，四子六經、宋儒諸書會通一貫，深造自得不能，豈從講章、時文
中討生活所可得哉？甚矣！此道之難不難也！然難不難於作，而難於認
題之真；不難於博，而難於談理之精；不難於濃，而難於淡；不難於淡，
而難於淡而有味；不難於長，而難於短；不難於短，而難於短而彌高。
如鍊鐵成鋼，愈堅愈利；如淘沙取金，愈簡愈貴；如秦槐漢柏，老幹無
枝；如周彝商鼎，古氣盎然。明之王、唐、歸、胡，本朝山左之竇東
皋[8]，吾粵之劉靈溪[9]以及宋高南[10]學士所選《迴瀾短篇》，王巳山[11]
太史[12]所選《精詣老境》是也。然而作者固難，知者尤爲不易。少所
見，多見怪，見橐駝言馬腫背，自古已然，況今日烏腴藉鼻作耳、水母
以蝦爲目更爲不少，此中人語固不足與外人道也。余生馬卿善病，素不
耽此，少年曾著《戊子課章》一編，今老矣，無能爲也，然讀書窮理，
自少至老不倦。茲因子侄請刊詩文全集、時文，偶搜敝簏，大半散失，
僅得此以備一體。然每篇皆有題解附後，以爲課子侄法門，此即紀曉嵐
參政"我用我法"之意，瓴之覆否，吾不知也！（《一園文集》卷七）

【注釋】

　　[1] 半山：王安石別號。

　　[2] 策論：就當時政治問題加以論說，提出對策之文。宋代以來各

朝常用作科舉試士項目之一。

　　[3]　經藝：經學。

　　[4]　王守溪：王鏊，字濟之，號守溪，晚號拙叟，學者稱其爲震澤先生，明吳縣人。博學有識鑒，經學通明，制行修謹，文章修潔。有《震澤集》。

　　[5]　唐荊川：唐順之，字應德，號荊川，明武進人。古文唐宋派代表，與王慎中、歸有光合稱"嘉靖三大家"。有《荊川先生詩文集》。

　　[6]　胡思泉：胡友信，字成之，號思泉，明德清人。散文與歸有光齊名。有《天一山稿》。

　　[7]　格物致知：研究事物原理而獲得知識，爲中國古代認識論重要命題之一。

　　[8]　寶東皋：寶光鼐，字元調，號東皋，清山東諸城人。詩文宗韓、杜，制義則自成一家。有《省吾齋詩文集》。

　　[9]　劉靈溪：劉定逌，字敘臣、叔達，號靈溪，清廣西武鳴人。自幼聰穎好學，博聞強記。有《劉靈溪詩稿》。

　　[10]　宋高南：未詳。

　　[11]　王巳山：王步青，字漢階，家近巳山，學者稱巳山先生，清金壇人。以文名，長於八股文。有《巳山先生文集》。

　　[12]　太史：西周、春秋時太史掌記載史事、編寫史書、起草文書，兼管國家典籍和天文曆法等。

書張菊知[1]《新西廂》後

　　古人著書，無論巨細，恒以忠孝節烈等事諷世，淫辭邪說一概不道，此勸善懲惡之微權，亦仁人君子存心之正道也。古語云"萬惡淫爲首"，王實甫[2]以元稹[3]負心王魁之《會真記》演爲《西廂》才子佳人，已屬不堪，而又不知刪改，將張生崔鶯之事直寫浪子蕩婦，醜態百出，成何局面？此巴里曲也，有何足奇？乃金聖歎出，狂悖獨甚，全不知人品心術，謂非淫書，公然以桑間濮上之音爲美，大批特批，天花亂墜，推爲六才子，直與《左》《莊》等書並稱，教天下人人盡讀，何其小人而無忌憚，拂人之性如此耶？此真孟子所謂"小人有才，未聞君子之大道，足以殺其軀"者。後聖歎卒服大辟刑，世之狂且無知，奉爲玉律金科，家絃戶誦，群起效尤，恬不知恥，以致舉國若狂，此皆作者、批者邪說煽惑人心所致，大壞天下世教民風，真千古之罪人也。昔胡靜園[4]侍御以

《西廂》《水滸》誨盜誨淫，奏請禁燬，大爲有見，奉旨准行。何世之藏書家於《水滸》猶知畏懼，獨此毫無忌憚，淫風之流毒甚矣哉！余少時亦喜看各種傳奇，獨此不憚，每閲不能終卷而罷。丙辰春，吾友張菊知自山右寄到所刻《新西廂十六曲》，改邪歸正，大翻前案，以挽頹風。余時任朗池，正軍需旁午，百忙中開卷讀之，不禁拍案叫絕，先得我心。然而作者固佳，范秋塘[5]之批亦妙，視實甫與聖歎，其香臭不啻天上人間，可稱二絕。蓋此書一出，天下如夢方醒，大有關世教人心，真苦海之慈航、渡世之金針也，安得天下梨園而盡演之？兹因前後叙跋中徒責元稹與王實甫，而未深責批者之金聖歎，亦漏網也，故補之。（《一園文集》卷十一）

【注釋】

[1] 張菊知：未詳。

[2] 王實甫：字德信，元大都人。工樂府，所作雜劇、散曲散佚甚多，其中《西廂記》最爲出名，被後人推爲北曲第一。

[3] 元稹：字微之，唐河南人。詩風平易，與白居易齊名，號"元和體"。宋人輯有《元氏長慶集》。

[4] 胡靜園：未詳。

[5] 范秋塘：未詳。

左方海

左方海，字曙樓，號北溟，生卒年不詳，清廣西臨桂人。乾隆三十四年（1769）進士，官江西弋陽知縣、江西臨江府通判，嘉慶時爲秀峰掌教。工詩，與李秉禮爲詩友。有《見獵草詩》。

全集序①

天、地、人，一氣也。人與天地相似，猶子於父母也，言氣而理在其中。柳子[1]謂"氣之靈，不爲偉人，而楚南多石"，韓子[2]謂"郴州清淑之氣，物不獨當，必有魁奇、忠信、材德者生其間"，二子所見略同。吾以爲，豈獨楚南之郴然哉？吾桂林何獨不然！桂之爲郡，在嶺之西，亦楚之南。昔張平子[3]有"我所思兮在桂林"，杜工部有"宜人獨桂林"，韓昌黎有"玉簪羅帶，遠勝登仙"等語，郡之甲於嶺西久矣！全州水土堅厚，地氣剛勁，又甲吾桂林一郡。而予同年友石村俞子，寔生其間。石村少年豪爽坦白，其氣剛直，人皆敬爲畏友。余亦狷介，不偶於俗，人謂兩人必不合者。乃石村之規余，余亦以規石村，則竟若針芥之投，人竊以爲咄咄怪事云。然石村至性過人，其於父子、兄弟五倫間最篤，予以是尤重之。乾隆癸未，文宗葉送入秀峰肄業，與余同筆硯者數年，予是以深悉其爲人。戊子，又與余同舉於鄉業，買舟定期北上，石村因弟病中止。重手足而薄功名，此豈今人所能者哉？然因此抱病於家者十年。予於己丑成進士，遂爲東西南北之人，萍蹤靡定，音問不通，每思良友，不勝離群索居之感。去年春，余歸自豫章，石村知之，俟其子佺來郡應試時，致書於予。然兩人自戊子分袂後，情事蓋已四十餘年矣！得其書如得珙璧，喜極而流涕者久之。然石村多才多藝，著作如林，所刻有一園古文、時文與醫書、堪輿、家言，及未刻詩集、詩餘各種，咸以之來囑予敘，且諄諄然囑余丹鉛塗改甲乙之，是無異曹子建[4]詩文成後，每令劉公幹[5]、王仲宣[6]等點竄，何年彌高而心彌虛至此耶？又

---

① 按：此文原載於俞廷舉《一園文集》中，乃左氏爲俞氏文集所作之序。

謂喜予偶儷之文，即序之以此體亦可。噫！石村別余匪一朝夕，知余學殖少不如人，豈知今不如少哉？蓋余淹蹇一生，由少而壯、而老，皆奔走於衣食，抑鬱其心思者，今三十年。風塵碌碌，袖清風而歸坐愁城，志雖不在溫飽，書難著於窮愁，豈可與石村之福命、石村之文學政事、石村之高臥東山，嘯歌自得，爲陸地神仙者比哉？則余自顧，何足爲石村重？且簡首諸公，於諸所著作稱爲有道之文，言之詳矣，予復何能贊一辭？至若醫、地二種，尤余素所未諳，更難强作解人。然承老友垂諉如此，重違其意而不能默默無已，則惟就余昔之所以訂交於石村，與石村昔之所以爲學者，大書特書之，以爲後之讀石村著作者告焉，誦其詩，讀其書，才知其人可乎！今天下士不難有才而難有品，才品兼優尤爲難覯。石村之於學，始則泛涉《左》、《國》、《史》、《漢》、諸子百家以博其趣，迨閱歷久而厭其無當，於是遍索宋儒之書讀之，座右四壁，自踵至頂，無不鈔錄遍貼，殆無罅隙。閉戶靜坐，數月不出，即余輩好友叩門求一見而不可得。向時習氣，灑然丕變，真如釋氏所謂“回頭是岸”者。然其爲文，則韓潮蘇海，若長江大河滔滔蕩蕩，剛勁之氣終不能遏。其於詩亦如之，詩於長篇，尤足肆其力以馳騁。蓋才之大者難限以百里，帥之勇者不樂於小戰，蛟龍不蓄於池沼，鯤鵬必游夫天池，其石村之謂歟！余嘗謂全之地氣剛勁，石村之爲人似之，石村之筆墨似之，皆周子所謂剛之善者也。是以出而爲政，挺然獨立，見義必爲，爲人之所不能爲，亦復爲人之所不敢爲，從不屑與柔靡不振、旅進旅退、唯唯諾諾、惟私於利者伍。然而不合時宜矣！予亦未能免此，則仍以少時石村規予、予規石村者規之。古人於友，以直不以諛，石村諒不以爲迂也。然予兩人以不合時宜，而凡宦轍所至，皆有頌聲，皆列薦剡。石村以不合時宜而又爲查中丞[7]、沈觀察[8]諸公見重，詩文知己更爲仕路難得，則予二人又安可因噎而廢食？今雖倦而俱遠，無所事事，其於濂溪剛善之說有得者，可不各加勉而更以勉後人哉？予之所爲忠告以應老友者如此。若夫駢四儷六，寔文字中下乘，歐陽九自應試後即不爲，余亦可以之藉口。且余老矣，豈復能如麻姑，尚有少時伎倆耶？石村當以老恕老，爲予藏拙可也。

嘉慶壬申春，秀峰掌教、年愚弟左方海拜序。

【注釋】

[1] 柳子：柳宗元。

[2] 韓子：韓愈。

[3] 張平子：張衡，字平子，東漢南陽人。少善屬文，通《五經》，

貫六藝。有《張河間集》。

[4] 曹子建：曹植，字子建，三國魏沛國譙人。文才富豔，善詩工文。後人輯有《曹子建集》。

[5] 劉公幹：劉楨，字公幹，東漢末東平人。博學有文才，爲建安七子之一。

[6] 王仲宣：王粲，字仲宣，東漢末山陽高平人。博學多識，善屬文，有詩名，爲建安七子之一。後人輯有《王侍中集》。

[7] 查中丞：未詳。

[8] 沈觀察：未詳。

朱依真

朱依真，字小岑，號癸水巐夫，齋室名九芝草堂，生卒年不詳，廣西臨桂人。布衣終身，不事科舉，潛心史志。精於詩，被袁枚譽爲粵西詩人之冠。工畫，擅寫山水花卉。有《九芝草堂詩存》。

論詞絕句二十二首

南國君臣[1]豔綺羅，夢回雞塞[2]欲如何？不緣鄰國風聞得，璧月瓊枝[3]未詎多。

天風海雨[4]駭心神，白室清空謁後塵[5]。誰見東坡真面目，紛紛耳食[6]說蘇辛[7]。

柳綿吹少[8]我傷春，杜宇[9]聲聲不忍聞。十八女郎紅拍板[10]，解人應只有朝雲[11]。

貧家好女自嬌妍[12]，彤管譏評豈漫然。若向詞家角優劣，風流終勝柳屯田[13]。

詞場誰爲斬荊榛，雙手難扶大雅[14]輪。不獨俳諧纏令[15]體，鋪張我亦厭清真[16]。

合是詩中杜少陵，詞場牛耳讓先登。《暗香》《疏影》[17]精神在，夜月清寒照馬塍。白石[18]墓在西馬塍。

香泥壘燕盧申之[19]，淡月疏簾綺語詞。何似山陰高竹屋，獨標新意寫烏絲。

質實何須誚夢窗[20]，自來才士慣雌黃。幾人真悟清空旨，錯采填金也不妨。

雕梁軟語足形容，柳暝花昏意態中。項羽不知兵法誚，也應還著賀黃公。賀裳[21]，字黃公，著《皺水軒詞筌》，謂史卿邦[22]詠燕詞，白石不取其"軟語商量"而取其"柳昏花暝"，不免項羽不知兵法之譏。

半湖春色少人窺，夜月蘋洲漁笛吹。深悔鈍根[23]聞道晚，廿年始讀草窗[24]詞。

蓮子結成花自落，清虛從此悟宗門。西湖山水生清響，鼓吹堯章豈妄言。

兒女癡情迴不侔，風雲氣概屬辛劉[25]。遺山[26]合有出藍譽，寂寞橫汾賦雁邱[27]。

蛻巖樂府脫浮囂，又見梅溪譜六幺[28]。莫笑凋零草窗後，宋人風格未全消。

已是金元曲子遺，風流全失草堂詞。端須忘盡崑崙手，更向樓前拜段師[29]。論明代。

燕語新詞舊所推，中興力挽古風穨。如何拈出清空語，强半吳郎七寶臺。詞至前明，音響殆絕，竹垞[30]始復古焉，第嫌其《體物集》不免疊垛耳。

陳耼[31]懷抱亦堪悲，寫入青衫悵悵詞。記得中州樂府體[32]，豈知肖子屬吳兒。

樊榭[33]仙音未易參，追蹤姜史復誰堪。一時甘下先生拜，合與詞家作指南。

侯鯖[34]都不解療飢，癖嗜瘡痂笑亦宜。一夜梨花驚夢破，何如春草謝家詩。吾鄉謝良□①《醉白堂詞》一卷首二句括其自序□②"昨夜梨花驚夢破，而今芳草傷心碧"，其詞中佳句也。

十載無能讀父書，摩挲遺譜每唏嘘。詞人競美遺山好，蘊藉風流那不如。先大夫有《補閑詞》二卷。

嶺西宗派頗紛拏，誰倚新聲倣竹垞？獨有春山冷居士，閉門窗下詠枇杷。吾友冷春山昭[35]有詞一卷，《詠枇杷》詞最工。

紅杏梢頭宋尚書[36]，較量閨閣韻全輸。無端葉打風窗響，腸斷人間詞女夫。閨秀唐氏，吾友黄南溪元配也，自號月中遙客。早卒，有詩詞集若干卷，其《杏花天》詞爲時所稱。予最喜其"試聽飄墮聲聲，風際吹來打窗葉"，颯然有鬼氣。

零膏賸粉[37]可能多，嘖嘖才名梁月波。叵耐斷腸天不管，香銷簾影捲銀河。梁月波，宦門女，有才思，早卒。"香爐，香爐，簾捲銀河波影"，其《如夢令》中語也。（《九芝草堂詩存》卷一）

【注釋】

[1] 南國君臣：南唐君主李璟、李煜及大臣馮延巳。三人長於詞，多詠宮廷生活。李煜爲帝，世稱李後主，日與大臣酣樂酬唱。開寶八年（975），國亡，爲宋所俘，封違命侯。宋太宗太平興國三年（978）被

---

① 原闕。據後文《醉白堂詞》可知，即琦，指謝良琦。
② 原闕。

毒死。

［2］夢回雞塞：李璟《攤破浣溪沙》曰："細雨夢回雞塞遠，小樓吹徹玉笙寒。"

［3］璧月瓊枝：據《陳書》載：陳後主與賓客、貴妃等游宴，使諸貴人及女學士與狎客共賦新詩，互相贈答，採其尤豔麗者以爲曲詞，被以新聲，選宮女有容色者以千百數，令習而歌之。其曲有《玉樹後庭花》《臨春樂》等，大指所歸，皆美張貴妃、孔貴嬪之容色也。其略曰："璧月夜夜滿，瓊樹朝朝新。"此指豔曲。

［4］天風海雨：謂蘇軾詞豪放風格。

［5］謁後塵：謂投見與追隨。

［6］耳食：比喻不加思考，輕信傳聞。

［7］蘇辛：指宋蘇軾與辛棄疾，二人填詞皆雄渾豪放，並稱蘇辛。

［8］柳綿吹少：蘇軾《蝶戀花》詞有"枝上柳綿吹又少，天涯何處無芳草"語。

［9］杜宇：杜鵑，相傳爲古蜀王杜宇之魂所化，春末夏初，常晝夜啼鳴，其聲哀切。

［10］女郎紅拍板：《詞苑叢談》載："蘇子瞻有銅喉鐵板之譏，然《浣溪沙·春閨》詞曰：'采索身輕常趁燕，紅窗睡重不聞鶯。'如此風調，令十七八女郎歌之，豈在曉風殘月之下。"

［11］朝雲：蘇軾之妾，本爲錢塘妓，姓王，蘇軾官錢塘時納爲妾，初不識字，後從軾學書，並略通佛理。軾貶官惠州，朝雲相隨。

［12］貧家好女自嬌妍：秦觀，字少游，又字太虛，號淮海居士，宋揚州高郵人。善詩賦策論，尤工詞，屬婉約派，有《淮海集》。李清照《詞論》謂："秦（觀）即專主情致，而少故實，譬如貧家美女，雖極妍麗豐逸，而終乏富貴態。"

［13］柳屯田：柳永，字耆卿，原名三變，字景莊，排行第七，世稱柳七，宋建州崇安人。善作歌詞，所作多抒羈旅行役之情及描寫歌妓生活，以慢詞獨多，語言通俗，音律諧婉，流行於時，有《樂章集》。

［14］大雅：《詩經》之大雅。舊訓雅爲正，謂詩歌之正聲。

［15］徘諧：戲謔取笑之辭。纏令：宋代民間藝人說唱之曲調。

［16］清真：周邦彥，字美成，號清真居士，宋杭州錢塘人。精音律，能自度曲。尤工詞，善創新調，格律謹嚴。有《片玉詞》。

［17］《暗香》《疏影》：林逋《山園小梅》："疏影橫斜水清淺，暗香浮動月黃昏。"姜夔作《暗香》《疏影》二詞。

［18］白石：姜夔，字堯章，自號白石道人，宋饒州鄱陽人。工詩

詞，擅書法，精通音律，能自度曲。其詞清虛騷雅。有《白石道人詩集》。

[19] 盧申之：盧祖皋，字申之、次夔，號蒲江，宋溫州永嘉人。工樂府，與翁卷、趙師秀爲詩友。有《蒲江集》。

[20] 夢窗：吳文英，字君特，號夢窗，又號覺翁，宋四明人。其詞以詠物爲多，極重修辭協律，但堆砌雕琢，思想境界往往不高。張炎《詞源》曰："吳夢窗詞，如七寶樓臺，眩人眼目，碎拆下來，不成片段。"有《夢窗詞》。

[21] 賀裳：字黃公，清江南丹陽人。工古文，尤工詞。有《皺水軒詞筌》。

[22] 卿邦：卿邦當作邦卿，即史達祖，字邦卿，號梅溪，宋開封人。工詞，多抒寫閒情逸致，重形式，追求細膩工巧，與姜夔齊名。有《梅溪詞》。其詠燕詞即《雙雙燕》，有"又軟語、商量不定"，又有"看足柳昏花暝"。

[23] 鈍根：佛教語，謂根機愚鈍，不能領悟佛法。

[24] 草窗：周密，字公謹，號草窗、蘋洲、弁陽老人、四水潛夫等，宋濟南人。工詩詞，善畫。有《草窗詞》。

[25] 辛劉：辛指辛棄疾，原字坦夫，後字幼安，號稼軒，宋濟南歷城人。擅爲長短句，風格悲壯激烈，與蘇軾並稱"蘇辛"，有《稼軒長短句》等。劉指繼承辛棄疾詞風的南宋詞人劉過、劉克莊。

[26] 遺山：元好問，字裕之，號遺山，金忻州秀容人。爲文備眾體，詩尤奇崛，且以身處金元之際，特多興亡之感，爲一代宗匠。有《遺山集》。

[27] 賦雁邱：元好問《摸魚兒·雁邱詞》序曰："乙丑歲赴并州，道逢捕雁者，云：'今旦獲一雁，殺之矣。其脫網者皆鳴不能去，竟自投於地而死。'予因買得之，葬之汾水之上，累石爲識，是曰雁邱，時同行有多爲賦詩，予亦有《雁邱辭》。舊時作無宮商，今改定之。"其詞曰："問世間情是何物，直教生死相許。天南地北雙飛客，老翅幾回寒暑。歡樂趣，離別苦，就中更有癡兒女。君應有語，渺萬里層雲，千山暮雪，只影向誰去。橫汾路，寂寞當年簫鼓，荒煙依舊平楚。招魂楚些何嗟及，山鬼暗啼風雨。天也妒，未信與，鶯兒燕子俱黃土。千秋萬古，爲留待騷人，狂歌痛飲，來訪雁邱處。"

[28] 六幺：唐時琵琶曲名。

[29] 段師：指金末詞壇名家段氏兄弟段克己、段成己。二人詞集有《二妙集》。

　　[30] 竹垞：朱彝尊，字錫鬯，號竹垞，又號醖舫，晚號小長蘆釣魚師，又號金風亭長，清浙江秀水人。博通經史，詩與王士禛稱南北兩大宗。詞風清麗，爲“浙西詞派”創始人。有《曝書亭集》。

　　[31] 陳髥：陳維崧，字其年，號迦陵，清宜興人。工駢文，才力富健，風骨渾成，爲清初名家。其詩則近吳偉業婁東一派。最工詞，負盛名，爲陽羨詞派宗主。有《湖海樓全集》。

　　[32] 中州樂府體：指金元好問詞作風格，元好問輯有詞集《中州樂府》。

　　[33] 樊榭：厲鶚，字太鴻，又字雄飛，號樊榭、南湖花隱等，清錢塘人。浙西詞派中堅人物。尤工詩餘，擅南宋諸家之勝。有《樊榭山房集》。

　　[34] 侯鯖：精美肉食。

　　[35] 冷昭，號春山，清廣西臨桂人。有《春山詞》。

　　[36] 宋尚書：宋祁，字子京，宋安州安陸人。因《玉樓春》詞有“紅杏枝頭春意鬧”句，世稱“紅杏尚書”。有《宋景文集》。

　　[37] 賸粉：脂粉殘餘，此謂餘香。

僕少有《論詞絕句》，迄今二十年，燈下讀諸家詞，有老此數家之意，復綴六章，於前論無所出入也

　　剛道霓裳[1]指下聲，天風海雨倏然生。不逢郢匠揮斤[2]手，楮葉[3]三年刻未成。

　　范陸[4]詩名自一時，江南江北鬢成絲。遺聲莫訝多騷屑[5]，不任空城曉角吹。

　　妙手拈來意匠[6]多，雲中真有鳳銜梭[7]。讀書未敢因人廢，奈爾天南小吏何。

　　《雜擬》江淹筆[8]有花，倣鼙[9]不辨作東家。等閑渲出西湖色，卻倩傍人寫嵰華。

　　欲起瑯琊[10]仔細論，機鋒拈出付兒孫。禾中選體菏溪律，一代能扶大雅輪。阮亭云：“‘無可奈何花落去，似曾相識燕歸來’，必不是香奩詩[11]；‘良辰美景奈何天，賞心樂事誰家院’，必不是草堂詞。”確論也。

　　琴趣言情尚汴音，獨將騷雅[12]寫秋林。當年姜史[13]皆迴席，辛苦無從覓繡鍼。《秋林琴雅》，樊榭詞。（《九芝草堂詩存》卷六）

【注釋】

[1] 霓裳:《霓裳羽衣曲》。

[2] 郢匠揮斤:本謂匠石揮斧削去郢人鼻翼上白粉而不傷其人,後因以比喻技藝純熟、高超。

[3] 楮葉:模倣亂真。

[4] 范陸:范成大與陸游。

[5] 騷屑:淒清愁苦。

[6] 意匠:精心構思作文、繪畫、設計等事。

[7] 鳳銜梭:鳳凰銜梭織出彩雲。喻非人力所致。

[8] 江淹筆:傳說南朝梁江淹少時,夢人授以五色筆,故文采俊發,後以比喻文才傑出。

[9] 倣顰:相傳春秋時美女西施有心痛病,常捧心而皺眉。鄰居有醜女以爲西施此態美,亦學之,然更醜。

[10] 瑯琊:地名,今屬山東。此指王士禛,因其爲濟南新城人。

[11] 香奩詩:即香奩體,指一種專以婦女身邊瑣事爲題材,多綺羅脂粉之語的詩體,又稱豔體。

[12] 騷雅:《離騷》與《詩經》中《大雅》《小雅》並稱,借指由《詩經》和《離騷》所奠定的古詩優秀風格和傳統。

[13] 姜史:姜夔與史達祖。

蘇宗經

蘇宗經（1793—1864），字是程，號文庵，廣西鬱林人。清道光元年（1821）舉人。歷任新寧州訓導、平樂縣教諭、梧州府教授、國子監監丞，死後誥授奉政大夫。能詩善文。有《慎動齋文集》《灑江詩草》。

讀　書

文章精妙豈人爲，濃愈支離淡愈奇。見道不從茫邈虛，開懷多在靜閒時。深慚濂洛關閩[1]語，枉鑄風雲月露詞。展卷古人皆有作，算來還是俗難醫[2]。（《灑江詩草》卷六）

【注釋】

［1］濂洛關閩：宋代理學四個學派，“濂”指濂溪周敦頤，“洛”指洛陽程顥、程頤，“關”指關中張載，“閩”指講學於福建的朱熹。

［2］俗難醫：蘇軾《於潛僧綠筠軒》詩：“無肉令人瘦，無竹令人俗。人瘦尚可肥，士俗不可醫。”

讀蘇東坡詩

宋代文章讓此公，三千韻語[1]亦雄風。水銀瀉地無餘罅，雲氣沖天滿太空。除卻青蓮誰敵手，常存白傅在幽衷。公云：“我甚似樂天。”遊蹤到處留祠廟，似與詩人略不同。（《灑江詩草》卷十）

【注釋】

［1］韻語：合韻律的文詞，特指詩詞。

讀樂天諷諭詩有感

感物清風冷似秋，能令肆志一時收。誰知教化雖稱大，張爲[1]《唐詩主客圖》以樂天爲廣大教化主。頑石無心不點頭[2]。（《灕江詩草》卷十六）

【注釋】

[1] 張爲：生卒年不詳，唐閩人。工詩，善品評。有《詩人主客圖》。

[2] 頑石點頭：道生法師入虎丘山，聚石爲徒，講《涅槃經》。至闡提處，說有佛性，問群石有無佛心否，群石皆爲點頭。後因以"頑石點頭"比喻道理講得透徹，說服力强，足以使人信服。

讀《詩經》

諷詠葩經三百章，《國風》意味最深長。美人芳草流連處，惟有靈均得别腸。（《灕江詩草》卷十六）

笑評詩者

雅人[1]志意孰能知？吟咏風花筆不羈。無奈選才非伯樂[2]，縱逢騏驥秖看皮。（《灕江詩草》卷二十二）

【注釋】

[1] 雅人：風雅之士，多指文人。

[2] 伯樂：或說姓孫，名陽，春秋時人。善相馬，爲秦穆公之臣。相傳有騏驥伏鹽車上太行，見而長鳴，伯樂下車泣之。驥於是俯而噴，仰而鳴，聲聞於天。

《慎動齋文集》序

文即言也。言者，心之聲也，無心之言，非虛言乎？而非愛慕古人，諳練世故，即言本乎心，能免夫支離邪僻乎？余少習八股，而亦讀左、國、班、馬、韓、柳、歐、蘇諸文，以爲八股之佐，而所謂體裁格局，未暇究心。弱冠以後，喜六朝之華麗，愛駢體[1]之嬌妍。鄉黨之間，建造凶喜之事，偶命爲之，高興揮毫，順情以應。在己固以富麗爲工，在人亦以才華見許。識者既不余非，余亦不自知其非。及歷世既久，知識漸增，始覺此道係乎立言之是非，不徒悅人之耳目。回憶少日之所爲，不啻俳優[2]牙儈[3]，難於收拾，悔何可追？自是之後，痛加斂抑，雖用典故，其偏僻者亦棄之，每期動悟乎人心，不計吐詞之鄙拙。有其事，有其人，然後有其文。當日靡麗繁華之筆墨，不覺消歸烏有矣！然而浮言雖不敢作，而亦未免乎多言，似有不得已之所爲者。自學步至今，三十餘年，稿堆箱篋，間齋無事，聊爲分類編次。除遺失不存及割棄之外，得文一百八十餘篇，分爲十卷，豈欲傳之於世而頡頏[4]前賢歟？蓋以文雖不及乎古，而言悉準乎情，一生所讀之書，所爲之事，所歷之境，所與之人，此中大略可覩。後之人見吾文，可以知吾言，并可以見吾心，亦有勸善規過之微悅忱，而與八股之爲敲門磚者稍異，安可視同故紙而拋擲之？時咸豐三年癸丑季夏，慎動齋主人蘇宗經文庵氏書於新寧州學署。（《慎動齋文集》卷首）

【注釋】

[1] 駢體：指用駢體寫成的文章，別於散文而言。以偶句爲主，講究對仗和聲律，易於諷誦。唐代以來，有以四字六字相間定句者，稱四六文，即駢文的一種。

[2] 俳優：古代以樂舞諧戲爲業者。

[3] 牙儈：泛指商人。

[4] 頡頏：較量。

《灕江詩草》自序

詩者，立言之一端也，或直言，或曲言，或隱言。凡觸事觸物，觸景觸情，意之所在，借筆以達之，流連婉轉，味深而長，己之意得以申，人之心可以感，此"三百篇"之旨也。然古之爲詩者，不分工拙，取其意而略其詞。後之人每求工於字句之間，字必協乎韻，句必諧乎聲，典必據乎書，法必依乎律，非姿之高、學之博、錘鍊之熟者不能，而溫柔敦厚之氣，足以使人興觀群怨者，豈能外乎？且夫言亦不能比而同也，十五國之風俗各異，其詩已各不同，而況於人？彼此異志，前後異音，安能貌習？而世之人每曰執學杜、執學韓、執學白、執學蘇，以爲摹倣而得其似歟！即似焉，是亦優孟之似叔孫[1]，笑貌雖存，而心肝何在？余根頗鈍，記不強，蒙童之時，即好韻語，每讀古詩，略識比興之義，偶有所作，稿亦不存。至得舉之後，年幾三十，閱歷既多，感觸亦易，往往成爲咏歎之言，而又欲後之人知余所歷之境、所存之心於是。而稿亦不肯棄，積累三十年，日淘月洗，除剛割之外，得詩一千七百首，可謂多矣！證之古作，一無所似，雖多亦奚以爲？然而閣閣之蛙，稚圭可作荒齋之鼓吹[2]；嚶嚶之鳥，仲若以爲俗耳之針砭[3]。稟乎性而發乎情，批風抹月之餘，實有繪畫鬚眉之致。是故，雖不及乎古，亦自寫乎吾，區區之心安能自已？茲以週甲[4]之年，目力腕力尚堪聽用，蠅頭小楷，親手謄抄，分爲十有四卷，聊敍所由於卷端。若天留頑骨，景與年新，必又不已於言，自笑爲候蟲時鳥，然乎哉！（《慎動齋文集》卷一）

【注釋】

[1]“優孟”句：楚相孫叔敖死後，優孟著孫叔敖衣冠，摹倣其神態動作，楚莊王及左右不能辨，以爲孫叔敖復生。

[2]“稚圭”句：南朝齊孔稚圭不樂世務，居處多山水。門庭之內，草萊不剪，中有蛙鳴，或問之曰：“欲爲陳蕃乎？”稚圭笑曰：“我以此當兩部鼓吹，何必期效仲舉。”

[3]“俗耳”句：馮贄《雲仙雜記》卷二引《高隱外書》載：“戴顒春攜雙柑斗酒，人問何之，曰：‘往聽黃鸝聲，此俗耳針砭，詩腸鼓吹，汝知之乎？’”

[4]週甲：滿六十年。干支紀年一甲子爲六十年，故稱。

跋《司馬文正公文集》制

《司馬文正公文集》制誥一卷，表一卷，章奏四十卷，詩賦十六卷，文二十卷。乃涂水喬人傑平陽徐崑所修訂，蘇板也，余於道光壬午搆之京師。公生平守一誠字，劉器之[1]請終身可行之教，公曰：“其誠乎？”請下手工夫，曰：“自不妄語始。”公自云：“事無不可對人言。”則公之立心制行可知矣！本此真實無妄之心，以之致君，以之信友，以之治天下，當時婦豎走卒，莫不識其名，此誠之所以能動物歟？公事業不及范[2]、韓[3]，而聲名過之者何也？天下當安石、惠卿[4]敗壞之極，公反而正之，救民於水火之中，有旋乾坤之象。拜相三月，事稍就緒，忽焉而逝，天下之人哀痛深之，此所以家家畫象以祀也。所爲詩文，不必矜心作意而筆花墨瀋[5]，皆真實之理流露於其間，讀之令人肅然而生敬。蓋有真學問乃有真經濟[6]，有真人品乃有真文章也。（《慎動齋文集》卷九）

【注釋】

[1] 劉器之：劉安世，字器之，號元城、讀易老人，宋魏人。以直諫聞名，被時人稱爲"殿上虎"。有《盡言集》。

[2] 范：范仲淹，字希文，宋蘇州吳縣人。慶曆三年（1043），入爲樞密副使，進參知政事，推行新政。工詩文及詞。有《范文正公集》。

[3] 韓：韓琦，字稚圭，號贛叟，宋相州安陽人。與范仲淹、富弼同時登用，爲北宋名相。

[4] 惠卿：呂惠卿，字吉甫，宋泉州晉江人。熙寧七年（1074），任參知政事，堅行新法。

[5] 墨瀋：墨汁。

[6] 經濟：治國的才幹。

跋《朱夫子文集》

　　《朱文公文集》詩賦十卷，文二十一卷。建板也。公集諸儒之大成，以展聖賢之理蘊，世之學者宗其說，讀其書焉耳！至於詩文，則無人道及，以爲非所長也。而豈知公於詩文無所不工乎？觀其論詩，以爲自漢晉以來，詩凡三變。而於諸人得失，指摘無遺。且謂："作詩須洗淨腸胃夙昔葷血脂膏，而無一字世俗語言意態，出語方有所措，詩不期高而自高。"則公之於詩，何若乎？許魯齋[1]云："文公之文，其序記碑銘行狀諸作，以己之性情道人之心胎[2]，寫他人之忠悃[3]孝思，發自己之至誠惻怛，有其文則有其人，非其人則無其文。"此誠道善文公之文者。而觀其文致，不事雕鏤，馳騁之才而有長江大河之勢，隨便揮灑墨瀋，無不淋漓，有韓、柳、歐、蘇之所不能到者，則公之於文，又何若乎？要之，公之聰明才力實越諸儒，故能博之極而約之精，達之於筆，疊疊[4]如是，則載道之文也。讀是集者，可以見理，可以增才，其有資於後學豈淺鮮哉！（《慎動齋文集》卷九）

【注釋】

[1] 許魯齋：許衡，字仲平，號魯齋，元懷州河內人。世爲農，性嗜學。得二程及朱熹著作，以行道爲己任。有《魯齋遺書》。

[2] 肚：牲體兩脅。

[3] 忠悃：忠誠。

[4] 亹亹：形容詩文動聽，使人不知疲倦。

跋《張文忠公文集》

古之所謂豪傑之士者，必有奇氣，有奇氣即有奇遇，亦有奇文。其蘊之心胸，行之德業，發之文章者，固不猶人也。張文忠[1]以諸生膺薦而爲縣令，以慈惠稱歷臺諫[2]，以正直稱得罪權要失官，變姓名以逃。復出，位至宰輔，致仕家居，七徵不起。忽賑濟陝西之召，慨然登車，盡心竭力，以至積勞而逝。其出處進退，夫豈尋常務富貴癖石[3]隱者所能測哉？文集二十卷，名《歸田類稿》。文則鬼設神施，奇情盛氣，所謂“硬語盤空[4]、妥帖排奡[5]”者也。詩則虎笑龍吟[6]，金聲玉潤[7]，而非塵飯土羹、庸俗委靡者也。而一以涵養性情、光明正大爲歸，即其言行以合觀，誠無愧其名與字之義也乎？讀是集者，剛健之氣油然而動，可以開猥瑣鄙吝之胸矣！（《慎動齋文集》卷九）

【注釋】

[1] 張文忠：張養浩，字希孟，號雲莊，謚文忠，元濟南人。幼有行義，讀書勤奮。有《雲莊類稿》。

[2] 臺諫：唐宋時以專司糾彈的御史爲臺官，以職掌建言的給事中、諫議大夫等爲諫官。

[3] 癖石：專心成癖，以致心化成石。

[4] 硬語盤空：形容文章氣勢雄偉，矯健有力。

[5] 排奡：豪放，奔放。

[6] 虎笑龍吟：形容歌聲雄壯而嘹亮。

[7] 金聲玉潤：喻文章氣韻優美。

跋《薛文清公文集》

《薛文清[1]公文集》二十四卷，《前後讀書錄》二十三卷，乃余僑寓霍州所得者也。公之學，篤守程朱，有明三百年理學純正，可繼許魯齋之後者，以公爲最。其文則平正通達而無雕鏤粉飾之爲，其詩則樸實清真而無作意矜心之若。蓋公之所學，以體認理道爲心，以涵養性情爲務，其詩文皆隨事書寫，不必有意求工也。而人品之潔、心地之明、學問之粹莫不見焉！《讀書錄》包涵萬有，自天文地理、經史百家以及世故人情，莫不博綜條貫，體會入微。自謂積累二十餘年而始成，則公之學之純篤，可於是書而見，豈僅空談性命[2]、有體無用[3]者哉！觀其遭小人之害，則臨難不撓，當不合之時，則見幾而退。致仕之後，隱居樂道，清約自甘，所謂富貴不淫、貧賤不移、威武不屈[4]者，公誠能之，非體認之至、涵養之深者不能矣！讀是集者，其有裨於身心何若哉！（《慎動齋文集》卷九）

【注釋】

[1] 薛文清：薛瑄，字德溫，號敬軒，謚文清，明河津人。繼曹瑞之後，在北方開創了“河東之學”，世稱“薛河東”。有《薛文清公全集》。

[2] 性命：中國古代哲學範疇，指萬物之天賦和稟受。

[3] 有體無用：中國古代哲學以“體用”指事物之本體、本質和現象。

[4]“富貴不淫”句：不爲金錢、地位所迷惑，不因貧苦微賤而改變志向，不因權勢而屈服。

況　澄

況澄（1799—1866），字少吳，號西舍，廣西臨桂人。道光二年（1822）進士，歷任戶部主事、監察御史、河南按察使等職。爲官勤政，爲人正直。工詩詞、精考證。有《西舍文遺篇》《西舍詩鈔》《春秋屬辭比事》等。

論　詩

同是風雲月露辭，憑伊今古各抽思。靈心觸處文生變，妙手拈來句總奇。下筆非關由學識[1]，抒懷聊爾見天倪[2]。卻憐南國多遊女，寄興猶傳《漢廣》詩[3]。（《西舍詩鈔》卷七）

【注釋】

[1]　"下筆"句：嚴羽認爲詩有別才，非關書；詩有別趣，非關理。
[2]　天倪：自然分際。
[3]　《漢廣》詩：即《詩經·河廣》，《毛詩序》曰："文王之道，被於南國，美化行乎江漢之域，無思犯禮，求而不可得也。"

讀少陵詩戲作

十五如何心尚孩？斯文崔魏[1]慕高才。千迴上樹攀梨棗，疑是班揚[2]走復來。杜詩："往者十四五，出遊翰墨場。斯文崔魏徒，以我侶班揚。"又："憶年十五心尚孩，健如黃犢走復來。庭前八月梨棗熟，一日上樹能千迴。"（《西舍詩鈔》卷十二）

【注釋】

[1]　崔魏：崔即崔尚，唐鄭州人。有文名，能詩。魏即魏啟心。二人曾激賞杜甫才華，謂其文似班固、揚雄。

［2］班揚：班固與揚雄，二人以擅辭賦著名。

顏　謝

顏君[1]敏捷謝公[2]遲，終覺顏詩遜謝詩。江左人才推二客，王前盧後[3]竟參差。（《西舍詩鈔》卷十二）

【注釋】

［1］顏君：顏延之，字延年，南朝宋琅琊臨沂人。少孤貧，好讀書，無所不覽。文章冠絕當時，與謝靈運齊名。明人輯有《顏光祿集》。

［2］謝公：謝靈運，小名客兒，世稱謝客，謝玄孫，南朝宋陳郡陽夏人。晉時襲封康樂公，又稱謝康樂。少好學，博覽群書。工詩文，詩開山水詩一派。明人輯有《謝康樂集》。

［3］王前盧後：《舊唐書·楊炯傳》載：“炯與王勃、盧照鄰、駱賓王以文詞齊名，海內稱爲王楊盧駱，亦號爲‘四傑’。炯聞之，謂人曰：‘吾愧在盧前，恥居王后。’當時議者，亦以爲然。”

論　詩

《文選》[1]編詩體略同，建安標格[2]六朝風。至今學士能傳誦，獨贊昭明太子[3]功。

五言八韻近時工，絕勝三唐[4]靡靡風。摛藻但誇場屋[5]計，采詩不入品題中。（《西舍詩鈔》卷十三）

【注釋】

［1］《文選》：南朝梁蕭統編選先秦至梁各體文章，以“事出於沉思，義歸乎翰藻”爲標準，取名《文選》，爲現存最早詩文總集。

［2］建安標格：謂漢魏之際曹操父子和建安七子等人詩文剛健遒勁之風。

［3］昭明太子：蕭統，字德施，小字維摩，南朝梁南蘭陵人，武帝長子。梁武帝天監初，立爲太子。

［4］三唐：詩家論唐人詩作，多以初、盛、中、晚分期，或以中唐分屬盛、晚，謂之“三唐”。

[5] 場屋：本謂科舉考試之處，又稱科場。引申指科舉考試。

倣元遺山論詩三十首

才人萬卷富經畬，三百歌謠足起予。下筆有神君看取，未知當日讀何書。

登高嘗歎少英雄[1]，更學楊朱泣路[2]窮。欲識嗣宗憂患意，《詠懷》八十二篇中。

五柳[3]田園謝政歸，澹詩韋孟[4]有前徽。消閒偶作《閒情賦》[5]，一任千秋話是非。

擬古新詩肖昔賢，江淹雜體至今傳。規模正好追前軌，俯仰隨人語太偏。

杜老篇章半說愁，孔明廟柏[6]動清謳。蒼皮黛色論圍尺，爭訟紛然一笑休。

律詩較少古詩多，太白風流付醉歌。絕世仙才千百首，難忘美酒與嬌娥。

妙筆天然白傅詩，無彫琢處有深思。休言老嫗皆能解[7]，只恐儒生且未知。

領袖當年主客圖，香山廣大[8]見規模。微之入室瞠乎後，元白從今莫並驅。

大曆誰將十子[9]論？夏侯苗發幾篇存？魯無君子斯焉取？附驥居然姓字尊。

昌黎浩氣發長吟，殊欠風人靜好音。後學推崇誰更議？詩心強半是文心。

皮陸[10]同賡雜體詩，雙聲疊韻鬥新詞。機中錦字盤中句，卻讓閨人早擅奇。

從古天香[11]屬桂林，二曹[12]揮翰見精心。遊仙句妙風詩古，珍重當年梓里音。

李唐音律改前觀，五七言中刻劃難。漢魏六朝多麗藻，今人都作飯羊[13]看。

詠題原與表牋殊，山鬼吹燈趣有餘。近代詩人多忌諱，死亡諸字盡刪除。

語爲矜才少雅馴，更將禪偈[14]鬬清新。獨憐陌上花開曲[15]，習氣消除別有春。

生平不喜誠齋[16]句，俗語人誇絕妙詞。雖寫性靈乖大雅，放猿安得比探驪[17]。

芍藥薔薇笑女郎，溫柔詩教試推詳。要知品格分題目，楚霸虞姬[18]各擅長。

江西詩社祖涪翁[19]，二十五人宗派同。瘦可病權清苦甚，至今畸士染餘風。

文采尤蕭[20]范陸同，石湖南渡振頹風。梁溪寂寞千巖冷，我獨傾心拜放翁。

萬首詩詞推務觀，一篇《酒德》了劉伶[21]。文章多少何須計？並與千秋樹典型。

虞揚范揭[22]四家稱，壯似髯蘇[23]竟未能。秀色可餐情韻好，似從溫李[24]得元燈。

詞壇棄置布衣[25]狂，七子[26]寒盟[27]事可傷。何似五君[28]留逸詠，竹林顯貴黜山王。七子中，謝茂秦以布衣爲同盟所擯。

後先七子[29]競才名，鉤黨斯人早釀成。聲律何功標榜甚，東林[30]禍起國家傾。

圓圓一曲[31]動咨嗟，柳氏[32]眉生總麗華。江左三家[33]聲調美，可憐別舫抱琵琶。三家：錢謙益、龔鼎孳、吳偉業也。

《疑雨》[34]篇成近色荒，無窮巧思寫柔腸。《玉臺新詠》纖穠筆，早爲香奩作濫觴。

筆鋒安得逞微權？禾黍遺詩[35]總不傳。書禁於今開法網，三家爭購嶺南編。

歷朝運會幾春秋？詩到三唐盛似周。宋俗元輕明好襲，李家千古擅風流。

西堂[36]帝許真才子，暮歲謳吟等滑稽。遊戲須知關學識，如何《論語》作標題？

隨園[37]馳騁才真富，甌北[38]空靈體卻卑。猶喜漁洋風韻勝，真情可惜付虛詞。

倣遺山作有漁洋，接跡心畬[39]更小倉[40]。張雋[41]增題六十首，我詩率爾待平章。（《西舍詩鈔》卷十五）

【注釋】

[1] "登高"句：謂時代無英雄，使無名之輩成豪傑。

[2] 楊朱泣路：在十字路口走錯半步，到覺悟後就已經差之千里，楊朱爲此而哭泣。後常引作典故，用來表達對世道崎嶇，擔心誤入歧途

的感傷憂慮，或在歧路的離情別緒。

［3］五柳：陶淵明別號。

［4］韋孟：韋應物、孟浩然，均以山水田園詩著名。

［5］《閒情賦》：陶淵明所作，"將以抑流宕之邪心，諒有助於諷諫"。

［6］孔明廟柏：諸葛亮祠柏樹，在今成都市武侯區，晉李雄初建。

［7］老嫗皆能解：謂詩文淺易。

［8］香山廣大：張爲撰《詩人主客圖》，將唐代詩人按作品內容、風格分爲六類，各以一人爲主。白居易列爲第一類詩人之首，被尊稱爲廣大教化主。

［9］大曆十子：唐代宗大曆年間十位齊名詩人，指盧綸、吉中孚、韓翃、錢起、司空曙、苗發、崔峒、耿湋、夏侯審、李端。

［10］皮陸：唐代詩人皮日休、陸龜蒙。二人友情深篤，詩風相近，較多唱和之詩。

［11］天香：謂芳香。

［12］二曹：唐代詩人曹鄴和曹唐。

［13］餼羊：本指用爲祭品之羊，後比喻徒具形式。

［14］禪偈：佛教偈頌。偈爲梵語偈陀音譯之略，意譯爲頌。偈語常用詩句形式，表達佛理、禪機。

［15］陌上花開曲：蘇軾《陌上花》曰："陌上花開蝴蝶飛，江山猶是昔人非；遺民幾度垂垂老，遊女還歌緩緩歸。"

［16］誠齋：楊萬里，字廷秀，號誠齋，宋吉州吉水人。工詩，自成誠齋體。有《誠齋集》。

［17］"放猿"句：放猿謂文辭粗狂，探驪謂爲文章切其要害。

［18］楚霸虞姬：楚霸即項羽。虞姬即項羽姬。項羽兵圍垓下，慷慨悲歌，虞姬起而和之。

［19］涪翁：黃庭堅，字魯直，號涪翁、山谷道人，宋洪州分寧人。工詩詞文章，受知於蘇軾，與張耒、晁補之、秦觀並稱蘇門四學士。論詩推崇杜甫，開創江西詩派。有《豫章黃先生文集》。

［20］尤蕭：尤袤，字延之，號遂初居士，宋常州無錫人。工詩文，有《遂初堂書目》。蕭德藻，字東夫，自號千巖老人，宋閩清人。

［21］劉伶：字伯倫，西晉沛國人。肆意放蕩，性嗜酒，作《酒德頌》嘲弄禮法。

［22］虞揚范揭：元詩四大家虞集、楊載、范梈、揭傒斯，均爲館閣文臣，因長於寫朝廷典冊及碑版而享有盛名。

　　[23]　髯蘇：蘇軾。

　　[24]　溫李：晚唐詩人溫庭筠、李商隱。兩人作品同屬綺麗風格，在當時齊名。溫庭筠，本名岐，字飛卿，唐太原祁人。工詩詞，詩辭藻華麗，詞多寫閨情，風格濃豔，後收入《花間集》，爲花間派詞人之首。有《金荃集》。李商隱，字義山，號玉溪生，唐懷州河内人。工詩文，駢文與溫庭筠、段成式齊名，時號"三十六體"。有《樊南文集》。

　　[25]　布衣：指謝榛，字茂秦，號四溟山人、脫屣山人，明山東臨清人。爲詩摹擬盛唐，以律句絶句見長。有《四溟集》。

　　[26]　七子：後七子。

　　[27]　寒盟：指背棄或忘卻盟約。

　　[28]　五君：指魏晉時名士阮籍、嵇康、劉伶、阮咸、向秀。南朝宋顔延之因貶官永嘉太守，怨憤而作《五君詠》以自況。

　　[29]　先七子：前七子。

　　[30]　東林：明萬曆間，吏部郎中顧憲成革職還鄉，倡議重修無錫東林書院，並與高攀龍等人於書院講學，評議朝政，而名流回應，聲名大著，因被目爲"東林黨"。

　　[31]　圓圓一曲：明末清初詩人吳偉業作歌行體樂府詩《圓圓曲》，寫明末清初名妓陳圓圓事，反映了明末清初政治大事，委婉曲折地譴責吳三桂之降清。

　　[32]　柳氏：柳如是，本名楊愛，字如是，又稱河東君。清初名妓，後嫁錢謙益爲側室。

　　[33]　江左三家：錢謙益、龔鼎孳、吳偉業。龔鼎孳，字孝升，號芝麓，清合肥人。其詩標舉興會，感慨興亡，聲情悲壯。有《定山堂集》。吳偉業，字駿公，號梅村，清江南太倉人。工七言歌行，人號"梅村體"。有《梅村家藏稿》。

　　[34]　《疑雨》：晚明王彦鴻作《疑雨集》，多刻意模倣唐代韓偓《香奩集》。

　　[35]　禾黍遺詩："禾黍"爲悲憫故國破敗或勝地廢圮之典。此指嶺南三大家屈大均、陳恭尹和梁佩蘭之詩。

　　[36]　西堂：尤侗，字同人，一字展成，號悔庵，又號艮齋，晚號西堂老人，清江南長洲人。工詩詞古文，又擅作戲曲，運筆奥勁，使事典切，下語豔媚。有《西堂全集》。

　　[37]　隨園：袁枚，字子才，號簡齋，晚號隨園老人，清浙江錢塘人。詩主性靈，古文駢體亦自成一格。有《小倉山房集》。

　　[38]　甌北：趙翼，字雲崧，一字耘崧，號甌北，清江蘇陽湖人。論

詩主"獨創"，反摹擬。有《甌北詩話》。

　　[39] 心畬：指蔣士銓。

　　[40] 小倉：當指袁枚。

　　[41] 張雋：張雋，一名僧願，字非仲，又字文通，明末清初江南吳江人。明諸生，崇禎間參加復社，入清後修《明史》。《明史》案發，在杭州遇害。

鄭獻甫

鄭獻甫（1801—1872），原名存貯，字小谷，又字獻甫，號愚一、識字耕夫、白石、補學軒，廣西象州人。道光十五年（1835）進士，授刑部主事。以乞養歸，丁父母憂，遂不復出。主講桂林榕湖書院、秀峰書院，廣東鳳山書院、越華書院。天資高朗，耿介豪逸，讀書終日不釋卷，博聞强記，尤精熟諸史，工詩文。有《四書翼注論文》《愚一錄》《補學軒文集》《補學軒文集續刻》《補學軒文集外編》《補學軒詩集》《補學軒詩集續刻》，後人輯爲《鄭小谷全集》。

詩文分體論

文之有散體，又有駢體也，猶詩之有古體，又有律體也。體具於東漢，別於三唐而嚴於北宋，若其初則均未有也。文莫散於“二十八篇”，然即“二十八篇”中如“分命羲仲”四節見《堯典》，“皇建有極”一節見《洪範》，非駢乎？詩莫古於“三百篇”，然即“三百篇”中如“宛在水中央”“上入執宮功”，非律乎？然則惡乎分？曰：此非前之人自分之也，亦非後之人妄分之也。一代之世運與一代之人才互爲激蕩，於中有因而坐受其敝者，如東周之積弱、南宋之偏安，其勢流宕而順；有因而力矯其敝者，如宣王之復古、光武之中興，其勢崛起而逆。要其消息甚微，後之所開，皆前之所具，而勢之盛衰則不誣耳！漢魏以前，張、蔡[1]之文漸趨綿密一派矣！齊梁以後，徐、庾[2]之詩漸趨諧和一派矣！而當時風尚所安，紀事緣情，略無體格之辨。至王、楊[3]出而駢體名，至沈、宋[4]出而律詩名，此勢之流宕而順者也。至韓、柳出而散體別，至李、杜出而古詩別，此勢之崛起而逆者也。自是以後，古律駢散，犁然不紊。北宋諸家或以散文爲駢，盛唐諸家或以古詩爲律，而散文則斷不許雜駢語，古詩則必不容入律句，此亦如石可以似玉，玉不可以似石；金可以飾銅，銅不可以飾金，雖有豪傑之士飛揚跋扈，難越鴻溝半步。然而斯文一日不喪，則兩體一日不廢，乃作者於詩集常合編近體，而文集則必外視駢體，若以爲是不得與於文者，亦不探其原而溯其本矣！然世必貴散而賤駢，先古而後律，則何也？曰：此亦非前人自分之，亦非後人妄分之也。其所以必賤且後者，則有由矣！曹吏之啟事、民間之質劑，何嘗非散體？而人不謂之散文者，其爲雅俗易辨也。《步天》之謌、《卦氣》之謌，何嘗非古體？而人不謂之古詩者，其爲詞義易明也。惟駢體立而記室之寒暄、詞臣之頌揚、僧徒之序引，皆冒託焉！律體出而謠謌里諺並相附焉，而體於是乎極敝，然皆後世不學者自壞之，非古之有學者先啟之也，是又不可不知也。（《補學軒文集·散體文》卷一）

【注釋】

[1] 張、蔡：張衡和蔡邕。蔡邕，字伯喈，東漢陳留圉人。少博學，好辭章、數術、天文，妙操音律。有《蔡中郎集》。

[2] 徐、庾：徐陵與庾信。徐陵，字孝穆，南朝陳東海郯人。八歲能文，及長，博涉史籍。其詩歌駢文辭藻綺麗，與庾信齊名。有《徐孝穆集》。庾信，字子山，北周南陽新野人。文藻綺豔，與徐陵齊名，時稱徐庾體。有《庾子山集》。

[3] 王、楊：王勃與楊炯。

[4] 沈、宋：沈佺期與宋之問。

論諸家文集

嘗恠[1]唐一代文集，韓、柳、李、孫而外皆不甚傳，詩則李、杜、元、白以下靡不傳，甚至女妓鬼物亦傳。宋一代文集，歐、蘇、曾、王而外亦不甚傳，詩則尤、楊、范、陸以下靡不傳，甚至四靈九僧[2]亦傳。豈作詩者多而作文者少歟？抑傳詩者易而傳文者難歟？將文即成家而因陳平衍，久將自滅；詩即不成家而零章斷句，不妨流傳歟？夫文之至者，《詩》《書》《易》《禮》不必言矣，三代後，僑、肸[3]之詞令，儀、秦[4]之遊說，皆言語也，非文章也；莊、老之立言，馬、班之紀事，亦著書也，非作文也。文殆起於兩漢之間，而衍於六朝以後乎？然賈、晁[5]以才勝，楊、劉[6]以學勝，董、匡[7]以理勝，鄒、枚[8]以詞勝。才雖健而淺於學，則其理不精；學雖贍而疎於才，則其詞不妙。六朝之文故不逮兩漢之文，而顏、謝、潘[9]、陸[10]、江、鮑、沈[11]、任[12]詩皆有漢魏遺風，何也？竊嘗論之：藻采之詞猶夫穀也，精微之理猶夫米也，文則炊之而爲飯，猶具米形；詩則釀之而爲酒，並無米形，故文實而詩空。淹博之學猶夫土也，英特之才猶夫樹也，文則衍之而成林，必需樹茂；

詩則發之而爲花，不必樹茂，故文鉅而詩細。人即長於才矣、富於學矣、足於理矣、昌於詞矣，而文無比偶聲律之可諧，又無尺度格式之可守，振筆而書，靡有不成，投筆而觀，輒有不似，此作者之多所以不敵傳者之少也。詩之需才與學略同，而其爲理與詞小異，彼興象深微，意態高遠，卓然成一家者無論矣！而野夫遊女一言之中，往往有老師宿儒百思不到者。蓋天機偶發，人籟相湊，固應有散見於女妓鬼物、田夫牧豎而未嘗不工者。而例之於文則謬，求之以文尤謬矣！姑勿論或有所工，或有不工也，即如韓子以詩推孟東野，猶以文推樊紹述[13]也，然孟詩傳而樊文之僅存者不過一篇。歐公以詩稱梅聖俞[14]，猶以文稱蘇子美[15]也，然梅詩傳而蘇文之特絕者亦無一篇。夫苟無古人之才與古人之學，即不煩繩削如樊紹述，不牽世俗如蘇子美，又有大名如韓、歐兩公者爲主猶不能使其傳，則信乎所以傳者不在字句長短、音節高下、格局盜襲之間，而有存乎其先、餘乎其外者也。近世文皆言人之所能言，否則言人之所已言耳！才學不逮樊、蘇二子，而詞理乃欲希韓、歐二公，可乎哉？至自度不能古文者，遁而講學；自度不能詩者，遁而填詞，是亦善藏拙之道。吾知後世文集當少於前世文集，然而所謂文者，益可知已。（《補學軒文集·散體文》卷一）

【注釋】

[1] 恠：即怪。

[2] 四靈九僧：四靈謂南宋永嘉詩人徐照、徐璣、翁卷、趙師秀。徐照，字靈暉，有《芳蘭軒集》。徐璣，號靈淵，有《二薇亭集》。翁卷，字靈舒，有《西巖集》。趙師秀，號靈秀，有《清苑齋集》。四人字或號中均有“靈”字，故稱。九僧指宋初惠崇、希晝、保暹、文兆、行肇、簡長、惟鳳、宇昭、懷古九個和尚。他們以詩聞名於世，時號“九僧”。有合集《九僧詩》。

[3] 僑、肸：子產與叔向。公孫僑，字子產，春秋時鄭國人。羊舌肸，名肸，字叔向，春秋時晉國人。

[4] 儀、秦：張儀與蘇秦。張儀，戰國時魏國人；蘇秦，東周洛陽人。二人皆爲縱橫家。

[5] 晁：晁錯，西漢潁川人。習申不害、商鞅刑名之術。景帝立，任內史，遷御史大夫，景帝採納其意見，更定法令，削諸侯枝郡。

[6] 楊、劉：楊億與劉筠。

[7] 匡：匡衡，字稚圭，西漢東海承人。從後蒼學《齊詩》，能文學，善說《詩》。

[8] 鄒、枚：鄒陽與枚乘。鄒陽，西漢齊郡臨淄人，以文辯知名。枚乘，字叔，西漢臨淮淮陰人，善辭賦。

[9] 潘：潘岳，字安仁，西晉榮陽中牟人。擅詩賦，詩與陸機並稱。今存《潘黄門集》輯本。

[10] 陸：陸機，字士衡，西晉吳郡吳縣人。詩重藻繪排偶，駢文亦佳。有《陸士衡集》。

[11] 沈：沈約，字休文，南朝梁吳興武康人。擅詩賦，與謝朓等創“永明體”詩，提出“聲韻八病”之說。明人輯有《沈隱侯集》。

[12] 任：任昉，字彦升，南朝梁樂安博昌人。以文才見知，時與沈約詩並稱“任筆沈詩”。今存《任彦升集》輯本。

[13] 樊紹述：樊宗師，字紹述，唐河中寶鼎人。爲文奇澀，不襲前人，時號“澀體”。

[14] 梅聖俞：梅堯臣，字聖俞，世稱宛陵先生，宋宛陵人。爲詩提倡“平淡”，在北宋詩文革新運動中與歐陽修、蘇舜欽齊名。有《宛陵先生集》。

[15] 蘇子美：蘇舜欽，字子美，宋梓州銅山人。與梅堯臣齊名。

書茅鹿門《八家文鈔》後

道無所謂統也，道有統，其始於明人所輯《宋五子[1]書》乎？文無所謂派也，文有派，其始於明人所選《唐宋八家文》乎？然皆門戶之私也，非心理之公也。古者，人品有賢愚，人才有美惡，然而流品未分也。儒術有師承，學術有授受，然而宗法未立也。經說有淺深，詞章有華實，然而尺度未嚴也。自韓子有“軻之死不得其傳”一語而道之統立，自韓子有“起八代之衰”一贊而文之派別。遂若先秦以來之賢人君子、東漢以來之鴻篇鉅製，皆可置之不議，而惟株守此五子書、八家文，以爲規矩盡是、學問止是，甚且繪爲旁行邪上[2]之圖，曰某傳之某，某得之某。如道家之有符籙、禪家之有衣鉢、世家之有族譜，閱之令人失笑，不惟於體太拘，而於事亦太陋矣！荀卿之論儒，鍾嶸之品詩，前人早開此端，特不料其後之承訛襲謬乃至於此也。且夫八元八愷[3]以同族計也，八及八廚[4]以同時計也，未有時代不接、家數不齊而約之爲八者。況家亦何止八也？唐以前，徐、庾之文章，燕、許之手筆姑不論，如權文公[5]、獨孤及[6]、杜牧之，旁及皇甫湜、孫樵[7]、劉蛻[8]輩，得謂之非古文乎？宋以後，放、敞[9]之說經，馬、鄭[10]之述古姑不論，如呂東萊[11]、楊誠齋，下及虞集、柳貫[12]、黃縉[13]輩，得謂之非古文乎？即其名目、詰其體例已多不可通，而況茅氏之選又本朱右之說，而序乃故掩其所出耶！近世論古文者宗之，謂東漢文敝，南宋後無古文，以昌黎直接史公，以震川直接歐公，而架漏中間數代作者。夫宇宙大矣，古今遠矣！唐虞之文見於典謨，商周之文見於雅頌，春秋以來之文見於詞命，秦漢以來之文見於子史，其列爲章、表、論、著、序、記、書、狀、銘、誌各體者，皆東漢以後合輯之，南宋以後分守之也。數典而忘其祖[14]不可，守典而誣其祖可乎？一代之世運與一代之人才合而成一代之文體，如天之有日月風雲，地之有江河山嶽，體象不同而精采皆同，故愈久而愈新也。若具一孔之見，勒一途之歸，則下筆皆陳陳相因而已耳！惡睹所謂終古常見而光景常新耶？韓子《與劉正夫書》、柳子《與韋中立書》、老泉《上歐陽公書》，論文之語亦至詳矣！不過多讀書以求其至，多窮理以求其是，何嘗如不學者之所論，拘牽如嚴家餓隸[15]，模仿如劇場優工乎？夫以講學之弊，矯誕貪鄙皆附於正學[16]，而高明如陸子靜[17]、豪傑如王陽明[18]則斥之；論文之弊，庸淺枯率皆自謂古文，而演迤如宋文憲[19]，博雅如王弇洲[20]則斥之。後世每爲不平，而不知正諸人所不屑也。然則宋五子不足宗而八家文不足法乎？曰：否。知賢人不止五子，則何病乎宗五子？知古文不止八家，則何病乎法八家？余特惡夫徒知有五子書與八家文者耳！而況近之高自許者，問以此爲五、爲八而亦未全寓目也。（《補學軒文集·散體文》卷二）

【注釋】

[1] 宋五子：謂宋周敦頤、程顥、程頤、張載、朱熹。

[2] 旁行邪上：橫行斜線，後指以表格形式排列之系表、譜牒等。

[3] 八元八愷：八元相傳爲高辛氏的八位才子，即伯奮、仲堪、叔獻、季仲、伯虎、仲熊、叔豹、季貍。八愷亦作“八凱”，相傳爲高陽氏的八位才子，即蒼舒、隤敳、檮戭、大臨、龐降、庭堅、仲容、叔達。

[4] 八及八廚：東漢士大夫互相標榜，稱有賢德、有影響之八人爲“八及”，即張儉、岑晊、劉表、陳翔、孔昱、苑康、檀敷、翟超。八廚謂能以財助人，指度尚、張邈、王考、劉儒、胡毋班、秦周、蕃嚮、王章。

[5] 權文公：權德輿，字載之，秦州略陽人。工詩善文，達官名人碑誌集序，多出其手，綜貫經術，其文雅正贍縟。

[6] 獨孤及：字至之，唐洛陽人。與李華、蕭穎士齊名，提倡古文，獎掖後進。

[7] 孫樵：字可之，一作隱之，唐關東人。從韓愈遊，擅長古文。

[8] 劉蛻：號文泉子，唐長沙人。有《文泉子》。

[9] 攽、敞：劉攽，字貢父，號公非，宋臨江軍新喻人。博覽群書，精於史學，助司馬光修《資治通鑑》，有《彭城集》。劉敞，字原父，號公是，宋臨江軍新喻人。學問博洽，長於《春秋》學，不拘傳注，開宋人評議漢儒先聲。有《春秋權衡》。

[10] 馬、鄭：馬融，字季長，東漢扶風茂陵人。才高博洽，爲世通儒。鄭玄，東漢大儒。

[11] 呂東萊：呂祖謙，字伯恭，學者稱東萊先生，宋婺州金華人。爲學主明理躬行，反對空談心性，開浙東學派先聲。有《東萊呂太史集》。

[12] 柳貫：字道傳，號烏蜀山人，元婺州浦江人。受性理之學於金履祥，自幼至老，好學不倦。有《柳待制文集》。

[13] 黃縉：字晉卿，元婺州義烏人。生而俊異，好學，善爲文。

[14] 數典而忘其祖：指忘本。

[15] 嚴家餓隸：形容書法風格拘謹。

[16] 正學：謂合乎正道的學說。

[17] 陸子靜：陸九淵，字子靜，號象山翁，世稱象山先生，宋撫州金溪人。主“心即理”說。有《象山先生全集》。

[18] 王陽明：王守仁，初名雲，字伯安，別號陽明子，明浙江餘姚人。其學以致良知爲主，謂格物致知，當自求諸心，不當求諸物。文章博大昌達。有《王文成公全書》。

[19] 宋文憲：宋濂，字景濂，號潛溪，明浙江浦江人。爲明開國文臣之首，學者稱太史公。有《宋學士集》。

[20] 王弇洲：王世貞，字元美，自號鳳洲，又號弇州山人，明蘇州府太倉人。好爲古詩文，主文壇二十年。有《弇山堂別集》。

書鄒鍾泉中丞《世忠堂文集》後

古文莫深於經學，然而講經學者如注疏之支離瑣碎，非古文也。古文莫精於理學，然而講理學者如語錄之直率腐俗，非古文也。然則古文何所屬？曰：“古文無所屬。”虛歟之爲性質，實體之爲言行，發揮之爲功業，惟其人自取之而已。故理直則氣壯，理足則詞備，亦莊、屈，亦《史》《漢》，亦賈、董、韓、柳、歐、蘇，而不病其襲也；不莊、屈，不《史》《漢》，不賈、董、韓、柳、歐、蘇，而不病其刱也。近世論古文者不然，謂東漢文弊，謂六朝文衰，謂南宋後無古文，以歸太僕直接歐陽，以方望溪直接太僕，其餘皆不得與。余竊笑之曰："北宋時爭正統[1]，南宋時爭道統[2]，今時乃爭文統[3]。"聞者以爲狂，自問亦頗似狂。今讀我中丞鍾泉先生[4]《世忠堂文鈔》，其序《張愧農文集》論近世古文之弊曰："理不加深而故澀之，氣不加壯而故複之。甚者且悖其義、襲其詞、奇其字以爲古，不覺踴躍而起曰：'今之僞去則古之眞出。'"觀公之議論如是，是必理直而氣壯可知也，是必理足而詞備可知也。因於卒業後妄爲說曰："他人之文，可言者未必可行，惟公可行；他人之作，能言者未必能行，惟公能行。"或難之曰："子何足以知之？"應之曰："予誠不足以知之。然而虛歛之爲性質，實體之爲言行，發揮之爲功業，則固夫人而知之也。獻甫亦知人所共知耳！若知人所不知則慚愧不學，方以門外人自處，安測高深哉！"（《補學軒文集·散體文》卷二）

【注釋】

[1] 正統：對於三國時期的王朝正統問題，北宋儒者各有論述。宋太祖篡後周類似魏文帝篡漢，故司馬光等人以魏爲正統，蘇洵等人則以蜀爲正統。

[2] 道統：宋明理學家稱儒家學術思想授受之系統。

[3] 文統：文學傳統。

[4] 鍾泉先生：鄒鳴鶴，字鍾泉，號松友，清江蘇無錫人。

書《呂月滄[1]文集》後

余少年時，外舅劉怡園先生爲余言，鄉前輩呂月滄先生在其省寓案頭見余《答婦兄書》詞僅半紙，曰："此雖尺牘，而筆力氣韻雅近古文，渠何人？現何在？"外舅一一告之。乃曰："當招之來，爲余課童子，余則爲伊授古文，何如？"蓋怡園先生曾以辛酉拔貢，月滄先生則爲辛酉孝廉，故相得如齊年生[2]，尤相知也。外舅既述其意，並言其文，稱得文章正法。余少頗跳蕩，又絕少師承，聞此，因念近世治古文者，皆習瞽說[3]，謂東漢文弊，南宋後無古文，於前明僅推一歸震川、於本朝獨推一方望溪爲得文章正統。此皆姚姬傳弟子妄爲說，觀姬傳文集無此說也。聞先生自謂得法於吳仲倫，仲倫自謂得法於姚姬傳，姬傳自謂得法於方望溪。以文家之公器等佛家之衣鉢，謂某傳之某，某又傳之某，非是則均不得與於其統，矜矜然自高，沾沾然自喜，如市中壟斷之夫，互相標榜、自相把持，實則便於不學者竊盜模仿、苟以徇名而已。余深鄙其意，故不願染其習。會以他事見阻，不果往，然其相感頗深，時壬辰七月間也。後一年，從友人抄本見其《附舟者》一說，稍訝之，然尚未觀他作也。又一年，從《笏山詩集》見其冠首一序，益敬之，然猶未觀全集也。其後先生主講桂林數年，余又離家鄉十年，未及見。歲己酉，余承乏書院，而戊戌冬，先生已歸道山，則相去十年所矣！公子小滄曾刊其集，僅二卷。從先生女壻張榮堂[4]處得其本，亟伏而讀之則大服，深悔向者測先生之悞、知先生之淺而見先生之遲也。不覺撫卷嘆曰：夫生不同時、居不同鄉，而不得相見者有矣！即生幸同時、居幸同鄉，而卒不得相見者亦有矣！然或後進者知有先進，而先進者未必知有後進，則容有所疑而不敢前。乃余曾知先生，先生又早知余，且欲招而授之學，使親承其緒論，範而圍之，以壓其逸氣，則余雖不必折而從之，亦庶乎掖而進之，稍有所裁，正以底於成。而卒輾轉相左，蹉跎自悞，莫由盡貢其愚於函丈，是則余之不幸，亦余文之不幸，將終不得進於古也。先生文遒練而無冗語，淳厚而無鄙詞，實得古文家正法，視世之馳騁以爲豪、餖飣以爲博、偏僻以爲奇者，皆若有所甚不屑，而居官之概、行己之略亦具於是焉。其中《吳屺來》一傳、《池籥亭》一志及《〈千巖萬壑搜奇圖〉序》尤爲卓絕不凡。吾鄉之後學得先生之真者雖無幾，而傳先生之法者亦有人，固不俟余更贊一言。然余尤欲贊一言者，先生自云困於制舉業者二十年，困於官文書者二十年，及其罷官，意澹心閒，精造此境，固由根底素具，亦宗法正而用功專也。此則能守文統之效也。然費半生精力奉一家法度，常不滿人而亦不滿於人，此則好談文統之弊也。然則余固恨不得見先生，倘余而早得見先生，其相與講習、相與證明，或如前朝陳大樽[5]之抗艾東鄉[6]，不相下因不相中，則又不如未見其人、第見其文者之始而訝、繼而敬、終而服也。（《補學軒文集·散體文》卷二）

【注釋】

[1] 呂月滄：呂璜。

[2] 齊年生：舊指科舉制度下同科登第之人。

[3] 瞽說：指不明事理的言論。

[4] 張榮堂：張元動，臨桂人，曾爲封川令。

[5] 陳大樽：陳子龍，字臥子，號大樽，明松江華亭人。其詩文有復古傾向，明亡後所作詩歌，感時傷事，悲憤蒼涼；詞則一洗明詞之衰，代表了有明一代最高成就。有《陳忠裕公全集》。

[6] 艾東鄉：艾南英，字千子，號天傭子，明臨川東鄉人。因深惡

科場八股文章腐爛低劣，力矯其弊。對王世貞、李攀龍、鍾惺、譚元春之學，詆之不遺餘力。有《艾千子全稿》。

《補拙軒集》後序

　　立言者未有不符其行，立言而不必符其行，自周末著書家始也。綴文者未有不麗於事，綴文而不必麗於事，自漢末著文家始也。言益荒唐則文益奇偉，言益元渺則文益奧衍，摸古如潘勗[1]之《九錫》、從諛如相如之《封禪》、摛藻如枚叔之《七發》，可謂美矣！可謂至矣！然言不符其行，文不麗於事，即曰吾以載道，吾以明理，實皆吾以炫技耳！又況其散焉者乎！前朝南海陳秋濤[2]太史選輯《昭代經濟言》，近人善化賀耦庚[3]制軍選輯《皇朝經世文編》，亦漸窺此旨而未暢其說，和之者尚寡。今年得同年恕堂方伯此集，竊疑其歷職令長牧伯，其游宦秦蜀閩粵，似不暇於文；其盡心撫字催科，其致意觀風問俗，似不涉於文；其觸目錢穀兵刑，其堆案讞判牒檄，尤不嫻於文。而筆之所到，顯易詳審，靡不中肯。其意中豈嘗欲以文名？而極天下之以文名者，使其閉戶而索、窮工極巧與之角勝，則自處愈高而相去愈遠，何者？言不符其行，則爲空言；文不麗於事，則爲空文。所以立乎其中者，先亡故也。前朝葉石洞[4]有《公牘》二卷，王陽明有《別錄》一卷，儼然與當時之工詩古文者並傳，其殆以是與？宜乎君之不欲棄去，錄之、刊之，並出而問世也。君曾屬鄉人子貞何太史[5]嚴爲去取，其後又以屬獻甫，使重爲審定。嗟夫！子貞雖負文名，而設施不及君。獻甫長爲農夫，而聲實又遠不如子貞。君乃謙不自是而於下者求是，其用心之虛而行事之實，豈與夫世之名位自高、喜人諛己而漫無是非者同日語耶？夫古人凡事皆務實而今人凡事皆務名。一畫也，如文訪渭水[6]、紂踞妲己[7]，唐以前多畫故事，宋以後乃以寫意爲工。一詩也，如《焦仲卿妻》《秦三良》《魯秋胡妻》，唐以前亦多詠故事，宋以後乃以即景爲常。捨學識而言風神，捨理蘊而言氣韻，知畫之日趨於巧、詩之日流於滑，即知文之日即於衰矣！此不獨爲是一集言之也。（《補學軒文集・散體文》卷三）

【注釋】
[1] 潘勗：字元茂，初名芝，後改勗，東漢河南中牟人。
[2] 陳秋濤：陳子壯，字集生，號秋濤，明末廣東南海人。
[3] 賀耦庚：賀長齡，字耦庚，號耐庵，清湖南善化人。

　　[4] 葉石洞：葉春及，字化甫，號石洞，明浙江歸安人。工詩文，有《石洞集》。

　　[5] 何太史：何紹基，字子貞，號東洲，晚號蝯叟，清湖南道州人。通經史，精小學金石碑版。有《東洲詩文集》。

　　[6] 文訪渭水：周文王到渭水邊尋訪姜尚。

　　[7] 紂踞妲己：商紂王寵愛妲己，唯妲己之言是從。

《徐蓉浦詩集》序

　　前人詩有摩倣之弊，近人詩有盜竊之弊。摩者如優工登場，笑言舉止勇效人態，而去其衣冠、摘其鬚眉，故是一鈍漢耳！竊者如貪夫入市，隱探顯掠襲爲己物，而究其事主、還其臟具，故是一乞兒耳！然不摩古人，不竊古人，而遂不學古人，勢必以滑率爲長慶體[1]，以粗俚爲擊壤體[2]，以怪澀爲昌谷體[3]，則前弊未去，後弊復生，其弊乃更不可言。反不如蕭閒專一之士，調宮商、設繩墨，猶能怡然與古之人相視而笑也。故元、白之詩有弊而孟郊無，錢、劉之詩有弊而魏野[4]無，王、李之詩有弊而謝榛無。此無他，其心閒而其力專，聲華勢利之見不奪於外，沈吟翫味之趣有得於中，舍所短而用所長，與當世之苟焉橫騖襀襲以自鳴者異耳！余非專一之士，而居閒寂之境，於世之大作家皆自外，居稍遠輒不及聞，年稍先亦不相聞。苟爲耳目所接，則大都出於此不出於彼，若吾鄉前詩人徐蓉浦[5]先生即其驗也。先生籍浙江，隨其兄宦桂海，遂家焉。平生無他嗜好，亦無他經營。所有之學與識俱萃於詩，所歷之時與境俱見於詩，去俗遠而去古近。其中五言古最佳，五言律次之，餘又次之。自題其詩，卷末於論詩宗匠，慨然懷吳門尚書是生平所自許者，固有定矣！惜乎所相知者，如李君少鶴[6]、王君念農[7]、韋君書城[8]，雖當時作家而非當世顯者，故未能驟以發其光。然詩之傳不傳，如人之遇不遇，亦非世之急於名者所能爭也。元詩人周權[9]集所與唱酬皆達官，唐詩人常建[10]集乃無一貴人名，兩集並傳，而常集尤貴。然則君之孫光焵[11]謀刊君之集，不乞序於顯者，而屬序於鄙人，殆亦有以信其傳之不係乎此，故不妨違俗，而予亦不敢辭僭也夫！是爲序。（《補學軒文集‧散體文》卷三）

【注釋】

　　[1] 長慶體：元稹、白居易的詩體。元稹與白居易友善，詩歌風格

相近似，元有《元氏長慶集》，白有《白氏長慶集》，皆成書於唐穆宗長慶年間，故稱元白詩體爲“長慶體”。

[2] 擊壤體：《擊壤》爲頌太平盛世之歌，相傳唐堯時有老人擊壤而唱。

[3] 昌谷體：李賀居昌谷，故稱。其特點爲不拘泥於格律，風格怪奇，辭彩絢麗，想象力極爲豐富，意象瘦硬、譎詭、冷澀、淒豔，時空交錯，窮極變化。

[4] 魏野：字仲先，號草堂居士，宋陝州陝縣人。爲詩精苦，有唐人風格，多警策句。有《草堂集》。

[5] 徐蓉浦：未詳。

[6] 李少鶴：原名憲喬，字子喬，號少鶴，清山東高密人。以詩聞名，學李白、韓愈等唐代諸家，其詩意境深遠，氣勢宏大。有《少鶴詩鈔》。

[7] 王念農：未詳。

[8] 韋書城：韋佩金，字酉山，又字書城，清江都人。有《經遺堂集》。

[9] 周權：字衡之，號此山，元處州人。肆力於詞章。有《此山集》。

[10] 常建：生卒年、里貫均未詳。長於五言，有《常建集》。

[11] 孫光煊：未詳。

論文一首贈黎信臣

世嘗言：田園之事當傳子，文章之事當傳賢。愚謂：儒術可傳，經術可傳，詞術則無可傳。何者？儒有子張氏[1]之儒，有子夏氏[2]之儒，有子游氏[3]之儒，其列於八儒，記者流分派別，可一二數也。《易》有施[4]、孟[5]、梁邱[6]、京[7]四家，《詩》有齊[8]、魯[9]、韓[10]三家，《書》有歐陽[11]、夏侯[12]二家，其載於《儒林傳》者，此授彼受，可按籍求也。文章則人才之奇偉，人心之精妙，各至於其分，而不能自知，故有秦漢之文，有魏晉之文，有齊梁之文，有唐宋之文，氣味皆同而體制各別，即曰“某出於某”，或曰“某近於某”，不能謂“某傳之某”也。元女之論劍術曰：“非受於人，而忽自有之。”後人之論文章，亦以爲“本成於天而偶自得之”。夫“忽有之”而“偶得之”，則必非有人焉，祕傳之亦可知矣！且夫文之本無他，理而已耳；文之末無他，法而已耳。諸經、諸子及歷代之史，理不過取於此；《文選》《文苑》及八家之作，法不過裁於此。而極一代之才探索採用以成一時之文，乃有能有不能，有工有不工，何也？今夫治兵者，聚精銳之士，耀堅利之兵，所部數十萬人，古之營細柳[13]者不是過矣。然使將以庸人，則未迎敵而知其必覆軍，何也？無所主於中也。今夫治具者，羅金玉之器，極水陸之品，所費數千百金，世之饌大官者，不是過矣。然使設之寒士，則未入坐而知其爲貧家，何也？無所餘於外也。近世以文章自命者，第欲摹古人而不知此中自有我在，第欲爲文人而不知此外更有事在，是以庸人而將精兵，以寒士而設盛具，雖使熟如羿之射[14]、樂之御[15]、庖丁之解牛[16]、專如僚之丸[17]、宋之樗[18]、痀瘻丈人之承蜩[19]，不過技而已耳，其所共傳者固無與，其所不傳者益無與也。子志於文乎？苟有所主於中而又有所餘於外，則其妙不待傳而傳者已過半矣。或曰：太史公所謂"藏之名山，傳之其人"，曹子建所謂"藏於名山，傳於同好"者，非傳耶？曰：此非自謂其術之可傳於人，正謂其書之必傳於後而冀相賞於不知誰何人之耳。不然，曷不以傳其子、以傳其弟，而漠然於當世懸擬以傳其人哉！（《補學軒文集·散體文》卷三）

【注釋】

[1] 子張：顓孫師，字子張，春秋末陳國人，孔子弟子。

[2] 子夏：卜商，字子夏，春秋末衛國人，孔子弟子，以文學見稱。相傳作《詩序》。

[3] 子游：言偃，字子游，春秋時吳國人，孔子弟子。

[4] 施：施讎，字長卿，西漢沛人。受《易》於田王孫，爲今文《易》施氏學之開創者。

[5] 孟：孟喜，字長卿，西漢東海蘭陵人。從田王孫學《易》，與施讎、梁邱賀並爲門人，故《易》有施、孟、梁邱之學。

[6] 梁邱：梁邱賀，字長翁，西漢琅邪諸人。從太中大夫京房受《易》，由是《易》有梁邱之學。

[7] 京：京房，本姓李，字君明，西漢東郡頓丘人。學《易》於焦延壽。有《京氏易傳》。

[8] 齊：即《詩》齊學，齊人轅固生所傳，爲西漢今文《詩》學。

[9] 魯：即《詩》魯學，魯人申培公所傳，爲西漢今文《詩》學。

[10] 韓：即《詩》韓學，燕人韓嬰所傳，爲西漢今文《詩》學。

[11] 歐陽：歐陽生幼習經學，受《尚書》於伏生。自歐陽生治《尚書》起至其八世孫歐陽歙，代代相傳，史稱"歐陽八博士"，亦稱"歐陽《尚書》學派"。

[12] 夏侯：夏侯勝，夏侯始昌族子。從始昌學《尚書》及《洪範

五行傳》，又從歐陽氏學，爲今文《尚書》大夏侯學之開創者。

　　[13] 營細柳：漢文帝時，周亞夫爲將軍，屯軍細柳，爲文帝激賞。

　　[14] 羿之射：后羿爲上古夷族的首領，善射。古代神話謂堯時十日並出，羿射去九日，民賴以安。

　　[15] 樂之御：郵無恤，字子良，又號伯樂，春秋時人。善相馬。

　　[16] 庖丁之解牛：典出《莊子·養生主》，謂技藝神妙。

　　[17] 僚之丸：僚即熊宜僚，春秋時楚國人。善弄丸。傳說楚與宋戰，宜僚弄九丸於手，宋軍停戰觀之而致兵敗。

　　[18] 宋之楮：典出《韓非子·喻老》，指技藝工巧或治學刻苦。

　　[19] 承蜩：典出《莊子·達生》。以竿取蟬。

答友人論文書

　　續得書，謂僕論詩取材甚寬而動循古法，於文辨體甚嚴而又不學古法，率其筆力橫行直突，古意何在？似疑僕有所刺謬而實不刺謬也。子亦知詩不可不學古而文則斷不可摸古乎？詩有體格可辨，有音節可諧，非如文之教人自爲。韓子文起六朝之衰，而詩則不廢六朝之體；歐公文剗五季之弊，而詩則尚沿五季之風。彼豈不欲盡變？理固不能盡變也，文則安可如此乎？且詩不必有用而文則不可無用，詩不可無格而文則不容有格。唐人不盡爲有用之文，亦不爲有格之文，故其善者如韓、柳、元、白，各自成家，其餘或駢枝麗詞、小說雋語，其弊也雜。宋人務爲有用之文，又好言有格之文，其盛時如歐、蘇、曾、王，如出一手，其餘亦自取義理，不失法度，其弊也拘。總之，文不可以無用，而又不可以有格也。自不學者舍奏議而言書狀，舍論著而言記序，舍傳志而言辭章，而文於是乎無用。又舍才情而言義法，舍氣韻而言音調，舍體段而言章句，而文於是乎有格。有明三百年來，自青田[1]、文憲[2]、正學[3]數公外，皆未能免乎此也。王、李[4]之徒乃欲矯之以史漢，歸、唐[5]之徒又欲矯之以八家，及得其所作而觀之，不過塗飾字句、搖曳筆格、裝點風神耳。其本則全未有言及者，而又自相攻擊，各立門戶，如舟人爭港，紛謹喧呶，終不離故處而皆自謂便，不知乃大不便也，其弊也僞。夫僞非不學古之過，正太似古之過也。子不讀今、古文《尚書》乎？《禹貢》《顧命》同一紀事，《盤庚》《洛誥》同一戒民，《皋謨》《無逸》同一告君，其文字判然，氣體亦別。惟僞《書》則自《大禹謨》至《伯冏命》，事隔千年，文如一手，此其真僞，容待辨哉！文所以異於詩也。故詩人通用古地名，通稱古官名，如京師亦曰"幽燕"，江南亦曰"秣陵"，作文如此則笑柄矣。督撫可曰"節度"，州府可曰"太守"，作文而如此，則罪言矣。又如稱朝正曰"朝會萬國"，稱征會曰吳責百牢。詩人自不妨爾，而作史如此，則劉子元[6]譏之矣。今之論者反此，作詩則凡讕語、俚語靡不攔入，而文則必曰某非史漢，某非八家，抑何矛盾之甚也？國朝自魏叔子[7]以下、袁簡齋以上，說者彙爲二十四家，古文雖不盡古，要不害爲佳。近有妄者，以歸震川直接歐陽，以方望溪直接震川，以姚姬傳直接望溪，其餘概不得與。余得其選本，甚相怪笑。噫！北宋人有正統之說，南宋人有道統之說，近人又有文統之說矣！妄語不足辨，聊爲吾子言之耳。然其積也有故，其弊也有由。近世臺閣諸公困於應制文字，科場才士又困於應舉文字。惟鄉居老儒，智窮力竭，遁入此道，故多爲無用之文。則凡起一屋、建一亭，皆可執以爲題，剙爲有格之文，則凡增一字、減一句，皆可指以爲法，本小題則張大之以爲論，本常語則錯綜之以爲古，本弱筆則刊削之以爲高。大人先生心知其非，口不欲辨，此輩遂公然大閧，自賢自聖，付之棗梨[8]。予方欲遠之，而子乃欲吾近之乎？況余持論雖嚴，不過謂勿作四六駢語、勿作詩賦綺語、勿作注疏瑣語、勿作語錄俗語，勿作案牘習語、勿作尺牘套語，如是而已耳！初未嘗謂某筆是兩漢，某筆是八家，如李卓吾[9]、林西仲[10]、過商侯[11]輩標字法、譜筆法，爲鄉里童蒙學究也。惟少時頗祖秦漢，尊唐宋而薄六朝，後來讀書漸多，見文漸富，此意遂不敢存。蓋范蔚宗[12]，宋人也，其所作《後漢書》，筆力在韓子上；魏伯起[13]，齊人也，其所作《北魏書》，筆力亦不在歐公下。惟其時文士如江、鮑、沈、任、徐、庾，乃稱駢體爲有別耳，要不得以爲衰也。近人動謂《文選》爲六朝文，不知《文選》固多六朝文，其實不徒上溯秦漢，並乃遠存周楚，開卷未及終已欲咕咕置喙，宜其了然不慚也。今吾子教吾學古，吾即學古，將兩漢耶？六朝耶？八家耶？請更有以示我，幸附切磋，無嫌諒直。（《補學軒文集·散體文》卷三）

【注釋】

[1] 青田：劉基。

[2] 文憲：宋濂。

[3] 正學：未詳。

[4] 王、李：王九思、李夢陽。

[5] 歸、唐：歸有光、唐順之。

[6] 劉子元：劉知幾，字子玄，唐彭城人。前後修史近三十年，以

爲史家須具才、學、識三長。有《史通》。

[7]魏叔子：魏禧，字叔子，號裕齋，亦號勺庭先生，清寧都縣人。与兄際瑞、弟禮以文章著聲三十餘年。有《魏叔子集》。

[8]棗梨：指雕版印刷，舊時多用棗木或梨木雕刻書版。

[9]李卓吾：李贄，字宏甫，號卓吾，別號溫陵居士、百泉居士，明福建晉江人。詩文多抨擊前後七子的復古主張。有《焚書》等。

[10]林西仲：林雲銘，字道昭，號西仲，又號損齋，清福建閩縣人。少嗜學，每探索精思，數日不食，里人皆呼爲"書癡"。有《莊子因》《楚辭燈》等。

[11]過商侯：過珙，字商侯，清錫山人。有《古文評注》。

[12]范蔚宗：范曄，字蔚宗，南朝宋順陽人。少好學，善文章。有《後漢書》。

[13]魏伯起：魏收，字伯起，北齊鉅鹿人。與溫子升、邢邵齊譽，世號"三才"。

答友人論詩書

來書謂僕少作雖淺，野花狂葉，甚有生氣。近則橫使才情，欲逞學問，出語大半須注陶情淑性，恐有所未然，乞示簡易之法。善哉！非足下之諒直，無由聞此教告。雖然，斯言也，謂之非愛我則不可，謂之真知詩則未也。且詩安得有簡易之法哉？嘗論：盛世之詩多壞於臺閣諸公創爲官體，衰世之詩多壞於山林諸公創爲野體，平世之詩則壞於門戶諸公欲各自爲體。我朝承平數百年，作者數十家，其已享大名者勿論。近世臺閣之上，孜孜贊贊，未有稱詩者，偶然酬應，多半假手。而山林伏處，田夫野老亦非復遺逸，則所憂者獨門戶而已耳！然間有自相標榜、主持壇坫[1]者，一賤丈夫出，大呼而叱之，遂不知爲何許人，而平生交遊，所遇士大夫亦不聞有人言出某門下、得某宗旨、受某家法者。夫詩之學甚難而詩之言甚易，其權既已泛泛無所歸，則姑且付之鄉里狂生、江湖遊客。是兩者，既泛泛而執其權，故詩之品益卑而詩之名亦益賤。前者，有數巨公窺及此，於是倡爲至易之說，以誘夫至愚之人，曰："來，吾教爾。詩，不必讀書也，不必用典也，不必談格也。第率爾之所欲言者言之，而已佳矣。"天下人樂其教之易，從而爲之易就也，遂翕然以爲宗。紈袴公子、遊冶少年，星羽雜流，舉竄而入其中。前者唱"于"，後者唱"喁"，而詩於是掃地盡矣！僕平日外交友朋，內訓子弟，從未敢妄言詩者，誠恥之也！夫詩，不特當有才情，當有學問，並當有閱歷。有才情而無學問，是李陵[2]之張空拳也，可獨戰而不可眾戰；有學問而無才情，是王邑[3]之擁大眾也，可懼敵而不可勝敵；有才學而無閱歷，是子房[4]之坐談兵也，可參軍而不可行軍。是故《卷阿》從遊，《柏梁》應制，朝廷之閱歷也；青海射鵰，長城飲馬，邊塞之閱歷也；潯陽商婦，新豐老翁，身世之閱歷也；《元和》頌德，《淮西》紀功，承平之閱歷也；《彭衙》哀離，《秦中》諷諭，離亂之閱歷也；夔府詠古，海外標奇，山水之閱歷也。古人有如此之閱歷，故能運如此之學問而張如此之才情，造詣既深，邊幅亦富。今乃欲以一孔生持三寸管，出而與古之人爭，不亦謬乎？且彼創爲至易之說以誘至愚之人者，彼其人要自有才，特非圖名即圖利耳！而紈袴公子、遊冶少年，星羽雜流，舉墜其術而不悟其非也。不然，彼其言如此，何其詩不盡如此？且時有與古人相合者，何哉？夫古人之所獨能爲者，吾既不得爲，古人之所不屑爲者，吾又不敢爲，則亦惟取古之所共爲、吾之所可爲者自爲之而已矣。其法有三：一曰題目。凡祝嘏、哀輓、題圖、謝餽、分題、和韻，此應酬之惡題也，不可輕作；閒居、村居、即景、即目、書見、書懷，此庸陋之俗題也，不可妄作。又"關關雎鳩""呦呦鹿鳴""采采芣苢""翹翹錯薪"，古人無空詠物者，至唐人而後有空詠物，然非別有寄託，即別有感慨。近人以此題爲易，刻畫者如俗工寫真，離即者如兒童猜謎，讀之令人笑來，此尤不可率作。至於考試題、詩社題，舉視乎此，如此則題目雅矣。一曰體格。登山臨水、寄恨言情，五古所宜也，宜清奇，宜深幽，宜淡宕，著一率語則非。標奇紀盛，感事懷古，七古所宜也，宜雄直，宜激昂，宜流走，著一軟語則非。五律宜高渾圓潔，右丞、左司[5]爲佳；七律宜滿足清華，工部、義山[6]爲勝；五排宜瀾翻流轉，香山、微之爲工；五絕宜一字不可溢，七絕宜百言不能盡。近人自知爲絕句必不佳，爲古體又不工，遂皆遁爲律，其實不過減句試帖、拓字試帖耳！學者先宜辨此，則體格雅矣。一曰言語。人動稱"野夫遊女讀何書？"野夫遊女，誠不讀書，獨不聞"吉甫[7]作誦，穆如清風"乎？又稱"采蘭贈芍出何典？"采蘭贈芍，誠不須典，然獨不讀"小戎俴收，五楘梁輈"乎？"生爲遠別離，死爲長不歸"，延年[8]句也，謝莊[9]笑之；"水牛浮鼻過，沙鳥點頭行"，羅隱[10]句也，楊慎[11]笑之；"太極圈兒大，先生帽子高"，定山[12]句也，世之兒童亦笑之，而況乳臭餘子信口亂道乎？其他若公座應酬語、記室寒暄語、市人醉罵語、學究談心語、娼妓媚語、村嫗絮語、野人譾語，皆不得一涉其筆。如此，則言語雅矣。若曰"吾貴性靈語"，則上所陳孰非性靈語哉？僕之所見如此，若其詩，則自昔至今

皆不足道也。(《補學軒文集·散體文》卷三)

【注釋】

[1] 壇坫：文壇。

[2] 李陵：字少卿，西漢隴西成紀人。嘗擊匈奴，矢盡力竭而降，居匈奴二十餘年，病死。

[3] 王邑：未詳。

[4] 子房：張良。

[5] 右丞、左司：右丞即王維，左司即韋應物。

[6] 工部、義山：工部即杜甫，義山即李商隱。

[7] 吉甫：指周宣王賢臣尹吉甫。

[8] 延年：指西漢倡人李延年。

[9] 謝莊：字希逸，南朝宋陳郡陽夏人。工詩。有《謝光祿集》。

[10] 羅隱：字昭諫，自號江東生，唐新城人。工詩文。有《讒書》。

[11] 楊慎：字用修，號升庵，明四川新都人。博覽群書，著述宏富，工詩、文、詞及散曲。有《升庵全集》。

[12] 定山：莊昶，字孔暘，號木齋，學者稱定山先生，明江浦孝義人。詩仿《擊壤集》之體，有《莊定山集》。

與友人論記事言文字書

昨示里中處士二人乞作傳，又談異事二則乞作記，首尾不具年月。又所述皆瑣末無可紀，而鬼怪又不甚雅，故謂宜載說部酒壇詞坫，聊助談柄。來書乃謂古今庸人苟得古今奇文，亦可焜耀於後，若譏僕之怯而疑僕之愫者，是則大不然。昔人皆謂人藉天下之奇文以傳，余則謂文藉天下之奇人以傳。凡初學執筆，褒貶是非，動曰不朽，皆妄也。且夫文也者，性情之清奇、學問之深博、才氣之激昂，鬱於其中而溢於其外耳！然苟無所藉，則韜光歛采，泠然以虛。及得所藉以發揮，又視所藉之高卑以極其體勢之所至，而淺深判焉、奇平別焉。設以記委巷之常流，頌當塗之庸宦，必至於平沓雷同、枯寂而不振。而遂增飾其詞，則諛而已矣；曼衍其說，則誇而已矣；附會其議，則誣而已矣。其病又在平沓雷同枯寂者之下。凡古人所不敢，今人皆不辭，此文所以流於卑陋而不可救也。且子亦知風與水之為文乎？其氣泠然，其聲蕭然，其來沛然，其去飄然，風之文也。及其徘徊乎林本，激揚乎江河，搖蕩乎山嶽，則勢益奇。若青蘋之末、土囊之口，其吹噓且不足以揚蓬梗，又何奇之能爲？水之靜者爲淳泓，動者爲淪漣，曲者爲瀠洄，直者爲浩瀚，皆文也。及乎經呂梁，匯洞庭，注大海，則態亦奇。若揚波古井、導水坳堂，其回流且不足以泛芥舟，又何奇之能爲？古人借風水論文甚詳，然皆論其勢與態之妙而不知所藉者，苟不然，其所具之勢與態亦已矣。況文不獨記事有藉，記言亦有藉。兩《漢書》不如《史記》，《五代史》又不如《漢書》，何者？史公多收先秦文字，《漢書》則當代文章。《新史》又唐季文物，此所以輾轉不如也。柳子作《段太尉逸事》則奇，作《湘源二妃碑》索索無味。韓子作《藍田縣丞廳記》則奇，作《黃陵廟碑》亦索索無味。非才有長短、技有工拙，所藉者異也。僕少日未嘗專習古文，壯年來偶書所見爲古文，於古人實未窺其奧，而藉此以藏其拙，有屬以文者，必謹棄取、慎語言。而同人亦卒不以此見貴，不過謂是有科目人[1]借頭銜作文字體耳！嗚呼！余文固不足以傳人，而人又未必足以傳文，較古人之所作，豈有冀耶？吾子請以他規我。（《補學軒文集・散體文》卷三）

【注釋】

[1] 科目人：科舉考試及第之人。

《笏山詩草》序

腕水瀠洄之處，龍山蜿蜒之間，有詩人焉。入木三分，編蒲一寸，庾杲之[1]蓮幕清風，杜樊川[2]杏花春雨。嘔心古錦，義手新編，則吾友笏山吳子[3]也。余丙戌南遊，僑寓婺署，如訂交笏山。挑燈聽雨，剪燭論文，甚相得也。出詩一卷，屬予序而訂之。清麗得之飛卿，顯易本之白傅，余讀之慨然。而笏山鬱不得意，非以萬里饑驅[4]、一氈飽坐、隱身幕府爲嫌乎？余謂：聖賢之徒貧非病，詞章之學窮乃工。故古來幽憂之士，韓非子以《孤憤》成名，屈靈均以《離騷》見志。而後世窮愁中無此者，士君子不能棲身著作林，安能容膝也？請君耳傾聽予吻，縱今使鳳凰之出不世[5]，騏驎之行至天[6]，讀《東觀》書，用上方筆。詩之爲言寺，本非閭里之詞；歌以矢其音，半是明良之頌。柏梁體[7]大，蕓閣聲[8]高。一品集稱我頭銜，百史書勞伊腕脫。是有命焉，不可強也。若夫鷦鷯借棲於一枝[9]，鴻鵠得翔夫千里[10]。書生面目，行客腳跟。讀書兼讀律，全無村學究之風；爲友亦爲賓，署有古先生之意。能容鵝傲，自當鸑歌。今者僕病未能也，曉人不當如是耶！至於蚯蚓爭雄而霸穴，螳螂賈勇以當車。草野稱臣，柳車[11]送鬼。聽灶下嫗言，即是香山之集[12]；聞廚中鬼笑，遂爲永叔之文[13]。雞懸小窗，雄鼠文囷。大隱洞不見市朝，小有天別開世界。是則惑也，余何獲焉？由斯以談，從吾所好，又況挽秋水以滌肺腸，入冰壺而濯魂魄。登山臨水，作賊何妨？步月梯雲，求仙未晚。客趙北紅塵之路，最喜悲歌；家江南黃葉之村，尤工綺語。如吾子質地過人者乎？僕也一雨思舊，百篇把新，未窺文豹一班[14]，幸拾吉光片羽[15]。如食甘蔗，尚有根株；若看奇花，是爲蓓蕾。先生落筆，早分得失於寸心[16]；今日弁言，敢學揄揚之衆口。（《補學軒文集·駢體文》卷一）

【注釋】

[1] 庾杲之：字景行，南朝齊新野人。學涉文義，風範和潤。

[2] 杜樊川：杜牧。

[3] 筍山吳子：未詳。

[4] 萬里飢驅：指爲衣食而奔忙。

[5] "鳳凰"句：鳳凰應時出現，謂太平盛世。

[6] "驊騮"句：驊騮爲周穆王八駿之一。此句亦謂太平盛世。

[7] 柏梁體：相傳漢武帝在柏梁臺上和群臣共賦七言詩，人各一句，每句用韻。

[8] 雲閣聲：秘書省別稱雲閣，此指臺閣體詩。

[9] "鷦鷯"句：比喻棲身之地狹小。

[10] "鴻鵠"句：比喻飛翔空間寬廣。

[11] 柳車：喪車。

[12] "聽灶下"句：白居易詩，老嫗能言，此謂易懂之詩。

[13] "聞廚中"句：謂士人貧困、生計窘迫。

[14] 窺文豹一班：只見局部未見整體，比喻以小見大或以偏概全。"班"通"斑"

[15] 吉光片羽：神獸吉光身上片毛，比喻殘存之藝術珍品。

[16] 得失於寸心：指文章的好壞，只有自己知道。

《怡雲詩草》後序

吾鄉合平縣令尹曰沅江張蕁湖[1]，先生遠宦十年，遺詩二卷。陳思王之集，序乞自夢中；韓侍郎之文，編茸於門下。久歸八匠[2]，新攝六丁[3]，公子小尊憾焉。迄用纂前，屬爲書後，郵將《考異》，契本《參同》。獻甫受而讀之，不禁愀然感也。夫王恭[4]爲人，本無長物；嵇康[5]作吏，亦廢此事。今先生乃灑熱血於蠻烟之上，搜冷句於粵雪之中。楚國枝官[6]，懶馳木舌[7]；漢家樸學[8]，競寫金心。遣清白者自如彼，照汗青者自如此。楊維[9]詠柳，自續鄉風；晏嬰鑿楹，又傳家學。即未誦其詩，固知其志矣。然《內則》之子曰"詩負"[10]，詩者，承也；饋食之子曰"詩懷"，詩者，持也。既寫性情，亦通政事。彼兔園[11]竊窺，僅全牧子；狐穴高坐，便號詩人。學只視皮，言多饒舌。雁足印沙之隘，牛鼻浮水之陋，均爲孟浪，徒益狂瀾。若乃昌谷怪語，方以蛇神；彥伯澀體，比於虬戶[12]；簿工點鬼，術只欺人。棗黃[13]之智本昏，李赤之名何妄[14]。響而效者，弊又甚焉。先生獨體有源流，詞無枝葉，故神苦而味雋，知柳子之窮也；貌平而音和，知香山之易也。其人之傳不待詩，其詩之傳亦不待序，而小尊乃勤勤於此，何哉？獻甫對大集而起草，學小巫之拔茅。嘗見燕公集有序張司馬詩，稱其天然壯麗；昇之集有序喬都尉詩，稱其雅愛清靈。乃《唐史》佚其名，《藝文》無此書。而庸如許丁卯[15]，劣如胡釘鉸[16]，靡如杜荀鶴[17]，卑如盧多遜[18]，方風行一時，雨漫千古，則詩傳不傳固有命焉！集不過詅癡符[19]，序不過賣珠櫝[20]。而世之人猶驅役魂夢，搖裂煙墨，是必真有樂乎此也。獻甫幸付名其末，因備志其几，且以廣公子小尊承先之意云。（《補學軒文集·駢體文》卷一）

【注釋】

[1] 張尊湖：未詳。

[2] 八匠：未詳。

[3] 六丁：道教認爲六丁（丁卯、丁巳、丁未、丁酉、丁亥、丁丑）爲陰神，爲天帝所役使。道士則可用符籙召請，以供驅使。

[4] 王恭：字孝伯，東晉太原人。

[5] 嵇康：字叔夜，三國魏譙郡銍人。崇尚老莊，主張"越名教而任自然"。善文，工詩，風格清峻。有《嵇康集》。

[6] 枝官：冗官，閒散無用之官。

[7] 木舌：結舌，閉口不說話。

[8] 樸學：清代學者繼承漢儒學風而治經，重考據訓詁之學。

[9] 楊維：宋常德武陵人。幼聰慧，曾撰宮柳詩百篇以進，爲人稱賞。

　［10］詩負：以手承接、抱持。

　［11］兔園：即兔園冊，指淺近書籍。

　［12］虯戶：謂作文喜用僻辭古語，故作高深。

　［13］棗黃：未詳。

　［14］李赤之名何妄：喻心性迷惑。柳宗元撰《李赤傳》，謂有江湖浪人名李赤，誇其詩類李白，故自號李赤。傳說赤爲廁鬼所迷，以入廁爲升堂，後墜入廁中而死。

　［15］許丁卯：許渾，字用晦，唐潤州丹陽人。工詩，尤長律體。有《丁卯集》。

　［16］胡釘鉸：胡令能，生卒年、籍貫皆不詳。詩雖淺俗而構思頗巧。

　［17］杜荀鶴：字彥之，號九華山人，唐池州人。工律絕，詩風淺易。

　［18］盧多遜：宋懷州河內人。博涉經史，文辭敏捷，好術數，有謀略。

　［19］診癡符：稱文拙而好刻書行世之人。

　［20］賣珠櫝：當即買櫝還珠，喻捨本逐末，取捨不當。

《鳴秋集》序

　　吾鄉自柳刺史闢半畝之池，劉參軍[1]封三尺之墓，榮華邱壑，彈壓山川。生其後者，競楚石而更多，鬥越雪以非少。至求其丹青殺竹，黑白災梨，紀國志者，前朝戴時亮[2]先生之《鹿原集》而已。孤花禁霜，落葉如雨，筆莽蠱而不蒙，墨覆醬以無香。人亦有言：“吾將安仰”[3]。嘗與我友李秋航[4]太息言之，已而秋航出巨篇見示曰：“此亦先君子所著《鳴秋集》也。”賀監是“四明狂客”[5]，文房只“五言長城”[6]。獻甫受而卒之，嘆曰：“國有人焉，余之幸也。”秋航因命負弩充前驅，並告之曰：“光鼎早孤，趨喬木之時略矣！然竊見先君子爲良醫而三折肱[7]，作詩人以八叉手[8]，嘗笑曰：‘醫之道蓋通於詩也，以故魂魄自歌，膏肓如語。口習君臣之藥，手披主客之圖。活腕下者四十賢人，投囊中者一雙好句。雲補浪仙之瘦[9]，雪袪東野之寒。標格自高，性情如是。’子其贊一言於右。”獻甫以爲，柳信有子，秦非無人。掛名姓於集中，想風流於言外。雍雖不敏，瑗也請前。謹按：先生以天上之少微，作人中之大隱；以田間之春夢，聽樹上之秋聲。宋玉能悲[10]，安仁善興[11]。當其採藥白雲之中，承囊丹露之下。蟹琴三弄，長松欲風。蚓笛一聲，古竹自雨。數峰青不能留縹緲之曲，孤月白不足寫淒清之心。斷鴻不來，遠音莫賞。睡鶴初覺，冷句可商。韓子云："以鳥鳴春，以蟲鳴秋。哀樂不同，宮商如一。"此非飲上池水者，烏能若是哉！獻甫與光鼎交最深、契最古。王文開那有如馨兒[12]，陳仲舉自是不凡子[13]。然而家本牛醫，鄰無狗監[14]。高歌"樂莫樂"之句，苦讀"窮乎窮"之書。異日者集附斜川[15]，序求皇甫[16]，獻甫猶將盡弩末焉。先生同時詩人歐陽伯庚[17]、太守楊雙梧[18]觀察、葉鶴巢[19]茂才，皆有集問世，並採於張南崧[20]先生所選《嶠右詩鈔》中，而先生此集不與。青桂不可伐，黃鶴不能招，此又以見秋航之荷其先業者遠且大，而不溷於世之噉名客也。（《補學軒文集·駢體文》卷一）

【注釋】

[1] 劉參軍：未詳。

[2] 戴時亮：戴欽，字時亮，明廣西馬平人。有《鹿原存稿》。

[3] 吾將安仰：我有何依靠？

[4] 李秋航：李光鼎，字秋航，清廣西柳州馬平人。工於詞章。

[5] "賀監"句：賀知章，字季真，自號"四明狂客"，唐會稽人。少以文詞知名，工書能詩。後人輯有《賀秘監集》。

[6] "文房"句：劉長卿，字文房，唐宣城人。擅長五言，尤工五律，自許"五言長城"。

[7] "爲良醫"句：多次參加手術實踐就可以成爲良醫。後比喻對某事閱歷多，富有經驗，自能造詣精深。

[8] 八叉手：溫庭筠工于小賦，每入試，押官韵韻作賦，凡八叉手而八韻成。喻才思敏捷。

[9] 浪仙之瘦：賈島，字閬仙。其詩作多清峭瘦硬，與孟郊並稱"郊寒島瘦"。

[10] 宋玉能悲：宋玉《九辯》首句爲"悲哉秋之爲氣也"，故後人常以宋玉爲悲秋憫志的代表人物。

[11] 安仁善興：指潘岳作《秋興賦》。

[12] "王文開"句：王訥，字文開，東晉太原人。寧馨兒，晉宋時俗語，猶言"這樣的孩子"，後用爲對孩子的美稱，猶言好孩子。

[13] "陈仲舉"句：指陳蕃自幼即有非凡的志向。

[14] 狗監：漢代內官名，主管皇帝的獵犬。司馬相如因狗監薦引而名顯。

[15] 斜川：蘇軾子蘇過居所名。蘇過移家潁昌，營湖陰水竹數畝，名爲小斜川，自號斜川居士。

[16] 皇甫：皇甫謐。左思作《三都賦》，因人微言輕，恐賦不能傳，乃請皇甫謐作序以增其價。

[17] 歐陽伯庚：指馬平諸生歐陽金。

[18] 楊雙梧：楊廷理，字清和，號半緣，又號更生，清廣西柳州人。有《知還書屋詩鈔》。

[19] 葉鶴巢：葉時晰，字亮工，號鶴巢，清廣西柳州馬平人。幼年孤苦，自奮於學。有《越雪集》。

[20] 張南崧：未詳。

《紅蘭池館摭存詩》序

黄孝廉蓼園[1]先生之配、太史春庭[2]先生之母、桂林朱鳳亭[3]孺人，著有《紅蘭館摭存詩》，歿後，其孫碻齋[4]少尹屬余序而行之。謹案：婦人總集，始於顔竣[5]；閨秀另編，仿於韋縠[6]。增輝金管，流唱《玉臺》。其風亦尚矣！吾鄉山水幽奇，士女靈秀。丹青入妙，自成一家；清白流徽，別有千古。而傳於篇翰者特少。蓋輶軒[7]採詩，不過嶺外；珩璜[8]表德，止於閨中耳！今讀紅蘭館此編，婉約而有新意，流麗而無鄙詞。然後知宣文授經[9]，遠師異代；大家續史[10]，近在同鄉。是真可以揚桂海之芳而增藝林之重矣！夫《國風·靜女》，首取三章；漢世班姬[11]，筆開五字。善吟柳砌，何礙蘭閨？然東西絆舟[12]，或譏道士；逢迎廣陌[13]，致疑令嫻。聲情既雌，詞意亦蕩，則工不如不工矣！又或茅氏賣宅[14]，語襲前人；顧婦答詩[15]，詞出文士。集中作賊[16]，床頭捉刀[17]，則作不如不作矣！若太孺人者，老備全福，少歷多艱。其《述懷》云："無才不可肆，無學詎能精？"此詩之旨也。其《詠柳絮》云："明月照來渾似雪，好風吹去不沾泥。"此詩之品也。其《寄外》云："君心戀堂北，妾夢到江南。"此詩之本也。其《喜子入翰林》云："取士由來重詞賦，捫心何以副科名。"此詩之心也。張燕公序《昭容集》云："窈窕柔曼，漸溫柔之教。"歐陽公序《希孟集》云："隱約深厚，有幽閒之風；取法古人，同符作者矣！"獻甫未拜登堂之母，幸識負牀之孫。手持一編，心喜三復。竊聞其相夫子之日，伯宗直言，預爲幾諫[18]；仲卿取禍，似有先機[19]。卒之，貫索天高，荷戈地遠。慈姑垂老，幼子始孩。太孺人左右其間，集中用"陸續斷蔥，曾母投杼"，蓋謂此也。幸而鷗波[20]未馴，雞竿[21]已赦。徐淑望夫之句[22]，溫家訓子之書[23]。窮愁易工，精華難秘。非天之故厄奇人，正天之巧傳才女耳！敬製弁言，附之末簡。若曰如孫冕[24]之序三英，杜預[25]之記二女，則僕非其人也。（《補學軒文集·駢體文》卷一）

【注釋】

[1] 蓼園：黃蘇，原名道溥，字蓼園，清廣西臨桂人。輯有《蓼園詞選》。

[2] 春庭：未詳。

[3] 朱鳳亭：未詳。

[4] 確齋：未詳。

[5] 顏竣：字士遜，顏延之之子，南朝宋琅琊臨沂人。

[6] 韋縠：生卒年及籍貫不詳。選唐人詩爲《才調集》，其中以穠麗蘊藉的閨情詩爲多。

[7] 軺軒：本指古代使臣乘坐之輕車，後代稱使臣。

[8] 珩璜：指雜佩，如珩、璜、琚、瑀、衝牙之類。

[9] 宣文授經：宋氏，前秦女經學家，名失傳，籍貫不詳。家傳周官學，苻堅曾令人從她受業。宋氏隔絳紗授業，時人稱爲“宣文君”。

[10] 大家續史：即大姑，古代對女子之尊稱，此指班昭。班昭爲班固之妹，東漢扶風安陵人。《漢書》初出，教授馬融誦讀。和帝數召入宮，令皇后貴人師事之，號曹大家。

[11] 班姬：班婕妤，名班姬，西漢樓煩人，班固祖姑。少有才學，善辭賦。相傳有五言《團扇歌》。

[12] 東西絆舟：魚玄機，字幼微，一字蕙蘭，唐長安人。喜讀書，善屬文。其《寄子安》有詩“楊柳東西絆客舟”句。

[13] 逢迎廣陌：劉令嫻，劉孝綽妹，徐悱之妻，世稱劉三娘，南朝梁代彭城人。其《光宅寺》詩有“長廊欣目送，廣殿悅逢迎”句。

[14] 茅氏賣宅：明代茅氏寡婦有《賣宅》詩。

[15] 顧婦答詩：未詳。

[16] 集中作賊：指北魏魏收笑邢邵作文剽竊沈約的文章。

[17] 床頭捉刀：曹操將接見匈奴來使，自以爲形陋不足以雄遠國，使崔季珪代，自己捉刀立床頭。

[18] “伯宗”句：晉大夫，賢而好辯，其妻常諫之。

[19] “仲卿”句：王章，字仲卿，西漢泰山鉅平人。少學於長安，嘗貧病，臥牛衣中涕泣與妻訣。其妻以正言激勵其志，後以文學爲官。

稍遷至諫大夫，敢直言。後爲京兆尹，欲上封事，其妻又止之。章不聽，果下廷尉獄，妻子皆收繫。

[20] 鷗波：鷗鳥生活的水面，比喻退隱生活的悠閒自在。

[21] 雞竿：一端附有金雞之長竿，古代多於大赦日樹立。

[22] “徐淑”句：徐淑，東漢隴西人，秦嘉妻。其《答秦嘉詩》抒其思君之情。

[23] “溫家”句：未詳。

[24] 孫冕：未詳。

[25] 杜預：字元凱，西晉京兆杜陵人。太康初，遣將攻吳，功封當陽縣侯。耽思經籍，博學多通。有《春秋左氏傳集解》。

合刻《幽女詩集》序

余既輯林、石二女史[1]詩爲一卷，附以同降壇者數人，別爲之序。又輯《靈鬼課》一卷，前有《林女史集文選駢體序》，後附《石女史駢體跋》。又輯梅季[2]所作新樂府爲一卷，附以諸女題詞，亦爲之序，而以林女史所作《扶鸞戲》一齣贅其後焉。才鬼過百，新詩且千。其唱予和汝，無甚因緣。斷粉殘脂，未成片段者，尚不及盡錄，鳴乎盛哉！不特人間所希聞，抑古來所未見也。刻成，摠志其端，曰：昔漢武之於李夫人，再見其貌[3]；神君之於霍去病，相交以辭[4]。人鬼癡心，死生謀面，其時尚未聞有詩也。及乎破廟微吟，秋墳高唱，非人醉幻術，即鬼踐妖夢，縱多艷詞，或是妄語。有姓有名，而非漁其色；無形無影，而如聞其聲。至於紫姑壇止矣。若此一集，更有三奇焉！昔人或採閨秀之詩，或編女史之集，雖曾手輯，未必面談。宣文傳經，隔以絳幪；謝女解議，障以青綾[5]。會異無遮，事同有避，則古有之矣。然彼本人間，此乃泉下，何嫌何疑，其可艷者一也。又若或借段暉[6]之馬，或談茂先[7]之狐，荒塚酹茶，神叢對奕。元石遊學，將詣孝先[8]；主簿侍聞，請從高密[9]。仙知訪友，鬼亦求師，則古又有之矣！然彼皆奇男，此乃怨女，有情有緣，其可艷者二也。至於或就楊郎之禮[10]，或聯蔣妹之姻[11]，恨寄青楓，情留紅葉[12]。芙蓉城裏，亦主曼卿[13]；兜率宮[14]中，曾迎白傅。和者好粉，御史司花，則古亦有之矣！然彼悉死後，此乃生前，共見共聞，其可艷者三也。是以怨綠愁紅，不勞綺語之懺；抽黃妃白，可入麗情之編。色即是空，因原非想，獄不憂其拔舌[15]，事或甚於畫眉[16]。雖見笑大方，亦共驚小技耳！惺惺相惜，定有癡人；咄咄書空，是爲怪

事[17]。歡喜冤孽可奈何，三世精魂翰墨因，緣且留此一重公案。（《補學軒文集·駢體文》卷一）

【注釋】

[1] 林、石二女史：林、石二人未詳。女史謂知識婦女。

[2] 梅季：未詳。

[3] "漢武"句：李夫人，漢李延年妹。妙麗善舞，得幸於武帝。早卒，帝乃圖其形，掛於甘泉宮，思念不已。方士少翁言能致其神，夜張燈設幬，令帝坐他帳中遙望，見一妙齡女子如李夫人貌。

[4] "神君"句：未詳。

[5] "謝女"句：王獻之與人清談，詞理將屈，其嫂謝道韞乃施青綾步障自蔽，申獻之前議爲其解圍，客不能屈。

[6] 段暉：字長祚，北魏官員。《魏書·段暉傳》："（暉）有一童子，與暉同志。後二年，童子辭歸，從暉請馬。暉戲作木馬與之。"童子自謂太山府君子，言暉必封侯。言終乘木馬騰空而去。

[7] 茂先：張華，字茂先，西晉范陽方城人。博學有文章，有《張司空集》輯本。

[8] "元石"句：未詳。

[9] "主簿"句：未詳。

[10] 楊郎之禮：未詳。

[11] 蔣妹之姻：未詳。

[12] 情留紅葉：唐玄宗時，顧況於苑中流水上得一大梧葉，上題詩云："一入深宮里，年年不見春，聊題一片葉，寄與有情人。"況亦於葉上題詩和之。

[13] 曼卿：石延年，字曼卿，宋幽州人。歐陽修《六一詩話》曰："曼卿卒後，其故人有見之者云，恍惚如夢中，言我今爲鬼仙也，所主芙蓉城。"

[14] 兜率宮：梵語，猶言天宮。

[15] "獄不"句：佛教稱人生前毀謗佛法，死後墮入受拔舌刑罰的地獄。

[16] "事或"句：張敞，字子高，西漢京兆杜陵人。曾爲妻畫眉。此喻夫妻感情融洽。

[17] "咄咄"句：東晉殷浩被黜放，雖口無怨言，但終日書空作"咄咄怪事"四字。此形容失志、懊恨之態。

許雋生郎中《題畫絕句百首》小序

　　讀其詩如見其畫者，惟王右丞耳；讀其畫如見其詩者，惟倪雲林[1]耳！蓋標格清高，性情淡定。煙雲過眼，活色可留。邱壑藏胸，清音如答。丹黃未染，蒼翠已滋。此其中有天焉，有人焉，固非可以摩倣敷衍塗飾而得也。部郎許君雋生[2]，以陶元浴素之姿，擅範水模山之樂。鷗無近態，鶴有高心。風日餘閒，偶爾申紙。林泉高致，翛然出塵。有愜於中，輒題其上。凡得百絕，別爲一編。頃出以見示，泠泠林下之風，皎皎懷中之月。可以坐嘯，可以行吟，可以夢游，可以意造。宋時孫紹遠[3]有《聲畫集》，國朝姜紹書[4]《無聲詩史》。兼彼兩美，合爲一家。宜其悠然有以自樂矣！昔曹唐《游仙》，支離結撰；羅虬[5]《比紅》，重複敷衍。明本梅花，牽率應和，觸目累百，愜心無一，直雖多亦奚以爲耳！得此卷而後嘆，少文五嶽，可以臥遊[6]；太白百篇，更能高詠。彼題王宰者，五石十水，空對舊圖；摸王句者，萬綠一紅，爭出新意。爲人作嫁，固不如與我周旋矣！詩以口詠，境以目謀。昔人稱山陰之美曰："千巖競秀，萬壑爭流。"方以此卷，非徒應接不暇，抑亦低徊不去。噫！技至此乎？（《補學軒文集・駢體文》卷一）

【注釋】

　　[1] 倪雲林：倪瓚，字元鎮，號雲林居士，元明間常州無錫人。博學好古，工詩畫。有《清閟閣集》。

　　[2] 許君雋生：未詳。

　　[3] 孫紹遠：字稽仲，南宋姑蘇人。輯唐、宋人題畫之詩爲《聲畫集》。

　　[4] 姜紹書：字二酉，號晏如居士，明末清初江南丹陽人。善鑒別，喜探究畫家源委。有《無聲詩史》。

　　[5] 羅虬：字號、生卒年均不詳，唐台州人。詞藻富贍，與羅隱、羅鄴齊名，世號"三羅"。因追念歌女杜紅兒之冤，取古之美女有姿豔才德者，作絕句一百首以比紅兒，名曰《比紅兒詩》，盛傳於世。

　　[6] "少文"句：宗炳，字少文，南朝宋南陽人。好山水，愛遠遊，凡所遊履皆圖之於室。臥遊，謂欣賞山水畫以代遊覽。

沈伯眉[1]《小袛陀庵詩鈔》序

己未四月，大令五君招沈子校文，獻甫識之於東莞。庚申四月，公子筱泉[2]刊沈子遺集，獻甫序之於羊城，泣然曰：此沈子伯眉詩鈔也，而沈子伯眉則死矣！嗚呼，君嘗有《椊華室詞鈔》已付梓，又有《倪雲林年譜》，亦脫稿。惟其詩遠仿孫南園[3]而稍斂之，近仿陳元孝[4]而稍拓之，爲同時張南山[5]高弟。雖蹤跡幾處，不出里中，窮愁半生，獨遊人外，而交必一時之雋，文兼六代之華。虞公[6]秘書，尤習《南史》；嚴羽禪學，並通西竺。如騏驥之行，過都歷塊[7]而不能崖其所至也；如鴻鵠之舉，翔雲翩風而不能測其所之也。乃孔雀方張，自顧其尾；春蠶未臥，遽剪其絲。文人如王子安[8]，詩人如李長吉。修文天上，古有例矣；埋憂地下，今無憾焉！獻甫長君者二十餘年，識君者二十餘日，筱泉亦故從余遊，新與君洽，獨爲始終其事。白雲在天，蒼波無極，此亦君生前所不料也。余論詩與君同，而作詩與君異，集有《檀弓樂府》十首、《和方氏舊邊》八首、《和義山古跡》六首、《課試白桃花》四首、《續出詠夕陽》四首，稍乖本色，刪存外集，其餘則未嘗訂一字，是爲序。（《補學軒文集·駢體文》卷一）

【注釋】

[1] 沈伯眉：沈世良，字伯眉，清番禺人。嘗從張維屏問學，一度用心於八股制藝。有《小袛陀庵詩鈔》。

[2] 公子筱泉：未詳。

[3] 孫南園：孫蕡，字仲衍，廣東順德人。與王佐、趙介、李德、黃哲稱"五先生"。五人於廣州南園結社唱和，推崇盛唐，反對宋、元。

[4] 陳元孝：陳恭尹，字元孝，號獨漉，又號半峰，明廣東順德人。與屈大均、梁佩蘭並稱"嶺南三大家"。有《獨漉堂集》。

[5] 張南山：張維屏，字子樹，號南山，清廣東番禺人。工詩，與黃培芳、譚敬昭稱"粵東三子"。有《松心詩錄》。

[6] 虞公：未詳。

[7] 過都歷塊：越過都市，經過山皐。意謂縱橫馳騁，施展才能。

[8] 王子安：王勃，字子安，唐絳州龍門人。六歲能屬文，構思無滯，詞情英邁，與楊炯、盧照鄰、駱賓王合稱"初唐四傑"。

書許周生《吳臺卿哀詞》後

　　精氣爲物，游魂爲變，此後世輪迴所託也。神降於莘，石言於晉，此後世妖妄所託也。自是而書名《志怪》，記號《搜神》，縱非有物之言，難憑無鬼之論矣！然而鴻都道士[1]，不過召魂；稠桑老人，第能見影。求其語詞相接者，補去病之言[2]，見於兩漢；示謝覽之句[3]，著於六朝。此外寂寥罕聞焉！隋唐以後，神鬼雜興。破廟閒吟，秋墳孤唱。說部所葺，不下百篇；選家所收，都爲一集。真僞間出，奇艷共傳。然或恍惚寄意，得之夢中；或模糊寫心，遇之人外。未有小唱青詞，大招白日。盤中作字，斐然成章；地下何人，呼之欲出，如近世紫姑壇所爲者。故余嘗謂：自重黎[4]既命而神與人絕，聖教之昌也；自卟卜肇興而人與鬼謀，此異教之變也。顧宋時胡天放[5]之所召，唐代呂純陽[6]之所留，大都假託姓名，僞撰文字，謬爲結不解之語，推入無何有之鄉。甚者休咎妄言，酒食褻索，此非三界外之遊魂，即五道中之餓鬼，聊作狡獪，少變猙獰耳！而庸愚之士駭焉，聰慧之士溺焉。禍福以乩爲筮，學問以乩爲師，疾病以乩爲醫。背陽而入陰，舍昭而即冥。如許周生[7]所作《吳臺卿哀詞》者，是則爲鬼所謀因爲鬼所愚，而當局者猶若翮翮自負，大可哀已。余素不知作符，亦不能扶箕。往者於講院，屬學子試爲之，日月既多，文字遂積，大約女鬼至，即狂花冶葉，不少麗詞，若男鬼至，即學士文人，輒多鄙語。余因爲之約曰：如燕客然，只談風月；如課士然，但論文章。有不由此者，必以曼倩先生之罵鬼書[8]代終南進士之辟邪劍焉！自此或遺沈警[9]之詩，或度陳登[10]之曲，或乞河南[11]之志，或立姜女[12]之碑。雖高唱之烏烏[13]，悉群雌之粥粥[14]，貧賤我固有之，富貴吾嬾求之。生老病死，時至即行；斬絞徒流，法在勿犯。我無貪心，彼何惑焉；我無負心，彼何恐焉！世之沈溺其中者，不自忖於心而相憾於後，欲以此盡廢乩而乩固不任受咎矣！願以此告爲鬼所謀因爲鬼所愚者。（《補學軒文集・駢體文》卷一）

【注釋】

　　[1] 鴻都道士：即鴻都客，作品中多指神仙。

　　[2] 去病之言：《漢武故事》載：霍去病禱神君時，神君欲與其交接。去病不肯，乃謂神君曰：“吾以神君精絜，故齋戒祈福，今欲淫此非也。”

［3］謝覽之句：謝覽，字景滌，梁代陳郡陽夏人。嘗爲吳興太守。《玉臺新詠》錄有吳興妖神《贈謝君覽》一詩：“玉钗空中墮，金鈿色行歇。獨泣謝春風，孤夜傷明月。”

［4］重黎：重與黎，爲羲和二氏之祖先。

［5］胡天放：未詳。

［6］呂純陽：呂洞賓，名喦，字洞賓，號純陽子，唐河中人。民間傳說中的神仙，道教全真北五祖之一。

［7］許周生：許宗彥，字積卿，號周生，清德清人。有《鑒止水齋集》。

［8］“曼倩”句：亦作“罵鬼書”，漢王延壽《夢賦》謂其夢見與鬼物作戰，遂得東方朔與作罵鬼書。

［9］沈警：舊題王世貞撰《豔異編》載：吳興武康人沈警，奉使秦隴，途過張女郎廟，酌水祈禱。夜遇仙女張女郎姐妹，彼此以詩酬唱，相談甚歡。此亦人神相戀事。

［10］陳登：未詳。

［11］河南：未詳。

［12］姜女：相傳秦始皇時，其夫范喜良築長城而死，乃哭崩長城。

［13］烏烏：歌呼聲。

［14］粥粥：柔弱無能的樣子。

與李秋航論四六文書

大暑如沸，小年不殘。方切三月之思，頻荷十行之寄。林間清暇，物外康娛，故多勝也。屬作《鳴秋集序》，幸卒業。采薇企於先輩，負弩托之後生，未審有汙佛頭之誚否？承問四六宗旨。謹案：建安七子[1]，具體初開；唐初四傑，煩手間作。江、鮑兩公正宗也，沈、任諸家盛軌也，徐、庾以下餘波也。蓋江河之流，其源必小；日月之光，至暮亦衰。國初頗尚此體，吽豪蹇澀，見譏前輩。乾隆季年，厥體中興，全椒吳山尊[2]所選者，邵荀慈[3]、孫淵如[4]、孔巽軒[5]三家，格高而韻遠，惜傳者絕少；袁簡齋、吳榖人[6]、洪稚存[7]三家，才大而學富，又時有俗調。至於曾賓谷[8]，不足道矣！此外，操觚之家，纖仄工緻，專師宋人。非朱施粉著，蟲賽其羽，即繩趨尺步，繁縶其足。總言其弊，厥有數端：一曰詞旨不達，一曰體裁不真，一曰音節不古。周公命祝辭曰“達勿多也”，孔子論修辭曰“達而已矣”，凡茲聖言，即是宗旨。今人見碑碣晦唐，表啟浮宋；辭多駢拇，體等贅疣。豈知蔚宗論史，凡九十卷，彥和[9]譚藝，共五十篇。密固魚貫，方亦璧合。未嘗不炳煥士行，洗滌文心。若參軍用蠻語[10]，聞者不知何物；興宗[11]入圖畫，見者不辨何人。此則不達之弊也。王元長[12]之序《曲水詩》，間用古賦；任彥升之序《文憲集》，乃似行狀。此古人之僨體，非後世之正範也。今之文人，喜背初祖。言少乃言老，壽序等於墓誌；言哀反言樂，祭文比於史贊。妄學夫人，見嗤坐客。其有稍知立體，而又拙於撰詞。奚云數典，乃古人點鬼之簿；非云啟事，乃吏曹辦公之卷。此則不真之弊也。至於轉接虛字，宮徵必叶，唐人之律賦也；筋節散言，浮泛亦偶，宋人之謝表也。偽體不裁，俗風大起。兼以假令如其[13]，蛇忽枝首；恒多不少，馬皆齊足。豈知庾文“落花芝蓋”之句，虛字不可刪；老杜“江魚竹筍”之句，疊字不必用。而況割錦爲帽，不殺其旁；剪綵爲花，並去其葉。謬以襲謬，歧之又歧。此則不古之弊也。近人邵荀慈太史序其兄亶承[14]文云：“清新雅麗，必澤乎古。”孔㠓軒太史與其甥朱滄湄[15]書云：“縱橫開合，與散文同。”此皆詞家圭臬，駢體玉尺，豈欺我哉！是以辭必取乎經，聖言非小說也；體必準乎古，清琴無凡響也。而或溺於咫聞，不求初體，《玉臺》竊其零粉，《華林》拾其香草。遂欲哆口言文，率臆學古，不亦惑乎？季緒好詆訶[16]，敬禮請潤色[17]，惟足下之有以教我也。（《補學軒文集·駢體文》卷二）

【注釋】

[1] 建安七子：漢末建安時期孔融、陳琳、王粲、徐幹、阮瑀、應瑒和劉楨七人，同時以文學齊名。

[2] 吳山尊：吳鼒，字及之，一字山尊，號抑庵，又號南禺山樵，清全椒人。善書能畫，工駢體文。有《夕葵書屋集》。

[3] 邵荀慈：邵齊燾，字荀慈，號叔山，清江蘇常熟人。善爲駢體文。有《玉芝堂詩文集》。

[4] 孫淵如：孫星衍，字伯淵，又字淵如，號季述，清江蘇陽湖人。少工詞章。有《芳茂山人詩錄》。

[5] 孔㠓軒：孔廣森，字眾仲，號㠓軒，清山東曲阜人。工駢文。有《儀鄭堂駢儷文》。

[6] 吳穀人：吳錫麟，字上麒，號竹泉，清浙江嘉興人。有《有正味齋駢體文》。

[7] 洪稚存：洪亮吉，字君直，一字稚存，號北江，清江蘇陽湖人。工駢體。有《更生齋集》。

[8] 曾賓谷：曾燠，字庶蕃，一字賓谷，晚號西溪漁隱，清江西南城人。有《賞雨茅屋集》。

[9] 彥和：劉勰，字彥和，南朝梁東莞莒人。篤志好學，博通經論。其《文心雕龍》爲我國古代文學理論批評名著。

[10] "參軍"句：指東晉郝隆。郝隆爲桓溫南蠻參軍。桓溫曾問他何以用蠻語作詩，答曰："千里投公，始得蠻府參軍，那得不作蠻語也。"

[11] 興宗：未詳。

[12] 王元長：王融，字元長，南朝齊琅琊臨沂人。其詩文藻富麗，爲永明體代表作家。

[13] 如其：指駢文中使用虛辭。

[14] 亶承：邵齊烈，字亶承。自幼聰穎，讀書用功。

[15] 朱滄湄：朱文翰，字滄湄，號見庵。有《退思粗訂稿》。

[16] "季緒"句：劉修，字季緒，劉表的兒子。其人好議論。

[17] "敬禮"句：丁廙，字敬禮，三國魏沛郡人。博學有文采。嘗請曹植爲其文潤飾。

爲張眉叔論四六文述略

儷偶之體，自古爲昭；四六之名，至宋而著。余少年有《答李秋航書》曾詳言之，稿忽失去，語亦漸忘。今又閱三十餘年矣！雞蹠[1]未飽，馬齒[2]加長。梅州張眉叔[3]，才士也，謬推識塗，謙爲問道，因自竭其愚以相參。曰：文之有散又有駢也，東西兩漢已具濫觴，南北六朝遂爲通軌。鄒、枚導源於前，徐、庾揚波於後，誥勅之典以代王言，論斷之文並參史事，未嘗分某爲散體、某爲駢體也。故縱橫以使氣，跌宕以取姿，悠揚以審音，變化以立格，面目雖異，神骨都同。張、蘇[4]之在唐，其體侈矣，以李義山爲雋；歐、王之在宋，其體變矣，以汪彥章[5]爲工；虞、袁[6]之在元，其體衰矣，以劉水雲[7]爲裁。今之作者，吾惑焉！兔園冊子，雅宜擊蒙，狐穴詩人，惟工點鬼，夕繙白帙，朝弄丹鉛。殘盃冷炙之餘，出以供客；枯木朽株之積，因而鳩工。堆垛告成，咄嗟立辦，小兒窺豹，亦得一斑，博士賣驢[8]，動書三紙，其弊一也。其有少知讀書而不知辨體，任彥昇之序《文憲集》，略如行狀，王元長之序《曲水詩》，半是俳體，非後世之正法也。而今之作者，壽言順序等於墓誌，祭文褓書比之像贊，雖有佳語，已非本題，其弊二也。又或少知辨體而不能措詞，龕山鳳輦[9]之典，習用恒言；篠驂虬戶[10]之文，喜求難字。苫軋恃秀才之辣，蔬笋增道士之酸。小史抄書，即誇燕許；掾曹啟事，謬比歐、蘇，吻縱標新，腹枵如故，其弊三也。至雕龍標字隱之功，韓碑顯句奇之理，雖曰小節，亦關大才，彼“終古蒙利”與“萬世無虞”，柳州誌張公之長調也；“天何言哉”對“子曰賜也”，右丞銘禪師之虛語也。由其筆妙，故爾音流。宋人襲之，已成惡道，今人爲之，更似時藝。兼以“落花芝蓋”之聯，去其虛字；“陽春大塊”之句，襲其劣詞。硬語盤空，不求帖妥。成語褾襲，不加剪裁。妄托前民，貽誤後輩，其弊四也。去此四弊，進求四端，大都漢魏之叢書，晉宋之史蹟，此伐材之山也；梁朝之《文選》，宋代之《文苑》，此聚水之海也；劉勰之《文心》，子元之《史通》，此大匠之準也；謝伋[11]之《談塵》，聞修[12]之《法海》，此名醫之方也。博而習之，涵而揉之。具王、楊、盧、駱之材而去其衍，領沈、任、江、鮑之妙而取其精，庶幾小技無譏，大方不笑乎！若夫晉諸公之清言，唐諸人之詩序，非必皆有過人之才與超世之學也，而氣體高妙、意味雋永，雖孔、鄭經旨，韓、蘇文宗，體製有加，神致終別，此又存乎所稟、所習之不同，而非可以口舌著論也已。（《補學軒文集·駢體文》卷二）

【注釋】

[1] 雞蹠：雞足踵，古人視爲美味。

[2] 馬齒：馬的牙齒隨年齡而添換，看馬齒可知馬的年齡。故常以爲謙詞，謂己之年齡。

[3] 張眉叔：名麟定，道光間舉人，任湖北京山縣知縣，升同知直隸州。有《談梅》一卷，《亦傭詩草》五卷，《楚香館雜綴》四卷。

[4] 張、蘇：張說和蘇頲。蘇頲，字廷碩，唐京兆武功人。與燕國公張說並稱爲“燕許大手筆”。

[5] 汪彥章：汪藻，字彥章，宋饒州德興人。工儷語，所撰製詞人多傳誦。

[6] 虞、袁：虞當指虞集，袁則未詳。

[7] 劉水雲：劉壎，字超潛，號水村，宋元間南豐人。工詩文，長四六。有《水雲村稿》。

[8] 博士賣驢：指寫作上文詞繁冗，不得要領。

[9] 鼇山鳳輦：鼇山指堆成巨鼇形狀的燈山，鳳輦指仙人的車乘。

[10] 篠驂虹戶：謂作文喜用僻辭古語，故作高深。

[11] 謝伋：字景思，號藥寮居士，宋蔡州上蔡人。有《四六談塵》。

[12] 聞修：王志堅，字弱生，更字淑士，亦字聞修，明蘇州府昆山

人。詩文法唐宋名家。有《四六法海》。

《太華山人[1]詩集》序

朱文公嘗稱韋蘇州"邑有流亡愧俸錢"之句爲不負心語，楊升庵又稱周濂溪"時清終未忍辭官"之句爲由衷之言，愚亦謂元道州[2]之《春陵行》，雖十倍才如老杜，亦輸一著。詩以道性情，亦以覘政事，豈不信矣哉！故"捲簾黃葉下，鎖印子規啼"，不如"白日無公事，青山在縣門"之淡永而有味也；"有子萬事足，無官一身輕"，不如"窮達依明主，畊桑亦近郊"之沉著而有情也。今於關中太華山人見之矣！其資質也剛，其使氣也和，其宅衷也宏。以厚施爲著於閩中，優游久於林下。風人之旨，騷人之致，鬱勃於胸臆者甚富，觸而即發，暢所欲言，無意求工而自工，視研練聲律、描畫格調、有意求工而後工者，其爲興象異矣。故古體高於近體，五言高於七言。偶然涉筆官箴民瘼，常三致意焉。曰《道山集》，曰《玉華集》，曰《武彝集》。身後數年，其季靜山[3]都轉兩粵，謀刊之，出以示獻甫，屬爲汰其次者，擇其尤者。案卷中有曾以硃爲圈於題上者，多與鄙見合，則不更以鄙見參也。因還其本而僭識之曰：嗟乎！近世詩人愈多，詩乃愈少。其口之所誦、手之所摸，以赴其心之所志，不過曰詩人，詩人而已。無論不能成家，即幸而成家，亦第爲風雲月露增一畫工，爲魚鳥花木增一匠氏耳，此中豈復有詩哉！太華山人固不僅爲詩人也，惟其不僅爲詩人也，吾是以知其皆由衷語，無負心語，而卓然有以自見於詩矣，是爲序。（《補學軒文集續刻·散體文》卷二）

【注釋】
[1] 太華山人：未詳。
[2] 元道州：元結，字次山，號漫叟、聱叟，唐河南魯山人。
[3] 靜山：未詳。

《枕流山房詩稿》序

聰慧之士生聲名之邦，知詩可以相吹相噓而爭名也，附宗派、趨風氣，翕然皆以詩鳴，惟皆以詩鳴，此詩所以敝也。秀雅之才生僻固之鄉，謂詩不過自吟自詠以適志也，學古人抒今我，寂然不敢以詩倡，惟不敢以詩倡，此詩所以存也。惜無負重名者針砭鼓吹，使進乎技，又無具大力者提挈稱引以行於時，故吾鄉靈秀不乏而文采不耀。然山水之清音，松篁之幽韻，蟲鳥之新聲，固不以無賞識而遂閟也。余嘗怪吾鄉在唐時，王文元[1]“江城賣藥常攜鶴，古寺看碑不下驢”之句爲《唐宋遺史》所錄，翁大舉[2]“落花人獨立，微雨雙燕飛”之句爲晏叔原[3]所竊，林楚材[4]“身閒不恨辭官早，詩好常甘得句遲”之句爲《雅言係述》所收，石仲元[5]“石壓笋斜出，岸懸花倒生”之句爲楊徽之[6]所賞，李觀象[7]“繭甕有天春不老，瑤臺無夜雪生香”之句爲《堅瓠集》所稱。而論唐詩者，自曹唐、曹鄴外罕有及焉。此即吾鄉以詩適志，不以詩爭名之證也。今年秋試方畢，有陸川詩人雨農陳子[8]者，年未三旬而詩已數卷，挾之以示我。其詩用心甚至，取材亦足絕，無近世俚俗油滑諸弊，而深情如揭，雅韻欲流，閱之令人意滿。較唐先達王文元、翁大舉諸人或傳三五首，或傳三數句，非但不愧之而已。而姓氏寂然，朋交寥落，蓋遊跡不出其鄉，未有真賞識者。即有互賞識者，才或反不相及，故稱之不過數人，傳之不及一郡，欲爲唐諸人之散見各書以播後世者，又似未可知，此所以重可慨也。獻甫素無詩名，今又老矣，力不足以昌君詩，而姑序君詩，後有采粵風者，其無失此人哉！然君之齒未艾也，君之技亦未止也，將來奮然特起，愈唱愈高，安知不聲聞於天？雨農其亦於《自敘詩》所謂“讀書佐儉腹，借酒澆枯腸”者，自勉之而已矣！（《補學軒文集續刻·散體文》卷二）

【注釋】

［1］王文元：王元，字文元，五代至宋初廣西桂縣人。工詩，所作《登祝融峰》《贈廖融》二詩，俱爲人所稱。

［2］翁大舉：翁宏，字大舉，五代至宋初廣西桂林人。與廖融、王元等爲詩友。

［3］晏叔原：晏幾道，字叔原，號小山，宋撫州臨川人。詞多感傷，婉麗纏綿。有《小山詞》。

［4］林楚材：五代南漢廣西賀州人。

［5］石仲元：字慶宗，號桂華子，宋桂林人。以能詩名。有《桂華集》。

［6］楊徽之：字仲猷，宋建州浦城人。有詩名，多識典故。

［7］李觀象：五代宋初桂州臨桂人。學涉經史，有文辭。

［8］雨農陳子：未詳。

《路松坡^[1]存存稿》序

凡文皆有義法，而古人不言義法，非略也。有真才、有實學、有至情則意度波瀾，風神標格，自然流溢於外，讀者未必盡知，作者並不自知也。明以來，以四書義拘人之聰明才辯於其中，使爲八股文，濡耳而染目，淪肌而浹髓，得志後改頭換面爲古文，如崑崙之彈琵琶，本領雜矣！於是欲專心以學古文，必先分力以拒時文。義法嚴而文體衰。自歸震川至方靈皋，下逮姚姬傳皆未能免也。然則所以爲古文者，固自有真矣。然不涉時文，遂可爲古文乎？考據之數典，詞賦之擷華，理學之語錄，何常有一語似時文？降而官司之告諭，僧道之募疏，市井之劑約，亦何常有一字入時文？而人不謂之古，並不謂之文。近日工此者頗少，吾鄉爲此者尤少。融州路孝廉松坡俯仰甚寬，操持甚謹，不爲世之紛紛擾擾者所累，得以安樂讀書，加意學文。平生惟計偕一至京師，秋試數至會垣，餘則皆伏處而已。故所作非橋碑路引，即祠記壽序，無所藉以昌大其能，交遊中亦無所資以講習其詣。然而存心之渾厚，行事之安詳，處己之和藹，濟人之周洽，皆文情也，即文格也，正可於所作皆此等題而具知之。立身如此，處世如此，縱不爲文而文固在也。又況學之已久，爲之多習。其中如《古都峰記》《答吳靜軒書》《馬伏波廟記》，亦時有考訂辨論以爲質，宜其即鄉里之俗事，領山水之清音而翛然有以自得也。余與君同一郡而於君希一面。吾友李秋航，恠士也，曾爲君課子，不足爲君知己，余藉以諗君之爲正人且熟君之爲善人，特未悉君之爲文人耳。丁卯，余以事至省垣，君之子拔萃士，亦以鄉試居會垣，持其文三卷及詩一卷乞爲序。乃得盡日夜讀之，愈以信能得古文真者，並不在古文之貌也。詩非其所長，以附於後。時鄉人方欲請君入鄉賢祠，余謂君果入鄉賢祠，則所有筆墨皆剩技耳，原不必藉此而後傳，而況即此已足傳哉！因不辭而爲之序。（《補學軒文集續刻·散體文》卷二）

【注釋】

[1] 路松坡：路順德，字松坡，清融州人。嘉慶舉人，餘未詳。

書《靜存草堂詩集》後

　　新化陳特夫[1]孝廉託吾鄉胡均齋[2]大令攜其詩刻共七卷見示，前有座師吳君一序，又有邑宰江君一序，所以述其旨者甚詳。余無庸贅其辭，因妄書其後曰：詩不學古有弊，學古亦有弊，講高渾者學王孟，或演而薄矣；講奇艷者學李盧，或纖而詭矣；講流易者學元白，或浮而滑矣；講淹博者學皮陸，然或滯而積矣；至以皮陸之下材而貌李杜之高調，則前明七子也，以元白之空腔而襲溫李之餘艷，則江右三家[3]也。各有性靈，各有詣力，各有身世。無所得於中，無所感於外，而欲依託古人，矜誇古式，其中豈復有我哉！孝廉詩詠古有真識，感今有真情，備見於雜感、雜興、詠史、詠事諸古作。自第一卷至第七卷，皆非不必詩而詩者，惟非不必詩而詩者，此中皆有我在也。余閱畢，後客有問者，請舉其佳句，五言如“估帆穿樹去，山色過江來”“軒窗開近水，蓮葉大如舟”“葵心終向日，驥足漫追風”，七言如《追憶》云“爪牙重寄麒麟棫，帷幄高張傀儡臺”、《和壁問陶文毅韻》云“巖桂有香秋欲老，塔鈴無語雨初晴”、《麻塘山晤譚進吾秀才》云“白雲黃葉千山路，冷雨寒蟄九月天”、《感興》云“歌舒禦寇軍先潰，魏絳和戎禍未涯”、《登樓》云“萬疊雲山青到枕，一灣秋水碧於油”，絕句如《郊行》云：“深紅淺紫爛如霞，四月人忙匪一家。割麥插禾猶未了，野田開遍米囊花。”皆能楚楚獨出者。（《補學軒文集續刻·散體文》卷二）

【注釋】
[1] 陳特夫：未詳。
[2] 胡均齋：未詳。
[3] 江右三家：清朝中期蔣士銓、袁枚和趙翼。三人工詩及散文。

跋《闢佛草堂詩鈔》

　　胡均齋既示我以《靜存堂詩集》，復示我以《闢佛堂詩鈔》，曰：“此吾家子軔[1]茂才作也。”意欲見顧而藉此作贄，且贈以詩一律，有云：“載道文章神爲護，驚人詩句世爭刊。”余惡焉！不敢承又不能愨，急覽而識之曰：余少爲退士[2]，老爲逋客[3]，名不出其鄉，而後來才雋聞虛聲，遠相投契，雖不盡以詩，大都先以詩。然有才人之詩，有學人之詩，高才博學、茹古涵今，不必專言詩而詩自不可及，世容多有之，而余不多見也。至月映清淮，雲飛隴首，池塘春草，花塢夕陽，閒看蝶飛，靜聽蟬噪，則景取目前，彼心遊天外者，反不能與之爭。昔嚴滄浪云："詩有別裁，非關學也，詩有別趣，非關理也，然非多讀書、多窮理則不能極。"其才力之所至，子軔之詩，殆詩人之詩乎？滄浪之前四語，君已得之，下三語僕更勉之。雖然，僕今年六十六歲矣，雖常作詩，實不能詩。回憶僅如君之年，絕不及君，則令君及僕之年，何止過僕？讀其詩不禁歎且畏，無以自解也，別酬以四絕句曰：

古調嬾將三體辨，今詩多藉七言調。同工異曲求前例，也合新編丁卯橋。

齊己誅茅曾共賦，懶殘煨芋亦分嘗。回頭笑指詩人宅，三字高懸關佛堂。

甕中坐覓情無著，橋上行尋境亦非。興象滿前誰會得，登山臨水送將歸。

神游遠道思交呂，老擁虛名愧識韓[4]。舊有一言重致語，好詩容易好題難。舊題放翁集句。（《補學軒文集續刻‧散體文》卷二）

【注釋】

[1] 子軔：未詳。

[2] 退士：隱退之士。

[3] 逋客：漂泊流亡之人。

[4] 識韓：即識荊，因李白《與韓荊州書》有"生不用封萬戶侯，但願一識韓荊州"語，故以此爲初次識面之敬辭。

黃大令達三[1]《詩草》序

余嘗謂文如炊米以爲飯，詩如釀米以爲酒，故文實而詩空，治樸學者或不能爲。文如種樹使成林，詩如培樹使作花，故文鉅而詩細，擅慧業者無不能爲。而學識之淺深、興象之遠近、氣體之高卑，三數首猶未辨，至數十首則其根柢盡露矣。吾鄉居五嶺之偏，淩雲尤在三管之偏，士未嘗以詩鳴，偶以詩鳴，則皆如黃茅白葦中疏花獨笑，又如深巖窮谷間清音徐裊，無論能成家未能成家，皆非爲時風眾勢所染者。黃君達三拔貢，與其弟樂山[2]進士，少以吟詠知名。已而一先令高要，一繼令開建^[3]，又同郡也。丁巳，僕避寇羊城，樂山未及晤。辛酉，仍留寓羊城，則達三適重來，贈我以詩。久之，又貽我以贄，謙以門下士自居。僕愧不敢當，閱其文集，又歎爲不易得，不禁感慨係之也。達三言："作詩只自寫其心，刊詩則各存其面，雖不能峭如削瓜，奇如蒙俱，美如傅粉，謂吾無吾面可乎？"余題其言，因乞序其集。時門人刊余《鴉吟集》四卷、《鶴唳集》四卷正告竣。嗟乎！七尺之軀不如一尺之面^[4]，余方以此取笑於人，而更以此飾美於子。夫美不如城北徐^[5]，各自知矣！以揚子之名位，而誇騶忌^[6]之容貌，或不同愛我者、畏我者、有求於我者耳！噫！（《補學軒文集續刻·散體文》卷二）

【注釋】
[1] 黃大令達三：未詳。
[2] 樂山：未詳。
[3] 開建：高要、開建，清時均隸屬廣東肇慶府。
[4] 一尺之面：古相術家以爲貴相。
[5] 城北徐：即城北徐公。《鄒忌諷齊王納諫》謂鄒忌分別向其妻、妾、客問其容貌與城北徐公孰美，因之向齊威王進諫而見用於威王。
[6] 騶忌：鄒忌。

門人蘊仲玉^[1]詩序

仲玉前年代刊拙集，未嘗爲我序，今年自刊所作，反欲乞我序。自瓊管^[2]遠郵桂管^[3]，晝夜閱之，藍謝青，蓋在此矣！君年甫弱冠，詩亦初集，卓然有志於大家，穠華之氣，清雋之才，殆非苟誇爲名者所可辦。雖然，周十五國風、漢十九首作者姓名不著，故古無詩人，無詩人所以有詩也。後世人皆有詩，詩皆有集，雄渾者擬杜、韓，平暢者擬元、白，淡遠者比王、孟，故今多詩人，多詩人所以無詩也。且詩何爲而作耶？積於中，發於外，是溢而詩也；感乎今，思乎古，是觸而詩也。非此而閉戶以索，拈題以爲，徇人以應，皆不必詩而詩。不必詩而詩，此中豈復有詩哉？仲玉擅靈慧之姿，據全盛之地，由是以推於學問、事功，皆可不凡。有餘於詩外，自能立於詩中，目前之英華，特其穎耳。此集行世，必目以詩人，而余則甚不欲子但爲詩人，異日當味此言也。是爲序。（《補學軒文集續刻·散體文》卷二）

【注釋】

[1] 薀仲玉：未詳。

[2] 瓊管：指瓊州府。

[3] 桂管：指桂林府。

《守拙齋詩稿》序

永明詩人星槎蒲君[1]遠致其《守拙齋詩》，乞作序。時余已束裝返里，倚裝披讀，顯易徵其性靈，和平徵其學養，八秩翁操三寸管，乃能綽綽有餘，業固精，意何勤也。古人書不當有兩序，今卷首已有五序，豈容余更增一序？度君意，不過欲以劉彥和屬之僕耳。自慚早爲退士，老爲逋客，此事本不甚深。然嘗謂宋之四靈有時反勝明之七子，何者？閒適之致，外無所營，灑落之懷，中無所累。其用字不外竹鶴柳鶯、雲山煙水、茗盌酒樽，其取景不過芳草夕陽、斷橋野寺、會飲閒游。較之挽千鈞之弩撞萬石之鐘，實大聲宏、才雄氣盛似有所未逮。而不馳驟以爲豪，不餖飣以炫博，不鍛鍊以求工，而闒然入作者室中，此非坦蕩之性不能爾，非專一之功亦不能爾也！余今年六十有六矣，齒序少亞於君，而刊集輒先於君，顏氏所譏之詅癡符，不爲魏公藏拙[2]，今又惡然序君詩，知不足爲君重。然千里神交，藉一言爲結契，庶讀此集者，亦知有余名而附以不朽乎？（《補學軒文集續刻·散體文》卷二）

【注釋】

[1] 星槎蒲君：蒲伊漢，字星槎，清湖南永明人。工詩文，善繪畫。有《守拙齋詩稿》。

[2] 爲魏公藏拙：魏公即北朝文士魏收。南朝梁人徐陵出使北齊，魏收錄其文集以遺陵，令傳之江左。徐陵濟江而沉之，謂"爲魏公藏拙"。

楊顯堂《蒼盦詩草》序

昔之論詩者過分唐宋，然實備覽唐宋，自以己見判之，故論雖拘而格調風神宛然入古。今之論者，不分唐宋，乃未嘗辨唐宋，率以己意爲之，故論甚易而陳腐謭陋，幾不成語。與其易也，則毋寧拘而已矣。燕山楊公[1]著有《蒼盦詩草》，其殆不拘不易而卓然獨立者哉！公生長燕趙，宦游吳越，遠至塞外甘涼以西，而仕吾鄉最久，其治吾鄉尤著。平生多覽各家說部及近人詩話，而專力則在蘇長公[2]，嘗戲論有云：“常歎暗合難，終覺巧偷易。”不肯率己意爲之可知矣！其宦游之作，登臨題詠皆有實蹟；酬應之作，悲歡離合皆具至情。全集無一上貴達官諂諛語，亦無一與知名士標榜語。唯對酒當歌，薰香摘艷，如陶靖節之《閑情賦》、杜紫薇[3]之《揚州夢》者，則不諱而往往標題焉。其意中曷嘗欲以詩名？惟不欲以詩名，此詩之所以可傳也。公及身曾涖吾郡，其哲嗣又新刺吾州，即今雲門郡侯[4]也。向以部民謁亦數矣，未嘗言及家世，更未嘗談及家集，後乃取此一集見示，使爲校字，將以付梓。獻甫卒業而歎曰：公之遺愛如此，貽集如此，久之卒未嘗自表，然後知郡侯之守其家學者永而傳其家集者重，彼世之汲汲於名而泛索品題以相夸飾者何淺也！獻甫少爲退士，壯爲逋客，近已頹然爲遺老，不足言詩而幸預校詩，故謹以其所見者著於簡端，世有能讀此集者，當相印此言也。是爲序。（《補學軒文集續刻·散體文》卷二）

【注釋】

［1］燕山楊公：楊光祖，字顯堂，歷官南寧知府。有《蒼盦詩草》。

［2］蘇長公：蘇軾爲蘇洵長子，其詩文渾涵光芒，雄視百代，當時尊之爲“長公”。

［3］杜紫薇：指杜牧，唐時中書省又稱紫微省，他曾官中書舍人，故名。

［4］雲門郡侯：未詳。

《綠芷外史詩》序

有才人之詩，有學人之詩，有詩人之詩。詩人專爲詩而詩工，才人、學人不專爲詩而詩亦工。又有不矜才、不恃學，並不作研練聲律、窮老盡氣之詩人，而性之所近，意之所感，書其所欲言，浩浩落落，自有獨至處。此則天地間真詩，不隨風氣而轉，不藉聲氣而傳者也。浙中朱使君子良[1]少耽吟詠，所積殆逾千首，已而流失，復作，僅餘百首，間出示獻甫，使校定。使君宦轍奔馳，軍務旁午[2]，似不暇爲詩；州書垂堂，縣譜示後，似不屑爲詩。而所詣有名雋不凡者，有直質不餂者，有昂藏不平者，縱無意求工，而工者卒無以加，此殆所謂不隨風氣而轉，不藉

聲氣而傳者耶！獻甫老部民耳，所言不足爲使君重。而竊幸與使君交，故僭書數言於簡端云。（《補學軒文集續刻·散體文》卷二）

【注釋】

［1］朱子良：未詳。

［2］旁午：亦作"旁迕"，交錯，紛繁。

書林薌谿^[1]《遂初樓詩鈔》後

漢人無不工文，經生則不必工文，孔^[2]、鄭、服^[3]、何^[4]是也。唐人無不工詩，經生則不必工詩，顏^[5]、孔^[6]、殷^[7]、陸^[8]是也。宋以後經學無專家，詞學有專家，其能者淹貫考訂以示博，若馬貴與^[9]、鄭漁仲^[10]、王伯厚^[11]、唐荊川、楊升菴、王弇州及顧亭林、朱竹垞、毛西河^[12]諸人，雖不必號經生，不必號詞客，不能不號之通人矣！閩南香谿^[13]學博，以治禮經得名，以獻禮書得官。於當世研練聲律、講求格調之詞學，似有所不屑。而前見其《射鷹樓詩話》，茲讀其《遂初樓詩鈔》，又復宏肆綿密如此，真種田得稻、鑿井得泉，與世之謹守倉囷、販賣瓶盎者異矣！卷中評贊已詳，附益不必，聊抒所見綴之。非但論其詩，然所以論其詩者亦於是乎在。（《補學軒文集續刻·散體文》卷三）

【注釋】

［1］林薌谿：林昌彝，字惠常，號薌溪，清福建侯官人。治經精博，兼長詩筆。有《射鷹樓詩話》。

［2］孔：孔安國，字子國，西漢魯人，孔子後裔。受《詩》於申公，受《尚書》於伏生，爲"尚書古文學"開創者。

［3］服：服虔，初名重，又名祇，字子慎，東漢河南滎陽人。少入太學受業，善著文，以經學著。有《春秋左氏傳解》。

［4］何：何休，字邵公，東漢任城樊人。精研六經，所作《春秋公羊解詁》，爲《公羊傳》制定義例，闡述《春秋》微言大義。

［5］顏：顏師古，名籀，字師古，以字行，唐雍州萬年人。學識淵博，尤精訓詁，善爲文章。有《漢書注》。

［6］孔：孔穎達，字沖達，唐冀州衡水人。明諸經，善屬文。嘗受詔撰《五經正義》。

［7］殷：未詳。

　　[8] 陸：陸德明，名元朗，以字顯，唐蘇州吳人。善言玄理，通曉經學。有《經典釋文》。

　　[9] 馬貴與：馬端臨，字貴與，號竹洲。宋饒州樂平人。博覽群書，著述甚豐。有《文獻通考》。

　　[10] 鄭漁仲：鄭樵，字漁仲，學者稱夾漈先生，宋興化軍莆田人。博聞强記，著述繁富。有《通志》。

　　[11] 王伯厚：王應麟，字伯厚，號深寧居士，宋慶元鄞縣人。著作繁富。有《困學紀聞》《玉海》等。

　　[12] 毛西河：毛奇齡，本名甡，字大可，號初晴，學者稱西河先生，明末清初浙江蕭山人。博聞强記，著述極富。有《西河文集》。

洪子齡大令《淳則齋駢體文》序

　　駢體文發源於兩漢，分派於三唐[1]，而平流於六代[2]。南北兩史，宋齊八書，朝廷之命誥，官府之奏議，儒林之辨論，文苑之記序，總有百體，通爲一途，未嘗以某爲散，以某爲駢也。惟圓者無窮，方者有窮，奇者易變，偶者難變。蘇綽在周，李鶚[3]在隋，已欲洗彼鉛華[4]，鑽此墳素[5]，而力不足以起衰，非驥驪之率馬，直蝙蝠之笑燕耳。韓柳崛起，琢雕爲樸，上溯周秦，於是駢之體別而駢之名立焉。初變爲徐庾，入於綿密；再變爲王楊，入於繁冗；又變爲歐蘇，入於流易。枉以救枉，歧之又歧，至於前朝，竟成外道。國初頗尚詞學，陳章[6]前輩，俱失正宗，孫孔[7]後來，漸復本體。其時能於此中自運其才者，胡稚威[8]、袁簡齋、洪稚存[9]數先生而已。子齡大令即稚存少子也，稟承家學，共扇鄉風，源遠流長，陰開陽合，專工此體，其學其識足以自見。雖咀味齊梁者，或疑其冗，沿洄漢魏者，或疑其密，而抗衡作者，亦博亦麗，可無愧色。令嗣釐尹，將付匠氏，持示流人。余讀之數過，因歎曰：近世編詩集者不棄律體，而編文集者必外駢體，以此爲不古耳！不知蔚宗以評史，彥和[10]以論文，靈運以辨宗，劉峻[11]以作志，縱既魚貫[12]，橫亦蟬行[13]，與古文不同其品格而同其神理，故足尚也。若乃製芰爲衣，不可摺疊，編竹作筏，不能卷舒，則非五石瓠[14]，即一邱貉耳！惜乎不得。卷中董君□、蔣君湘南、湯君璈相與共展此一篇，而莫逆於心也。（《補學軒文集續刻·駢體文》卷一）

【注釋】

［1］三唐：詩家論唐人詩作，多以初、盛、中、晚分期，或以中唐分屬盛、晚，謂之"三唐"。

［2］六代：指三國吳、東晉和南朝之宋、齊、梁、陳。

［3］李鶚：應爲李諤。字士恢，隋趙郡人。見彼時文體浮薄，上書論議，欲革其弊。

［4］鉛華：比喻虛浮粉飾之詞。

［5］墳素：泛指古代典籍。

［6］陳章：未詳。

［7］孫孔：孫星衍和孔廣森。

［8］胡稚威：胡天遊，字稚威，號雲持，清浙江山陰人。工詩文，尤以駢體文著稱。有《石笥山房詩文集》。

［9］洪稚存：洪亮吉。

［10］彥和：劉勰。

［11］劉峻：字孝標，南朝梁平原人。博覽群書，時稱"書淫"。明人輯有《劉戶曹集》。

［12］魚貫：游魚先後接續。比喻一個挨一個地依序進行。

［13］蟹行：如蟹橫行。

［14］五石瓠：可容五石的大葫蘆。

新選《起衰集》自序

漢人解經以注疏，宋人講經以語錄，明以來釋經以八股文，其於闡發聖言、抒寫己志一也。而八股最卑，人最難。注疏非文也，然不治鄭、孔、王[1]、何之學，吾未見可以爲文也。語錄非文也，然不習程、朱、游[2]、揚[3]之書，吾未見可以爲文也。治注疏難，習語錄難，故爲八股文難。注疏主於釋名義、正音讀、徵典實而已，其不知所出，可直曰不知所本，八股可如此乎？語錄析理，其精者勝似注疏，而其中俚語俗說皆攔入，八股可如此乎？故注疏難，語錄難，八股文尤難。即能淹貫漢人之學，洞察宋人之書，而無董、楊、匡、劉[4]之經術，韓、柳、歐、曾之文心，歸、茅、陳[5]、黃[6]之體制，則亦畫龍而蛇、畫虎而狗，謂之野戰而已。故曰八股最卑，八股亦最難。近日之爲八股者，衰極矣。由抗心於經，肆力於古，凡號才俊之士皆不屑爲八股，其只能爲八股者，又大率不通經、不學古，而自用承訛襲謬、綴庸緝故相習，爲一切浮滑無實、誕漫無稽、俚俗無文之言，父以詔其子，師以切其徒，直歧之中又歧而已。余竊見故明萬曆之季，時文少衰矣。臨川章公中雋[7]、陳艾[8]諸家，喁於並起，遂再盛。國朝康熙之間，時文又衰矣。長洲韓公[9]首倡方儲，諸稿庚續並出，亦再盛。蓋斯文未墜，必有領袖之者先開風氣耳！故竊以爲今告人以必通經之箋注家，必熟史之考據家，必兼習漢以來之綴文家，然後可爲八股文，則人難爲八股文矣，且又必不見信。蓋習見天下不學之人盜竊摹倣，時亦以能文名也。故莫如即先大家之文，擇其言中有物，言外有神，可以起庸腐、砭空滑、振卑冗者錄若干，令人飲水尋源，即末見本。覺真非可以盜竊摹倣而至者，則有才者可因以自爲，否亦不迷於所向，其於世非無小補也。課徒之暇，爰選訂裒輯而名以“起衰”。文分三集，總以三品，一曰奇橫，取才氣也；一曰深切，取義蘊也；一曰高妙，取氣體也。各有議論冠首，因留爲同學者共正，故自敘述其旨，非敢操選政比也。每慨國家造士之隆，經生才人卓然，足邁宋元，如顧寧人[10]、朱竹垞、毛大可、閻百詩[11]，下至江慎齋[12]、戴東原[13]諸先生，莫不溺苦實學，淹貫古書。惜乎皆不爲時文，即偶有爲時文，而又非其至也。然則，救時文家仍倚時文家，其遂能衰復盛乎？亦未必然矣。此八股之所以卑，八股之所以難與？（《補學軒文集外編》卷一）

【注釋】

[1] 王：王弼，字輔嗣，三國魏山陽人。好論儒道，其說以貴無、主靜、聖人體無、言不盡意爲宗，力倡名教出於自然。有《周易注》《老子注》等。

[2] 游：游醇，字質夫，宋建州建陽人。其文章理學，一時推重。

[3] 揚：未詳。

[4] 劉：劉歆，字子駿，後改名秀，字穎叔，西漢末沛人。少通《詩》《書》，善爲文。所撰《七略》爲我國第一部圖書分類目錄。

[5] 陳：陳維崧。

[6] 黃：黃淳耀，初名金耀，字蘊生，一字松厓，號陶庵，又號水鏡居士，明嘉定人。痛恨華而不實的八股文，宣導經世致用、言之有物之文。有《陶庵集》。

[7] 章公中雋：未詳。

[8] 陳艾：未詳。

[9] 韓公：韓菼，字元少，別字慕廬，清江蘇長洲人。通經史，文章負盛名。有《有懷堂詩文稿》。

[10] 顧寧人：顧炎武，本名繼坤，改名絳，字忠清，後改名炎武，字寧人，號亭林，明末清初江南昆山人。爲經世致用之學，合學與行、治學與經世爲一，於經、史、兵、農、音韻、訓詁以及典章制度無所不通。有《日知錄》。

[11] 閻百詩：閻若璩，字百詩，號潛丘，清山西太原人。疑《尚書》爲僞書，乃作《古文尚書疏證》。

[12] 江慎齋：江永，字慎修，又字慎齋，清徽州婺源人。博通古今，尤長於考據之學，於音韻、樂律、天文、地理均有研究。有《讀書隨筆》。

[13] 戴東原：戴震，字東原，一字慎修，又字杲溪，清安徽休寧人。於音韻、文字、曆算、地理無不精通。有《屈原賦注》《戴東原集》。

《自訂古體近體詩》序

古今物象大底同而事變則萬有不同，古今世境亦大底同而心感又萬有不同，故詩之體遞開、詩之才疊出，莫不各標新領異於其中。然爲之有能有不能，能之有傳有不傳，傳又有工有不工。以一代而論，其最工者最傳，拙者亦未必不傳。以一人而論，或最拙者最傳，而工者反不傳。是故能不能，一時之私譽，工不工，萬世之公言。而傳第如史志之載，人存而備焉耳。人固雜有賢否也，如舟車之載物，運而至焉耳，物固自有美惡也。明乎此者，不傳固有憾，傳亦未必無憾。彼文士之刊砆卷，學究之刊善書，坊賈之刊小說，皆可以比而同之，不足辨矣。余少時有《鴻爪集》，比壯有《鴉吟集》，中年有《鶴唳集》，既老猶有《雞尾集》，爲他人所刊，燬於火，後二集則至今猶未刊也。門下士恐其散失，各出抄本，乞爲參定，付之梓。余曰："香山分藏其詩集，爲千古話柄，和凝自刊其詩集，亦爲千古笑柄，諸君不代爲選錄，而乞余自爲去取，蓋恐後或有所撓而不得其旨也。然諸君雖欲共傳，而余自度未必傳，即果存而備焉、運而至焉，吾恐後世求爲惠定宇[1]之注《太上感應篇》、金聖歎之批高則誠[2]傳奇，亦斷乎其未有得。"或者謂會試砆卷、鄉試砆卷，每科棗梨所災以萬萬數，而未聞棗梨抱怨也。是則稍可分謗者，然亦不必也已。（《補學軒文集外編》卷一）

【注釋】

[1] 惠定宇：惠棟，字定宇，號松崖，學者稱小紅豆先生，清江蘇

吳縣人。專治經學，傳祖與父之學，專宗漢儒舊說，奠定吳派經學基礎。有《易漢學》等。

[2] 高則誠：高明，字則誠，自號菜根道人，元溫州里安人。其南戲傳奇《琵琶記》被稱爲"南曲之祖"。

《自訂散體駢體文》序

春秋時，卿大夫所潤色討論；戰國時，說士所簡練揣摩；皆言語耳，非文章也。雖子產、叔向之流已有書，莊周、荀卿之流已有論，經部已有序，史部已有傳，雜部已有記，然皆不謂之文。其謂之文者，若箴、若銘、若頌、若誄，爲體最古，而爲詞皆韻。直至漢魏以後，誥命以行下，章表以奏上，書狀序記以施同人，論斷以決事，制策以應舉[1]，贊頌銘志以應俗，皆舉而謂之文，其體大備，而其詞亦靡矣。昌黎韓子崛起，沿其體，變其詞，聊以作健[2]云爾，非謂前之八代皆非古文，而必以後之八家爲真古文也。或襲宋以後瞽說，謂東漢後無古文，又不敢謂南宋後無古文，因於中擇其稍近己而己可貌襲者群相尊焉。凡琢句之近六朝者輒唾而棄之，而用韻之倣六經者又推而遠之，獨以口所欲言，縱橫散漫、蕩然無範者，以爲真古文必如此，而真古文於是終焉！故韓子《平淮西碑》、柳子《平淮西雅》，此猶用韻之近古者，而宋以後無此作矣。柳河東、元微之、李義山集中猶爲用駢之近古者，而宋以後無此味矣。其尤弊者，好以講學之旨攙入論文之中，如朱子於漢儒嘗推董而抑賈，於宋文嘗推曾而抑蘇，後來西山文章正宗本此。讀書如朱竹垞，好古如朱竹垞，其論文亦以朱子爲最醇最上，老泉[3]爲最雜最下，甚者選八家只錄七家，而置介甫不列，此皆爲講學家所愚耳。余心知其所以，然才薄學儉，不能赴其所欲，至而胸中結轖，不能無議論，人間往復，不能無書狀，俗下應酬，又不能無記序頌贊志銘，故時人所共爲者，余亦嘗自爲之。其中有用韻者，有不用韻者，有用駢者，有不用駢者，並該而存之，且雜而廁之。按年而不分體，猶夫詩也，較之於古爲遠爲近，今尚未了。夫余心不自知，而後人有以相知，此豈可得乎？然而平生之好尚、閱歷、交遊，皆於此可考焉，棄之殆可惜，雖然存之，亦未始不可惜也，嗚呼！(《補學軒文集外編》卷一)

【注釋】

[1] 應舉：參加科舉考試。

［2］作健：成爲强者，謂奮發稱雄。

［3］老泉：蘇洵。

《雙柳堂制藝》自序

六經四子有文乎？曰：道矣，非文也。諸子百家有文乎？曰：藝耳，是文也。然文亦自有辨。莊、老之文，道而藝者也；枚、馬之文，藝而藝者也；董、楊之文，藝而道者也，其文皆行於世。然則道貴乎？藝貴乎？曰：道貴。曷爲道貴？賢人之文以文載道，儒者之文因文見道，故曰道貴也。嘗怪朱子於唐文薄柳而尊韓，且爲之攷異；於北宋文，黜蘇而愛曾，且學其體。夫韓誠勝於柳，曾豈勝於蘇？此真未易了者。其後特習朱子之書，因覆讀《韓文攷異》《元豐類稿》以求朱子之意，乃不禁歎曰：世無大儒，不特道無由明，即藝亦無由明，此未易爲外人申其旨也，因即本論古文者以論時文。夫古文雖足以翼聖道而未必皆代聖言，故時有憤懟奇怪駁雜之談而不害爲工。時文則依傳註審語氣，其體難自爲，且勿論不文者，即有清真之才，有淹貫之學，而未有醇實之氣，亦苟異於不文者。而理脈疎、辭氣倍，曾無當於經義，又況益以空疎鄙淺流宕之說，尚冀其代聖言，而因以見聖道乎？因又本論時文者以作時文，而少年不知學，又爲衣食所驅。及壯始從事，亦心能知之而手不能達之矣。今年冬，編少作，得若干，附以近作若干，都爲卷，以就正君子。因竊述所見，冠之簡端，非妄自夸飾，蓋欲與世之留心於此共證所聞，而又早自計，勿似鄙人之悠忽無能、聞道晚而循塗難也。若夫余文，則固藝之末而不必言也，抑李安溪[1]《貽何義門[2]書》有云：“有明盛時，治太平而俗醇厚，士大夫明理者多，蓋經義之學有助焉！”夫以最無補之藝而謂最有關之學，其意果何在耶？然則余言亦不迂也已，是爲序。（《補學軒文集外編》卷一）

【注釋】

［1］李安溪：李光地，字晉卿，號厚庵，清福建安溪人。康熙九年（1670）進士，歷吏、兵、工三部侍郎，直隸巡撫，至文淵閣大學士。有《榕村全集》。

［2］何義門：何焯，字潤千，號茶仙。先世曾以“義門”旌，學者稱義門先生，清崇明人。精考據，藏書數萬卷，凡四部九流、雜說小學，無不探索考證，辨明真偽，疏清源流，各作題識。有《義門讀書記》。

與友人論古文書

六經之後有四家之文，摭實而有文采者，左氏也，憑虛而有理致者，莊子也。屈原變風雅而《離騷》，子長易編年而紀傳，前未有比，後可爲法，皆周、秦、漢間人也。兩漢極其盛，三國揚其波，六朝歧其塗。直至唐而復古，又至宋而再興，後之持論，於此兩朝乃有定評焉。唐初，燕、許手筆，崔[1]、李[2]作家，尚沿陳隋餘習，其先雖有蘇綽[3]之大誥、李諤[4]之論文，不能洗滌宗尚也。直至韓昌黎起八代之衰，柳子厚爲一時之和，探源經史，力追秦漢，卓然爲唐一代大家。而其時，若皇甫持正、李習之、孫可之[5]相繼而起，餘派粲然。他若劉夢得、白樂天、杜牧之各集，雖有散文，俱非正體，其不得與於此宜矣。五代雲擾，一時波靡，此道又復絕響。學者讀歐公《書韓文後》一篇，始知前有尹師魯講求古文；讀歐公《蘇子美集序》，始知前有穆伯長[6]亦講求古文，則雖此事興於歐、蘇，而道源實從尹、穆矣。顧《張景[7]集》中有《柳開[8]行狀》，稱“王祐[9]得公書曰：‘子之文出於今世，真古之文章也。’楊昭儉[10]曰：‘子之文章，世無如者已二百年矣。’”云云。按開以開寶六年登進士，景於咸平三年作狀，則在宋初已有，此人去穆、尹兩人又數十年矣。後人但以爲歐、蘇復古者，非也。惟范文正作《尹師魯集序》云：“五代文體薄弱，皇朝柳仲塗起而麾之。”又云：“歐陽永叔從而振之。”此言爲得其實。厥後《文苑英華》《文章正宗》《唐文鑑》《宋文粹》收錄最多，採取不一。而世皆以茅鹿門所選八家爲定，於是奧若韓、峭若柳、宕逸歐、醇厚若曾、峻潔若王，既已分流而別派矣，而明允之豪橫、子瞻之暢達、子由之紆折，亦人樹一幟而集爲一家之美，盛矣哉！洵可以越五代、駕六朝而上比於周、秦、漢之作者矣！其後元人無復古體，明代乃有嗣音，文憲、正學爲之先，毗陵[11]、晉江[12]繼其後。而後人反推震川爲大宗，於鱗弇州，又不足道矣。此論者較唐宋古文之大概。若夫駢儷之詞、道學之語，則無與古今事，故不論也。（《補學軒文集外編》卷一）

【注釋】

[1] 崔：崔融，字安成，唐齊州全節人。爲文章華婉典麗，朝廷大手筆多委之。

[2] 李：李嶠，字巨山，唐趙州贊皇人。工詩文，與蘇味道、崔融、

杜審言號"文章四友"。

[3] 蘇綽：蘇綽，字令綽，西魏京兆武功人。奉令依《周禮》改官制，積勞成疾而卒。

[4] 李諤：字士恢，隋趙郡人。見禮教凋敝，文體浮薄，乃上書論議。

[5] 孫可之：孫樵，字可之，唐關東人。從韓愈遊，擅長古文。

[6] 穆伯長：穆修，字伯長，宋鄆州汶陽人。不滿西崑體及五代以來之靡麗文風，繼柳開之後，力主恢復古文傳統。有《穆參軍集》。

[7] 張景：字晦之，宋江陵府公安人。少從柳開遊，嗜學甚力。有《洪範王霸論》。

[8] 柳開：原名肩愈，字紹先，後更名開，字仲塗，號東郊野夫、補亡先生，宋大名人。慕韓愈、柳宗元之文，以復興古道、述作經典自任。有《河東先生集》。

[9] 王祐：宋神宗元豐間纍官禮部侍郎，出守長沙。

[10] 楊昭儉：字仲寶，宋京兆長安人。善談名理，喜譏訾。

[11] 毗陵：未詳。

[12] 晉江：王慎中，字道思，初號南江，更號遵巖，明福建晉江人。古文卓然成家，與唐順之齊名，詩體初宗艷麗，後信筆自放。有《遵巖集》。

論文一則示友人

文不能自己出，縱有奇論英思，如檀默齋[1]、袁子才、曹寅谷[2]亦止是經史剽竊來，而非從心上體認來，故令人喜而不能令人敬。夫時文雖小道，而性情學養俱，即此可徵我評方望溪文云："非有得之言，即有爲之言。"此兩語可爲大文章、小序。外有感，內有憤，此有爲之言也；多讀書，精窮理，此有得之言也。然先求有得乃能有爲，如蒲松齡[3]之《聊齋志》，毛大可之《論語稽求篇》，算不得有得也；必如陸稼書[4]之《困勉錄》，方望溪之《抗希堂稿》，然後謂之有得。但我等讀書甚少，何能一旦激其志氣，淪其性靈？是有病焉，有藥焉。孟子曰："行之而不著焉，習矣而不察焉。"是病也。天下事莫不有所以然，外而行政，內而修身。我輩多驚其大而漠若無當，而惟兩句奇文是求，不知不解此兩句，奇文亦做不出也。程子曰："讀書不徒心上記誦，必要在心上體認。"此藥也。時文代聖賢立言，並未窺見古文分際，如何說得出古人心事？解此則讀書不多而窮理已精。我平日最不喜老生常談，此時何以自爲老生常談爾，試參之可矣！今約列一窮理之法於後。至其奧妙處、博大處、詳明處，俟他日飽談之可也爾。大抵將老泉《易論》《詩論》《樂論》讀得爛熟，則先王立教之意與後人窮理之方已得大半，開卷時即恍然非也，必要到豁然通去方得之矣！然後讀《周禮》，將其政事之精義，每一官參一過，確然見得有可行之效，有難行之實；每一義又通一義，則一部"四書"中，政事在其中，即將來自己之經略亦在其中矣！讀《學》《庸注》，將其迂闊元渺處、深隱處體認於身心，考驗於日用，確然得其著落，見其親切，則古來之學問在其中，即自己之學問亦在其中矣！讀《左傳》，將其時勢考過，而君子之言行、小人之情狀，又類記之、互勘之、旁通之，則行文時道理完足，可以推闡精深；事蹟羅列，可以包孕宏富矣！《周禮》可以當《文獻通考》，《大學》可以當四子性理，《左傳》可以當《紫陽綱目[5]》，故即此可以示一班爾可三反。（《補學軒文集外編》卷一）

【注釋】

[1] 檀默齋：檀萃，號默齋，清安徽望江人。博極群書，以淵雅稱。有《大戴禮注疏》。

[2] 曹寅谷：曹之升，名寅谷，清蕭山人。擅八股。有《曹寅谷制藝》。

[3] 蒲松齡：字留仙，號劍臣，又號柳泉，世稱聊齋先生，清山東淄川人。博采傳聞作小說《聊齋志異》，談狐說鬼，實對時弊多所抨擊。

[4] 陸稼書：陸隴其，字稼書，清浙江平湖人。學術專宗朱熹，排斥陸、王，時人則推崇呂留良。有《三魚堂文集》。

[5] 《紫陽綱目》：即《資治通鑑綱目》，朱熹與其學生趙師淵據司馬光《資治通鑑》《目錄》《舉要曆》及胡安國《資治通鑑舉要補遺》編成。

與陽朔容子良[1]書

子良大兄孝廉足下：頃通家石漢章[2]學博寄到足下詩文硃卷並執贄名刺，云"欲相師"。僕始聞而驚，繼而疑，終而感，不敢不答其意。僕與君雖同時不同里，又一已老朽一方壯盛。且舉孝廉，有名何所藉於此而勤勤懇懇，抑然欲自下？昔顧亭林方在獄，錢牧齋能解獄，欲其執贄門下始許。或知其難，私書刺，潛往投之。顧出獄，大恨，榜於衢，自明無此事。牧齋聞之笑曰："甚哉！亭林之褊也。"足下學問、文章雖未至亭林，僕之容貌祿位猶萬不及牧齋。顧昔人有所挾而不能得者，今乃無所爲而得之，其事之度越，何如也？唐時，韓子抗顏爲人師，柳子則辭不爲人師。荆公欲起杜醇[3]，是韓子非柳子，此未爲知柳者。余觀其《報崔、吳兩秀才書》《報沈、廖兩貢士書》《答元公瑾書》《答杜溫夫書》，問則無不答，知則無不言。其詞氣之傲岸、評泊之嚴厲有過於師弟之分者，然後知柳第辭其名，未嘗不盡其實也。僕學殖荒陋，才識淺小，以衣食故，少年謬居鄉塾，老年久主講院。人以例來，我以例授，未必可以爲人師也；而半面未識，兩心相契，反時於千里百里外得之。殆問必答，知必言，頗近柳子所爲乎？足下從其實而不從其名亦可也。近人自四書講義、八股制藝外不知更有何事，足下乃講習詩古，的的然具其體貌，此真世所難得，尤僕所欲得者。僕嘗謂：散文若古詩，難學而不易工；駢文若律詩，易學而最難工。然散文之工不工皆自知，而駢文之工不工多不自知，何也？彼以爲分段敷衍、徵事填寫、第湊偶句、飾藻字即可成篇耳！不知駢四儷六[4]，字句與散文異，布意、行氣、義法亦與散文同，而體之高卑、韻之雅俗，又在語言文字之外。熟讀八家文，再多讀六朝文，則自然知之矣。僕文集有《與李秋航論四六文書》，又有《與張眉叔論四六文書》，試取而閱之，何如？同輩中非無嗜古學者，亦非乏具美才者，但八股文、八韻詩[5]，童而習之，父詔兄勉，老猶未解。而於詩、古文大業，乃欲不學而能，天下豈有不學而能者哉？足下虛懷善下，實學積上，當不以我言爲妄，故云云耳。（《補學軒文集外編》卷一）

【注釋】

[1] 容子良：未詳。

[2] 石漢章：未詳。

[3] 杜醇：字仲醇，學者稱石臺先生，宋越州會稽人。仁宗慶曆中鄞縣、慈溪建學，王安石請以爲師，二邑文風自此而盛。

[4] 駢四儷六：文體名，即駢文，別於散文而言。以偶句爲主，講究對仗和聲律。

[5] 八韻詩：清代科舉考試用詩體，又叫"試帖詩"，與八股文同試。初爲五言六韻，後爲五言八韻，格式要求極嚴。

跋《徐文長[1]集》

　　文長一代奇才，其集亦一時秘本。詩體猥雜[2]，文體操雜[3]，皆不能卓然爲大家。其合者則生氣遠出，古意橫溢，識力在公安[4]、竟陵之上，才力亦在晉江、毘陵之上。惜其流落不偶，務爲恢詭不測，遂難與王弇州爭霸耳。然其聰慧獨雋，繩尺[5]亦頗嚴，集中余少爲圈點者，皆不朽也。（《補學軒文集外編》卷一）

【注釋】

　　[1] 徐文長：徐渭，字文清，改字文長，號天池，晚號青藤，明浙江山陰人。天才超逸，詩文書畫皆工。有《南詞敘錄》。

　　[2] 猥雜：繁雜。

　　[3] 操雜：雜亂。

　　[4] 公安：袁宏道，字中郎，號石公，明荊州府公安人。與兄袁宗道、弟袁中道稱“三袁”，主張詩文以抒寫性靈爲主，時稱“公安體”。有《袁中郎集》。

　　[5] 繩尺：比喻法度、規矩。

跋《仙舫[1]詩集》後

　　右詩集二卷。今年五月，方伯仙舫先生出以見示，受而卒讀，敬綴數語於後，曰：“嘗謂楊、劉[2]諸人之學西崑，如吳中少年，熏衣飾面，自詡風流，沿其僞體，塗字砌句，至不可解。曾、呂[3]諸人之學西江[4]，如河北大俠，掀髯張目，自示陡健，沿其末派，謠歌語錄至不可讀。故詩之流別至宋而始詳，詩之流弊亦至宋而始極。後有作者，非不欲矯之，然神韻勝者，矯以清音，或少切響；才調勝者，矯以亮節，或少微情，終去彼二家不遠，亦不免令二家互笑耳！”愚以爲：後世自有真詩，不必拘某代；凡人各有真詩，不必問某家。凡未成室家，先立門戶，未具體段，先借衣冠，後世講學習氣，非古人作詩宗旨也。今讀先生所爲詩，證以先生之爲人，益信所見之不妄矣。何者？事必求是，逞才恃氣固所不可；心必求安，矜名勵節亦若不必。至其鎔鑄既久，則操持有定，隨所至之地，處所歷之事，抒所感之懷，不勝鬱積而酌爲發揮，此豈有某代某家在其意中者？惟其無某代某家在其意中也，故筆墨之間，清雄淡雅，自成氣象，是殆所謂後世自有真詩。凡人各有真詩，而先生適以其所至者隱質鄙言歟！先生以縣令起家，河南、關東皆著治績，宜不暇爲詩。後以時事，起用軍需戎務，別攄偉抱、宜不屑爲詩。而小史收拾若干，乃校閉門覓句、對客揮毫者所詣更精，而所得更富，豈不以其人哉！先生已擢東藩，猶留省垣勾當前年軍務，故文酒相過，山林無猜。獻甫每聞緒論，誠篤謹厚，忘爲達官，蓋其蘊蓄深矣！"訏謨定命，遠猷辰告"，謝公[5]稱《毛詩》，謂此語獨有"雅人深致"[6]。獻甫不工爲詩，又不敢言詩，請敬誦此一言相笑可乎？謹識。（《補學軒文集外編》卷一）

【注釋】

[1] 仙舫：未詳。

[2] 楊、劉：宋楊億與劉筠。

[3] 曾、呂：曾未詳。呂或指呂本中，字居仁，人稱東萊先生，宋壽州人。工詩，得黃庭堅、陳師道句法。有《東萊先生詩集》。

[4] 西江：未詳。

[5] 謝公：謝安，字安石，東晉陳郡陽夏人。前秦大軍南下，謝安任征討大都督，使弟謝石與侄謝玄加強防禦，在淝水大敗敵軍。

[6] 雅人深致：指高雅者意興深遠，亦用以形容言談舉止高尚文雅，不同於流俗。

書《石洲詩話》後

右覃溪[1]先生論詩品藻也。自唐起至元止，其題目各家，權衡眾制，可謂精審確當者矣！惟末附論元遺山論詩諸絕句及王文簡[2]論詩諸絕句及校漁洋評杜詩本實，有強作解事，不切本旨者，如論黃山谷，元云："古雅難將子美親，精純全失義山真。論詩甯下涪翁拜，不作江西社[3]裡人。"首二句言江西社之毛病，第三句還山谷詩之本領，第四句言自己之倔強。語本明順，毋庸解釋，而謬以爲"元未嘗輕江西派正是尊江西派，妙處全在'甯'字"，成何語乎？王云："涪翁掉臂自清新，未許傳衣躡後塵。卻笑兒孫媚初祖，強將配享杜陵人。"王之意即元之意也，謂黃詩自成家，不必以杜詩相鎮壓，竊笑後之奉爲配享者，反非知己耳。他日作《讀宋元人詩》又云："一代高名孰主賓，中天坡谷兩嶙峋。瓣香只下涪翁拜，宗派江西第幾人。"謂其詞襲遺山，誠所不免，若云兩相背畔，自爲支離，則蒙實未喻，何者？元曰"論詩甯下涪翁拜"，泛論詩也；王云"瓣香只下涪翁拜"，專論人也。蓋謂其詩我所心服，其人亦我甘手拜，但欲我如江西社中宗法之則，試問位置吾於第幾人乎？較"不作江西社裡人"，意則同而詞少婉，此即其不著議論之本趣也。而覃溪痛加詆毀，妄爲解說，幾乎文理不通。總之，渠正宗仰山谷詩者，正偏袒江西派者。聞此等立論與己心大拂，遂以己意交爭，而不暇諷諭以求解。又元遺山已有定論，王文簡尚未定論，故一則强解之而附會以爲說，一則誤斥之而支離以相攻耳。夫趙秋谷[4]輩之攻文簡，其有所雌黄，無害也；覃溪老之尊文簡而暗相詆諆，可畏也，毋亦稚存[5]所云"博士解經，故初附之以立名，旋攻之以爭名"者乎？評杜詩，無論出漁洋手、出西樵手，亦不過各言所見耳，本不足辨而瑣爲之辨甚，且妄解杜詩以就己說，如"不薄今人愛古人"句，謂何不今人之薄而古人之愛乎？其句法與"不有祝鮀之佞，而有宋朝之美"[6]同，尤屬學究作講章囈語。（《補學軒文集外編》卷一）

【注釋】

［1］覃溪：翁方綱，字正三，號覃溪，清順天大興人。詩宗江西派，以"肌理"論詩。有《石洲詩話》。

［2］王文簡：王士禎，謚文簡。

［3］江西社：即江西詩派。北宋末，呂本中作《江西詩社宗派圖》，自黄庭堅以下合二十五人，以爲法嗣。因黄庭堅爲江西人，影響最大，故有"江西詩派"之稱。江西詩派論詩，崇尚瘦硬風格，要求詩作須字字有來歷，但又追求奇崛，喜作拗體，往往失於晦澀。

［4］趙秋谷：趙執信。

［5］稚存：洪亮吉。

［6］"不有"句：祝鮀，春秋衛人，能言善辯，或謂其善以巧言媚人。宋朝，春秋時宋國公子，容貌甚美，後常用於代稱美男子。

《寸草軒詩存》 序代作

溫柔敦厚，詩之教也；興觀群怨，詩之學也。體有古近，辭有險易，此則存乎其人。是以劍南[1]全集多載七言，玉溪[2]大家少存五古，而並垂不朽者，教學有源，辭體無別也。我修仁明府金夢笙[3]先生所著《寸草軒詩存》，其得此意乎？故風夕霜晨，可以寫景；雛飛鴻集，可以言情。觀其繾綣懷人，周旋作我，不禁喟然而起曰：昔長吉矜傲，故語奇而氣促；香山平易，故言近而情長；東野拘囚，故辭憂而意苦；常侍[4]

疏爽，故旨豁而福全。古之譚者有言："既覢性情，亦通政事。"彼狼奔豨突[5]、自詡鴻裁[6]、虯戶篠驂[7]、別名澀體[8]者，不可同年而語矣！某學慚半豹[9]，識闇全牛[10]，幸司鐸宇下，每黍郊[11]雨足，棠舍[12]風平，得簪筆[13]隨後，因爲負弩[14]，勉作弁言。竊謂先生裁詩骨於上苑之花，養詩心於河陽之樹，如潮漸至，似日方升。元相[15]所存《七夕詩篇》，特其少作耳。抑聞西江詩社自爲一派，南渡作者遂分兩宗。生峭奇橫，獨推文節[16]；精華流美，則推誠齋。先民有作，來者難誣。先生獨無意乎？謹序。（《補學軒文集外編》卷一）

【注釋】

[1] 劍南：陸游。

[2] 玉溪：李商隱。

[3] 金夢笙：未詳。

[4] 常侍：高適，字達夫，唐渤海蓚人。官終散騎常侍，封渤海縣侯，世稱高常侍。以邊塞詩著稱，與岑參齊名。

[5] 狼奔豨突：形容文章散亂。

[6] 鴻裁：鴻文。

[7] 虯戶篠驂：謂作文喜用僻辭古語，故作高深。

[8] 澀體：指艱澀難讀、自成一格的文章體式。

[9] 半豹：袁豹，字士蔚，好學博聞，多覽典籍。半豹即半袁豹，謂讀書不多。

[10] 全牛：即"目無全牛"，形容技藝達到極純熟境界，亦形容辦事精明熟練。

[11] 黍郊：未詳。

[12] 棠舍：棠樹下房舍。傳說周時召公曾在棠樹下斷案，後多以此喻爲官政績。

[13] 簪筆：謂插筆於冠或笏，以備書寫。古代帝王近臣、書吏及士大夫均有此裝束。

[14] 負弩：背負弓箭，開路先行。

[15] 元相：未詳。

[16] 文節：未詳。

朱 琦

朱琦（1803—1861），字伯韓，一字濂甫，廣西桂林人。道光十一年（1831）舉人，十五年（1835）進士。由翰林院庶吉士歷任編修、給事中、御史、道台。鴉片戰爭后，數上疏切論時政，與蘇廷魁、陳慶鏞並稱"諫垣三直"。工古文，步趨桐城派，師梅曾亮，與呂璜、龍啟瑞、王拯、彭昱堯並稱"嶺西五大家"。詩格雄渾，自成體勢。與汪運、商書濬等聚集杉湖吟詩酬唱，爲"杉湖十子"之一。有《怡志堂文初編》《臺垣奏議》《怡志堂詩初編》等。

詠古十首

子壽[1]抱金鏡，風度孰可方。執法誅祿兒[2]，亂源思預防。時危道不直，白羽[3]爲悲傷。丹橘委歲寒，孤桐懷秋霜。鬱鬱感遇詩，衮然冠三唐。陵轢務高蹈，並駕獨子昂。嶺嶠有正聲，千載永相望。

杜陵有遺老，乃是稷契人。致君必堯舜，風俗可再淳[4]。廣廈構萬間，所謀非一身。望帝託杜鵑[5]，感憤悲填膺。煌煌三大禮[6]，郊廟實式憑。惜哉老布衣，僅以詩人稱。

昌黎好薦士，如飢渴飲食。同時郊島輩，槁餓待扶植。紹述雖異趣，推轂[7]一何亟。古人性情厚，持論少豁刻[8]。嗜善非爲名，義在求自得。李杜去未遠，追逐無遺力。愛古不薄今[9]，掩卷爲太息。

少時學爲詩，酷嗜《秦中吟》[10]。樂府百餘篇，夢寐相追尋。風騷義少劣，漢魏實浸淫。元相昔並稱，箏琶異青琴。紛紛牛李黨[11]，傾軋爭崎嶔。公獨務恬退，抱道甘陸沈。出處兩不愧，終始無異心。老嫗奚足云，語淺意自深。

時俗競豪宕，澹語每不喜。栗里[12]寂無人，蘇州[13]乃繼起。即事樂名教，孤賞滌塵滓。林樾藹已綠，回塘泛春水。郡閣時無事，群彥盛文史。風雨海上來，燕寢抱深恥。睠言歸西齋，養痾臥田里。百年老且壽，陶然味茲理。

我家榕城西，畛壤接柳州。柳侯昔謫此[14]，羅池壞舊遊。蠻荒地若瘠，子女聲咿嚘。質錢沒奴婢[15]，獠俗變澆偷。蛟龍屈冉溪，雲雨興退陬。豈惟雄文章，政事一何優。獨惜少年時，銳進昧始謀。三復孟容書[16]，才人爲涕流。

岷江奔激湍，大峨陟飛蹬。子瞻本詩老，笠屐快遊興。憶昔紹聖初，群奸方觑政。磨蝎[17]何多厄，恃此遭力定。四海一子由[18]，相倚若性命。晚偕幼子過，儋耳[19]造幽敻。艱難自著書，和陶[20]以天勝。

宋詩從韓出，歐梅[21]頗深造。荊公獨峭折，硬語自陵踔。詩教根性情，觀人殊靜躁。湖陰坐吟賞，於我亦私好。文字豈能廢，經世未知要。兵論無一諝，畫虎微含誚。禹稷讀何書，望古發悲嘯。

涪翁內外編，銳意藥甜熟[22]。明月作寒鑑，高詠齊玉局[23]。江梅證氣味，演雅寓感觸。平生奉母心，友愛性敦篤。作堂名怡偲，結寮傍槁木。西風吹蕀道[24]，淚灑古藤綠[25]。憂國挺大節，如公信不俗。

晦庵[26]昔論詩，南渡首放翁。萬樹寒梅花，團扇誇吳中。壯年志功業，邊雪淒朔風。中原誤和議[27]，仗劍思從戎。斗酒換西涼，一笑千觴空。南國偶作記，規諷何從容。淒涼綿州詩[28]，異代符孤忠。

（《怡志堂詩初編》卷二)》

【注釋】

[1] 子壽：張九齡，字子壽，唐韶州曲江人。玄宗時，官中書侍郎、同中書門下平章事，時稱賢相。曾獻《金鏡錄》，言前古興廢之道。

[2] 執法誅祿兒：安祿山因違反軍令而兵敗，被執送京師。張九齡謂此人狼子野心，宜立即誅殺，以絕後患。

[3] 白羽：本指古代軍中主帥所執之旗，借指士兵。

[4] “致君必堯舜”句：謂輔佐國君，使其成爲聖明之主。杜甫作詩曰：“致君堯舜上，再使風俗淳。”

[5] 望帝託杜鵑：相傳戰國末年杜宇在蜀稱帝，號望帝。爲蜀除水患有功，後禪位，退隱西山，蜀人思之。時適二月，子規（杜鵑）啼鳴，以爲魂化子規，故名之爲杜宇，爲望帝。

[6] 煌煌三大禮：杜甫所作《三大禮賦》，即《朝獻太清宮賦》《朝享太廟賦》《有事於南郊賦》。

[7] 推轂：薦舉，援引。

[8] 谿刻：苛刻，刻薄。

[9] 愛古不薄今：杜甫詩《戲爲六絕句》其五曰：“不薄今人愛古人，清詞麗句必爲鄰。竊攀屈宋宜方駕，恐與齊梁作後塵。”

[10]《秦中吟》：白居易所作組詩，其中多爲諷諭詩。

　　[11]牛李黨：指唐朝以牛僧孺、李宗閔爲首之"牛黨"和以李德裕爲首之"李黨"。牛黨方正敢言，李黨獨斷專權。

　　[12]栗里：晉陶潛曾居於此，故此指陶淵明。

　　[13]蘇州：指韋應物。

　　[14]柳侯昔謫此：柳宗元因參加王叔文革新被貶爲永州司馬，後改任柳州刺史。

　　[15]質錢沒奴婢：韓愈《柳子厚墓銘志》曰："（柳州）其俗以男女質錢，約不時贖，子本相侔，則沒爲奴婢。"

　　[16]三復孟容書：許孟容，字公範，唐京兆長安人。好推轂，樂善拔士，士多歸之。柳宗元被貶永州，見棄於時，故多次投書以求援引復出。

　　[17]磨蝎："磨蝎宮"省稱。舊時迷信星象者，謂生平行事常遭挫折者爲遭逢磨蝎。

　　[18]子由：蘇轍，字子由，號潁濱遺老，宋眉州眉山人，蘇洵子，蘇軾弟。爲文汪洋澹泊，與父、兄合稱三蘇。

　　[19]儋耳：今海南島儋縣，蘇軾曾被貶於此。

　　[20]和陶：蘇軾被謫海南時喜讀淵明詩，常和陶詩。

　　[21]梅：梅堯臣。

　　[22]甜熟：謂華麗的文風。

　　[23]玉局：蘇軾曾任玉局觀提舉，後人遂以"玉局"稱蘇軾。

　　[24]僰道：縣名，漢屬犍爲郡，爲僰人所居。

　　[25]淚灑古藤綠：黃庭堅《病起荆江亭即事》其八曰："閉門覓句陳無己，對客揮毫秦少游。正字不知溫飽未？西風吹淚古藤州。"

　　[26]晦庵：朱熹，字元晦，號晦庵，別稱紫陽、雲谷老人，宋徽州婺源人。受業於李侗，得程顥、程頤之傳，兼采周敦頤、張載等人學說，集北宋以來理學之大成。有《詩集傳》《楚辭集注》等。

　　[27]中原誤和議：指紹興和議，南宋與金訂立的和約。

　　[28]綿州詩：陸游詩《行綿州道中》曰："三年客江硤，萬死脫魚黿。平地從今始，窮塗敢復論。園畦棋局整，坡壠海濤翻。瘦犢應多恨，泥塗伏短轅。"

聞呂先生論文有述

　　文字無今昔，六經爲根荄。夫子抱遺篇，狂簡慎所裁。講席秀峰尊，百史能兼賅。吾粵文獻攷，家法推東萊。二陳[1]去已遠，蒼梧[2]亦遼哉。最病士疏陋，荒俗難挽迴。絕學屢興嘆，百年待奇才。丹鉛老不疲，舊書讀百回。初時自浙歸，顏鬢猶未頹。高築萬卷樓，嘯歌城西隈。後稍移南郭，花竹傍簷栽。弟子逡逡進，白髮笑口開。論道有繩尺，舉酒方歡咍。指謂舊師友，徜徉不我猜。初月照高烔，乃自桐城來。義法守方姚[3]，無異管與梅[4]。示我震川文，有若飲醴醅。元氣自開闔，眾妙歸胚胎。廢興雖百變，真意無隔閡。憶昔束髮初，執卷心忽摧。每恨古人遠，津逮難沿洄。豈期生並世，几席獲追陪。勖以堅操履，閉門絕梯媒。庶①（《怡志堂詩初編》卷二）

【注釋】

［1］二陳：未詳。

［2］蒼梧：未詳。

［3］方姚：方苞和姚鼐。姚鼐，字姬傳，清安徽桐城人。工古文，高簡深古，與方苞、劉大櫆合爲桐城派。有《古文辭類纂》。

［4］管與梅：管世銘和梅曾亮。管世銘，字緘若，號韞山，清江蘇武進人。工詩古文。有《韞山堂集》。梅曾亮，字伯言，清江蘇上元人。師事桐城派姚鼐，專力古文，詩亦清秀。有《柏梘山房文集》。

論詩五絕句

希聖何人更起衰，身尊稷契道甯卑。試看李杜光芒在，不用雕鐫出小詩。

古人難到嫌才弱，陵跨前賢氣太粗。用法須窺法外意，漢唐一脈本同符。

韓生[1]畫馬真如馬，永叔學韓不襲韓。面目各存神理得，驚人猶易愜心難。

愈少可珍思漢魏，雖多奚補遠風騷。我知聖處真難到，虛擲黃金亦太勞。

漢庭老史[2]當參取，宋史遺編肯博收。既說蘇黃詩已盡，如何滄海又橫流[3]。（《怡志堂詩初編》卷六）

---

① 以下原闕。

【注釋】

[1] 韓生：韓幹，唐京兆藍田人。初師曹霸，後自成一家，善畫人物，尤工鞍馬。

[2] 老吏：精於吏事者。

[3] "既說"句：元好問《論詩三十首》二十二曰："奇外無奇更出奇，一波才動萬波隨。只知詩到蘇黄盡，滄海横流卻是誰?"

暮秋氣漸寒，作懷人詩五章寄粤中諸子選三首

李小廬

短李[1]雄於詩，仡仡抱鉛槧。韋廬[2]變舊格，險語無不敢。盧仝[3]差能敵，無本畏其膽。芒角難猝去，蛟鱷欲手撋。詩客例寒餓，漸老造平澹。時艱況屢遷，過從不免減。邇來復逃禪，高氣乃盡貶。箝口如老衲，低心就繩檢。升沉了不關，小別忽惻慘。蓄憤終一吐，冥茫雜百感。篝火[4]狐尚鳴，石頭[5]虎方耽。擊楫[6]誰往濟，拔劍我欲斬[7]。高陳伊呂[8]志，鸞鸞語非諂。江天望間鷗，秋色冷葭菼。（《怡志堂詩初編》卷七）

【注釋】

[1] 短李：李憲橋，字子喬，號少鶴，清山東高密人。主要生活在乾隆年間。

[2] 韋廬：李秉禮，字敬之，號松圃、七松老人，清江西臨川人，寓居桂林。官刑部江蘇郎中。工詩畫。有《韋廬詩內外集》。

[3] 盧仝：自號玉川子，唐濟源人。甘露之變時，因留宿宰相王涯家，被誤殺。有《玉川子詩集》。

[4] 篝火：秦末陳涉於竹籠中置火，學狐狸叫聲，假託狐鬼之事，以發動群眾起事。

[5] 石頭：李廣出獵時，誤認草中石為虎而射之。

[6] 擊楫：指晉祖逖統兵北伐，渡江中流，拍擊船槳，立誓收復中原的故事。

[7] "拔劍"句：劉邦起事前曾醉行澤中，遇大蛇當道，乃拔劍斬之。

[8] 伊呂：商伊尹輔湯，西周呂尚佐武王，皆有大功，後因並稱伊呂，泛指輔弼重臣。

鄭小谷

鄭子在谷口，散髮作隱淪。西曹早挂冠，五十而多聞。氣壓三萬籤[1]，腸撐五千文[2]。談經專講席[3]，說詩少替人。好奇自一癖，別欲張其軍[4]。滄海方橫流，妙語百態新。我懶無鬥志，迹異心轉親。飛鳥歡同林，流水歡同源。不讀老釋[5]書，不喜儒家言。荒宴託鬼仙，芙蓉城豈真。相如實病渴[6]，眉公汝前身。百怪攪詩腸，僻性未可馴。辱贈夸繡衣，七字[7]氣益振。擾擾粵天末，南溟有潛鱗。（《怡志堂詩初編》卷七）

【注釋】

[1] 氣壓三萬籤：蘇軾《書劉景文所藏王子敬帖》曰："君家兩行十二字，氣壓鄴侯三萬籤。"

[2] 五千文：指《道德經》，其書有字五千。

[3] 講席：高僧、儒師講經講學的席位。亦用作對師長、學者的尊稱。

[4] 張其軍：包世臣《與楊季子論文書》曰："離事與禮，而虛言道以張其軍。"

[5] 老釋：謂道家與佛家。

[6] 病渴：司馬相如口吃而善著書，但常有消渴疾。此形容文人之病。

[7] 七字：指七言詩。

趙澹仙[1]

君昔執我手，向我索詩序。自言生性僻，拈髭吟聲苦[2]。醋甕幾誤人，布衣頗自許。不惜千鍛煉，別闢一壇宇。劖削真見骨，樸野彌近古。孟生銅斗歌[3]，踏浪不踏土。賈師井口句[4]，三年淚如雨[5]。君亦用此例，銳欲圖客主。石桐坐小閣，惻惻老鶴語。秋風號萬竅，鐵笛有何譜。詩史[6]辱見呼，傷亂共淒楚。百年多苦心，坐此感覉旅。（《怡志堂詩初編》卷七》）

【注釋】

[1] 趙澹仙：趙德湘，字澹仙，江西南豐人。有《麗則堂詩存》。

[2] 吟聲苦：謂其作詩辛苦。

[3] "孟生"句：王觀國《學林·銅斗》："孟東野當時適有銅器，

其狀方如斗，而東野特以貯酒而飲，又擊之以和歌聲，故自形於詩句。"

[4] 賈師井口句：賈島《原上秋居》有"鳥從井口出"之句。

[5] 三年淚如雨：賈島《題詩後》言"兩句三年得，一吟雙淚流"。

[6] 詩史：杜甫爲詩，善陳時事，時人稱爲詩史。

答友人論詩

周詩[1]三百十一篇，曾經聖手難爲言。魯齊諸家守師說，卜氏絕學毛公箋[2]。篇刪其章句刪字，侈稱古詩有三千[3]。鄭衛淫風[4]尚不削，肯安褊迫裂歌絃。秦人摧燒妄立石，老儒已死闕不傳。尚餘《離騷》二十五[5]，聖處已到日月懸。漢初樂歌頗近質，蘇李揚馬[6]導其前。熟精《文選》抒妙理，《玉臺新詠》別爲妍。高文要得建安骨，探道始識淵明賢。大謝小謝[7]並清發，鮑庾藻思何翩翩。三唐兩宋面貌異，善學能變神則全。輕薄獵華盜名譽，自元訖明猶蹄筌。我家曝書八萬卷，猶病音學不貫穿。古聲淡泊味者少，自提一律歸精堅。平生宗法有數子，李杜韓白蘇黃元[8]。此外諸家間參取，漁洋[9]老筆親排編。五字七字各正變，割置連璧無乃偏。歸愚[10]《別裁》見自別，北平河間[11]稍便便。貶斥李何[12]亦太過，不如惜抱[13]持論平。後生晚出悅袁趙[14]，狂流東下奔百川。競摘茗翠媚俗眼，難追汗漫遺義鞭。孤生單聞豈云挽，和者寢眾紛高騫。北行苦寒濡凍穎，老馬識途私自憐。悲歌慷慨詢舊俗，往往真氣出幽燕。肺肝槎枒不可遏，俯仰今昔心茫然。胡鳴不平逞雄騖，吾讀《天問》解以天。（《怡志堂詩初編》卷七）

【注釋】

[1] 周詩：《詩經》。

[2] "卜氏"句：孔子以《詩》授徒，歿後，子夏傳《詩》，後傳至漢人毛亨、毛萇。

[3] 古詩有三千：司馬遷言古詩有三千餘篇，孔子去其重，定爲三百五篇。

[4] 鄭衛淫風：古稱鄭衛之俗輕靡淫逸，因以借指風俗浮華淫靡之地。

[5]《離騷》二十五：王逸《楚辭章句》錄屈原之作有二十五篇。

[6] 蘇李揚馬：蘇武、李陵、揚雄、司馬相如。蘇武、李陵困於匈奴時，據傳有贈答詩。

　　[7] 大謝小謝：謝靈運和謝朓。謝朓，字玄暉，南朝齊陳郡陽夏人。文章清麗，長五言詩，為永明體代表，世稱"小謝"。有《謝宣城集》。

　　[8] 李杜韓白蘇黃元：李白、杜甫、韓愈、白居易、蘇軾、黃庭堅、元好問。

　　[9] 漁洋：王士禎。

　　[10] 歸愚：沈德潛，字確士，號歸愚，清江蘇長洲人。論詩專主格律，所作平正通達，然實乏才氣。有《說詩晬語》。

　　[11] 北平河間：紀昀。

　　[12] 李何：李夢陽和何景明。

　　[13] 惜抱：姚鼐。

　　[14] 袁趙：袁枚和趙翼。

題蔡梅庵太史近稿仍次贈炯甫韻

　　蔡侯[1]個儻人，有意昌其詩。昌詩先昌志，遠為千載期。得失隱自揆，苦心非人知。學古果有得，平夷造深奇。不然徒形模，空文道終卑。世運有淳薄，交道無合離。達者不矜高，迺問我所師。我師繄豈遠，養一真良規。天地同化元，鵬運[2]猶鷃籬[3]。靜則意有餘，更為子誦之。（《怡志堂詩初編》卷八）

【注釋】

　　[1] 蔡侯：蔡壽祺，原名殿濟，字梅庵，清德化人。道光庚子進士。有《夢綠草堂詩鈔》。

　　[2] 鵬運：謂大鵬之奮然高飛遠行。

　　[3] 鷃籬：謂斥鷃所能飛越之空間。

《小清閟閣詩》序

　　予觀詩人之作，多於天下盛時，虞夏[1]以前尠矣！殷頌而後，周詩最盛，不獨《雅》《頌》諸什被之郊廟，雖野夫、游女、羇孤、感懷之辭，當時輶軒亦兼采之，是以教明而俗茂，王道以成。至其少衰，而變風、變雅始作。又其衰極，至於東遷，而詩遂亡矣！漢之時，《大風》[2]之歌、《柏梁》之詠、《芝房》[3]《寶鼎》[4]《天馬》[5]之頌，皆當漢之極盛。一時詞人，如蘇武、李陵、司馬相如、王褒之徒又皆飆起，以歌誦著述爲事，是以其風駸駸幾於三代。流及魏晉，以訖宋、齊、梁、陳，作者稍衰焉，然未嘗絕也。又數百年，至唐而再盛。唐之詩，論者分初、盛、中、晚，雖不必盡爾，要其中博綜百家，本之性情，扶翼忠孝，與"三百篇"、漢魏六朝相表裏者，必其盛時。其蛙聲間色、凋耗側靡而不可與道古者，必其衰時。下逮宋元，體雖百變，莫不皆然。甚矣！詩之盛衰，非細故也。夫天下之人，心安則樂，哀則思。由虞夏至今，數千餘年，歷代治亂之跡不必盡出於詩，而詩實因之。當其盛也，雖詩人之窮者，其志幽以和，其聲悲苦而壯。及其既衰，雖號爲名家者，不免嗺殺抑塞，此生於人心之自然而不可解也。我朝繼跡隆古，自施、宋、王、朱[6]爲之倡，其後乾嘉間，錢、沈、姚、蔣[7]諸公更起迭和，鋪陳潤色。其時公卿又多愛才，後先遞爲援引。名都大邑，群俊鬱薈，雖至蠻荒萬里之間，莫不風馳雲輳，嘻！其盛也。滇南倪輝山[8]大令所爲《小清閟閣詩》凡若干卷，湯海秋[9]農部嘗爲之序，謂"讀其詩，知其人，並可知一代風會"。其鄉人筠帆[10]侍御亦謂先生之詩"當海內極盛"，又嘗語予云："吾鄉詩人，自錢南園[11]外，如袁保山[12]《滇南詩略》所載百數十家，而先生之生稍後，亦不愧作者。"余聞而趣之。先生嗣君海槎[13]，與予同年，交善。今年秋，余將出都，始獲讀先生詩。嗟夫！先生所以爲詩之旨，二公既詳言之矣！而余獨慨夫天下盛時，雖滇南一隅而風尚之古、人才之眾若此，後之讀先生詩者，追想其時，考其生平出處、朋友故舊離合之跡，其於詩教盛衰之故亦可以觀矣！（《怡志堂文初編》卷三）

【注釋】

[1] 虞夏：指有虞氏之世和夏代。

[2] 《大風》：指漢高祖劉邦所作的《大風歌》。

[3] 《芝房》：《芝房歌》，漢郊祀歌名。

[4] 《寶鼎》：漢郊祀歌名。

[5] 《天馬》：指漢武帝時的《天馬歌》。

[6] 施、宋、王、朱：施潤章、王士禎、宋琬、朱彝尊。施潤章，字尚白，號愚山，清宣城人。有《學餘堂集》。宋琬，字玉叔，號荔裳，清山東萊陽人。工詩，多愁苦之音，與施閏章齊名，稱"南施北宋"。有《安雅堂集》。

[7] 錢、沈、姚、蔣：錢澄、沈德潛、姚鼐、蔣士銓。錢澄，原名秉鐙，字飲光，清安徽桐城人。學問長於經學，尤精於《詩》，文章頗有才氣。有《田間文集》。沈德潛、姚鼐、蔣士銓注見上。

　　[8]　倪輝山：未詳。

　　[9]　湯海秋：湯鵬，字海秋，清湖南益陽人。詩文豪放。有《海秋詩文集》。

　　[10]　筠帆：未詳。

　　[11]　錢南園：錢澧，字東注，號南園，清昆明人。有《南園遺集》。

　　[12]　袁保山：字儀雅，號陶村，雲南保山人。有《滇南詩略》。

　　[13]　海槎：未詳。

《小寄齋詩》序

　　陳君心薌[1]，吾粵之能詩者也。往年遊京師，一時名公巨人皆與之交，顧尤昵予。嘗出《小寄齋圖》，索予詩。既而予假歸，心薌歸亦逾年矣！適以事至會垣，相見歡甚。故人李小廬、余小霞[2]、趙澹仙諸君日相造，譚讌為樂。一日謁歸，復出《小寄齋圖》，屬予書額。又出所為《小寄齋詩》若干卷，且為予言：“吾粵之詩，自岑溪李少鶴大令為之倡，子才[3]、松圃[4]兩先生及吾家伯祖小岑[5]從而和之，於是粵之詩特盛。其所成就弟子尤眾，如歸順童九皋[6]、馬平葉亮工[7]及吾心薌，其最著者也。”少鶴與其兄石桐[8]，攷詩嚴，嘗仿張為《主客圖》重訂中晚唐詩，以張、賈為主，而以朱慶餘、李洞以下數十人為之客。其自為之說曰：“李白思復雅樂，杜陵自比稷契，元、白、張、王、韓、孟各出其讜言正論以扶翼詩教，實與‘三百’之義相通。其間遇有隆替，才有大小，其升之廟廊而恢其才，則為樂府，為雅頌非然。即一室歊歌憂思獨吟，亦各得性情之正。”又謂：“中晚以後人物有似孔門之狂狷，韓退之、盧仝、劉叉[9]、白樂天，狂之流也。孟東野、賈島、李翺、張籍，狷之流也。後人不識，或譏其言為僻澀、為俚俗、為徑直，而於古人之意，要無當也。且中晚諸賢，高節如司空圖[10]，不事朱溫[11]，顧非熊[12]隱茅山，馬虞臣[13]以正言被斥，劉得仁[14]違時不第，是皆孔氏之所收也。其餘諸子，不能縷舉。間有行事無攷者，其詩具在，可按而知焉！”少鶴既為此說，吾粵人未盡重之，獨心薌守其師說惟謹。其後客粵者，有李南磵[15]、倪秋查[16]、歐陽磵東[17]，各以其詩鳴，然皆不若李氏之盛。即有承學者，亦皆不若吾心薌信其師說之確也。心薌好苦吟，平生篤於友朋，不苟隨俗譽毀。其所為詩，冷峭閒澹。予尤愛其五言，以為真得《主客圖》三昧也，乃為論次而並攷其師友淵源之所漸若此。（《怡志堂文初編》卷三）

【注釋】

[1] 陳君心薌：未詳。

[2] 余小霞：未詳。

[3] 子才：未詳。

[4] 松圃：李秉禮。

[5] 小岑：未依真。

[6] 童九皋：未詳。

[7] 葉亮工：葉時晳，字亮功，號鶴巢，清柳城人。有《越雪集》。

[8] 石桐：李石桐，原名憲噩，字懷民，清高密人。篤詩文，與李叔白、李少鶴合稱“三李”，聞名鄉里。集唐朝元和以來諸家五律詩，辨其風格流派，奉張籍、賈島爲主，以李洞等人爲副，編撰《重訂中晚唐詩主客圖》，另有《十桐草堂集》等。

[9] 劉叉：號彭城子，唐河朔人。工爲歌詩，風格獷放，然有險怪晦澀之病。

[10] 司空圖：字表聖，自號知非子、耐辱居士，唐河中虞鄉人。有《二十四詩品》。

[11] 朱溫：後梁太祖，宋州碭山人，曾參加黃巢起義，後叛變降唐，賜名全忠。公元 907 年代唐稱帝，建都汴，國號梁，史稱後梁。

[12] 顧非熊：顧況之子，生卒年均不詳，唐姑蘇人。

[13] 馬虞臣：馬戴，字虞臣，唐曲陽人。與賈島、姚合爲詩友。

[14] 劉得仁：生卒年、里貫均未詳。能詩，於五律尤工。有《劉得仁詩》。

[15] 李南磵：李文藻，字素伯，一字茝畹，號南磵，清山東益都人。有《桂林集》。

[16] 倪秋查：未詳。

[17] 歐陽磵東：歐陽紹洛，字磵東，清新化人。乾隆五十四年（1789）舉人。

《梁愛蓮集唐詩》序

太史公《答任少卿書》謂：“《詩》三百篇，大抵皆賢人君子不得志於時者之所作。”而於敘《屈原傳》亦曰：“《國風》好色而不淫，《小雅》怨誹而不亂。”至於《天問》《招魂》《哀郢》，皆悲其志而思其人。其後蘇氏明允說《詩》，以爲“怨可也，至於亂不可也”，蓋許其怨而防之，使不至於亂，蓋聖人之微權也。孔子曰"《詩》可以怨"，意亦猶此也。梁子愛蓮[1]，以事謫官，鬱鬱不自得，乃集唐人詩爲五言律百餘篇以寄意。其攟摭[2]巧而善比附，渾渾乎若己出，誦之而有餘悲。余曰："子之詩怨矣！"古之君子，洞觀天地，萬物之變，其視世之死生禍福、欣戚得喪，飄然如秋雲之過太空，無一物可動其意，而何有於怨哉！然而聖人作詩許之怨者何哉？人之情鬱則滯，宣則達，聖人知之而弗之禁，而使之皆得言其情。當時幽人[3]逸士目擊斯世而託於羈臣孼子、怨夫寡婦之辭，流涕愴悗而不能已。是其怨也，爲天下者也，非一身之私也。且既已怨矣，而鬱者以達，滯者以宣，雖君父之尊可以隱規其過，而處孤孼之地者，亦可代爲陳訴而不至獲罪，此聖人作詩而許之怨之旨也，所謂怨而不怒者也。梁子曰："子之言甚然，其爲我書於簡端，因以自廣焉。"（《怡志堂文初編》卷三）

【注釋】
[1] 梁子愛蓮：未詳。
[2] 攟摭：採取，採集。
[3] 幽人：隱士。

《妙香軒集唐詩》序

程雨琴[1]觀察與余別十年餘，一日，自蜀來，攜所爲《妙香軒集唐》數百首示余。詩多近體，信手掇拾，渾渾若己出。善道其生平閱歷，又隱觸時變，援古諷今，使言者無罪，聞者足戒。余既韙之矣，而雨琴乃乞爲序，且問其體何昉[2]、爲此者孰工且多。余曰：集句，古人未甚重之。以琦所聞，權輿[3]於宋，而其源亦出於漢。武帝時，柏梁殿成，帝及廷臣各爲句，集以成詩，號柏梁體。至唐襲用之，即席拈題，角奇鬥勝，謂之聯句。聯，亦集也，昌黎最工此體。惟以並時之人酬唱，或一句一韻，篇成謂之聯，以異世之人刺取古人之句爲詩，則謂之集，體別而義一也。宋時王半山集陶、集杜、集李尤多且工。蘇、黃間爲之，然山谷詆諆以爲不足存而不能廢。近代陳長源[4]、朱竹坨亦喜集句，連章累牘，多至數百言。國初褚容船[5]集唐詩話，蓋詳言之，而黃唐堂[6]《香屑集》尤稱備體。近人罕逮，亦好者少也。獨怪雨琴磊落有吏幹，所治多煩劇，又更涉軍事，宜若不暇顧，獨癖嗜此，又於全唐別有甄錄。見者但畏其工、服其敏而已，而不知其寄意固有異者。雨琴嘗言，在江津時捍黔寇，馬上建五丈旗，出入巴渝間，兵士萬人，叱咤震山谷，日脯坐荒寺中，飛書[7]吮墨，時時詠詩。因與余論用兵及蜀中形勢，規畫條約如指掌。今讀其詩，雖集句，其鞭撻風雲，縱橫萬里之氣尚庶幾見之。(《怡志堂文初編》卷三)

【注釋】

[1] 程雨琴：程祖潤，字雨琴，清江蘇揚州人。有《益州書畫錄續編》。

[2] 何昉：從什麼時候開始。

[3] 權輿：起始。

[4] 陳長源：未詳。

[5] 褚容船：褚邦慶，號容船，清常州武進人。善爲辭賦。有《常州賦》。

[6] 黃唐堂：黃之雋，字石牧，號唐堂，清江蘇華亭人。喜藏書，工詩文。有《唐堂集》。

[7] 飛書：迅速書寫。

《國朝正雅集》序

詩至國朝，盛矣！上自王公大臣，雍容揄揚，奄有風、騷、漢、魏、唐、宋之美，下至田間野老、羈人逸士，莫不有詩以自達其性情。顧其傳者，或以專集，或零章斷句，非裒而輯之，則無以觀當時風尚而極一代著作之盛。自沈文愨公[1]爲《國朝詩別裁》，集擷今代菁華，綜諸家體製而爲一編，播之海內，疊疊乎逮今又百餘年矣！其間雅材迭起，作者飆轃。當乾隆初，天下方全盛晏然，無兵革之警。其時又開鴻博[2]特科，豐材碩儒，鋪張鴻藻，歌詠繁富。其見之著錄，如《熙朝雅頌》《吳會英才》《沅湘耆舊》諸集，非不彬彬稱備也。然其爲書，猶區以時地，限以卷帙，未有如文愨萃諸家體製爲一編以極一代之大觀而無憾者。符子南樵[3]，少志於詩，及長，名日重，交游日廣，而有意乎裒纂，爲文愨之續。又自傷見之隘而卑微之不獲達也，於是之吳、之越、之豫章，渡江涉河，靡不搜討，積年既久，所錄彌多。南樵自云："詩之道，以寄吾心也，其要歸於雅音而已。雅有正有變，正者可備樂歌，於古所謂宣上德、抒下情者是也。變者，傷逝感時，舒憂娛悲之作而義不戾於古。詞不病於激則變，而不乖於正亦謂之雅焉！故曰'發乎情，止乎忠孝'，又曰

'上以通道德而俯以維風化，正雅之謂也'。"是集初名《寄心》，去年南樵來京師，經陶、張[4]兩侍郎審定更今名。既又館崇侍郎所，昕夕探討。凡詩之可傳者梓之，其編次一準之文慤，惟不拘存沒差異。而自爲序例及《寄心盦詩話》固詳言之，讀者當能別擇。夫以一人之力而綜攬百餘年來之詩，豈能無異同？其中正變得失，亦豈能盡當作者之指？要其用力勤而采摭博，爲詩至百卷，所存至二千餘家之多，自乾隆丙辰迄今皆可考，後之君子必有據而取之者無惑也。刊既成，琦爲之序，其時則咸豐七年某月。（《怡志堂文初編》卷四）

【注釋】

　[1] 沈文慤公：沈德潛，諡文慤。

　[2] 鴻博：科舉考試的博學鴻詞科。

　[3] 符子南樵：符葆森，原名燦，改名葆森，字南樵，清江蘇江都人。編有《國朝正雅集》《寄鷗館詩稿》。

　[4] 陶、張：陶梁、張維屏。陶梁，字鳧薌，清長洲人。詩作白而不淺，尤擅倚聲，編有《國朝畿輔詩傳》《詞綜補遺》。張維屏注見上。

《藤華館詩》序

　　古之所謂不朽者，立言其一也。韓退之謂"人聲之精者爲言"，其發於詩，又言之精者，故曰歌有思、哭有懷。蓋不得已而言，故言出而天下傳信之，其宣之於口與被之於聲而爲詩無以異也。今之人不知宣於口被於聲者之有不得已也，輒謂詩不必作，即作矣，取世之風雲月露摹繪之以悅俗耳而已，非詩之本也。又自其少時爲帖括，樂熟軟媚耳目趨時利相習以言爲戒，如古人號爲皋、夔[1]，或竊比稷、契，自方阿衡[2]、太師[3]者，皆笑以爲狂不可近，甚者戒門以絕。幸而通籍[4]矣！大者九列，小而文學侍從，雍容諷議，當言矣，又有所忌而不言。其視天下利病如秦越人[5]，肥瘠不敢一吐之口，而乃劫劫於詩，取風雲月露彊摹繪之，無論其不工，即工矣，悅俗則可耳，豈古之立言者哉？翰林張君幼涵[6]，少承家世，得關中蒼涼豪宕之氣，平生喜言天下事。及爲翰林，益究心世務，又隨侍河濟間，親覩民生疾苦，江淮南北頻年兵火，父老子弟顛連憔悴、薰耳折臂之狀，而發之於詩，優乎其如見，憀乎其如憂，若真有不獲已者。故其爲詩，多壯浪慷慨。世或目君爲狂，而君亦邑邑不能平。然徐而察之，則舒憤攄滯，如在高山巨壑聞鳥獸異鳴，前無覩於古，後無所慄於今，茫然不自知其可歌而可涕也。詩凡若干卷，既讀竟，吾不敢謂君之能平其氣。然爲文學侍從，克舉其職，以庶幾於古之立言者，必自君始矣！桂林朱琦序。（《怡志堂文初編》卷四）

【注釋】

［1］皋、夔：皋陶與夔。傳說皋陶爲虞舜時刑官，夔爲虞舜時樂官。後常借指賢臣。

［2］阿衡：本是商代官名。此指伊尹。

［3］太師：指呂尚。

［4］通籍：指初作官，意謂朝中已有名籍。

［5］秦越人：扁鵲，古代名醫。

［6］張君幼涵：未詳。

李竹朋詩序

吾同年友李君竹朋[1]，自翰林出守閩之汀州，謁歸，就養京師，以山水文籍自娛，尤好金石碑版書畫，能鑒別古今真贋，不差累黍[2]。暇時出所著詩文集及試帖示余，且曰：“詩者，性情所爲，雖技之小者，人不能彊也。吾與子趨尚合矣！而所詣則異。子之詩，縱橫奇宕，不名一格，而或軼法度之外。吾詩守繩尺，不輕下一字，亦時有入微妙處。”余笑曰：“然。人所稟，有剛有柔者，天生也，其資乎學以救偏而增美者，人也。人事極，則天機自與之相應，其不相應者，必毗於剛與柔，即美矣，而非其美之至。且吾聞：‘性情，本也，文字，末也。’古人爲詩文，多自道性情，而不徒以文字，雖在千百世上，而吾讀其書若接階席而與之語。故曰：其爲人伉直者，詞勁以達；爲人和雅者，詞溫以平；爲人沈深者，詞□以厚。推類而言，詞雖百變，雖技之小者，各肖其人以出，惟天與人一，藝與道合，而後不毗於所偏而爲美之至。姚子姬傳有言：‘古今文字，陰陽剛柔而已，其得陽與剛之美者，如霆如電，如崇山巨壑，如決大川。其於人，如憑高視遠，如君而朝萬象，如鼓萬勇士而戰之。其得陰與柔之美者，渺乎其如歎，邈乎其如有思，煖乎其如喜，愀乎其如悲。觀其詞，審其音，則其人性情舉以殊焉。’”竹朋曰：“子所云云當吾意，即書以爲詩序，異日刊君文可並以弁卷首。”（《怡志堂文初編》卷四）

【注釋】

［1］李君竹朋：李佐賢，字竹朋，清利津人。工於詩文，擅長書法，兼涉考據之學，對金石書畫，硯石印章能剖析微茫，辨其真贗。有《石泉書屋詩鈔》。

［2］累黍：指極微小之量。

自記所藏《古文辭類纂》舊本

是書余得之京師，舊有金陵吳氏啟昌記"刻於道光五年八月"，較康氏蘭皋[1]刻本爲備，蓋姚先生晚年定本也。自桐城方望溪侍郎以義法爲文，劉耕南[2]學博繼之，而先生又以所聞授門人管異之[3]、梅伯言及康吳諸子，爲《古文辭類纂》七十五卷。其爲類十三：曰論辨、曰序跋、曰奏議、曰書說、曰贈序、曰詔令、曰傳狀、曰碑誌、曰雜記、曰箴銘、曰讚頌、曰詞賦、曰哀祭。一類內而爲用不同，又別之爲上下篇。先生嘗云："文無所謂古今也，惟其當而已。知其所以當，則於古雖遠而於今取法，如衣食之不可釋。"又曰："神理氣味者，文之精也。格律聲色者，文之粗也。苟舍其粗，則精者胡以寓？學者之於古人，必始而遇其粗，中而遇其精，終則御其精而遺其粗者。"先生每類自爲之說，分隸簡首，自明去取之意甚當。而於先秦兩漢，自唐宋諸家以及本朝，尤究極端委，綜覈正變，故曰："學而至者，神合焉；學而不至者，貌存焉。"學者守是，猶工之有繩墨，法家之有律令也。無可疑者，惟"碑誌"類云"誌銘不分爲二，不得呼前誌爲序"。南雷[4]《金石文例》頗主此說。琦謂：古有有誌而無銘者，亦有有銘而別屬他人爲誌者。似誌銘亦當有別，古人於敘事之文恒曰志，志者，誌也。不獨銘墓，若謂前誌不可呼爲序，必別書"有序"二字。此則昌黎亦不盡然，非歐公不能辨也。又先生於唐以後所取稍隘，雖李習之[5]僅錄《復性書》下篇，其他存者蓋尠矣！而於方、劉之作，所收或多，豈侈其師門耶？同時業古文者，有無錫秦小峴[6]、武進張皋文[7]於桐城爲近。而新城陳碩士[8]最篤信師說，其學初求之魯山木[9]。又有朱梅崖[10]、惲子居[11]，亦好爲文，名聲藉甚。山木喜稱說梅崖而材稍確，子居材肆矣，間入偽體，故至今言文必曰桐城。先生弟子今存者梅伯言農部，伯言文與異之上下，而勁悍或過異之，惜早逝。伯言居京師久，文益老而峻，吾黨多從之游，四方求碑版者走集其門。先是吾鄉呂先生以文倡粵中，自浙罷官，講於秀峰十年。先生自言得之吴仲倫，仲倫亦私淑姚先生者。是時，同里諸君如王定甫、龍翰臣、彭子穆、唐子實[12]輩益知講學。及在京，又皆昵伯言，爲文字飲，日夕講摩。當是時，海内英俊皆知求姚先生遺書讀之，然獨吾鄉嗜之者多。伯言嘗笑謂琦曰："文章其萃於嶺西乎？"未幾，琦假歸。後二年，伯言亦移疾返江南。自余歸里，連歲寇亂，出入兵間，不暇伏案，但憶梅先生語，太息而已。家中舊書時有散佚，爰取是編紬繹之，略爲疏辨，並次論當世作者。而於卷尾私識之曰："文之義法與其體類，是編備矣！至求其所以，當遺其粗而御其精，如古人所謂文者，則更有事在，而此其跡也。吾同年生鄭獻甫論文有云：'有立乎其先，有充乎其中，有餘乎其外，吾又有取焉。'"姚先生，名鼐，字姬傳。呂先生名璜，自號月滄，因以名集，晚更號南郭老民云。咸豐三年正月既望琦謹記。（《怡志堂文初編》卷六）

【注釋】

[1] 康氏蘭皋：康紹鏞，字鑄南，號蘭皋，清山西興縣人。嘉慶四年（1799）進士，歷撫安徽、廣東、廣西、湖南四省。

[2] 劉耕南：劉大櫆，字才甫，一字耕南，號海峰，清安徽桐城人。工文章，爲桐城派之代表。論文强調"義理、書卷、經濟"。有《海峰文集》《海峰詩集》。

[3] 管異之：管同，字異之，清江蘇上元人。以文名家，論文提倡陽剛之美，兼工詩。有《因寄軒詩文集》。

[4] 南雷：黃宗羲，字太沖，號梨洲，明末清初浙江餘姚人。其學教人窮經讀史，尤深於史學。有《明儒學案》。

[5] 李習之：李翱，字習之，唐趙州贊皇人。爲文精密而思遲，常從皇甫曾求音樂，思涸則奏樂，神逸則著文。

[6] 秦小峴：秦瀛，字凌滄，一字小峴，晚號遂庵，清江蘇無錫人。少有文名，詩文力追古風，而能有所自得。有《小峴山人詩文集》。

[7] 張皋文：張惠言，字皋文，清江蘇武進人。初工駢文，詞藻極美。又工詞，爲常州詞派創始人。後治古文，學韓愈、歐陽修，號爲陽湖派古文。有《詞選》。

[8] 陳碩士：陳用光，字碩士，一字實思，清江西新城人。以學行爲人所重。有《太乙舟文集》。

[9] 魯山木：魯仕驥，字絜非，號山木，清江西新城人。嘗受古文法於朱仕琇、姚鼐。有《山木居士集》。

［10］朱梅崖：朱仕琇。乾隆進士，餘則未詳。

［11］惲子居：惲敬，字子居，一字簡堂，清江蘇陽湖人。以古文知名，不受桐城派義法束縛，所作精察廉悍，近法家言，世稱陽湖派。有《大雲山房文稿》。

［12］唐子實：未詳。

彭昱堯

　　彭昱堯（1809—1851），字子穆，一字蘭畹，自號閬石山人，廣西平南人。道光二十年（1840）舉人，官廣東學政。家境貧寒，少有才氣，卻終身不第。遊學京城，與梅曾亮來往，散文多承其風格又別具氣勢，爲嶺西五大家之一。有《致翼堂文集》《致翼堂詩集》《怡雲樓詩集》。

題《呂月滄先生集》

　　文章與世交興衰，當今運會方重熙[1]。班馬歐蘇繼者誰，大雅不作古音希。粵中古文微乎微，先生崛起爲人師，文瀾欲倒力挽之。咄哉文士矜璮奇，醜如牛鬼怪如夔。濃者繪繒如妖姬，塗黃抹粉面勻脂。淡者黯陋如孤鶩，終身弗睹文繡衣[2]。易者只解老嫗頤，方言讕語聽者蚩。難者艱澀其文詞，康莊不道由險巇。或則摹古如優施[3]，面目猶是精神非。或則跅馳騁不羈，馳驟遊騎終無歸，山林廊廟體各宜。此則或得彼或遺，或過陡峻或爛靡。侑觴之作諛墓碑，德比顏閔[4]功傳伊。隨聲附和眾口呢，弊端種種皆可訾。一代正宗先生持，掃除群弊如掃萎。《左》《國》《史》《漢》心摹追，法度悉稟前人規。神明變化由我爲，熔經鑄史筆一枝。因物肖物生丰姿，化工無復差毫厘。雲霞變滅粲陸離，風水相遭漾漣漪。大塊文章自然垂，俗工寐語疇能知。豐才嗇德古今咨，先生去就坦且夷。一官匏落仍神怡，級蘭佩芷餐蘅蘺，玉山朗朗耀晴曦。藏書三萬卷參差，丹黃甲乙[5]何淋漓。吸古之髓析古疑，辨別界限分灘淄。深山大澤藏龍螭，瓊花瑤草珊瑚琪。偶出片實示貧兒，往往弗識爲珍琦。惟其篤實乃光輝，搜羅富有蓄積滋。世人那得窺藩籬，腐儒淺陋妄測蠡。游談無根空詍詍，妄思傳世付劂剞。取覆醬瓿終何裨，先生復古開邊陲。獨秀之峰聳聳巋，灕江之水滔滔馳。江源可竭山可墮，不朽盛事無窮期。後進我幸生同時，淪沒時藝病偏痹。乞起其痼痊其底，親炙或可紹前徽。（《致翼堂詩集》卷一）

【注釋】
[1] 重熙：舊時用以稱頌君主累世聖明。

[2] 繡衣：漢武帝天漢年間，民間起事者衆，地方官員督捕不力，因派直指使者衣繡衣，持斧仗節，興兵鎮壓，刺史郡守以下督捕不力者亦皆伏誅。後因稱此等特派官員爲"繡衣直指"。繡衣，表示地位尊貴。直指，謂處事無私。

[3] 優施：戰國時秦國優人。善戲謔笑談，曾諷諫秦始皇修苑囿、秦二世漆城。

[4] 顏閔：孔子弟子顏回和閔損。

[5] 丹黄甲乙：亦作丹鉛甲乙，點校書籍，評定次第。

龍啟瑞

龍啟瑞（1814—1858），字輯五，號翰臣，別號妙香居士，室名妙香室、經德堂、浣月山房，廣西臨桂人。道光二十一（1841）年狀元，授翰林院修撰，官至江西布政使。精於經義，尤工音韻訓詁，工詩，爲"杉湖十子"之一。工畫，尤長山水花鳥。有《古韻通說》《爾雅經注集證》《經德堂文集》《浣月山房詩集》等。

諶雲帆詩序

昔歐陽子謂："詩窮然後工。"論雖偏激，而理實如是。及觀於本朝，而其說乃爲不信。本朝詩人，如阮亭尚書之享美名大福者，固不具論。外此，朱竹垞、宋牧仲[1]、施愚山、沈歸愚、查初白[2]諸人，類皆貴顯，或晚達成大器。嘗試論之，本朝詩人，其取精也博，其儲材也富，雖巨細長短不同，大約山海容納，物無不備，非僅如唐宋詩人取工於一言一詠、褊嗇固陋者之所爲也。故言既昌明，而遭遇亦隨之。近日壇坫差不如曩昔之盛，士之負其能於吟詠者，乃時見於山陬草澤間，如漵浦諶雲帆[3]，其一也。始雲帆爲弟子員，取舍多不與時合，故所遇益窮。然獨喜爲詩，人皆知其名而□之。雲帆益肆力爲之不少懈，蓋積二十餘年而得千有餘篇。今年夏，訪余於武昌，間出以示余。余服雲帆之才之博、氣之壯，將使詠歌廊廟，與竹垞、初白諸人追逐上下，或莫知其後先。即不幸抑塞阨窮，如唐之郊島、宋之惠崇[4]，與時鳥候蟲自鳴天籟以聳有力者之聽而增其聲價，殆過之無不及者，而乃不一遇，僅以廣文黃先生[5]知而好之。噫！可慨也已。雖然，所貴乎詩人者，非取其排比字句、刻畫景物而已，必薪合於風人之旨，而立言有補於世，此不可於詩求之也。多讀書以蓄其理，廣涉之事物以窮其變，而發於詩者，特餘事焉！昔之人所以詞達而名成者，其在茲乎？夫境之窮達有不足論，而學之在我者不可不自盡也。雲帆蓋視余爲直諒之友也，故以是進之，若其詩之極工者，則覽者當自得焉，不俟余言也。（《經德堂文集》卷二）

【注釋】

[1] 宋牧仲：宋犖，字牧仲，號漫堂，又號西陂，清河南商丘人。少與侯方域爲文友，詩文與王士禎齊名。有《綿津山人集》。

[2] 查初白：查慎行，初名嗣璉，字夏重，號查田，改字悔餘，晚號初白老人，清浙江海寧人。自朱彝尊去世後，爲東南詩壇領袖。詩學東坡、放翁。有《敬業堂集》。

[3] 諶雲帆：諶厚瑤，字雲帆，清漵浦縣人。工詩、古文，好汗漫遊，遇奇勝悉詠吟。有《詠史稿》。

[4] 惠崇：宋僧，建陽人。能詩，善畫，尤工小景，曾作《百句圖》，刊石於長安。

[5] 黃先生：未詳。

彭子穆遺稿序

往余同里交游，能詩者有商麓原書濬[1]、曾芷潭克敬[2]、龔茂田一貞[3]、關梅田脩[4]，四人皆才而早世。平南彭子穆昱堯差後出。余時已舉鄉試至京師，子穆亦以舉人試禮部。子穆曩從學使國子監司業池公[5]受業，學益開敏宏達，又從受古文法於鄉先生呂月滄璜。至京，介王少鶴錫振[6]得交梅先生伯言。梅先生古文爲當代宗匠。子穆、少鶴暨朱伯韓琦、唐仲實啟華[7]及不肖每有所作，輒相就正，得先生一言以爲定。而蘇虛谷汝謙[8]，故茂田密友，在京閉門卻掃，與君談詩，學尤精邃。諸君自司業池公、梅先生外，皆吾粤人也。方是時，海寓承平既久，粤西僻在嶺嶠，獨文章著作之士未克與中州才儁爭驁而馳逐。逮子穆與伯韓、少鶴、仲實先後集京師，凡諸公文酒之讌，吾黨數子者必與，語海內能文者，屈指必及之。梅先生嘗曰：“天下之文章，其萃於嶺西乎？”子穆於吾黨中，學尤博，氣尤偉，極其才之所至，可無所不到。乃自庚戌會試後，相見於里門。時潯郡多盜，君倉卒歸，卒顛連抑塞以死。君友劉少寅[9]乃取藏稿於其家，乞余讀之，紙墨黯昧，篇葉殘脫。蓋其詩存者僅十之七，文之存則不及其半。大較經呂、梅兩先生點定，余爲之手自編校，汰其重複與不必存者以爲《致翼堂詩文》如干卷，而子穆之遺稿始完而可讀。君之詩初學唐人，遊廣州後，始得力於蘇，語尤奇肆。文則早年似柳子厚未至永州前作，及見梅先生後，其神韻益近震川。蓋君之詩文皆分爲二等，每變益上，要充子穆才力所至，奚止於此？其竟止於此者，命也。天苟欲成子穆之學，則將畀以韓、歐、蘇氏之年，乃未至於子厚而倏以死，詎不重可悲耶？吁！子穆已矣，其後子穆死者，獨伯韓、少鶴、仲實、虛谷暨吾數人在耳！比嘗與諸君言：人必有自重其生者，其在世，人或不知其可貴，而自視要不可褻。今吾里獨吾數人者存，如幸天假之年，以成其未竟之學，在子穆亦藉泯其遺憾，其可以目前之所得而自足耶？子穆之詩文，仲實將擇其尤者，刻於《涵通樓師友文鈔》。其全者，余爲之鈔副存仲實所，仍以原稿畀少寅，俾還其家。蓋凡余之所不錄者，皆不足存也。子穆與余交最晚，而期余有甚深者。今爲之釐訂其稿，亦藉以報知己於地下。獨惜少年同學如蘿原、茂田諸君輩，其遺稿散失不復可問，因爲之愴然以悲焉。編既成，遂以是言置之簡首。時咸豐癸丑月日，里人龍啟瑞序。(《經德堂文集》卷二)

【注釋】

[1] 商蘿原書澔：商書澔，字蘿原，清桂林人。工詩文，爲杉湖十子之一。有《存恕堂遺詩》。

[2] 曾芷潭克敬：曾克敬，字躋堂，又字芷潭，清廣西平樂人。有《芷潭詩鈔》。

[3] 龔茂田一貞：未詳。

[4] 關梅田脩：未詳。

[5] 池公：未詳。

[6] 王少鶴錫振：王拯。

[7] 唐仲實啟華：唐岳，原名啟華，字仲實，號子實，清桂林人。工詩詞。

[8] 蘇虛谷汝謙：蘇汝謙，字栩谷，或作虛谷，號雪波，清廣西靈川人。工詩詞。有《雪波詞》。

[9] 劉少寅：劉晉，字少寅，清桂林人。工詩擅畫。

紹濂堂制藝序

自功業道德之儒不世出，而世遂以時文爲詬病。夫誠見乎雷同勦說，束書[1]不觀，終日從事於臭腐熟爛之物，幾不知有古今天地之大，及措之於世，則茫乎不知所以爲，如是，謂時文之誤人也亦宜然。自有明以來，以制藝取士，國家因之。閱數百年，其間忠臣孝子、魁人傑士出於其中者，幾十之七八。今試取其文讀之，與其人無不相符合，雖功力有至有不至，然皆非世之爲文者所得而及焉。則信乎時文之不足以誤人，而人之有所見於時文外者，其文乃因之益重。嘗試論之，以爲古之善爲文者，其人皆不屑以文人自命者也。無論韓、柳、歐、曾、二蘇之儔，其立身制行皆能卓有表見。即時文中，如有明之唐、歸、金[2]、陳[3]，本朝之方靈皋、李安溪、陸稼書、張素存[4]，其人皆不僅以時文見。而天下之善爲時文者，無以過之。然則謂時文之不足觀人而達於吏事，亦鄙夫小儒之言，而未足與於疎通知遠之道也。吾鄉周景垣先生以庶常改知縣，分發河南，逮知湖北德安府事。凡所至，皆有聲。大吏於疑難事，皆倚君以辦。而先生暇時，獨好時文。凡書院課士，府縣考試，率皆自爲擬程。積之既久，得若干首。併合前科舉時所作，都爲一集。謂某爲粗知此事者而見示焉。某因謂先生之才之學，其見於時文者，特其小小者耳，而已非凡手之所能爲。且又能處繁劇之任而優遊有餘，居高明之位而誨人不倦，其施設展布不又即此而可見哉！今先生方觀察吳中，吾知其立身行道必有希蹤古賢，爲斯文增重者。而世之以時文爲詬病者，讀是集，亦將翻然悟矣！（《經德堂文集》卷二）

【注釋】

[1] 束書：收起書籍，謂把書擱置一邊。

[2] 金：未詳。

[3] 陳：未詳。

[4] 張素存：張玉書，字素存，清江南丹徒人。歷官凡五十年，爲太平宰相二十年。

朱約齋先生時文序

昔姚姬傳先生謂："經義可爲文章之至高，而士乃視之甚卑。"因欲率天下爲之，嘗精選名家文爲一編，以迪後學。乃自先生歿，未及百年而時文之道日益衰，獨時觀二三鄉先生之作，固超乎流俗而多存古義，猶有姚氏之遺風焉。要其致此者無他，昔之人學而今之人不學耳。蓋自有明之唐、歸、金、陳暨我朝國初諸名大家，其人類皆學有本原，沉潛乎經訓，通達乎世事，發之爲文僅一端而已。今不深探其本而惟就區區之緒餘，摹擬形似，剽竊聲句，逮其徼得[1]，則曰："是亦爲文焉。"否則曰："吾固學先輩而誤者也。"吁，文豈若是易易哉！先輩亦豈若是之誤人哉！吾鄉約齋[2]朱先生以乾隆乙酉舉於鄉，時值海內經學之盛，而先生伏處偏隅，有志於學，無書可觀，僅得先輩所遺《昭明文選》《藝文類聚》二書讀之，而先生之文遂卓然有以自立於世。今其文孫少香[3]銓部所刻爲《存眞堂稿》者是也。吁！人苟如先生之饗學，何患無書可讀？苟能讀書以積理，用之爲文，文奚有不工？不然，則《昭明文選》《藝文類聚》二書於制舉何與？而先生讀之，因以通於經義，此其故可深長思也。今士人於制藝，既不肯竟學，其稍知取法者，則又貌爲先輩而不究其所由然之故。如先生者，可謂知所從事矣！夷考先生生平以舉人得知縣，洊陞[4]至直隸永定河道，所至皆以循良治行著稱。又知先生能緣飾經術，通達國體，而非拘拘於帖括章句者之所爲也。即其不苟於爲文，信之矣！世有讀先生之文而憬然於學之不可廢，則時俗不足以相限，而文章之道乃益尊。余嘗欲用姚先生之言以詔告吾鄉之後進，今讀先生之集，益見文之高卑系乎人之用力，因爲士之自勵於學者勸也。（《經德堂文集》卷二）

【注釋】

［1］俛得：差不多得到。

［2］約齋：朱霈，字熙佐，一字約齋，乾隆癸卯舉人。

［3］文孫少香：文孫，原指周文王之孫，後泛用爲對他人之孫的美稱。少香，未詳。

［4］洊陞：被薦舉提升。

答李古漁書

接來示，知前寓書已於秋初得達，藉悉起居安適，甚慰甚慰。羊城之遊，竟遲遲未果，此事本非兄[1]所急，即不去亦自佳。且兄所以作此行者計，惟是借助江山，將以掃滌塵襟，舒豁[2]眼界耳。然某謂：文人筆墨之間自有煙雲供養，要多閱古書，博觀名蹟，取彼氣息，蕩我凡穢，使胸中常有清曠超脫、奇崛磊落之致，則凡邱壑林泉之憩息，皆吾畫境也；時鳥候蟲之變態，皆吾畫理也；村農野老之周旋，皆吾畫料也。又何必尋海內之高士，遠訪五嶽之勝蹟哉？鄙見如此，高明當別有會心耳。某近狀碌碌，唯清貧二字盡之。竊謂清者勝煩，則貧未嘗不勝富也。道遠，書何能悉！（《經德堂文集》卷三）

【注釋】

［1］兄：此處指李濱，字夢榴、古愚、古漁，清上元人。善書畫，

工鐵筆，能文詞。

　　[2] 舒豁：開朗豁達。

致唐子實書

　　子實四兄足下：別來改歲碌碌，不及奉書相聞。去秋於少鶴處得見手書，知安抵里門，侍奉萬福爲慰。近日爲學，何似里中？閉戶靜居，與長安之奔走人事者有別，其精進當不可量。某近喜讀書，而私有志於爲文，以此爲遊藝之一端，將自攄其性情而已，非務與世之賢豪者並而有意乎古作者之林也。然竊怪今之文所以靡弱而不逮於古者，則亦有故焉。自漢班、馬、賈、董之儔，其人皆篤學早成。因以其餘著書而傳後世。故其文成法立，非有所規摹結束而爲之也。逮唐之韓、柳，宋之歐、蘇者出，其文乃始有法。然皆灑脫放曠，務盡其中之所欲言。且人人自爲面目，初未嘗畫爲一途，謂天下之文盡出於是也。自明歸震川氏出，而論文之道始歸於一。夫歸氏之文，其於韓、柳、歐、蘇者，誠未知何如？要可謂具體而微者也。特其生當有明文運衰薄之後，一二荒經滅古者蹖駁敗壞之餘，於是尋古人之墜緒而一一以法示之，彼其心誠救時之弊耳！然而其才或有所蓄而不敢盡也。繼歸而起者，爲國朝方靈皋侍郎，其於義法乃益深邃。方之後爲劉爲姚，要皆衍其所傳之緒，而繩尺所裁，斷斷[1]然如恐失之。故論文於今日，昭然如黑白之判於目，犁然如輕重長短之決於衡度也。雖高才博學之士，苟欲倍而馳，其勢有所不能。吁！後有作者，習歸、方之所傳而擴而大之可也，如專守其門徑而不能追溯其淵源所自，且兢兢焉惟成跡之是循，是束縛天下後世之人才而趨於隘也。揆諸古人待後之意，庸有當耶？然其中又有不可強者，當歸、方之時，求韓、柳、歐、蘇既不可得，而況於班、馬、賈、董乎？而況於百餘年之後，守歸、方之法而聆姚、劉之緒論者乎？夫文之盡而至於無所用力，苟徒循文以求之，亦終見其勤苦難成而居古作者之後已。此意未可與不學者道也。僕近所見稍及乎此，而愧其學之有不逮焉。足下如以爲然，願交勉之而已。（《經德堂文集》卷三）

【注釋】

　　[1] 斷斷：爭辯的樣子。

書所選昌黎詩後

公古近詩四百一十餘首，所存最精，常語皆有光彩，淡語皆有古味，故能拔出李杜之外而獨樹一幟。後之文人爲詩者自公始，柳子厚弗能及也。有宋東坡才力傑出，縱橫跌宕，然後文人之理無不可以入詩[1]。詩之教至此而始大，其爲用亦於此始宏。較之有唐，以專門名詩者益覺其隘矣！而其源實自公發之。公之揀辭造言，屈鬱盤勁[2]，雖東坡亦不能逮也。舊選幾存十之九，今復閱汰其一二，要皆愛弗能割者，不如此不足以存公面目而饜後來觀者之意云。咸豐癸丑暮春初旬記。（《經德堂文集》卷五）

【注釋】

[1]“理無”句：趙翼《甌北詩話》曰：“以文爲詩，自昌黎始；至東坡益大放厥詞，別開生面，成一代之大觀。”

[2] 盤勁：盤屈遒勁。

古詩五首之一

文章雖末藝，貴與情性俱。真性苟一漓，千言亦爲虛。君看揚子雲，識字論五車[1]。失節事新莽[2]，千古爲欷歔。試觀劉越石[3]，文藝頗粗疏。歌詩只數闋，浩氣陵八區。春華豈不貴，秋實誠相須。誠服苟不完，焉用雙瓊琚。骨格苟不稱，焉用曳繡裾。寄言摛華士[4]，根柢當何如。（《浣月山房詩集》卷一）

【注釋】

[1] 五車：形容讀書多，學問淵博。

[2] 新莽：指王莽或王莽建立的新朝。西漢末王莽篡權，改國號新，故稱。揚雄後仕於王莽，爲大夫。

[3] 劉越石：劉琨，字越石，西晉中山魏昌人。官至并州刺史，長期與匈奴貴族劉曜、劉聰對抗。其《扶風歌》《答盧諶》《重贈盧諶》等詩，慷慨悲涼。明人輯有《劉越石集》。

[4] 摛華：鋪陳辭藻。意謂施展文才。

論詩絕句

立意求新還是舊，開函怕讀古人詩。崔郎[1]漫賦樓頭句，恨我今來已後期。（《浣月山房詩集》卷五）

【注釋】

[1] 崔郎：崔顥，唐汴州人。工詩，早期詩流於浮艷，後歷邊塞，詩風變爲雄渾，所作《黃鶴樓》詩，爲李白所激賞。據《苕溪漁隱叢話》引《該聞錄》云："唐崔顥《題武昌黃鶴樓》詩云：'昔人已乘黃鶴去，此地空餘黃鶴樓。黃鶴一去不復返，白雲千載空悠悠。晴川歷歷漢陽樹，芳草萋萋鸚鵡洲。日暮鄉關何處是？煙波江上使人愁。'李太白負大名，尚曰：'眼前有景道不得，崔顥題詩在上頭。'欲擬之較勝負，乃作《登金陵鳳凰台》詩。"

王　拯

　　王拯（1815—1876），原名錫振，字定甫，號少鶴、龍壁山人等，廣西馬平人。道光二十一年（1841）進士，授戶部主事，官至通政使。居官以敢抗疏直言著名。後主講桂林秀峰、榕湖等書院。工詩詞、善丹青，尤長古文，爲“嶺西五大家”之一。有《龍壁山房詩集》《龍壁山房文集》《談藝錄》。

《懺盦詞稿》敘

　　騷賦興而“三百篇”之作者亡，“河梁”五言作，而騷賦之作者又亡。風氣代殊，體制各異，獨其真意往往寓乎其中。則自“三百篇”以至騷賦，五言之作，其義一也。唐之中葉，李白沿襲樂府遺音，爲《菩薩蠻》《憶秦娥》之闋，王建、劉禹錫、溫庭筠諸人復衍推之，而詞之體立。其文窈深幽約，善達賢人君子愷惻怨悱不能自言之情。論者以庭筠獨至，而謂五代孟氏[1]、李氏[2]爲襪流所肇端，秦觀、柳永、黃庭堅、辛棄疾而下，罕所直矣！吾於庭筠詞，不能皆得其意，獨知其要眇[3]，爲製最高。而於孟、李及秦、蘇、柳氏之倫，讀其至者，一章一句之工，則含咀淫佚，終日不能去，蓋吾以得吾意之所愜而已。道光二十三年六月，遭張宜人喪，僦居僧寺一年，幽憂多疾，舉百不事，事事亦輒不能終竟，獨以詞之文小而聲哀爲足以發吾胸之所鬱塞也。數爲之，或喜或悲，或累欷爲之雪涕。顧其才或不逮，則又不能畢達其中之所難言，於是復廢，然亦不能終竟其事。檢所爲者三十餘篇，錄而弄之，蓋有不能恝置[4]焉者。然自是當絕去不復爲歟乎？方余之爲是也，嘗悄然獨居，塊然而無所爲。僧梵晝寂，寒風送秋，庭樹蕭條，木葉盡脫，一展卷間，而此景猶淒然在目也。（《龍壁山房文集》卷四）

【注釋】
[1] 孟氏：未詳。
[2] 李氏：五代時南唐國主李璟和李煜父子。

[3] 要眇：幽微，微妙。
[4] 恝置：閒置，擱置。

《龍壁山房詩集》自敘

余十餘齡時即好爲詩，讀唐賢詩，尤喜摩詰、太白，時時竊倣效爲之。成童，遊郡庠，就書肆中求得唐宋以來諸家名集，尤縱觀焉！弱冠出門，所歷山川郡邑，天時人事，爲詩日多。及通籍[1]，官京師，始病所學無有成就。自觀其所爲詩，其於陶、謝而還，太白、子美、退之、子瞻，以至金元裕之、明高季迪之倫，靡弗揣摹，或合或離，既不足與古人頡頏，而又不能以自樹立，痛芟夷[2]之。上元梅先生曾亮時同官戶部，蓋當時之能文章者，嘗進余文而頗詘余詩，又謂余詩才力不可掩者，時有近於太白、退之，不宜輒盡毀之，茲之所存，爲初稿者是也。自通籍，官京師者數年，爲詩羞尠。丙午丁未之間，自京師假歸粤，一病困吳越，間甫還京師，又出從征粤楚之役，則數年來崎嶇險難、顛頓荒忽，嘗有輟不爲詩者矣！然歷日月而又爲之，且或倂日月而爲之。吾生窮矣而寡嗜好，於佗事物，每稍嘗之而輒去焉，或久居之而究亦將厭焉。獨於詩，乃自齠齔[3]以踰少壯，常爲之而不少變，雖以其間師友之箴規，中心之悔艾，勞精敝神，屢作不進者之困拂，曾不能以少阻閡之，歇虖！可謂溺哉！夫古之人之爲詩也，彼非以爲詩者也，嘗有所欲爲而不得與爲之而不成，不得已而詩乃出焉，若淵明、太白、子美、退之、子瞻，非其人歟！以余之不揣而第欲爲詩，非特於詩之不成，即欲佗有所爲，將亦有所不成者矣！及佗所爲之果不能成於是，又幡然而反以爲詩，而其詩之成與不成，乃猶未之或知，詎不尤可悲者歟？自初稿一卷而後，辛丑至甲辰，官京師時所爲一卷，曰《京廬集》。乙巳出都，及庚戌入都，所爲二卷，曰《倦遊集》。辛亥從征以前，及至壬子旋京師日，道中所爲一卷，曰《榆枋集》。合詩五卷，爲篇四百有餘，錄而存之。殆自少壯以來，心跡著焉。歇虖！豈唯幼小竊倣縱觀之心之不可復，即時年方壯痛自芟夷以期自樹立者之遒然意氣亦何可復得者邪？（《龍壁山房文集》卷四）

【注釋】

[1] 通籍：初作官。
[2] 芟夷：裁減，刪削。
[3] 齠齔：垂髫換齒之時。指童年。

贈余小頗^[1]出守雅州序

三代之時，文章政事之道出於一，故其世隆則其文盛，而爲之者率一時之后王君公，於身所行而發於言。吾讀《詩》、《書》、典、謨、訓、誥以及《國風》《雅》《頌》之文，其志正以栗，其氣穆而深，其治理清明嚴肅之象皆載之以出。春秋之季，孔氏之徒，道不得行於時，始不得已，相爲論說，以守先而待後。而晚周諸子亦踔出其間，汪洋恣肆以自放於山巔水涯，窺其所作，非有寄則有遁耳。而後世寡識之士乃欲效其所爲，若必將自致其身於闃然寥寂之區，而後能自用其專精之力者，彼其言多沉灟以爲高，其於天地民物，凡天下之所有事實，未嘗深涉焉！夫身未履其事而口侈其言，則所見不親，使其爲之，將有不顧而背去者，文章政事之道，遂判然爲二，不可復合，此三代以後之文之所以日降而莫知其所極也。余子小頗爲文廉傑踔屬，尤能自達其意。官京師，在戶部，有能名。余入官及君同僚，而獨相得於往來文酒間。甲辰三月，小頗得郡雅州者以去，同游之士或喜或惜，喜者以爲小頗所學由此得行於時，惜者則曰爲郡事繁，小頗之文由是進者或未可必。余乃以爲小頗之行，亦問其施之於民事者何如耳！其施之民事者有所得，則其發之於文章者必言之不怍而益有合焉！雅州爲郡，萬山叢襍之中，百年承平，兵革不興，而禮樂教化之事亦未聞。小頗行履其地，優游畢政^[2]，必有所以舉其職者，然後本其所得於民事者壹昌於文，吾黨二三人覊宦於此，異日聞小頗爲郡有卓然大異於人者，將其爲文亦必有不可測哉！（《龍壁山房文集》卷四）

【注釋】

[1] 余小頗：余坤，字小頗，清諸暨人。有《寓庸室詩集》。

[2] 畢政：布政，施行教化。

書《歸熙甫集·項脊軒記》後

往時，上元梅先生在京師，與邵舍人懿辰^[1]輩數人日常過之，皆嗜熙甫文。先生日謂舍人與余曰："君等皆嗜熙甫文，孰最高？"而左手《震川集》與邵，右一紙與余，曰："第識之以覘同否。"余紙書《項脊軒記》。先生取邵手所舉集中文，即此也。乃相與皆大笑。佗日，友人有以此文示余者，曰："讀是久，有不可解者。"視之，乃文中"余既爲此志"句，余曰："此文後跋語耳，而著錄者誤與文。"一友人未之信也。按文"余既爲此志"後百十四字歷敘作文以後十餘年事，語尤悽愴動人，與文境適相類。人但賞其文，因刻本聯屬之。又因熙甫句中變"記"字爲"志"，稍異其實。"志""記"字義本通，而遂不察其爲後跋語也。文自首至"余居此，多可喜，亦多可悲"句，記軒之景物。自"庭中通南北爲一"至"爲籬，爲墻，凡變"句，記軒之沿革。自"家有老嫗"到"瞻顧遺跡，如昨日事，令人長號不自禁"云云，記軒中遺事，其後又足以"軒前①故嘗爲廚"及"軒凡四遭火得不焚，殆有神護者"數言，乃記軒畢矣！"項脊生曰"下"余既爲此志"句上，則文之後論例，如志之有銘，傳之贊而騷之亂也。中引蜀清居丹穴[2]、諸葛孔明臥隆中[3]二事，竊以自比。然則熙甫之志非將欲大有爲於時者邪？蜀清，其後秦皇帝爲築臺。孔明輔劉玄德與曹操爭天下，皆事振耀於當時，而名稱後世，而其始在丹穴與隆中，熙甫所謂"昧一隅人莫有知之者"，誠與熙甫處敗屋中，"揚眉瞬目，謂有奇景，人謂坮井之蛙[4]者"同，獨熙甫窮老荒江，晚得一第，僅官令倅至寺丞，曾不得大有設施於世，以與蜀婦懷清、孔明隆中事業頡頏。獨其文章爲有明一代之雄，自元明來，上下數百年間，莫與牝[5]者，則雖不得比跡隆中，亦豈懷清寡女之豪之所可及哉？余又歎夫熙甫之文，流傳至數百年，其中爲人所最賞歎如此記者，而其著錄舛謬若此，而人多忽之。惜當時與梅先生、邵舍人遊處，未語相及也，不知先生與舍人，其謂然不也？熙甫自謂"作此記後五年，妻始來歸"，然則此文之作，其年未冠乎？何成就如熙甫，而通籍之文章竟莫有能出乎少小所爲者邪？梅先生言："文方出手時，當其至者，大致已定。年與學進，推擴之耳！其至之處，不能有加。"不其信歟？頃與梅先生別久，邵、馮諸子亦多闊絕，追維講益，不可復得。日讀熙甫此文，忽念當時賞析之樂，因書於後，牝志嘅云。（《龍壁山房文集》卷五）

【注釋】

[1] 邵舍人懿辰：字位西，清仁和人。有《半巖廬集》。

[2] 蜀清居丹穴：蜀人寡婦清得丹穴而多財，寡婦而守其業，不見侵犯，秦始皇爲之築懷清臺。

[3] "諸葛"句：東漢末，諸葛亮避亂隆中，躬耕讀書，自比於管仲、樂毅，有"臥龍"之稱。

---

① 據《項脊軒記》，"前"當爲"東"。

　　[4] 坎井之蛙：井底之蛙。比喻見聞狹隘、目光短淺之人。
　　[5] 仳：古同“比”。

答陳抱潛書

　　日午奉手教，當以載書圖藉使奉納。所教論文極精當，然中有疑不釋者，敢一質之。方氏[1]以文章爲當世宗，國朝百餘年來，高才博學之士卒莫能過，非漫然也。僕生偏隅，罕藏書，於方氏書幸皆見之。觀其治經，能得古聖微言大義[2]，不爲叢瑣固僻之談；而於《周官》《儀禮》尤能剖析真贗，發微闡幽，舉劉歆等竄亂之罪，啟千古之蒙。其爲文章，篤雅淳厚，盡去一時才人策士、鄉塾稗官之習，心誠好之。比來京師，稍見當時賢豪者所爲文章，或博辯而多詭雜，或澹泊而實空踈，或俗俚之見未去於胸，則其言恒弇鄙而背道，求其趨向之正，無與方氏比者。獨惜其規軸微隘，而文采弗彰，未能兼採古人如老莊、淮南、列禦寇、孫、吳、賈、朝[3]之眾長，出以彈壓一世高才博學之士，此其未竟之緒。有賢哲者衍而充之，去其隘以即於宏，俾天下長短巨細、魁衰奇特之眾長，咸樂就吾之徑塗而一出於正，此爲功於聖賢立言之道甚巨，所日企之而未見也。所示臨川李氏駁方氏說，良有所見，乃僕以爲此微疵耳！豈得以寸朽而棄連抱之木乎哉？夫貴耳而賤目，榮古而虐今，此俗儒憒識者所爲。足下聞李氏之片說，未及究方氏之全書，豈宜輕聽而偏向也？方氏之文省桐城爲桐，與僕前日所論劉氏文稱喪父爲失怙者猶有間。蓋稱桐城以桐，猶《尚書》稱呂梁曰梁、孤岐曰岐耳！李氏言縣以桐名者五，桐城不得稱桐，則九州既有梁州，呂梁何以稱梁？徒省文而於文之本體無所大壞，此蓋弊之小者。若劉氏文稱喪父爲失怙，此魏晉以下，詞賦之士妃青配白者之所爲。例是爲之，取妻不且云媒，得生子不且云康祀耶？夫文章不究其論說之是非，而徒斤斤於單詞隻義之間，以區爲純駁，已遺其本而操其末矣！《大易》有言：“君子言有物。”又曰：“言有序。”方氏嘗數引之。僕嘗以爲：爲文猶爲人耳，今有人，日正而冠履謹而趨蹌，考其行事，乃有不孝不弟、不忠不信之實，則人皆指而訶之矣！然其人果孝弟忠信、克敦素行，而乃裂冠毀冕、傾耳邪目，甚或搔頭傅粉，行跛躃而言嚘嚶，不亦人之所大恠乎？何以異於是？是故群經，本末具者也；管、荀、韓、商[4]、莊、列、孫、吳，異本而同末者也；左丘明、司馬遷之徒，輕本而重末者也；賈誼、董仲舒、劉向、揚雄、韓愈、歐陽修、曾鞏、周敦頤、朱子之倫，持本以齊末者也；馬融、鄭元[5]、賈逵、孔穎達，循末以求本者也；司馬相如、枚皋[6]、班固、張衡，逐末而遺本者也。異本而同末者，雄豪以自逞，其弊偏僻而即於詭邪；輕本而重末者，敘述以爲工，其弊恣肆而流於夸誕；持本以齊末者，其庶乎道矣，乃其末流，則又不免於雷同剿說之患；循末以求本者勦，久且繁稱而亡實；逐末以遺本者華，又將放浪以飾虛。翱翔乎文藝之圃，遊戲乎淹雅之林，若魏晉以下，至於唐宋之人，其間豈盡無本？而末之既甚，本則掩焉！君子弗尚。有明文事特衰，一二巨子倡爲詭僻圬墁之作，號稱復古，自命一世。本既亡，而末微矣！當時，如歸熙甫氏所爲，於道本末皆有所得，歸氏之亡三百餘年而方氏出，其文蓋有弗如歸氏之成者，而志則大焉。思推其本以治其末，爲之而有所未竟，有力者當張之以成其志，正未知其能焉否耳！詎可以他人之片言、行文之一字而遂慢之耶？足下進學之始，才高氣銳，方當窮治諸經，總涉群言，然後出其真見以區別古今賢否是非，必當卓然有以自得。若執其一說，狃於先入，譬斷獄者然，能無偏聽乎？夫名高者忌眾，方氏晚達，有重名，好招集人士，故齮齕者多。而爲人薄行，有儁才，爲文好蕩軼者尤首訾之。足下萬萬無是，因辯說及之也，輒肆妄言，惟詧不宣。（光緒癸末善化向氏校本《龍壁山房文集》卷二）

【注釋】

[1] 方氏：方苞。

[2] 微言大義：微言，言辭精深微妙；大義，舊指有關《詩》《書》《禮》《樂》諸經之要義。

[3] 朝：晁，亦即西漢晁錯。

[4] 商：商鞅。

[5] 鄭元：即鄭玄。

[6] 枚皋：字少孺，西漢臨淮淮陰人，枚乘庶子。以文思敏捷名，善辭賦，今多不傳。

蘇時學

蘇時學（1814—1874），字斅元，號琴舫，又號爻山，晚年號猛陵山人，廣西藤縣人。道光二十六年（1846）進士，官至內閣中書、奉直大夫。潛心求學，詩文皆精。有《寶墨樓詩冊》《寶墨樓楹聯》《墨子刊誤》《遊瑤日記》《羊城遊記》《爻山筆話》《鐔津考古錄》等。

論詩絕句八首

人世重教面目開，絕無依傍是仙才。須知詩筆如刀筆，一字能翻鐵案來。

妃紅儷白[1]也生姿，梳裹家家競入時。我道不如真更好，亂頭粗服愛西施[2]。

一彈指頃現全身，忽作英雄忽美人。悟到詩家空色相，須知無想亦無因。

非唐非宋自名家，落落胸襟皓月華。修到神仙曾幾世，天然風骨是梅花。

詩外原來更有詩，此中消息幾人知？偶然參破菩提[3]旨，只在拈花[4]默坐時。

神女荒唐莫認真，微詞感動是騷人。曇花一現恩恩事，未必禪心果染塵。

蒼茫風雨夜迷離，詩鬼詩仙[5]雜怒嬉。一片靈光躡飛電，神龍鱗爪破空時。

風雨寒松夜鼓琴，朱絃疏越有遺音。鍾期未遇伯牙老[6]，流水高山何處尋？（《萬首論詩絕句》三）

【注釋】

[1] 妃紅儷白：指詩文句式整齊，對仗工穩，如紅色和白色之相配相偶。

[2] 西施：春秋末越國苧蘿人，姓施，亦稱西子。貌美，爲當時所

艷稱。

［3］菩提：佛教名詞，意譯"覺""智""道"等。佛教用以指豁然徹悟之境界，又指覺悟之智慧與途徑。

［4］拈花：此爲佛教禪宗以心傳心的第一公案。後以喻心心相印，會心。

［5］詩鬼詩仙：詩鬼謂詩人構思奇特，多描寫鬼魅世界，李賀被稱爲詩鬼。詩仙指詩才飄逸如神仙的詩人，李白被稱爲詩仙。

［6］鍾期、伯牙：鍾子期和伯牙，二人爲知音。

詩箋四首

塗鴉刻鵠[1]漫紛紛，仙鶴聲高迥入雲。學到屠龍[2]非小技，雕蟲[3]何苦效迴文。迴文。

剿說雷同古所譏，偶然集句未全非。終疑五色天孫錦[4]，不是僧家百納衣[5]。集句。

詠物何妨寫性情，古人真處但空行。絶憐瑣碎鈔書手，滿紙蟲魚[6]注不成。詠物。

萬古詩人眼界開，江山奇絶費詩才。留題笑煞村夫子，處處能吟八景來。八景。（《萬首論詩絶句》三）

【注釋】

［1］刻鵠：喻倣效前賢。

［2］屠龍：指技藝高超或技藝高超而無用。

［3］雕蟲：比喻從事不足道之藝，常指寫作詩文辭賦。

［4］天孫錦：織女所織之錦。

［5］百納衣：亦作"百衲"，指僧衣。納謂補綴，百言其多。

［6］蟲魚：指訓詁考據之學。

題施香海彰文[1]《挹蘇樓詩集》二首

今世愚山老，論詩自一家。奇情紛磊落，淡語亦風華。雲潤石生骨，爐熔金煉沙。蒼茫風雨夜，字字躍龍蛇。

貌樸心尤古，神寒骨更高。孤吟舒朗月，萬象洞秋毫。畫鬼見奇筆，

屠龍藏善刀。生平風義重，羞唱《鬱輪袍》[2]。（《寶墨樓詩册》卷四）

【注釋】

[1] 施香海彰文：施彰文，字美蘧，號香海，清廣西蒼梧人。工詩，有《把蘇樓遺稿》。

[2]《鬱輪袍》：古曲名，相傳爲唐王維所作。王維作此以獻公主，遂得高中。

暇日偶翻兩粤前輩詩集有所得戲作論詩絕句十五首

粤中風雅迭登場，遠接西江一瓣香。黎二樵。呂石帆。張藥房。馮魚山。[1]皆宋派，唐音吾獨愛陳元孝。梁藥亭。[2]

跡删[3]健筆瘦峻嶒，萬古南宗屬慧能[4]。並世尚疑同調少，豪雄何止冠諸僧。跡删上人成鷲與國初三家同時，其才實足相抗。顧向來論粤詩者，從未齒及，殊不可解，唯沈文慤公選《國朝別裁》許爲“僧詩之冠”，可謂跡删知己。然其詩佳者尚多，文慤所錄未盡也。

二樵當日老居士，五百四峰名草堂。一卷新詩寫冰雪，十分忙著爲蘇黃。黎二樵。

嶠西雅集流傳少，唐宋遺音久已淪。一個高僧兩名士，二千年内見三人。宋元以前，粤西人有詩集流傳者，唯唐之祠部曹堯賓及宋明教禪師[5]之《鐔津集》而已。

輞軒從古略南荒，誰識人間醉白堂。更有奇文雄一代，中原旗鼓孰相當。全州謝石矑別駕良琦。石矑文可方同時侯、魏[6]，而天才橫逸，殆將過之，二百年來，世無知者，非粤西一憾事耶？

二關棣萼喜聯吟，淺語偏能悟道深。應與江門傳一脈，月明如水徹禪心。蒼梧關欽山孝廉爲寅[7]，弟靜叔孝廉爲寧[8]。二關兄弟並喜談禪，詩派與白沙子[9]近，故云。

少日才名壓輩行，年年書劍客殊方。老來始作風流宰，三晉雲山入錦囊。蒼梧鄧方輈[10]大令建英。

醴庭仙骨本珊珊，五嶺歸來主坫壇。可惜奇才偏偃蹇，一官博得腐儒餐。平南袁醴庭[11]教授。

落花吟罷賦《閒居》，曾是文清[12]賞識餘。三十三峰能繼起，一家詞賦樂何如。桂平潘丙崖[13]大令鮑，紫虛學博兆萱[14]。丙崖出劉文清公門下，嘗以《落花詩》得名，又有《閒居三十詠》。紫虛爲丙崖從子，有《三十三峰草堂詩集》。

雲媚書記劇翩翩，妙處還從制義傳。刊出家規能見道，探來好句忽如仙。桂平黃雲湄[15]教授體正。

閒與陶韋結古歡，南天老鶴共盤桓。松風入夢有誰聽，夜靜一聲山月寒。桂林李松圃[16]郎中秉禮，松圃與李少鶴酬唱最多，故次語及之。

山人愛山山有主，自唱山歌出山塢。隔山謠應丁丁斧，驚起山雲作山雨。藤縣陳藜山[17]大倜，藜山詩以《樵夫歌》一首爲最，末句即用其語。

谷嶺北來盤大燕，鬱江東下抱迴龍。雪翁舊句分明在，寫入樓臺煙雨中。先伯祖雪漁翁，雪翁諱秉正[18]，由孝廉官至國子典籍。"谷嶺"二句乃其《半是樓觀雨詩》也。谷嶺、大燕藤，二山也；迴龍，州名，在劍江中。劍江即鬱江也。

子晉吹笙已得仙，嘯台鸞鳳獨攸然。春風醅酒不歸去，滿面落花猶醉眠。王介臣[19]。

豪情真欲吸西江，湖海元龍氣未降。萬古江樓傍江滸，即論大節已無雙。施香海。（《寶墨樓詩冊》卷七）

【注釋】

[1] 黎二樵、呂石帆、張藥房、馮魚山：黎簡，字簡民，一字未裁，號二樵，又號石鼎道人、百花村夫子，清廣東順德人。詩畫書稱三絕，詩學李賀、黃庭堅，有《五百四峰草堂詩文鈔》。呂堅，字介卿，號石帆，清廣東番禺人。工詩擅畫，與黎簡、張錦芳、黃丹書稱"嶺南四家"。張錦芳，字粲夫，一字藥房，號花田，清廣東順德人。學問博洽，尤工詩，與欽州馮敏昌、同邑胡亦常稱"嶺南三子"，有《南雪軒詩餘》。馮敏昌，字伯求，號魚山，清廣東欽州人。工詩詞，有《小羅浮草堂集》。

[2] 陳元孝、梁藥亭：陳恭尹注見上。梁佩蘭，字芝五，號藥亭，清廣東南海人。結蘭湖社，以詩酒爲樂。工詩，與同邑程可則、番禺王邦畿、方殿元及陳恭尹等稱"嶺南七子"，又與陳恭尹、屈大均稱"嶺南三大家"。有《六瑩堂集》。

[3] 跡刪：成鷲，俗姓方，名顯愷，字趾麟。出家後法名光鷲，字即山，後易名成鷲，字跡刪，明廣東番禺人。工詩文。有《咸陟堂詩文集》。

[4] 慧能：或作惠能，嶺南新州人，祖籍范陽，俗姓盧。禪宗第六祖。後居韶州曹溪山寶林寺，弘揚"見性成佛"之頓悟法門，與神秀在北方倡行之"漸悟"相對，分稱南宗、北宗。

[5] 明教禪師：契嵩。

[6] 侯、魏：侯方域、魏禧。

[7] 爲寅：字欽山，號澹園，清廣西蒼梧人。有《欽山筆籟》。

[8] 爲寧：未詳。

[9] 白沙子：疑指陳獻章。

[10] 鄧方輈：鄧建英，字方輈，清廣西蒼梧人。

[11] 袁醴庭：袁珏，字醴庭，生卒年月不詳，清廣西平南人。善文，尤工於詩。有《五畝山房文集》。

[12] 文清：劉墉，字崇如，號石庵，清山東諸城人。有《石庵詩集》。

[13] 潘丙崖：潘鮚，字丙崖，清廣西桂平人。

[14] 紫虛：潘兆萱，字樹其，號紫虛，清廣西桂林人。喜讀書，工詩擅文。有《三十三峰草堂詩集》。

[15] 黃雲湄：黃體正，字直，號雲湄，清廣西桂平人。有《帶江園詩草》。

[16] 李松圃：李秉禮。

[17] 陳藜山：未詳。

[18] 秉正：蘇時學之伯祖。工詩文。

[19] 王介臣：未詳。

冬夜讀曾茶山詩集

夜寒沸鼎吟蒼蠅，女奴睡熟喚不應。瞥向茶山領微悟，如逢月下敲門僧。風骨矯若霜天鷹，神魚脫網終騫騰。黃魯直。韓子蒼[1]。楊廷秀[2]。陸務觀。傳一燈，莫參死句飛仙能。（《寶墨樓詩冊》卷十）

【注釋】

[1] 韓子蒼：韓駒，字子蒼，號陵陽先生，宋仙井監人。詩似儲光羲，有《陵陽集》。

[2] 楊廷秀：楊萬里。

讀詩遣興十八首有序

客窗無事，偶取古詩吟諷。每意有所觸，輒演數言，非云尚論古人，聊以發抒己見云爾。

三曹[1]盛文章，子植實雄秀。天才出胸臆，逸氣淩宇宙。富貴亦何爲，不逮中人壽。曹子桓[2]。

詩家有恆言，在昔稱陶謝。竊念羲皇人，康樂豈其亞。合傳宗老韓[3]，未免貽笑罵。陶淵明、謝康樂。

詩仙詩聖間，維摩乃詩佛[4]。巍然三教尊，鼎足孰能屈。同時儲孟韋[5]，清風亦披佛。王摩詰。

高古奧逸主，實惟孟雲卿[6]。次山[7]念同學，萬里東南行。仰披主客圖，風格何崢嶸。孟雲卿。

忽憶杜陵翁，遠念豐城客。采藥青溪旁，逃名洛陽陌。旦夕餐松花，商歌出金石。王季友[8]。

郎官友謫仙，鯨鑑而春麗。飛聲大曆先，語妙律猶細。俗論誇東川，誰能賞孤詣。張侍郎謂[9]。

逎翁曼情流，諧謔見風操。詩格開元和，妙論辟堂奧。有子曰非熊，茅山亦高蹈。顧逎翁況[10]。

山人擅宮詞，如女有國色。世無樊姬[11]賢，孰置君王側。空冷嬋娟子[12]，潺湲三太息。張承吉祜[13]。

唯郟及武陵，五言並高致。得毋淵明潛，彼此互名字。范蠡[14]爲陶朱，蹤跡偶然異。于郟[15]于武陵。

飛卿後爲憲，牧之勝荀鶴。二子皆有聞，翶翔振寥廓。惟慚玉溪生，白老見嘲謔。溫憲[16]、杜荀鶴。

鑄金事闍仙，字字刮心目。曷遣唐王孫，獨泣荊山玉[17]。千年鬼嗚嗚，夜向昭陵哭。李才江洞[18]。

麟鳳隱西山，柤梨皆可啖。名以布衣傳，跡豈神仙濫？杜曹詩告哀，馬陸誤宜勘。陳嵩伯陶[19]。嵩伯歿於天祐以前。曹松[20]、杜荀鶴並有哭詩可證。今馬、陸[21]兩《南唐書》並作於元宗時，人殊爲刺謬，予有辯存《筆話》中。

李主最多情，離愁更無那。生逢國步艱，忽念家山破。天上落人間，悲歌悵誰知。李後主。

蜀女信多才，翩翩弄柔翰。百篇宮禁傳，五色雲霞爛。豈獨薛濤箋[22]，風流古今冠。花蕊夫人。

矯矯漢東雲，鹿角力能拔。惜哉朝陽鳳，乃作淩霜鶚。冥冥去網羅，青蓮果誰殺？石守道介[23]。

高子晁張倫，筆力見精悍。賞識遇涪翁，知音孰云罕？天公憐國香，吩咐詩人管。高子勉荷[24]。

蕭公賦梅花，健筆可曲鐵。猶楊范陸閑，拔戟自成列。仙官[25]敕六丁，空嗟廣陵[26]絕。蕭千嚴德藻[27]。

攜琴上燕臺[28]，南望意蕭颯。寫此孤臣心，勿忘漢時臘[29]。唯應晞發生，狂歌互酬答。汪水雲元量[30]。（《寶墨樓詩冊》卷十）

【注釋】

[1] 三曹：指曹操及其子曹丕、曹植。

[2] 曹子桓：曹丕，字子桓，沛國譙人。代漢稱帝，建立魏王朝，是爲文帝。性好文學，有《魏文帝集》。

[3] 老韓：老子爲道家代表，韓非爲法家代表。

[4] 詩佛：王維奉佛，學頓教，受禪宗思想影響極深，以禪悟詩，人稱“詩佛”。

[5] 儲孟韋：儲光羲、孟浩然、韋應物。儲光羲，唐潤州延陵人。安祿山陷長安，迫受僞職。後脫身歸朝，貶死於嶺南。孟浩然、韋應物注均見上。

[6] 孟雲卿：唐德州平昌人。工詩，長於五古，與薛據相友善。

[7] 次山：元結。

[8] 王季友：唐河南人。性磊落不羈，愛好山水。博極群書，工詩。

[9] 張謂：字正言，唐河內人。工詩。

[10] 顧況：字逋翁，號華陽山人，又號悲翁，唐蘇州人。善爲歌詩，工畫山水。

[11] 樊姬：春秋時楚國人，楚莊王夫人。莊王好狩獵，姬以不食禽獸之肉相諫，王乃改過，勤於政事。

[12] 嬋娟子：美貌女子。

[13] 張祜：字承吉，唐清河人。性耿介不容物，以宮詞著名。

[14] 范蠡：春秋末年越國大夫。助句踐滅吳。

[15] 于鄴：字武陵，唐末五代時京兆杜陵人。工詩，尤善五律。

[16] 溫憲：唐太原祁人，溫庭筠子。有詩名。

[17] 荊山玉：荊山所產之美玉。

[18] 李洞：字才江，唐京兆人。慕賈島爲詩，鑄其像，事之如神。

[19] 陳陶：字嵩伯，號三教布衣，五代時嶺表劍浦人。工詩。有《文錄》。

[20] 曹松：字夢徵，唐舒州人。工詩。

[21] 馬、陸：馬令：宜興人，于北宋徽宗崇寧四年（1105），撰成《南唐书》。陸即陸游。

[22] 薛濤箋：箋紙名，唐女詩人薛濤，自製深紅小彩箋寫詩，時人

稱爲"薛濤箋"。

[23] 石介：字守道，一字公操，學者稱徂徠先生，宋兗州奉符人。爲文有氣，反對佛老和駢文。有《徂徠集》。

[24] 高荷：字子勉，自號還還先生，宋荆南人。詩學杜甫，得黃庭堅指授。

[25] 仙官：借以尊稱道士。

[26] 廣陵：琴曲名。嵇康善彈此曲，秘不授人。

[27] 蕭德藻：字東夫，號千巖老人，宋福州閩清人。工詩，極爲楊萬里所稱。有《千巖擇稿》。

[28] 燕臺：指戰國時燕昭王所築黃金臺，相傳燕昭王築臺以招納天下賢士，故也稱賢士臺、招賢臺。

[29] 漢時臘：漢代祭祀名。漢以戌日爲臘。後多以指對故國的思念。

[30] 汪元量：汪元量，字大有，號水雲子，宋臨安錢塘人。爲詩慷慨有氣節，多紀國亡北徙事。有《水雲集》。

論墓志

墓志之例與史傳不同，傳則善惡皆書，志則善書而惡不書，此定例也。至事有關於君父，尤宜隱約其詞始爲得體，若侯朝宗志沈季宣[1]而誚其族千餘人，謂"無一能讀書識字"者，此已爲過當。至全州謝石矅志其姊壻鄧鴻卿[2]，乃歷舉其父與弟之過惡而直書之，此悖詞也。原謝氏之意，謂將以愧其生而慰其死歟！然使生者見之，則其父與弟必慙憤內生，未必能釋憾於死者，是無益於死者也。使死者有知，而揚其父與弟之過以爲己名，吾知九原之下必有蹙然而不安者，則更有憾於生者也。是皆於勸懲之義無與焉！然則志墓者宜若何？《傳》曰："使死生①復生，生者不愧乎其言。"知斯義者，庶有當於立言之旨歟！（《爻山筆話》卷十一）

【注釋】

[1] 沈季宣：沈譽，字季宣。天性澹泊，不茹葷血。力學穎悟，有文章名。

---

① 據《左傳》，"生"當作"者"。

［2］鄧鴻卿：鄧裔琦，字鴻卿，廣西全州人。仕宦不暢。詩文多悲凉之音然多不傳。

方百川[1]制藝

興化鄭氏燮[2]曰："本朝文章當以方百川制藝爲第一，侯朝宗古文次之。"又云："百川時文精粹湛深，抽心苗發奧旨，繪物象、狀人情，千迴百折而卒造乎淺近。朝宗古文標新領異，指畫目前，絕不受古人羈絏，然語不遒，氣不深，終讓百川一席。"卓哉斯言！可與論古文矣！原鄭氏之意，豈不知百川之文爲今文者？而直躋之於古文之上，何哉？誠以百川之文固爲今，而實則自明以來，世之善爲今文者莫能逮，世之貌爲古文者尤莫能過也。必不得已，還於古之人求之，則唯屈子之騷、龍門[3]之史、杜陵之詩、歐陽子之文，能以身世無窮之感，發爲日星河嶽之光，而沈鬱蒼涼頓成絕調，千秋而下，求其庶幾接踵而無憾焉者，其在斯人歟！其在斯文歟！（《爻山筆話》卷十一）

【注釋】
［1］方百川：方舟，方苞之兄。
［2］鄭燮：字克柔，號板橋，清江蘇興化人。詩書畫均曠世獨立，人稱三絕，亦工詞。有《板橋全集》。
［3］龍門：司馬遷出生於龍門，故以"龍門"指代司馬遷。

論　詩

世之論詩者，每曰清才[1]多奇才少，此不然之論也。夫清豈易言哉？孟子論聖人而獨以清許伯夷，則自伯夷之外，其真清者有幾人耶？今言詩之清者，必曰王、孟、韋、柳，然自王、孟、韋、柳之外，其真清者有幾人耶？

漢以前之爲詩者，皆無意爲詩者也，無意爲詩，而有不得不詩者，而詩始於是傳焉！此詩所以少而愈貴也。唐以後之爲詩者，皆有意爲詩者也，有意爲詩，即有可以不必詩者，而詩亦於是傳焉！此詩所以多而愈賤也。（《爻山筆話》卷十二）

【注釋】

[1] 清才：品行高潔的人。

陶　謝

詩家恒言：“並稱陶謝，以其宗尚相同也。”實則淵明之與康樂，不獨人品誠僞攸分，即詩品亦仙凡迥別，而尊奉者顧無異詞。竊謂陶公有靈，恐不免老韓合傳[1]之歎。（《爻山筆話》卷十二）

【注釋】

[1] 老韓合傳：老子道無爲，韓非講法，宗尚不同，但《史記》以二人合傳。

《秋興詩》注

杜少陵《秋興》第六首有云：“朱簾繡柱圍黃鵠，錦纜牙檣起白鷗。”按此兩句正從上句“邊愁”生出，曰“圍黃鵠”“起白鷗”者，乃從繁華中寫出荒涼景況，而下句“回首可憐歌舞地”正申明此意也。今解者曰：“言宮殿之多而黃鵠不能高舉，有似於圍帆檣之密而白鷗不能閒遊，爲之驚起。”何異癡人說夢乎？（《爻山筆話》卷十二）

馮注義山

國朝馮孟亭浩[1]有《李義山詩注》，未免過於穿鑿，殊失詩人忠厚之旨。向來注杜者亦然，皆非可與言詩者也。（《爻山筆話》卷十二）

【注釋】

[1] 馮浩：字養吾，號孟亭，清浙江桐鄉人。丁憂后不復出，著述自娛，注李商隱詩文尤有成績。有《孟亭居士詩文稿》《玉溪生詩集箋注》《樊南文集詳注》。

李後主詞

古今人言詞者眾矣！當以唐五代人爲最。而唐五代人言詞者亦眾矣！當以李後主爲最。噫，後主之詞，亡國之音也，而千載以下，讀者猶爲之靈然而悲，有不知其涕之何從，豈其聲音之道入人者深，誠有出語言文字之外者耶？（《爻山筆話》卷十二）

論宋明詩

宋詩至西江[1]而變極，故言宋詩者，莫盛於西江。然西江行而宋詩一厄矣！明詩至北地[2]而變極，故言明詩者，莫盛於北地，然北地行而明詩一厄矣！（《爻山筆話》卷十二）

【注釋】
[1] 西江：此指江西詩派。
[2] 北地：代指李夢陽。

蔣琦齡

蔣琦齡（1816—1876），原名琦淳，字申甫，號石壽、月石，廣西全州人。道光二十年（1840）進士，授翰林院編修。官至順天府尹。性耿直，好論事，終爲時所憚，以養老乞歸，遂不復仕，主講桂林各書院。詩文俱佳，文筆雅健暢達。有《空青水碧齋文集》《詩集》。

《況少吳先生詩集》序

古今之以詩鳴者，不可勝紀。而或傳或不傳，或褒然大集，後乃闕佚，或片言短韻，膾炙人口，則以爲有幸有不幸焉。又或以爲善爲名，不善爲名焉。余以爲：幸不幸，天也，無可如何者也；爲名則傳，不爲名則不傳，人也，而不盡然也。古之爲詩而膾炙人口者，必其性情真足乎已而不徇乎人，未嘗有名之見存也。則凡褒然大集終於闕然無聞者，安知非專於爲名、務爲標榜徇人而已之性情不見乎？隋以前，金石碑版多不著姓名。李太白之書，范文正[1]之詞，司馬文正[2]、文與可[3]之山水，米元章[4]之賦，並無人知，後世乃知之。欲逃名而不可逃，蓋可傳者亦終於必傳。然則傳不傳不敢知，亦第爲其可傳者而已。吾鄉詩人之傳者，二曹、王文元、翁大舉以來，代不過數人。國初則謝石臞、梅莊，繼之者袁醴庭、朱小岑、家鼎山[5]也。至道咸間，而朱伯韓、王定甫、龍翰臣、蔣霞舫[6]、蘇煦谷同時並奮，稱極盛焉！琦齡獲與諸君游，皆獲讀其詩，乃最後始獲讀觀察少吳先生之詩。先生與鼎山先生同鄉舉，與先大夫同舉進士，歷諫官，著直聲，出爲河南監司，有惠政。年未五十，退歸養親，遂不復出。人第惜其未究厥用，不知其緒餘發爲詩，導源《選》體，馳騁於唐以來諸名家之場，無體不工。而近體聲容全乎渾雅，思力窮乎清新，尤賅唐宋之妙，蓋自束髮即妪佳句，逮乎戴白[7]，凡得詩二千餘首，排比八卷，可謂盛矣夫！固與鼎山上繼謝朱，下開後賢者也。顧平日退然未嘗以詩自鳴，所著多不以視人，即林居二十年，當伯韓、定甫諸君盛壇幟、奮角逐，先生以先進顧束杠解斾[8]於其間，以故鄉邦牛耳之執，或不知有先生。此豈有意於名，必求其傳，而其詩之卓卓可傳？顧如是，雖欲逃名不傳，亦何可得哉？琦齡於道光間，以年家後進謁先生於京寓。比登朝，先生即出巡糧鹽，相從之日絕少，而先生特念之。壬寅入都，途被寇掠，先生書問拳拳。今集中更有見寄四首，其期許之厚、軫念之勤溢於言表，乃詩成終於未寄。琦齡今始見之，讀而流涕。足見先生篤於朋舊，而不必其人之知之。此其於詩，性情之真足乎己而不徇乎人，泊然遠於聲名標榜之為，亦其一斑也。獨琦齡老猶侘傺，學無所成，即詩之一道亦粗涉焉，雖不徇乎人，亦無以足乎己！厚孤先生期望。於斯集之梓，重有感焉而不能已於言。僭序其首，滋足媿矣。光緒初元乙亥立冬日，年家子全州蔣琦齡謹序。（《空青水碧齋文集》卷四）

【注釋】

[1] 范文正：范仲淹。

[2] 司馬文正：司馬光，字君實，謚文正，宋陝州夏縣人。編有《資治通鑑》。

[3] 文與可：文同，字與可，號笑笑先生，世稱石室先生、錦江道人，宋梓州永泰人。工詩文，善書，尤長於畫竹。有《丹淵集》。

[4] 米元章：米芾，字元章，號鹿門居士、海嶽外史，世稱米襄陽、宋襄陽。徽宗時召能詩文，擅書畫，精鑒別。有《寶晉英光集》。

[5] 家鼎山：未詳。

[6] 蔣霞舫：蔣達，字霞舫，清廣西全州人。

[7] 戴白：頭戴白髮，形容人老，亦代稱老人。

[8] 束杠解笄：此指解官歸田。

《俟園集》序 丙寅

琦齡少時從同姓叔父鼎山先生於贛，始學為詩。先生論詩不拘時代，謂詩之可傳而不磨者，唯其真而已，塗飾刻畫者，偽也。情真景真，能暢達而曲傳之，斯為工矣。先生之學，篤信宋五子，於其書，一言一句皆取以自求己事，而實之於踐履尤自刻苦。無所不學，雖方伎末藝罔不貫綜，蓋將儲為世用者，詩特餘事耳。自登乙科，五試禮部，得而復失，最後以校官注選乃隱約田里，肆於山水而詩益工，屏除叫囂墮突之習，無取詰曲鉤棘之為，固而存之，氣凝而體潔，涵而揉之，色夷而音和。未嘗不刻意陶洗，而卒莫能窺其斤削[1]之跡，出人意外而靡不愜人意中者，唯其真也。山谷有言："孝友忠信，是此物之根本，本固則枝葉光華。"又曰："須從治心養性中來，濟以學古之功。"觀於先生，則知所謂情景之真者，又原於心性學術之真。而欲蹈襲剽賊以爲之，則去之益遠，而僞滋甚矣！夫奉而終始之則爲道，言而發明之則爲詩。詩雖不足以盡先生，未始不可因詩以見先生。維卒不施以昌其詩，揭德振華，豈非今世之貞曜耶？遺稿合詩餘爲三卷，又古文一卷。其論文謂："古聖賢無意爲文，積於中而不能已於言耳。"蓋猶論詩之旨，故其得力略與詩同。琦齡嘗錄其副以自隨，欲鋟版於秦蜀者屢矣！頻年遷轉，因循未遂。適令子春甫[2]司馬已刻於連山，以書來曰："子不可以無言。"嗚呼！夙昔辟咡，追維如在目前，忽忽四十年，學無寸進，猶木無以植其根，其枝葉之顑頷宜也。愧負先生多矣！何足以知先生？顧先生之所以教與其所以爲詩文者，久服膺，弗敢忘。因刻之成，述其大旨，俾世之讀先生集者，毋第以爲文士詩人之傑也，或亦扣槃捫燭[3]者之有以相之耳。（《空青水碧齋文集》卷四）

【注釋】

[1] 斤削：謂請人修改詩文。

[2] 春甫：況澄子，餘未詳。

[3] 扣槃捫燭：喻不經實踐，認識片面，難以得到真知。

《萬石山館吟稿》序丙寅

　　余自避墜，再至零陵，獲交程君虎溪[1]。君長身玉立，好古多聞，長於古近體詩及駢體文，儗舍對雷，晨夕過從樂甚。比近家山，則井邑彫殘，親知零落，鄉俗日益敝陋，因歸里。不置車馬，不預慶弔，雖內外姻黨，未嘗及時往還。既不詣人，人亦不詣之。時於林下水邊，顧影一笑耳。丙寅之冬。君忽竹輿擔肩，見訪於龍溪之東園，相見大喜。兩人者皆不飲，而亦潔尊置觶，相與縱談和詩，有時大噱，聲振林屋，鄰人騎牆，童稚窺戶，亦莫不驚且笑之。東坡有言"笑所怪也，吠所怪也"，蓋久矣！還鄉無此樂矣！君將有都梁之行，瀕行，出所作詩問序於余。余非能詩者，顧竊謂：言者，心之聲，詩文特言之精者，而詩以言志，尤天籟也。人不能已於言，即不能已於詩。自來勞人思婦，偶出一二語，其至者，雖學士文人槁項爲之無以過。故同一詩，而有雄奇，有和易，有繁縟，有簡淡，各得其性之所近者，天也。而或失之鄙硬粗率，或失之庸滑纖仄，於是學問以涵揉之，友朋以切劘之。迨其成，亦卒不能無所勝者，皆天也。夫以唐宋大家，且不能有得無失、皆長無短也，彼其得天獨厚，加以好學深思，用力積久，如人飲水，冷暖自知，遂能避失而趨得、略短以用長耳！此則視乎其人之所自力，而學之成與不成判焉！人也，非天矣！君之詩與其所得力，已具於自序，比學韓、蘇，則氣益雄、語益奇，非所謂得天厚者乎？而學之不厭，虛己好賢又如是，是殆能用其長，以日趨於得者，其成也可必，而其成之詣不可量矣！君之鄉，有楊紫卿[2]待詔、鄧湘皋[3]學博，皆近代詩人之傑。余讀其詩，嚮往之，恨宦遊北方，歸而不及見也。繼二公起者，非君而誰？行矣勉之！他日重逢於瀟峋湘羅間，其業之成而足以淩時賢、追往哲者，當益幸吾言之券合也。（《空青水碧齋文集》卷四）

【注釋】

　[1] 程虎溪：未詳。

　[2] 楊紫卿：楊季鸞，字紫卿。清湖南寧遠人。主講濂溪書院。有《春星閣詩鈔》。

　[3] 鄧湘皋：鄧顯鶴，字子立，號湘皋，清湖南新化人。有《南村草堂詩文集》。

《卓寬甫[1]詩文集》序 辛酉

　庚申之夏，避墜澤州，適黼侯[2]卓丈官此間司馬，相見甚歡，晨夕過從。辱以其尊人寬甫先生詩文集屬為校定，惟先生以名進士，歷官登州同知，文章政績在人耳目間，急流勇退，未衰拂衣，以文學提獎後進，所造就桑梓人材甚眾。琦齡少時蓋已嚮往。道光甲午，獲一謁先生於桂林會垣，親炙其言論風采，退而自幸。嗣是，宦學去鄉，忽忽二十餘年。先生已歸道山[3]，既不獲親其楷模，尤以未窺其著作為憾。不意流浪異鄉，萍蹤偶合，竟償夙願，其欣幸蓋視甲午為尤甚。亟受而卒業，益歎言為心聲，而積中發外之說為不易也。文多酬應之作，要皆樂人善，表章潛德[4]，扶翼名教，非苟焉而已也。而讀五王三達[5]之序，有以覘其學之粹、養之深。詩與駢體，亦皆抒寫性真，絕去浮豔，所謂不求工而自工者。非操瓠之士棄本逐末、斤斤焉稿項於几研間所敢望也。出以問世，藏之名山，足以式浮振靡，其信今而傳後也必矣！先生遺稿不止此，惜亂後多散失。文孫某孝廉蒐輯為此編。干戈滿地，耆哲[6]凋謝，回首

故鄉，文獻日就缺佚，又不獨司馬之嘅歎於其先德也。（《空青水碧齋文集》卷四）

【注釋】

［1］卓寬甫：未詳。

［2］蕭侯：未詳。

［3］歸道山：謂死亡。道山，傳說的仙山。

［4］潛德：謂不爲人知的美德。

［5］五王三達：未詳。

［6］耆哲：老成賢達之人。

與鄭小谷農部書乙丑

慕執事之文章風義，懷願見之私久矣！宦學奔走，迄無參對之幸，未敢驟以書通，而平生詠歎，如懷古人。頃，舍弟瀾奉[1]回，見寄《養堂詩章》。高奇秀邁，蓬蓽陋室，得此璆琅大篇，豈但因之生色？蓋將託以不朽。此旁州士大夫惠題者，不少佳篇，要自未滿人意，莫如公此詩，迨所謂一洗凡馬空者，極佩眷予之厚，益增欽仰。伏承燕坐皋比，陶鑄英乂，鄉邦志乘[2]，更資椽筆[3]，山川民物，託於筆削以增重，述作盛業，藉窺一斑。客歲，曾託王芷庭[4]同年轉呈先祖及先君、先叔父志傳，茲承命再寄梅言翁[5]所作先祖家傳。倉卒間，榻本無存者，謹寄上先祖所著《嶽麓文集》《養正編》各一部。梅翁及蓮史先生所作志銘，均在文集卷首，伏冀垂覽而採擇焉。感甚，幸甚，何時款奉，少盡所懷？手狀謹復。秋暑未艾，萬萬爲道自重，馳仰不盡。（《空青水碧齋文集》卷五）

【注釋】

［1］瀾奉：未詳。

［2］志乘：記載地方的疆域沿革、典章、山川古蹟、人物、物產、風俗等的書。

［3］椽筆：指大手筆，稱譽他人文筆出眾。

［4］王芷庭：未詳。

［5］梅言翁：梅曾亮。

與鄭小谷農部書丙寅

客歲再奉手誨累幅，所以撫教甚具，次及文章鋪陳議論，並辱示以新志體例，若以不肖爲粗有知識，可語以心而藉牖其樸塞者，何幸之大也。心悸氣動，交於胸中，旋以腳氣，淹涉冬春，久滯而未敢率復，徒增愧仰。伏惟閣下簡棄俗榮，遠騁高厲，昭融典義，校度古今，自當執耳，與柏梘[1]諸公狎主齊盟，不但爲西南尊宿而已。顧其心猶欲然，自視勤學好問，惓惓之意，溢於毫楮，周覽賜書，欽想勤企。往者，嘗與梅言翁同官京師，言翁爲先大夫齊年，居又同巷，獲掃其門，惜未能自刻，屬畢講討。其古文一派，雖同出姬傳，似非管、陳諸公之比，微嫌邊幅少狹耳！詩尤清深婉峭，在石湖、後村之間，拔出嘉道風氣之外，竊以爲鳥群孤鳳。近聞少鶴、惠西[2]諸君梓其遺集，想猶未備插架[3]之數。至先生所摘《家傳》之疵，則亦有故。蓋言翁素未與先祖謀面，先祖生平著述亦未寓目，彼見行狀所云“少從戎旃，老就學官，教授鄉里，踪跡不倫，措施亦異”，故文成，而語先大夫云“吾唯以一‘孝’字括之”，此蓋未能深悉其爲人而强以大言籠罩。夫古之儒者，文武唯所施行，窮達視乎用舍，此必有得於中而一以貫之者矣！傳之而未能定其爲何如人，文無主意則安得不以改字縮句爲事乎？“站役”數語，指其小疵，先生法眼，以爲“並無成竹”，何其洞見癥結也！不勝欽服。然其他文字，或不皆如是，他日先生見之，或不以鄙言爲阿好也。至道州高才博學，其所宗尚，則在亭林。蓋源於永嘉陳、薛[4]之派，以博通古今、講求實用爲務。亦嘗與同官蜀中，所上封事爲傾瀉肝膈之作，乃多迂瑣不切時要之談，始知以考據爲經濟，正不易言，此又與梅先生爲古文學者異也。廬陵有言：“能爲其可傳，不能爲其必傳。”吾鄉先達，類多闇修，少聲氣之游揚，故談藝者所罕及。然詩如游仙、賦如望子，亦未嘗不與池草江楓膾炙不朽。人貴自立，是所賴先生爲枌榆生色矣！頃芷庭書來，云志書已將脫稿，不勝欣幸。舊志昔稱善本，未能細讀，家中藏書燼盡，無從取視，承示體例，具見良工苦心。而另爲別錄，不改原書，尤是虛懷，欽遲無已。唯群盜、昭忠、宦績、人材，各以錄名，其職官科舉、殉難人民、節烈婦女，以何爲名？宦績、人材各爲錄，而仍各附於職官科舉之後，合爲一卷，而群盜、昭忠、殉難、節烈，別自爲門，仍無所附錄，豈六卷之例亦未能畫一耶？人材不皆科舉，節烈不盡死寇，不亦與職官、殉難兩門亦稍異耶？想細目，別有斟酌矣！志與史異，史易代始克成之，志則數十年而一修。自來名志門目，莫能相同，或分或合，或沿或創，蓋時地爲之也。故舊書可續者續之，不能續者變之。今先生於舊書不能不續，而又不忍變，別自爲錄，好古服善之盛心，自來未有也。以閣下服膺前人，知後來之亦當服膺閣下，然使來者咸別爲書，則恐破碎不成其爲書。是新舊之編，將來皆欲不變不能者也，毋亦使後來者獨爲其難耶！自來可傳之志，亦不以續編掩先生宏才，摠攬羅絡，何妨損益熔鑄自成爲小谷之志，而聽心池之志別行，管見猶惜謙讓太過耳！已將殺青，自無變易，欲闋不言，又恐辜不棄朽廢而下問之意，故復云爾！某少溺帖括，長困簿書，又積憂恐。今雖退休，而始衰多病，神志頓少，才力敗缺，養親之餘，愧未能盡意於筆硯。辱獎借太過，非不肖之所敢承。比敝族修譜，以秉筆見推，辭之不得，半年勒成六卷，今錄其序文考辨凡篇求正，昔子固亦嘗以氏族之書請教於永叔矣！家之有譜，雖非史志之比，而於世教甚有關係，唯震川“宗法廢而始作譜”一語獨中肯綮，惜猶引而未發，序本此義而暢言之，先生視之，猶有一二語中理者否耶？不必以文章格律論耳！又刻成先祖遺書一部，並寄呈覽，均希有以教之，幸甚！今夏枯旱毒熱，窮鄉憫雨，病夫神氣，日益眊然。近覺窗戶生涼，始能把筆，敬修手狀，上問起居，嶽茶一匣，聊以充信。伏惟爲道自重，精調寢興，不勝馳繫。（《空青水碧齋文集》卷五）

【注釋】

［1］柏梘：梅曾亮。

［2］惠西：未詳。

［3］插架：置書於書架上。

［4］永嘉陳、薛：指南宋永嘉學派的陳傅良和薛季宣。陳傅良，字君舉，號止齋，宋溫州瑞安人。以文擅當世，師事鄭伯熊、薛季宣，與張栻、呂祖謙友善。有《止齋文集》等。薛季宣，字士龍，號艮齋，宋溫州永嘉人。爲學主著實，反對空談義理，開永嘉事功學派先聲。有《浪語集》。

鄭小谷獻甫比部寄示詩文集奉柬二首

儈楚[1]論詩文，其陋同學術。共持門戶見，不恥殘膡[2]乞。滎陽冠群儒，依傍乃不屑。獨揮八極斤，安用三尺律。博物無常師，識見彌卓絕。鎔鑄爲偉辭，薈蕞亦捵撦[3]。學無漢宋[4]分，詩豈時代別。生平笑歸安[5]，古文家以八。集中論文語。貫穿會眾長，有作皆超軼。豈唯一世雄，直是古人傑。

彥和亦有言，新奇乃反雅。披華固宜謝，詭趣[6]斯爲下。誇飾仍不誣，兼美蓋亦寡。事博趣益昭，萬彙入陶冶。君才誠天授，上齊古班賈[7]。自然英雄姿，未許捉刀假。神交已多時，康成忍近舍。惜哉不得去，跡阻徒心寫。泠泠楚明光，敢謂知音者。訪道會有時，一接桂枝馬。（《空青水碧齋詩集》卷十三）

【注釋】

[1] 傖楚：魏晉南北朝時，吳人以上國自居，鄙視楚人粗傖，謂之"傖楚"，因亦用爲楚人之代稱。

[2] 殘賸：指細微的損失。

[3] 捵撦：拉撕剝取。特指在寫作中對他人的著作率意割裂、取用。

[4] 漢宋：漢學與宋學。漢代經學中注重訓詁考據之學，宋代理學以義理爲主。

[5] 歸安：舊時謂出嫁女子回娘家省視父母。

[6] 詭趣：謂趣向相反，結果不同。

[7] 班賈：班固與賈誼。

題蘇虛谷遺集有序

詩主生新不落臼窠，固也。而務爲奇僻，令人讀之不解爲何語，亦豈大雅正軌耶？故人蘇虛谷[1]之詩，取逕別而搆思精，異於時賢之以奇字僻典爲新者也。其門生嚴少韓[2]明府[3]輯其稿以示余，將梓之，因題一律。

故人嗟悼已沈泉[4]，誰遣遺珠到眼前。境比《龜堂》[5]味深美，華如崑體格清堅。堪憐拙宦[6]死猶客，虛谷罷官，客死保定。始信君身骨是仙。回首義臺揮手別，庚申別於新樂，遂成永訣。山窗展卷一潸然。（《空青水碧齋詩集》卷十三）

【注釋】

[1] 蘇虛谷：蘇汝謙。

[2] 嚴少韓：未詳。

［3］明府：指縣令。

［4］沉泉：沒入深淵之中。

［5］《龜堂》：陸游所作的詩歌。

［6］拙宦：不善爲官，仕途不順。多用以自謙。

倪　鴻

倪鴻（1828—?），字延年，號雲癯、耘劬，清廣西臨桂人。仕途困頓，早年爲巡檢，官僅九品。四十六歲後游閩、台、吳、越、皖、豫、齊、魯、楚等地。爲著名詩人張維屏、黃香石入室弟子。以詩名，其詩受吳偉業、王漁洋影響較深。有《退遂齋詩鈔》《退遂齋詩鈔續集》《花陰寫夢詞》《桐陰清話》等。

論詩兩則 其一①

南城曾賓谷中丞燠[1]。《讀陶淵明》詩有句云：“其詩高且純，可謂淵而明。”海州朱古愚理問照[2]。《登平山堂》有句云：“看山不喜平，茲山平亦好。”一以陶公名字作讚歎，一以平山[3]名字作議論，俱得未曾有。（卷一）

【注釋】
[1] 曾賓谷：曾燠，字庶蕃，號賓谷，清江西南城人。工詩文。有《賞雨茅屋集》。
[2] 朱古愚：朱照，未詳。理問：官名，掌勘核刑名。
[3] 平山：未詳。

論詩兩則 其二

華亭王侍御九齡[1]有句云：“世間何物催人老，半是雞聲半馬蹄。”海州李茂才棣[2]仿其意有句云：“怪道詩人容易老，送春才過又悲秋。”可謂精於脫化。（卷一）

---

① 本編選録倪鴻詩論均出其《桐陰清話》。

【注釋】

[1] 王九齡：字子武，清江蘇華亭人。有《艾納山房集》《松溪詞》。

[2] 李棣：未詳。

用《牡丹亭》字句

"裊晴絲，吹來閒庭院"，湯玉茗[1]《牡丹亭》曲語。近某詠遊絲有句云："誰家柳絮閒庭院，風軟吹來寸寸愁。"或譏其用《牡丹亭》曲中字。余謂"遊絲"用《牡丹亭》亦不妨，因詩與題相稱也，漁洋"十日雨絲風片裏，濃春煙景似殘秋"，又何嘗不用《牡丹亭》耶？（卷一）

【注釋】

[1] 湯玉茗：湯顯祖，初字義少，後改義仍，號海若、若士、清遠道人、繭翁，所居處曰玉茗堂，明撫州府臨川人。與袁宏道、屠隆、徐渭、梅鼎祚等相友善。有《臨川四夢》等。

集　句

嘗見某家牓其門曰："老驥伏櫪，流鶯比鄰。"蓋左爲馬房，右爲妓院，故云。集句之工，真天造地設。（卷一）

寄內詩二首

李忠毅公[1]《除夕寄內》詩"六年五度未歸家"，吳石華[2]學博《七夕寄內》詞"九回今夕在天涯"，語相似而各妙。旅人不堪誦此。（卷一）

【注釋】

[1] 李忠毅公：李長庚，字超人，號西巖，清福建同安人。武狀元，謚忠毅。有《李忠毅公詩集》。

[2] 吳石華：未詳。

孟蒲生觀劇填詞

　　番禺孟蒲生孝廉鴻光[1]。雅好觀劇，無日不在梨園菊部中。有優人某，乃先爲淨，後改業爲旦者，孟悅之，填《滿江紅》詞云：“猶記可兒、十三四，丫头花面。撲堆著、可憎模樣，盡人留戀。顏色已嫌脂粉浣，鬚髯试看韶光賤。想畫眉、張敞太粗豪，塗抹遍。觀音像，從今現。夜義相，休重變。算一身兩橛、陰陽交戰。始歎英雄心易改，都因兒女情難斷。對妝檯、試問兔雌雄，誰能辨？”詼諧妙絕，可謂雅謔。（卷一）

【注釋】
　　[1] 孟鴻光：字蒲生，號印覺居士，別署小孟山人，生卒年未詳。博聞强記，詩文屬對工巧。有《綠劍真人詩鈔》。

詠遊絲三種

　　詠遊絲詩頗多佳者。如姚芬[1]云：“似嫌飛絮沾泥易，卻傍長空作上游。”美之也。又某云：“憐他自己無棲息，猶自頻牽落溷花。”惜之也。又潘恕[2]云：“人前故作娉婷態，飛上雲端學步虛。”諷之也。用意不同，各有其妙。（卷一）

【注釋】
　　[1] 姚芬：未詳。
　　[2] 潘恕：未詳。

露筋祠詩

　　露筋祠[1]詩，五言余最愛會稽許幼文茂才尚質[2]“荷花開自落，秋水淨無泥”；七言最愛順德蔡春帆太史錦泉[3]“白水至今猶一色，綠楊到此不三眠”。皆爲貞女寫照，意在離即間，可與阮亭一絕爭勝。（卷二）

【注釋】

[1] 露筋祠：俗稱仙女廟，附近有貞女墓。

[2] 許尚質：字又文，一字小訥，清浙江山陰人。工詩。有《釀川集》。

[3] 蔡錦泉：字文淵，號春帆，廣東順德人。通經史，工詩文。有《聽松山館集》。

《雞鳴》詩說

少時讀《雞鳴》詩而疑之，夫蠅聲與雞聲絕不相似，豈有聞蠅聲而以爲雞鳴者乎？後讀番禺徐子遠灝[1]《詩說》，乃釋然也。雞鳴與蠅聲當爲二事，匪、彼古字通，言彼雞則鳴且有蒼蠅之聲矣！下章“月出之光”，當爲日字之誤，言彼東方則明且有日出之光矣！蓋詩人戒旦言其晏，非謂其早也。朝既盈，則不得爲早明矣！說甚精確。（卷二）

【注釋】

[1] 徐灝：字子遠，一字伯朱，號靈洲，清番禺人。有《靈洲山人詩錄》。

論詩一則

畢秋帆[1]尚書句云：“四年三遇旱，十室久關門。”吳曉嵐[2]孝廉句云：“一年三作客，十夢九還家。”一寫凶年之景，一寫逆旅之情，句調皆同，不堪卒讀。（卷二）

【注釋】

[1] 畢秋帆：畢沅，字纕蘅，號秋帆，因從沈德潛學於靈巖山，自號靈巖山人，清江蘇鎮洋人。精通經史，旁及語文學、金石學、地理學，並善詩文。有《靈巖山人詩文集》等。

[2] 吳曉嵐：清海陵人，博學。

字有平仄並用

字有平仄並用者，如某詠五風十雨句云："兩度膏纔膏，三番扇倍扇。"新警得未曾有。（卷三）

觀字去聲

《越風》選山陰李謙嵒大令光昭[1]。《哭方竹書》詩中有句云："宦情淡似陶元亮[2]，詩思清於陸務觀。"按：貞觀年號及陸務觀"觀"字俱去聲，讀作平聲似誤。（卷三）

【注釋】
[1] 李光昭：未詳。
[2] 陶元亮：陶淵明。

僧詩二種

漢軍蔡禹功制府珽[1]。句云："詩句瘦於寒夜鶴，心情閑似暮山猿。"仁和馬秋藥太常履泰[2]。句云："施香笑揖梅檀越，留飲狂開曲道場。"同是僧詩，一覺清真，一覺豪宕，俱可誦也。（卷三）

【注釋】
[1] 蔡珽：字若璞，號禹功，清漢軍正白旗人。有《守素堂詩集》。
[2] 馬履泰：字叔安，一字定民，號菽庵，又號秋藥，清浙江仁和人。以文章氣節重於時，書法古健，亦工詩畫。有《秋藥庵詩集》。

袁枚詩句重用

《隨園集》中有"歌唇時帶讀書聲"句，一用之於《李郎曲》，一用之於《贈歌者曹郎》詩。原非絕妙好詞，重用竟不自檢。（卷五）

題圖詩句二種

潘芝軒[1]相國《題蔡槑盦韻香書室悼亡圖》句云："披圖轉爲添惆悵，潘岳而今已白頭。"舒鐵雲[2]孝廉《題張伯治姬人杜者爲憐圖》句云："似此娉婷嫁張碩，前身必是杜香蘭。"一切己，一切人，並皆佳妙。（卷五）

【注釋】

[1] 潘芝軒：初名世輔，字槐堂，號芝軒，清江蘇吳縣人。有《思補齋集》等。

[2] 舒鐵雲：字立人，小字犀禪，號鐵雲，清順天大興人。性情篤摯，好學不倦，爲詩專主才力。有《瓶水齋集》及雜劇數種。

詩有迭法

詩有迭法。順德蔡春帆閣學《錦泉》句云："南北東西路，陰晴冷暖天。"秀水錢籜石侍郎載[1]句云："申寧岐薛亭臺里，車馬衣裳士女風。"上聯是五迭，下聯是七迭。（卷五）

【注釋】

[1] 錢載：字坤一，號籜石，又號匏尊、壺尊，晚號萬松居士，清浙江秀水人。工詩與書法。有《籜石齋詩文集》。

張清河善倚聲[1]

華亭張清河女史，玉珍[2]。隨園女弟子也。賦詩之外，尤善倚聲。有《沁園春》一闋《詠七字詞》云："北斗闌干，猜是銀河、三更四更。記涼瓜食候，蘭期空誤；巧針穿處，弦月將生。里數山塘，賢留竹塢。若個才華展步成。無聊甚、學盧仝茶癖，風味偏清。畫樓十二春晴，算五處閑窗懶未登。愛寶釵徐整、閒情脈脈；琴弦低撥，幽韻泠泠。扶下香車，織殘襄錦，六一爐縈碧篆輕。於中意，付詞人秦柳[3]、寫倚聲。"用

典處覺多多益善。（卷六）

【注釋】

[1] 倚聲：指按譜填詞。

[2] 張玉珍：字藍生，一字輶山，又字清河，清江蘇華亭人。自幼工詩，爲時人所重。有《晚香居詞》。

[3] 秦柳：秦觀、柳永。

詩惟至性最易感人

詩惟至性最易感人。瀋陽樊子實司馬鍾秀[1]。以河員擢江蘇同知，臨別口號云：“相送無言揾淚痕，只聞鄭重語還吞。行行巷口回頭望，爺面朝空娘掩門。”語無雕琢而一種孺慕之情，讀之惻然。（卷六）

【注釋】

[1] 樊鍾秀：未詳。

論詩三種

桐鄉朱圃茂才鴻猷[1]。《憶父》詩云：“莫道兒思阿爹苦，異鄉思子更凄涼。”讀之令人增天倫之重。仁和宋茗香助教大樽[2]。《示弟》詩云：“十年兄弟飄零久，難得相逢是故鄉。”讀之令人增友于之愛。海州張秦川學博文渭[3]。《答友》詩云：“可憐一夜思千遍，片夢何曾到粵東。”讀之令人增友朋之誼。嘉興陶東籬茂才璉[4]。《寄內》詩云：“老去更無兒在膝，惟君憐我我憐君。”讀之令人增伉儷之情。（卷七）

【注釋】

[1] 朱鴻猷：字仲嘉，號鄉圃，清浙江平湖人。工詩文，善鑒古。有《見山樓書畫錄》。

[2] 宋大樽：字左彝，一字茗香，清浙江仁和人。有詩名。有《茗香詩論》。

[3] 張文渭：未詳。

[4] 陶璉：未詳。

簾鈎詩

　　王笠舫[1]大令《綠雪堂集》中有《簾鈎》詩四首，思清語雋，余酷愛誦之。嘗與杜季英[2]論及此詩，季英以爲尚欠刻畫，遂援筆賦四首云："銀蒜深垂碧戶中，櫻桃花底約簾櫳。樓東乙字初三月，亭北丁當廿四風。翡翠倒含春水綠，珊瑚返掛夕陽紅。雙雙燕子驚飛處，鸚鵡無言倚玉籠。""丫叉扶上鎖窗間，押住爐煙玳瑁斑。四面有聲珠珞索，一拳無力玉彎環。攀來桃竹招紅袖，輕□楊花上翠環。記得前宵踏歌處，有人連臂唱刀環。""曲瓊猶記楚人詞，落日偏宜子美詩。一樣書空摹蠆尾，三分月影卻蛾眉。玲瓏腕弱夜無力，宛轉繩輕風不知。玉鳳半垂釵半墮，簪花人去未移時。""綠楊深處最關情，十二紅牆界碧城。似我勾留原有約，殢人消息久無聲。帶三分暖收丁字，隔一重紗放午晴。卻憶太真含笑入，釵光鬢影可憐生。"鈎心鬥角，典麗風華，殊不減王作矣！（卷七）

【注釋】

　　[1] 王笠舫：字律芳，號笠舫，清浙江會稽人。工詩。有《綠雪堂遺稿》。

　　[2] 杜季英：未詳。

詩不專詠物

　　清江楊蘭畹制府錫綬[1]。《詠螢》句云："剛有流光能自照，已忘腐草是前身。"長洲周迂村茂才准[2]。《詠蝶》句云："多少繁華任留戀，不知止是夢中身。"家大人《詠蟹》句云："近來禾黍秋江裏，借問橫行得意不。"皆不專詠物也。（卷七）

【注釋】

　　[1] 楊錫綬：字方來，號蘭畹，清江西清江人。有《四知堂文集》等。

　　[2] 周准：字欽萊，號迂村，清江蘇長洲人。能詩，有《迂村文鈔》。

論詩二種

吳蘭雪[1]刺史有句云：“誰知縱酒酣歌地，中有唐衢淚數升。”此歡娛中淒愴語。張南山師有句云：“莫持崇儉爲高論，欲濟窮黎散富錢。”此遊戲中見大語。（卷八）

【注釋】

[1] 吳蘭雪：字子山，號蘭雪，清江西東鄉人。工詩，爲王昶、翁方綱、法式善所推重，有《香蘇山館詩鈔》。

今人詩句不減唐

黃田門少尹[1]有句云：“石迎人面笑，泉和鳥聲啼。”何減“山從人面起，雲傍馬頭生”？喻少尹白[2]。參軍有句云：“官閑僮僕懶，病久友朋疏。”何減“不才明主棄，多病故人疏”？（卷八）

【注釋】

[1] 黃田門少尹：未詳。
[2] 喻白：未詳。

詩要翻得妙

嘗聞周葆綠[1]《泊潯陽江贈人》詩云：“江波澹澹月華斜，有客橋津繫小艖。儂是天涯淪落慣，已無酸淚濕琵琶。”俞溥臣[2]《春遊》詩云：“綠楊陰裏繫青驄，白板雙扉夕照中。不是重來感崔護[3]，桃花也自對人紅。”俱翻得妙。（卷八）

【注釋】

[1] 周葆綠：未詳。
[2] 俞溥臣：未詳。
[3] 崔護：字殷功，唐博陵人。相傳他清明時獨遊城南，求飲而遇

女子，意屬甚厚。及來歲清明往尋不得，因題詩云："去年今日此門中，人面桃花相映紅。人面不知何處去，桃花依舊笑春風。"

詠十二月立春

十二月立春，常事也。南海吳朴園宮簷彌光[1]。詩云："猶是田家伏臘天，已看花信到梅邊。椒盤獻後添佳話，迎卻新春再送年。"所謂詩有別裁者，殆謂是耶？（卷八）

【注釋】
[1] 吳彌光：未詳。

詩見性情

詩見性情。方元鷗[1]《讀史》有句云："六經磨得英雄老，錯計焚書是祖龍。"悔心漸萌也。孟桐[2]《懷古》有句云："文人別有蒼涼感，不問迷樓問選樓。"習氣未除也。（卷八）

【注釋】
[1] 方元鷗：字海槎，清浙江金華人。工詩。有《鐵船詩鈔》。
[2] 孟桐：未詳。

廖鼎聲

廖鼎聲，字金甫、韻叔，生卒年不詳，清廣西臨桂人。道光十二年（1832）舉人。曾官內閣中書，雲南宣威州知州，後任廣西直隸州知州。工詩，才氣卓絕，落筆成韻。有《冬榮堂集》《拙學齋論詩絕句》《味蔗軒詩話》。

拙學齋論詩絕句一百九十八首

昔元遺山作《論詩絕句》，漁洋尚書仿之。茲予所作，皆論吾粵自唐迄今詩，成於庚申之歲。比年復補遺數章，兼及其人之新歿者。夫粵人固非無能詩，以僻在嶺外，流傳遂少。溯自道咸朝，蒼梧施香海茂才與東粵王國賓[1]有合集之刻，而其縣人李詒卿[2]明經亦以詩名燕、晉。若吾邑朱伯韓觀察，古文詩詞繼上元梅郎中主盟京師，蓋亦難與抗手也。同時全州蔣軍甫[3]、灌陽蔣霞舫兩京兆，馬平王定甫通政、吾邑龍翰臣方伯，皆詩不苟作，有名當代。予與桑梓諸公，或佩其人而知其詩，或譚藝相洽，義兼師友。既一官萬里，望中原如天上。頃聞消息，唯軍甫、定甫尚存，諸人半歸道山矣！儽然拙學，謭陋滋慙，因輯予《論詩詩》，悵悵有懷，不能無慨也。同治丁卯夏六月朔，廖鼎聲金甫氏書於滇榕城之桂根椒實山房。

予輯予《論詩絕句詩》，存篋衍中，又年餘，攜之走滇、黔、蜀、楚數千里，今毅然以付手民[4]於羊城。或疑予好為反唇之論，意若有私焉者。嗟乎！予豈敢以私見行乎其間哉！夫闡幽發微，予有其志而無其才與力者也。有其志而無其才與力，終不涉一黨同之見，率舉平居夙好數人，盛稱其學業，遂以為吾粵即此數子者足盡其餘，外此無有焉。蓋吾粵人絀於應援瞻顧，使前修黯而弗彰，予所深歎。若溺於私好，僅就耳目間師友莫逆之人，無論其業之可傳不可傳，亟相標榜，見既不廣，論亦過拘，又予所深歎者也。予所論僅二百有餘人，而自唐迄今，若謂即可概吾粵，誠不能以自信，要殊於應援瞻顧，與夫阿於所好者。罣漏之譏，仍所難免。尤望有同志者助為蒐羅，以補鄙見所不及，斯則予之幸，抑非獨予之幸也。嗟乎！予其敢以私意行乎其間哉！持論是非，姑行己見；訕笑怒罵，悉聽諸人，一無惡焉。刊既成，更揭數言於卷端。同治七年戊辰冬十月，金甫氏又書於廣州旅次。

【注釋】

［１］王國賓：未詳。

［２］李詒卿：未詳。

［３］蔣軍甫：未詳。或爲蔣申甫，即蔣琦齡。

［４］手民：古時僅指木工，後指雕版排字工人。

總論一首

象郡山川闢自秦，蒼梧絕學重前民。如何詩斷三唐始，漢魏風謠迹就湮？

論唐人六首

議謐當年偉義生，山巖曾著讀書名。千秋詞部論初祖，四怨三愁復五情。曹鄴。

《主客圖》中句未全，曹唐大小賦《遊仙》。岳陽李遠空成戲，鸞鶴依然下九天。曹唐。

廿五人中第一人，杏園重試亦無倫。論詩何必爭壇坫，拂袖清灘萬古春。趙觀文[1]。

正聲落落拂絲桐，老檜寒泉響未空。酬唱深閨文事樂，居然高隱似梁鴻[2]。王元。

積思冥搜致力深，神珠瑞玉有人欽。最憐膡簡無多在，還誤湘江細雨吟。翁宏[3]。

百篇爲謝翁宏作，洗耳巢由[4]志豈孤。想像伴行惟瘦鶴，廖融當日有時無？廖融[5]。

論五代人一首

慘淡天涯賦倚門，歸田聊許報親恩。白龍科第人空紀，白馬祠堂今尚存。梁嵩[6]。

論宋人十三首

泉州道士禮虛皇，漕使新篇爲寫將。記得茶紅崇祭社，競呼詩老作周王。周渭[7]。

立魚峰頂幾回登，文字聲華憶昔曾。父子荒陬人不識，空留片羽紀中丞。覃慶元[8]。

馬革沙場徐伯殊[9]，姓名猶幸表輿圖。白州長史金城戰，一例傷心賦綠珠[10]。徐璽。

掛冠神武[11]德真潛，一賦穿巖韻懶拈。今日豹山招隱地，猿啼鶴唳爲誰兼？林通[12]。

《灕山》一集今何在？勳業終誇馮大參。科第三頭[13]良不負，獨憐鄂倅識梗楠[14]。馮京[15]。

和光洞口有詩留，人去仙蹤未許求。欲擬夷齊原不似，青雲丹竈[16]夢橫州。安昌期[17]。

嘉祐才名並李陶，粵南山翠倚天高。龍蟠亦似髯蘇詠，未用王珪[18]捃摭勞。李時亮。

晦夫[19]學本聖俞[20]師，曾拜坡翁合浦時。笑煞詩箋疏考覈，強從六一[21]訂宗支。歐陽闢①。

文蕭高文富徹齋，雲歸巷里試樏鞋。可憐彌遠終何處？那識湘源山水佳。陶崇[22]。

短簿風流世未知，磨崖江滸姓名垂。如君附驥猶堪羨，請揭灘山水月碑。張茂良[23]。

不愧南軒[24]儒弟子，蟄巖佳詠贈升之。千年識取唐公佐，羞煞秦城王氣時。唐弼[25]。

人言混迹入鐔津，誰道鐔津又有人。吳越名高留不得，秋墳零落吊湘濱。陸蟾[26]。

玉方響出《桂華篇》，錦野朱川妙勢銓？更有詩僧宗與可[27]，嗔禪師後亦超然。石仲元[28]、契嵩、景淳[29]。

【注釋】

[1]趙觀文：生卒年未詳，唐廣西桂林人。爲人正直，得罪權臣，託病辭官歸里。

[2]梁鴻：字伯鸞，東漢扶風平陵人。嘗作《五噫之歌》以譏刺時政。後閉戶著書，疾困而卒。

[3]翁宏：字大舉，五代至宋初廣西桂州人。與廖融、王元等爲詩友，唱和甚多。

[4]洗耳巢由：巢父和許由。相傳皆爲堯時隱士，不受堯讓之位。

---

① 闢，誤作"闞"。

後用以指隱居不仕者。

　　[5] 廖融：未詳。

　　[6] 梁嵩：五代時潯州平南人。仕南漢，纍官翰林學士。見世多虐政，乞歸養母。

　　[7] 周渭：字得臣，宋昭州恭城人。

　　[8] 覃慶元：宋融州人。莊重不阿，遇事敢言，舉朝服其公正。

　　[9] 徐伯殊：徐噩，字伯殊，其先洪州人，徙廣西白州。儂智高叛，力戰卒。

　　[10] 綠珠：西晉廣西白州人。石崇愛妾，美而艷，善吹笛。爲趙王司馬倫黨孫秀所逼，墜樓自殺。

　　[11] 掛冠神武：此謂辭官。神武，古宮門名。即南朝時建康皇宮西首之神虎門。相傳南朝梁陶弘景在此門掛衣冠而上書辭祿。

　　[12] 林通：字達夫，宋廣西賀州人。仁宗時爲御史，後棄官歸。工詩。

　　[13] 三頭：科舉考試三試均奪魁之人。即府試爲解頭，進士試爲狀頭，博學宏詞及制科試爲勅頭。

　　[14] 梗楠：大材，棟樑之材。

　　[15] 馮京：字當世，宋鄂州江夏人。有《灊山集》。

　　[16] 丹竈：煉丹所用之爐灶。

　　[17] 安昌期：宋昭州恭城人。仁宗皇祐初進士，爲永定縣尉，棄官不仕。

　　[18] 王珪：字叔玠，唐太原祁人。

　　[19] 晦夫：歐陽辟，字晦夫，宋桂州靈川人。

　　[20] 聖俞：梅堯臣。

　　[21] 六一：歐陽修。

　　[22] 陶崇：字宗山，號激齋，南宋廣西陽朔人。

　　[23] 張茂良：宋靜江臨桂人。仕爲潭州善儀主簿。嗜古能文，文氣高潔，於宋末諸家外，卓成一體。

　　[24] 南軒：張栻，字敬夫，又字樂齋，號南軒，宋漢州綿竹人。爲學重義利之辯，與朱熹同爲道學大師。有《南軒集》。

　　[25] 唐弼：字公佐，宋廣西臨桂人，孝宗淳熙初張栻經略廣西，辟爲幕僚。

　　[26] 陸蟾：五代廣西鐔津人。以能詩名於楚越間，所作《題廬山瀑布》詩，爲時人所稱。

　　[27] 與可：文同。

［28］石仲元：字慶宗，五代末桂林七星山道士。以能詩名。有《桂華集》。

［29］景淳：釋景淳，宋僧。

論明人二十一首

一篇妙什詠湖山，魏晉歌謠亦等閒。欲覓高風渾不見，九州黃鵠自飛還。黃佐[1]。

松樹情傷棄置處，竹雞素蟻[2]奈君何！嶺雲十字堪千古，太息才人失網羅。陳暹[3]。

喬梓名詩大是難，尚書老去釣江干。清湖回憶年時事，衝雨斜風燕子單。張廷綸、張漮。[4]

侍郎不作中丞死，登眺無人負好春。割取山雲歸袖底，丹梯白鶴[5]弟兄親。陳瑤、陳琬。[6]

雜詠怡情樂自如，詞林切要著遺書。一官投老棲巴蜀，憶否碧連峰裏居？唐瑁[7]。

好問新詩署拙庵[8]，洪都宦轍又滇南。麥黃一什周民隱，欲續《豳風》作美談。包裕[9]。

湘皋巨集又瓊瑰，二陸雙丁[10]信是才。未佽西涯詩法在，風裁嶽嶽重三臺。蔣昇[11]、蔣冕。

繫獄能成正氣吟，剛腸熱血自森森。晴窗手把東湖集，感我蒼梧萬里心。吳廷舉[12]。

福州開府集英靈，碎玉遺珠欲涕零。親見球琊出燕市，瓦文深緻呂公銘。呂調陽[13]。

講學金陵李白夫，亭名琢玉道心腴。劍門治績誰堪繼？三百年來興不孤。李璧[14]。

秋官垂死杖痕香，往迹令人感不忘。九卷鹿原仍北派，問誰高唱和仙郎？戴欽[15]。

楚客留連漫苦吟，莒盤風味故園心。秋來入座青霞滿，獨對堯山成古今。張騰霄[16]。

三友堂成此靜觀，桂山多骨雪霜寒。移家卻愛交州遠，冰井清流契古歡。馮承芳[17]。

羽王著述富堪珍，配得名姝句亦新。不解《雲巢》詩在否？枉賽蕭艾誤斯人。張鳴鳳[18]。

忠簡當年謫夜郎，蘆笙吹落滿頭霜。珠璣脫贈傳人口，猶記龍山舊草堂。張翀[19]。

聞道郎官敢建言，"笑將淚雨灑乾坤"。《本事詩》原句。如君白首猶卑吏，若箇青詞[20]媚至尊？何世錦[21]。

半村肥遯絕塵想，抱膝哦詩興自高。猶有輞川風味在，不曾輕賦《鬱輪袍》。鄧鑛[22]。

都嶠山人傳集賸，麻陽政績亦堪誇。秋懷跌宕關河老，惆悵戎州拂劍花。王貴德[23]。

邊塞孤臣慷慨歌，遼陽兵事竟如何？平生知己臺山相，寄與清詩血淚多。袁崇煥[24]。

志節文章重一時，尚書父子鳳麟姿。寧馨早世真填惜，空讀湘山七字詩。舒應龍、舒宏志。[25]

苦瓜[26]逸興畫詩兼，勝國風流姓氏潛。若喜禪機參正論，虎邱劍閣句須拈。尚濟、溥畹。[27]

【注釋】

[1] 黃佐：字才伯，號泰泉，明廣東香山人。學從程、朱爲宗，學者稱其爲泰泉先生。有《樂典》。

[2] 竹雞素蟻：竹雞，林中飛鳥，此指山林生活。素蟻，酒面上之白色泡沫，此指飲酒。

[3] 陳暹：字德輝。嘉靖乙未進士，官廣東布政使。

[4] 張廷綸、張溉：張廷綸，號鈍庵，明廣西平南人。張溉，字仲湜，號涇川，明廣西平南人，張廷綸次子。詩文力追古人，所著甚富。有《涇川文集》。

[5] 丹梯白鶴：丹梯謂紅色臺階，亦喻仕進之路。白鶴俗稱仙鶴，指隱逸生活。

[6] 陳瑤、陳琬：二人事未詳。

[7] 唐瑄：字德潤，明廣西桂林人。博覽群書，工詩文，精議論，有《怡情雜詠》。

[8] 拙庵：當指王士元，字拙庵，號具川道人，元臨汾人。有《拙庵集》。

[9] 包裕：字好問，明廣西桂林人。有《拙庵稿》。

[10] 二陸雙丁：二陸指晉陸機、陸雲兄弟。雙丁指三國魏丁儀、丁廙兄弟。

[11] 蔣昇：字誠之，號梅軒，廣西全州人。

[12] 吳廷舉：字獻臣，號東湖，明廣西梧州人。有《西巡類稿》。

[13] 呂調陽：字和卿，號豫所，明廣西臨桂人。有《帝鑒圖說》。

［14］李璧：字白夫，號琢齋，明廣西武緣人。有《劍閣集》。

［15］戴欽：字時亮，明廣西馬平人。有《鹿原存稿》。

［16］張騰霄：字子翀，號華景，明廣西桂林人。工詩。有《楚客吟草》。

［17］馮承芳：字世立，號桂山，明廣西桂林人。有《桂山吟稿》。

［18］張鳴鳳：字羽王，晚年自號漓山人，明桂林臨桂人。博雅能文，一生頗爲勤奮，筆耕不輟，著述甚爲豐富，有《浮萍集》《東潯集》。

［19］張翀：字子儀，明廣西柳州人。有《渾然子》。

［20］青詞：文體之一。

［21］何世錦：未詳。

［22］鄧鑛：字剋柔，宜化人，嘉靖年間隱居於半村。

［23］王貴德：字正源，容縣人，萬曆四十六年（1618）舉人。有《青箱集》。

［24］袁崇煥：字元素，明廣西藤縣人。有《袁督師遺集》。

［25］舒應龍、舒宏志：舒應龍，字時見，號中陽，廣西全州人。舒宏志，全州北隅人，舒應龍之子。

［26］苦瓜：石濤，本名朱若極，明靖江王之後，出家爲僧，釋號原濟，字石濤，別號瞎尊者、大滌子、清湘老人、苦瓜和尚等，明末清初全州清湘人。清初山水畫大家，畫花卉別有生趣，對繪畫理論卓有所見，主張遺貌取神。有《畫語錄》。

［27］尚濟、溥畹：尚濟未詳。溥畹，字蘭穀，如皋人，本姓顧。

論國朝人七十四首

作倅江南有鉅公，文章海內獨推雄。爲憐蕙以明珠謗，感舊漁洋恨不窮。謝良琦。

受堂詩派接思誠，軒輊難分體製精。終竟阿咸才譽美，鄉賢名宦古今情。唐納牖、唐之柏。[1]

元音郢雪又開先，文事還從武備傳。識得五州團練使，腐儒三策壯平滇。高熊徵[2]。

諫草當時渺不存，名書一炬又荒村。宗風好託賢人後，汗漫詩篇子細論。廖必强[3]。

下學京門志願賒，材搜史館著東華。並時獨怪鄉評略，警電無人數謝家。蔣良騏、謝允復。[4]

開府名篇署恍山，長謠短什杜蘇間。詩人循吏都無忝，投老牙幢[5]魯國還。謝賜履。

瑞梅鐵石表君心，寶樹名家蘊蓄深。莫道詞壇生面別，乖崖人物許知音。謝濟世。

昭代元良徵偉業，相公教澤有遺書。即論餘事仍山斗，吉甫清風頌穆如。陳宏謀[6]。

寶桂燕山首折枝，徵車兩度入滇池。山河蒙叚多吟諷，未要升庵謫宦詞。廖方芹[7]。

依然南徼政聲聽，兄弟名傳五桂馨。鳳翥鴻冥終一致，有人偏爲祝文星。廖方蓮[8]。

江楚人師道自尊，能書況許步平原。烏頭馬角[9]生還否？盡室東征滿淚痕。黃明懿[10]。

勸農什如儲太祝[11]，杜律又聞誇退庵[12]。莫便相輕秋興句，此才清絕鎮無慙。劉新翰[13]。

同譜東洲兩侍郎，傳來韻語協清商。勝他老學靈溪叟，詞賦偏輸文字強。呂熾[14]、楊嗣璟[15]、劉定逌。

得天[16]書法望溪[17]文，親授師承十載勤。爭奈菁華就湮沒，衹傳俊逸鮑參軍。陳仁[18]。

才名四海久推袁，萬里昭潭志業尊。不識遺音等珠玉，邊荒文物付誰論？袁景星[19]。

翩躚才調薄風塵，淡泊盟心老倍純。又悵堂星弱一箇，著書寒夜淚痕新。廖方葵、廖方薛。[20]

馬氏難言季最良，宰官身現謫仙鄉。文辭政績兼戎事，蜀國謳吟迥不忘。廖方皋[21]。

功名徒老千夫長，殘月朝雲得句來。後有鄧曾[22]能嗣響，畫師亦是軼群才。李廷桂，附曾明、鄧松、羅辰。[23]

詞曹父子比三蘇，異代人物得似無？尚想風流賢伯仲，寄情琴語足清娛。朱若東、朱依魯、朱依炅，附朱桓、朱榮。[24]

錦石文成韻佐先，愛才富察爲君憐。雲中鶴舉空無迹，一一聲音飛上天。廖肇織[25]。

滇雲萬里說龔黃[26]，差與姚安[27]較短長。最美玉衡邀睿賞，又傳名德並詞章。何愚，附何彤然。[28]

東峰詞藻幾篇存？滕薛真堪先後論。還有文壇飛將在，《西山》一什著乾坤。唐位伯、滕間海，附梁葆慶。[29]

人自梅莊許代興，風塵顛倒料難勝。巨篇懷古遺篇在，文獻多傷不足徵。李時沛[30]。

小紅按拍譜音聲，別有風流萬古情。老去米家書畫舫，可憐烽火泣秋城。廖肇璠[31]。

回首伊江萬里馳，鹿鳴重赴歲寒姿。才人傲吏天多眷，歸老長安住幾時？廖祚暉[32]。

隨園夸大自豪雄，嶺右偏師竟許攻。陝蜀諸篇希庾鮑，誰言山谷遜坡翁？胡德琳[33]。

綺琴操出古音微，秋笛吟成識者稀。作牧天南飲清露，孤鴻爭不羨冥飛。龍皓乾[34]。

雅風休爲土風嘲，韻事一家好句敲。雲舫題來更幽絕，芭蕉新月上林梢。王之齊[35]。

清俊堪誇王鶴厓[36]，鷗鶘堆畔月痕揩。未能勃敵屏山老，蝴蝶無人飛上階。王嗣曾、潘成章。[37]

楚江吟詠興騷騷，采芷搴蘺未覺勞。尤喜二難誇競爽，集成瀦野首頻搔。歐陽金、歐陽鎰。[38]

羅參心戀趁歸帆，閒史詩編手自芟。坐感埋憂到蠡蝱，墓門新表淚青衫。劉映菜[39]。

小臣將種亦書生，西出東歸萬里情。百戰靴刀終不死，請聽樂府變商聲。楊廷理[40]。

四潘才調丙厓奇，吳下詩人苦未知。我爲文清留轉語，梅花風骨本難卑。潘𩹄，附潘鯤、潘鱮、潘鯝[41]。

姑蒙鬚白唱喎喎，北地東蘭兩宦蹤。不及大鈞遊興健，麗江直取少陵宗。陳倜、羅大鈞。[42]

抵死爭名到反脣，一園詩亦不猶人。要知勳烈尊文定，何必區區琢句新。俞廷舉。

宦遊西極玉門關，才筆縱橫蔚巨觀。始信江山助文藻，中原旗鼓要登壇。黎建三[43]。

"秋水淡浮河漢影，露華新上海棠陰。"原句。和篇突過鐵樓詠，膾炙緣何祇谷音。廖大間[44]。

讀到荒城淡落葉，味陽遊履料曾經。此間閒話繙君詠，感舊憐才眼倍青。左方海，附左乾春[45]。

愛民心更重窮交，敦厚溫柔品不淆。獨惜九原曾處士，人琴何處淚空拋。鄧建英[46]。

把臂才人笑口開，梁園詞賦問鄒枚。歸休雅稱韋盧友，十樣雲箋取次裁。黃東昀[47]。

拾餘祇見觚餘記，文字關情到勺洋。珍重晚唐風格好，兼葭秋水畫瀟湘。王鎧[48]。

河陽一曲壯《韶》《咸》，勝國興亡語未劖。差喜巢雲樓上客，憫時風味別酸鹹。雷濟之、蔣勵宜。[49]

耕餘宦隱又歸田，博取才名三十年。我愛荊軻書傳後，莫將創論祗遺篇。龍獻圖[50]。

《嵩蘇集》成惟自序，逸情高調入深幽。六家題後君誰取，一聽哀蟬落葉秋。朱齡[51]。

遺緒難忘重嶠西，半生心苦遍搜稽。君家感遇曲江曲，擬古七篇應與齊。張鵬展[52]。

防河禦虜擅奇功，埋碧先臣早効忠。老去底將迂緩論？朗吟百首秀江東。熊方受[53]。

《主客圖》成有師法，二童入室真古交。升堂島鶴律漸細，僅許到門惟鶴巢。童毓靈、童葆元、袁思明、葉時哲。[54]

瘦驢瘦馬上京華，風雨淮徐且駐車。一臥瘴鄉氈獨冷，潁濱吟望入天涯。廖大英[55]。

行吏才人重皖江，盛名隨處易心降。夜郎老著黎峨詠，白髮談文對石缸。廖大聞[56]。

盛宗代有布衣尊，謂朱昌煐、朱緒父子[57]。晚見騷壇移赤幡。終愧竹絲異鐘呂，後來居上不須論。朱依真。

廣文垂老夢京朝，小著蕓緗歲月消。爲愛西山歸掛杖，化成八桂鬱青條。黃體正。

登高原許大夫能，秋社杉湖雅會增。榕葉陰中餐荔子，苔岑入座有聾丞。李洪霈、朱椿年。[58]

島佛競傳綠陰派，文昌兼溯碧川師。一吟"雲重畫疑暝"，恰見"山高月轉遲"。覃朝選、唐昌齡。[59]

城南秋老徹煙烽，王粲辭家興轉濃。料得海棠橋畔過，聯吟無伴獨扶筇。倪承訛[60]。

薄宦天西壯志消，涼州酒熟夢鄉遙。莫矜骨傲從天賦，羌笛聲聲總寂寥。朱庭楷[61]。

白蓮蠡起勢紛哤，黑子孤城未易降。從古儒生多勇略，功成長揖泛吟艭。朱鳳森[62]。

守經愛竹紀雙劉，說史難分後勁遒。等是閉門陳正字[63]，可憐無補費窮搜。劉啟元、劉菜。[64]

紫卿獨賞鎮安作，茝叟兼收讀史詞。我道滕王與鸚鵡，乾坤清氣得來時。袁珏。

征魂蓬背雨瀟瀟，不怨春風怨折腰。堅革軟絲垂喻意，定知官緒鬱無聊。鍾琳[65]。

石麟天馬名臣後，濁世翩翩南北帆。五字長城妍鍊好，敝衣容爾換朝衫。楊立冠[66]。

無田聊且賦遄歸，嶺外傳薪樸學稀。四海相師一惜抱，小詩仍擬步陶韋。呂璜。

高飛黃鵠健凌霄，一代元燈眾律調。正雅淘沙羞自獻，未聆翡翠戲蘭苕。陳繼昌[67]。

聞道天青入百蠻，灕江一葉泛蒼山。何殊杜老秦川詠，身自昭潭畫裡遺。余明道[68]。

北遊江海且清懷，題到松巖語最佳。山鬼薜蘿幽怨極，前身恐是屈平儕。蔣卜德[69]。

大江寒食最凄迷，一語如聞琴韻低。少日高歌今冷落，夢魂不逐洞庭西。何家濟[70]。

彭袁舊是潯陽秀，春柳何如董曲江[71]？拈出青山愁入暮，立之堪使鏡亭降。彭炅、袁昭夏。[72]

城上烏烏尾畢逋，古音繁促何嗟吁。潘君合抱冷官骨，詩瘦千秋霜上鬚。潘兆萱。

鍾子山梅動幽興，水雲如夢月來親。蒼茫獨立情無盡，更遣新詩寄故人。鍾儒剛[73]。

病鶴支離許獨飛，情傷棒檄遜斑衣。搜來奇句低徊絕，如此清才死合非。曾克敬[74]。

尖義幾疊坐嚴冬，一現曇花造物慵。更感詩孫山谷渺，古懷十首露霜鋒。蔣一輔、黃圻。[75]

抑齋抑鬱憑誰訴？忍使殘篇付佚忘。寄語山中自珍惜，可能家學繼南倉。周思贊[76]。

左樵客死九嶷深，臚哭憐分死後金。骨肉斯文惟不負，數行分注挹蘇吟。左樵[77]。

聖童名早播髫齡，天忌多才悔謫星。纔哭秋官又藩伯，十年淚眼悵飄萍。蔣璟[78]、龍啟瑞。

並世詞壇掉鞅雄，紀將死後有遺風。就中異物陽彭[79]輩，論定千秋亦至公。陽祖修[80]、陽秉鏞[81]、彭昱堯。

【注釋】

[1] 唐納牖、唐之柏：唐納牖，字曰生，號省庵，清廣西灌陽人，順治間舉人，有《受堂集》。唐之柏，清廣西桂林人。

［2］高熊徵：字渭南，清廣西岑溪人。有《鄖雪齋全集》。

［3］廖必强：字千能，號荷柱，清廣西全州人。有《汗漫詩集》。

［4］蔣良騏、謝允復：蔣良騏，字千之，一字嬴川，清廣西全州人。以母老辭官歸里，參與重修《全州志》。謝允復，字文山，清廣西全州人，考廉，官參議道。

［5］牙幢：旗竿上飾有象牙之大旗。多爲主將主帥所建，亦用作儀仗。

［6］陳宏謀：字汝咨，號榕門，清廣西臨桂人。有《培遠堂稿》。

［7］廖方芹：清廣西臨桂人，餘未詳。

［8］廖方蓮：字心齋，清廣西臨桂人。善詩文。

［9］烏頭馬角：烏頭變白，馬首長角。比喻不可能實現之事。

［10］黄明懿：字秉直，清廣西臨桂人。

［11］儲太祝：儲光羲任太祝，世稱儲太祝。

［12］退庵：未詳。或指梁章鉅，字閎中，又字茝林，號茝鄰，晚號退庵，清福建長樂人。工詩，精鑒賞，富收藏，喜歡研究金石文字，考訂史料。有《退庵隨筆》。

［13］劉新翰：字含章，號鐵樓，清廣西永寧州人。長於吟詩。有《谷音集》。

［14］呂熾：字克昌，號暗齋，室名雙桂軒，清廣西桂林人。有《雙桂林軒存稿》。

［15］楊嗣璟：字營陽，清廣西桂林人。平生喜爲詩，工書法。

［16］得天：張照，初名默，字得天，又字長卿，號涇南，又號天瓶居士，清江蘇華亭人。通法律、精音樂，尤工書法。

［17］望溪：方苞，晚年號望溪。

［18］陳仁：字元若，號體齋，又號壽山，清廣西武宣人。學行醇篤，經術淵深。有《用拙齋詩集》。

［19］袁景星：號休庵，廣西平樂人。有《休庵詩文集》。

［20］廖方炎、廖方薛：未詳。

［21］廖方皋：字堯緗，清廣西臨桂人。

［22］鄧曾：未詳。

［23］李廷桂、曾明、鄧松、羅辰：李廷桂、曾明、鄧松均未詳。羅辰，字星橋，廣西桂林人。工畫，花卉墨竹，並臻逸致。

［24］朱若東、朱依魯、朱依艮、朱桓、朱榮：朱若東，字元暉，號曉園，世居臨桂，爲朱元璋後裔。朱依魯，字學曾，一字筱庭，朱若東子，桂林人。工詩文，有《筱庭文集》《筱庭記歲詩》。朱依艮，字仲明，

一字鏡雲，依魯弟。工詩文。朱桓，字海谷，一字芝圃，清廣西桂林人。詩文俱佳，擅長書法，有《古槐舊廬文稿》。朱榮，字伯勛，清廣西桂林人。工書法，有《琴語山房詩草》。

[25] 廖肇織：未詳。

[26] 龔黃：漢循吏龔遂與黃霸的並稱，亦泛指循吏。

[27] 姚安：未詳。

[28] 何愚、何彤然：何愚，字不圓，清廣西平樂人，曾任廣南知府，耿介廉明。何彤然，廣西平樂人，清嘉慶間進士。

[29] 唐位伯、滕間海、梁葆慶：唐位伯，未詳。滕間海，字巨源，一字廉夫，號湄溪山人，清廣西太平府人，今存《嶠西詩鈔》。梁葆慶，原名旦，清廣西崇善縣人，道光三年（1823）進士，官至禮部主事。天質靈敏，學問淵博。選有《墨選觀止》《墨選精銳》《墨選純實》三書。

[30] 李時沛：字雨亭，清廣西興安人。詩宗法韓愈、蘇軾，有王維風格。有《歸田集》及《求近堂文集》。

[31] 廖肇璠：未詳。

[32] 廖祚暉：未詳。

[33] 胡德琳：字碧腴，一字書巢，廣西臨桂人。有《碧腴齋詩》《燕貽堂詩文集》。

[34] 龍皓乾：號晚樵，清廣西臨賀人，歷任知縣、知州。然性薄宦業，善詩文，號为博學。有《雲倉集》《省齋詩存》。

[35] 王之齊：字思齋，清廣西北土人。工詩，有《漓江紀遊詩》。

[36] 王鶴厓：未詳。

[37] 王嗣曾、潘成章：未詳。

[38] 歐陽金、歐陽鑑：歐陽金，字伯耕，清廣西柳州人，官至山東登州府知府。歐陽鑑，字梅塢，官至甘肅合水知縣。著有《潞野吟草》。

[39] 劉映棻：未詳。

[40] 楊廷理：字清和，號半緣，又號更生，廣西柳州人。有《知還書屋詩鈔》。

[41] 潘鯤、潘鱺、潘鯛：潘鯤，字博上，號厚池，清廣西桂平人。工詩，有《桂林雜詠》。潘鱺、潘鯛爲潘鯤之弟，素有詩名。

[42] 陳倜、羅大鈞：陳倜，字勝萬，號筠圃，清廣西鐔津人。工詩，有《黎山詩集》。羅大鈞，未詳。

[43] 黎建三：字謙亭，清廣西平南人。工詩，有《素軒詩集》。

[44] 廖大閽：字俞侯，清廣西臨桂人。善詩詞，有《樂齋詩存》。

[45] 左乾春：未詳。

［46］鄧建英：字方輈，生卒年月不詳，清廣西蒼梧人。有《玉照堂詩鈔》。

［47］黃東昀：字晴川，號南溪，清廣西靈川人。少受業於杭世駿，詩、古文皆有淵源。有《南溪詩文集》。

［48］王鎧：字東巖，清廣西桂林人。工詩，有《拾餘草》。

［49］雷濟之、蔣勵宜：未詳。

［50］龍獻圖：字則之，號雨川，清廣西臨桂人。工詩文，有《易安堂集》。

［51］朱齡：未詳。

［52］張鵬展：字從中，號南崧，清廣西上林人。有《穀貽堂全集》。

［53］熊方受：字介茲，號夢庵，清廣西永康人。能詩文，有《偶園草》。

［54］童毓靈、童葆元、袁思明、葉時哲：未詳。

［55］廖大英：未詳。

［56］廖大聞：清廣西桂林人，曾署興義縣知縣，性剛介，工詩文。有《黎峨雜詠》。

［57］朱昌煐、朱緒父子：朱昌煐，字秀幹，廣西臨桂人。善詩，有《枟存耕堂詩文集枠》。朱緒，字恢先，昌煐子，善詩。

［58］李洪霈、朱椿年：李洪霈，字髟村，清廣西桂林人，善詩。朱椿年，原名庭桂，清廣西臨桂人，總纂《欽州志》。

［59］覃朝選、唐昌齡：覃朝選，字晴川，清廣西蒼梧人，乾隆間諸生，有《綠蔭堂詩稿》，已佚，《三管英靈集》存其詩13首，以五言律詩爲主，風格近王維。唐昌齡，字心一，號碧川，歸順州人，《嶠西詩鈔》存其诗8首。

［60］倪承諓：字同人，清廣西臨桂人。工詞章，有《寄塵山房詩稿》。

［61］朱庭楷：字宗裴，清廣西桂林人。

［62］朱鳳森：字韞山，清廣西臨桂人。工詩文，善詞曲。有《韞山詩稿》。

［63］陳正字：字履常，一字無己，自號後山居士，彭城人。官至秘書省正字，後因稱“陳正字”。

［64］劉啟元、劉菜：劉啟元，字心園，清廣西桂林人。工詩，有《守經堂詩草》。劉菜，字香士，清廣西桂林人。工詩文，有《愛竹山房詩文集》。

［65］鍾琳：未詳。

［66］楊立冠：未詳。

［67］陳繼昌：初名守壑，字蓮吏，清廣西臨桂人。善書法，能詩文。有《如話齋詩存》。

［68］余明道：字學濂，清廣西永淳人。有《愚谷剩吟》。

［69］蔣卜德：字勉之，清廣西灌陽人，嘉慶間諸生。有《懷忠堂稿》。

［70］何家濟：未詳。

［71］董曲江：字寄廬，號曲江，清廣西平原人。嘉慶間諸生。有《舊雨草堂集》。

［72］彭炅、袁昭夏：彭炅，未詳。袁昭夏，字立芝，清廣西平南人，有《問竹齋詩稿》。

［73］鍾儒剛：未詳。

［74］曾克敬：字躋堂，又字芷潭，清廣西平樂人。善書法，有《芷潭詩鈔》。

［75］蔣一輔、黃圻：蔣一輔，未詳。黃圻，字達之，一字湄蓀，清廣西臨桂人。工詩。

［76］周思贊：未詳。

［77］左樵：字稼薪，清廣西臨桂人。工詩詞，有《河干詠草》。

［78］蔣璟：未詳。

［79］陽彭：未詳。

［80］陽祖修：未詳。

［81］陽秉鏞：未詳。

補作論國朝人七十八首

羅濛[1]經始筑邊城，詩筆三唐政有聲。志乘梧江疏考覈，偏從恭水識才名。羅紳[2]。

跌蕩詞場世未知，擬元文好不逢時。壽人還有詩孫在，作贊消閒語又奇。廖肇璟[3]。

寒松比節錦論文，遺世清標孰似君？達宦京朝仍苦學，九天咳唾落傳聞。卿祖培[4]。

秘書讀罷換琴堂，意氣元龍走八荒。岱頂潼關佳什在，未妨聲調學漁洋。李佩蘅[5]。

容管青箱世業傳，梅舟繼起亦翩翩。山人署號仍都嶠，莫誤王君臘集編。覃武保，附覃翊元。[6]

留餘雅韻擅三唐，良有閨中舊學商。不獨長沙真拱璧，明湖風又播仙香。廖植[7]。

疏狂酒國愛天真，父子耽吟肆未醇。卻憶君家嘲飯顆，終輸一席杜陵人。李光瀛、李肇元。[8]

風人粵嶠豈無餘，曹蔣先輸二謝初。天語別裁曾闢謬，江南為問老尚書。曹鑾、蔣綱。[9]

渤海心知有故人，才華老又傍湘濱。一篇舊句重開讀，是否元燈照眼新？莫異蘭[10]。

長律溫溫至有情，味同諫果氣逾清。即看庭誥流傳句，寸地何須世俗名。陳元燾[11]。

自娛偶仿笛漁編，文事傳家亦斐然。隴月燕雲歌嘯久，明江坐老鄭虔[12]氈。黎君弼[13]。

酷愛梅村興亦豪，又從元白接風騷。文辭勁峭獨相許，叢桂何知品第高。葛東昌[14]。

五十為詩似達夫，一樽蛻化亦狂迂。邕州至竟留佳話，欲繪吟禪示寂圖。李超松[15]。

年命由來損在詩，可憐長吉苦搜奇。德清蔡與南豐趙，省識回仙定論悲。李保祺[16]。

高密師承主客專，一齊小寄富吟篇。凌雲萬里中華遠，可道無人瘴嶺邊。陳鑑[17]。

"汗馬無功且汗牛"，小谷句。王楊金葉句全收。海棠笛譜誇容管，一集清風半柳州。王維新、楊立元、金立瀛、葉藻。[18]

佳句兵曹意早降，一麾遠出蒞雙江。清才清節人無匹，賸憶談詩雪滿窗。吳祖昌[19]。

"眼不看人面向天"，白句。香山妙語為誰傳？船窗一集揮毫疾，玉潤冰清絕可憐。秦伯度，附梁照。[20]

雙鳳翩躚入翰林，趨庭老學倍深沈。等聲切韻七閩客，為問詩情孰淺深。況澍[21]、況澄。

婆娑老興喜吟詩，刻畫雕蟲亦偶為。比似竟陵留一派，描摹韓杜恥相師。邱覲宸[22]。

客吟辛苦照菱花，宦積埋憂老鬢華。稷下談詩君有弟，七橋風月落誰家？許延齡、許延徽。[23]

詞林矯矯本高才，誤煞毛錐起禍胎。詩畫雙清成絕妙，人琴千古[24]有餘哀。朱楷[25]。

六洞聯吟記昔曾，鄱湖游興亦崚嶒。清才難得思臣叔，愧許家駒自不勝。廖建奎[26]。

交遊意篤好賢心，剪燭官齋雨雪深。一卷茶江留舊句，遠從冀北訂知音。侯康成[27]。

低眉吟苦滿頭霜，紅葉偏輸粟與唐。漫許九芝論繼起，畫人風趣費評章。粟楷、唐廷釗。[28]

蘭畦世澤見文孫，吟卷爭從梅塢論。口誦黃花三十詠，一家風雅幾人存？歐陽山[29]。

歌堂文派溯姬傳，家學詩章亦矯然。雪浪沈香懷古處，中山愁詠棣華篇。廖鼎立[30]。

盛名三直並陳蘇，節義文章世亦無。怡志新編初脫稿，忠魂零落即西湖。朱琦。

佳句冥收兩地分，獨憐度曲賞音聞。當年墙外遠山語，秋水偏教屬蔣君。陳應元[31]、蔣式棠。

挹蘇晚出亦王施，神勇真如搏兔獅。惆悵琴言空紫竹，荒江碧血剩清詞。施彰文。

絳雲憂老臥霞貧，著述千秋自等身。獨肯低頭拜忠武，吟成梁甫亦精神。梁懿藏、潘晬。[32]

詩學龍城弟子多，微官垂白漢關河。洞庭落木西風裡，猶見歸帆一片過。李炳南[33]。

清才弱冠輯群書，讖語淒涼說繫廬。一樣神傷彈絕調，絳惟風致更何如？朱潤藻、許嵩齡。[34]

唱酬孤館對西風，作賦歐陽又許同。黃葉青山多旅思，秋墳淒絕暮原空。黎中敏、歐陽斌。[35]

少游湘北宦湘南，香草詞華綺麗探。畢竟盛唐風味減，枉開賓館錄鸞驂。閔光弼[36]。

萬言忠愛罷朝官，全韻詩篇附講壇。不市時名終不朽，一生風義挽狂瀾。蔣達[37]。

一官蹤迹淡如雲，玉骨冰姿雅見君。憶誦葳蕤蘭葉句，雨餘風送國香聞。韋恩霖[38]。

短句流連《俠客行》，暮年修養道心真。二黎風雅徵同調，潭水桃花何限情。汪運、黎文田、黎炳麟。[39]

遊戲文章亦偶然，武陵不見有詩傳。平生傲兀心希古，曾和曹唐大小篇。徐瀛[40]。

宋明以降談宗法，老屋深燈興不凡。兩載因依邊徼冷，琵琶吟苦為青衫。黃璧[41]。

漫言才小得名難，人冷於秋付一歎。憶得帝梧仙桂蹟，嘔將百幅是心肝。莫萱[42]。

閒官不屑戀京朝，花縣曾何慰寂寥。詩筆愛君冰椀滌，青袍白髮詠蕭蕭。朱啟鴻[43]。

每從集古擅諸長，還有禽言妙莫方。詩到獨山黔學盛，邵亭惜未拜琴堂。劉晉[44]。

褭虎視區萬里游，分青述作費研搜。詞華偶共綠獅賞，俯首梅村果似不？周必超[45]。

如龍如虎闖詩壇，名筆蘇黃得自難。獨惜紛紛爭說鬼，一編空被後人彈。鄭獻甫。

清詞褒許有朱梅，龍璧情親亦愛才。爲擬麓原終自勝，如何驚座漫相猜。蘇汝謙，附商書濬。

談禪何礙吟詩好，一派江門論二關。我更圖經思韻味，要題古鳳荔枝山。關爲寅、關爲寧。

清話成詩句自仙，疏狂不識並時賢。郅中人去風流絕，爲表幽光記一篇。朱啟淳[46]。

廿年才譽宦京華，誰識詩心蘊藉誇？書卷漫淫餘味足，騷壇甘苦辨無差。陸汝黼[47]。

定甫才名三十年，文章節氣仗君賢。如何詩事偏傾倒，拙學心知詎偶然。王拯。

典雅風華似子詩，一枝才筆最稱奇。樽前持論何曾定，絢爛終歸平淡時。王棟[48]。

靜山資稟真天賦，書畫詩篇見性靈。所惜俊才偏早世，搜君遺句眼終青。蔣仁[49]。

遠聞夙好擅詩才，楷法傳家蕊榜[50]開。得似健庵[51]名筆否？西征圖畫詠輸臺。于建章[52]。

中表聯吟各擅名，叔明瀟灑靜泉清。可憐衣鉢憑誰付？拙學於今老更成。王敏中、胡成塤。[53]

絕代風流覃墨波[54]，吟成《秋柳》[56]意云何？阮亭二百年前句，留得遺音四海多。覃永貞[55]。

等閒消夏寫清詞，說項[56]平生故友思。誰識此君非熱客，冰甌滌筆已多時。方俊賢[57]。

險韻拈來鐵不磨，高才人少衹君多。挹蘇寶墨俱千古，地下還應繞膝哦。蘇學時。

久傳才筆老人師，器自淵涵品不卑。家學晉齋原嗣響，漫誇新月漲春池。黃暄[58]。

五官並用特聰强，筆陣難爭速藻忙。燕塞秦關吟稿富，應劉偏慨促年光。廖孔惇[59]。

史館文詞久擅名，廿年品望重西清。一麾遠繼丹徒後，志乘猶傳考覈精。鄭紹謙[60]。

瑜亮天教毓雋才，命途獨舛爲君哀。何曾浣月多年壽，輸與金鰲頂上來。陳泰熙[61]。

少客江南唱竹枝，祖庭望眼古賢期。心情嬾慢頭顱老，獨剩山中招隱詞。廖鼎先[62]。

群季汪洋總惠連[63]，一官南徼老青氈。莫嗤郊島原寒瘦，綠雪紅冰句亦仙。廖銘祥[64]。

畫人宦績兩山西，陳後周先要與齊。記得金臺文酒會，一編冰雪又曾攜。陳鑠[65]。

世間何事重科名？忠孝由來本性情。天爵自尊完璞貴，更欽吟草著餘生。胡以仁[66]。

二樹吟梅畫亦神，君今韻事又翻新。他年喬梓名齊著，一幅一詩逾可珍。李鴻年[67]。

巍然大節死猶雄，父子稱詩又婦翁。地下英靈應一笑，異方殉賊此三忠。陳允孚[68]。

吏才偏自掩詩名，帝遣防河重典兵。怡志姻盟兼浣月，一編晚出亦錚錚。周啟運[69]。

年少詩聲燕晉間，詞人老合念家山。梧藤才已施蘇擅，誰識貽卿未等閒？李明農[70]。

七字鏦鏦鍊筆精，“貧來不悔在官清”。原句。獨憐文彩翩翩客，投老空爭世俗名。鄒崇孟[71]。

老興婆娑鼎說詩，抗心希古有微詞。象臺文物草衣在，公論難容短李卑。羅皋颿[72]。

百篇詠史本清狂，百美何如此調强。容有林生梧有李，當年司業費衡量。璩宜仁[73]。

瘦骨支離稱冷官，清吟真擬孟郊寒。逢君落落無青眼[74]，知與何人契古歡？駱獻廷[75]。

秋柳公然別阮亭，誦來遺句齒猶馨。談詩蜀士能精審，未用吹毛索杳冥。羅寶瓊[76]。

銀箋玉管黯消魂，才思清泠妙莫論。留得一篇成語讖，花前誰與酹芳尊？陽國瑞[77]。

死愛湖山傍酒人，□君詩格自清新。慘聞營葬翻巾幗，寡鳳哀鸞倍愴神。李□□。

九原有弟可聯□，□□春華感不禁。誰張吾軍建旆鼓，粵風後勁老懷深。蔡□□、蘇念禧^[78]。

【注釋】

[1] 羅濛：未詳。

[2] 羅紳：字書憲，清廣西蒼梧人。乾隆間拔貢，曾任湖南興寧知縣。

[3] 廖肇璟：未詳。

[4] 卿祖培：字錫祚，號滋圃，清廣西灌陽人。性純孝，以聖賢自律，操守廉潔。

[5] 李佩蘅：字榕齡，號子杜，清廣西荔浦人。自幼從兄長學經、史、子、集，工楷書。有《嵩雅堂文集》。

[6] 覃武保、覃翊元：未詳。

[7] 廖植：未詳。

[8] 李光瀛、李肇元：未詳。

[9] 曹鑾、蔣綱：曹鑾，字玉如，清廣西全州人，雍正間進士。蔣綱，字有條，清廣西全州人，康熙間進士。

[10] 莫異蘭：未詳。

[11] 陳元燾：字蕉雪，清廣西臨桂人。能詩。

[12] 鄭虔：字弱齊，唐鄭州滎陽人。工詩，善繪山水，好作書，長於地理之學。

[13] 黎君弼：號槐門。有《自娛詩集》。

[14] 葛東昌：字曉山，清廣西宣化人，嘉慶間進士。官江西崇仁縣知縣。工畫法，長行楷。有《曉山雜稿》。

[15] 李超松：字貞伯，清廣西臨桂人。善詩。

[16] 李保祺：原名壯冠，字紀章，號笏山，清廣西永福人。工文章。有《笏山詩草》。

[17] 陳鑑：未詳。

[18] 王維新、楊立元、金立瀛、葉藻：王維新，字景文，號竹一，別號都嶠山人，清廣西容縣人。嘉慶十五年（1810）舉人。王氏淹貫百家，涉獵群籍，著作哀然，擅駢體文，筆力沉雄。有《古近體賦》《菉猗園初草》等。楊立元、金立瀛、葉藻均未詳。

[19] 吳祖昌：原名啟清，字澄甫，清廣西桂平人。有《三樹堂詩文集》。

［20］秦伯度、梁照：秦伯度，字養吾，號苓溪、裴墅，清廣西臨桂人。梁照，未詳。

［21］況澍：字雨人，清廣西桂林人。工詩。有《東齋雜著》。

［22］邱覲宸：未詳。

［23］許延齡、許延徽：未詳。

［24］人琴千古：即人琴俱亡，謂睹物思人，痛悼亡友。

［25］朱楷：未詳。

［26］廖建奎：未詳。

［27］侯賡成：未詳。

［28］粟楷、唐廷釗：粟楷，字菊人，號耐翁，清廣西桂林人。工書善畫。有《紅蕉外史》。唐廷釗，未詳。

［29］歐陽山：未詳。

［30］廖鼎立：未詳。

［31］陳應元：陳應元，字東橋，清廣西臨桂人。工詩。有《聽秋廬遺詩》。

［32］梁懿藏、潘晬：未詳。

［33］李炳南：未詳。

［34］朱潤藻、許嵩齡：未詳。

［35］黎中敏、歐陽斌：未詳。

［36］閔光弼：清廣西桂林人。有《詩經大義》。

［37］蔣達：未詳。

［38］韋恩霖：未詳。

［39］汪運、黎文田、黎炳麟：汪運，字任之，號劍峰，廣西臨桂人。性倜儻，以文學名，“杉湖十子”之一。有《沐日浴月庵集》。黎文田、黎炳麟未詳。

［40］徐瀛：未詳。

［41］黃璧：未詳。

［42］莫萱：未詳。

［43］朱啟鴻：未詳。

［44］劉晉：未詳。

［45］周必超：字熙橋，號慎庵，別號佩霞，清廣西臨桂人。有《分青山房文集》。

［46］朱啟淳：未詳。

［47］陸汝黼：未詳。

［48］王棟：未詳。

［49］蔣仁：未詳。

［50］蕊榜：傳說道教學道升仙者，列名蕊宮。後指科舉考試中揭曉名第之榜示爲“蕊榜”。

［51］健庵：未詳。

［52］于建章：字殿侯，清廣西臨桂人。

［53］王敏中、胡成塡：未詳。

［54］覃墨波：未詳。

［55］覃永貞：未詳。

［56］說項：爲人說好話、替人講情。

［57］方俊賢：未詳。

［58］黄暄：未詳。

［59］廖孔惇：未詳。

［60］鄭紹謙：字受山，清廣西臨桂人。道光間進士，授編修，後任桂林榕湖書院山长。

［61］陳泰熙：未詳。

［62］廖鼎先：未詳。

［63］惠連：指南朝宋謝惠連。惠連幼聰慧，族兄靈運深加愛賞。後詩文中常用爲從弟或弟的美稱。

［64］廖銘祥：未詳。

［65］陳鑠：字桂舫，又字谷孫，一作谷生，號丹崖，清廣西桂林人。精書畫，長鑒賞，山水、花卉蒼厚，有宋元人風度而卓然成家。

［66］胡以仁：未詳。

［67］李鴻年：未詳。

［68］陳允孚：未詳。

［69］周啟運：字景垣，清廣西靈川人。有《不爲齋詩文集》。

［70］李明農：未詳。

［71］鄒崇孟：未詳。

［72］羅皋颶：未詳。

［73］璩宜仁：未詳。

［74］青眼：指對人喜愛或器重。與“白眼”相對。

［75］駱獻廷：未詳。

［76］羅寶瓊：未詳。

［77］陽國瑞：未詳。

［78］蘇念禧：未詳。

論詩成後自題二首

生小唯躭《雅》《頌》《風》，任看標榜不從同。孤懷莫笑蚍蜉撼[1]，眾說能將玉石攻[2]。

舊訓趨庭[3]意慘然，宣文夜課夢魂牽。先大父《留餘書屋詩》尚待刊，先太恭人《仙香閣詩》已刻於濟南。埋頭亦有歌謠在，強爲兒曹紀盛年。予詩近已編成《拙學》《復甦》《松心》《鐵漢子》各集，都五十餘卷。

【注釋】

[1] 蚍蜉撼：比喻自不量力。

[2] 玉石攻：本謂別國的賢才也可用爲本國的輔佐，正如別的山上的石頭也可爲礪石，用來琢磨玉器。後因以"他山之石"喻指能說服自己改正錯誤缺點或提供借鑒的外力。

[3] 趨庭：謂子承父教。

再題王世則呂調陽

百首英靈采未周，遺音珠玉幾人留？請看王呂風流範，志乘空聞姓氏收。王世則[1]、呂調陽二公皆無詩。

鄙說如何耳食論，江山一局變中原。分青老友真孤憤，欲闡幽光要不煩。粵東倪某官桂林，有詩云："江山一變中原局，詞賦何無蓋代才。"意涉輕剽。予兄弟與同里周熙橋[2]大令每不平其言。"分青閣"者，大令集名也。予昔年論朱琦詩絕句云："昭代《鐃歌》許正聲，史魚[3]直筆付詩情。九原羞煞倪君詠，詞賦何無蓋世名。"意指倪君而言。今作此，改易爲"盛名三直"云云。

甚矣！吾粵文獻之失據也！即詩而論，唐以前無徵，而有元一代主中華近百年，亦無一可稽者。非以僻遠之故，聲氣不易通於時歟？沈歸愚尚書有《國朝》及《明詩別裁集》，流傳最廣。顧四百年間，采風不及於粵，豈粵無能詩者哉？人每挾一輕視鄙夷之心以從事，則即論文□□其不涉於私者幾希。故其標榜虛聲，曾不足以服天下之人心，而關後世之口。粵人士又拙於應援瞻顧之習，此所爲浩然長歎也。論詩之作，或有補於闡發未可知。後之君子，尤宜鑒區區之苦心，而一洗從前輕薄詆譏之故態，以崇樸學而軌正聲，則更不能無望矣。獨詩云乎哉！乙亥秋七月朔，金甫氏又書。

【注釋】

［1］ 王世則：宋廣西永福人。

［2］ 周熙橋：未詳。

［3］ 史魚：名佗，字子魚，也稱史鰌，春秋時衛國大夫。爲人忠而能諫。

王鵬運

王鵬運（1849—1904），字佑遐，一字幼霞，中年自號半塘老人，又號鶩翁，晚年號半塘僧鶩，廣西臨桂人。同治九年（1870）舉人，官至禮科給事中。在諫垣十年，上疏數十，皆關政要。後至揚州主學堂，卒於蘇州。工詞，與況周頤、朱孝臧、鄭文焯合稱"清末四大家"。有《半塘定稿》。

半塘雜文

半塘雜文存者絕少。檢敝篋得其寄番禺馮恩江永年[1]。手劑舊稿。馮爲半塘之戚，有《看山樓詞》，故語多涉詞。"十年闊別，萬里相思。往在京華，得《寄南園二子詩鈔》，嘗置座隅，不時循誦，以當晤言。去秋與家兄會於漢南，又讀《看山樓詞》，不啻與故人煙語於匼番寒翠[2]間，塵柄爐香，可仿佛接。尤傾倒者在言情令引。少游曉風之詞[3]，小山蘋、雲之唱[4]，我朝唯納蘭公子[5]深入北宋堂奧。遺聲墜緒，二百年後，乃爲足下拾得，是何神術，欽佩欽佩！侄溷跡金門，素衣緇盡。閑較倚聲之作，謬邀同輩之知。既獎藉之有人，漸踴躍以從事。私心竊比，乃在南宋諸賢。然畢力奔赴，終彳亍[6]於絕潢斷澗間。於古人之所謂康莊亨衢者，不免有望洋向若[7]之歎。天資人力，百不如人，奈何奈何！萬氏持律太嚴，弊流於拘且雜，識者至訾爲癡人說夢，未免過情。然使來者之有人，綜群言於至當，俾倚聲一道，不致流爲句讀不緝之詩[8]，則蓽路開基，紅友[9]實爲初祖，不審高明以爲然否？往歲較刻姜、張[10]諸詞集，計邀青睞，祈加匡訂。此外如周、辛、王、史[11]諸家，皆世人所欲見，又絕無善本單行。本擬儷刊，並公同好。又擬輯錄同人好詞，爲笙磬同音[12]之刻。自罹大故，萬事皆灰。加以病豎相纏，精力日荼，不識此志能否克遂。它日殘喘稍蘇，校刻先人遺書畢，當再鼓握鉛之氣。足下博聞强識，好學深思，其有關於諸集較切者，幸示一二。盼盼。歸來百日，日與病鄰。喪葬大事，都未盡心毫末。負貸高厚，尚復何言。飢能驅人，杜門未遂。涉淞渡湖，載入梁園。今冬明春，當返都下。一是家兄當詳述以聞，不再覼縷。白雪曲高[13]，青雲路阻。雙江天末，瞻企爲勞。附呈拙制，祈不吝金玉，啓誘蒙陋。風便時錫好音，諸惟爲道珍重不備。"又云："倚聲夙昧，律呂尤疏。特以野人擊壤[14]，孺子濯纓[15]，天機偶觸，長謠斯發。深慚紅友之持律，有愧碧山之門風。意迫指訾，遑恤顏厚。茲錄辛巳所造，得若干闋就正。嗟夫！樗散空山，大匠不視[16]；桐焦爨下，中郎賞音[17]。得失何常，眞賞有在。傳曰：'子今不訂吾文，後世誰知訂吾文者。'謬附古誼，率辱雅裁，幸甚幸甚！"半塘故後，其生平著作與收藏均不復可問，即其奏稿存否？亦不可知。此手劄亦吉光片羽矣！（《蕙風詞話續編》卷一）

【注釋】

[1] 馮永年：字恩江，清廣東番禺人。官江西南康縣知縣。有《看山樓詩鈔》《看山樓詞》。

[2] 寒翠：指寒天中常綠樹木之翠色。

[3] 少游曉風之詞：少游即柳永。柳永《雨霖鈴》有"今宵酒醒何處，楊柳岸、曉風殘月"句。

[4] 小山蘋、雲之唱：小山即晏幾道，其《臨江仙》有"記得小蘋初見"，《虞美人》有"說與小雲新恨、也低眉"句。

[5] 納蘭公子：納蘭性德，字容若，號楞伽山人，初名成德，清滿洲正黃旗人。工詩詞。有《納蘭詞》。

[6] 彳亍：謂慢步行走或時走時停。

[7] 望洋向若：比喻看見他人偉大而慨歎自己渺小或處理一件事而慨歎力量不足。

[8] "句讀"句：李清照《詞論》曰："至晏元獻、歐陽永叔、蘇子瞻，學際天人，作爲小歌詞，直如酌蠡水於大海，然皆句讀不葺之詩爾。"

[9] 紅友：酒之別稱。

[10] 張：張炎，字叔夏，號玉田，又號樂笑翁，宋臨安人。幼承家學，工詞，多寫亡國之痛，以春水詞得名，人因號曰張春水。有《山中白雲詞》。

[11] 周、辛、王、史：周邦彥、辛棄疾、王沂孫、史達祖。王沂孫，字聖與，號碧山，又號中仙、玉笥山人，宋會稽人。工詩詞，與周密、唐珏諸人唱和。有《碧山樂府》。

[12] 笙磬同音：謂樂聲和諧。

[13] 白雪曲高：白雪即《陽春白雪》。曲高謂曲調高雅，能跟著唱

的人就少。比喻知音難得。後比喻言論或作品不通俗，很少人能理解。

[14] 野人擊壤：即唐堯時老人擊壤而唱之歌，此謂粗鄙之歌。

[15] 孺子濯纓：《孺子歌》曰："滄浪之水清兮，可以濯吾纓。"

[16] 大匠不視：謂大而無用。

[17] 中郎賞音：謂蔡邕精通音律。

參考文獻

釋契嵩. 鐔津文集［M］. 四部叢刊本.

釋契嵩. 鐔津文集校注［M］. 林仲湘，邱小毛，校注. 成都：巴蜀書社，2011.

蔣冕. 湘皋集［M］. 清嘉慶二十一年刻本.

蔣冕. 湘皋集［M］. 唐振真，等点校. 南寧：廣西人民出版社，2001.

蔣勵常. 岳麓文集［M］. 清咸豐九年刻本.

謝良琦. 醉白堂文集［M］. 清康熙刻本.

謝良琦. 醉白堂詩文集［M］. 熊柱，等点校. 南寧：廣西人民出版社，2001.

謝濟世. 謝梅莊先生遺集［M］. 清光緒三十四年排印本.

謝濟世. 梅莊雜著［M］. 黃南津，等校注. 南寧：廣西人民出版社，2001.

俞廷舉. 一園文集［M］. 清嘉慶十七年刻本.

朱依真. 九芝草堂詩存［M］. 道光二年刻本.

朱依真. 九芝草堂詩存校注［M］. 周永忠，梁揚，校注. 成都：巴蜀書社，2014.

蘇宗經. 慎動齋文集［M］. 蘇文庵二種鈔本.

蘇宗經. 灑江詩草［M］. 清光緒十八年刻本.

況澄. 西舍詩鈔［M］. 清同治十三年登善堂刻本.

況澄. 西舍文遺篇［M］. 清同治十三年登善堂刻本.

鄭獻甫. 補學軒文集［M］. 清光緒五年黔南節署刻鄭小谷先生全書本.

鄭獻甫. 補學軒文集續刻［M］. 清光緒五年黔南節署刻鄭小谷先生全書本.

鄭獻甫. 補學軒文集外編［M］. 清光緒八年黔南節署刻鄭小谷先生全書本.

朱琦. 怡志堂詩初編［M］. 清咸豐七年刻本.

朱琦. 怡志堂文初編［M］. 清同治四年運甓軒刻本.

彭昱堯. 致翼堂文集［M］. 嶺西五大家文集本.

龍啟瑞. 經德堂文集［M］. 清光緒四年京師刻本.

龍啟瑞. 浣月山房詩集［M］. 清光緒四年京師刻本.

王拯. 龍壁山房詩集［M］. 清光緒七年刻本.

王拯. 龍壁山房文集［M］. 清光緒癸末善化向氏校本.

蘇時學. 寶墨樓詩冊［M］. 清咸豐十一年刻本.

況周頤. 蕙風詞話輯注［M］. 屈興國，輯注. 南昌：江西人民出版社，2000.

張益桂，張陽江. 桂林歷史人物錄［M］. 桂林：廣西師範大學出版社，2013.

胡永翔. 月滄詩文集校注［D］. 南寧：廣西大學，2000.

彭君梅. 王維新韻文集校注［D］. 南寧：廣西大學，2003.

王璇.《桐陰清話》校注［D］. 南寧：廣西大學，2003.

麥晶晶. 廣西清代文論選［D］. 南寧：廣西大學，2007.

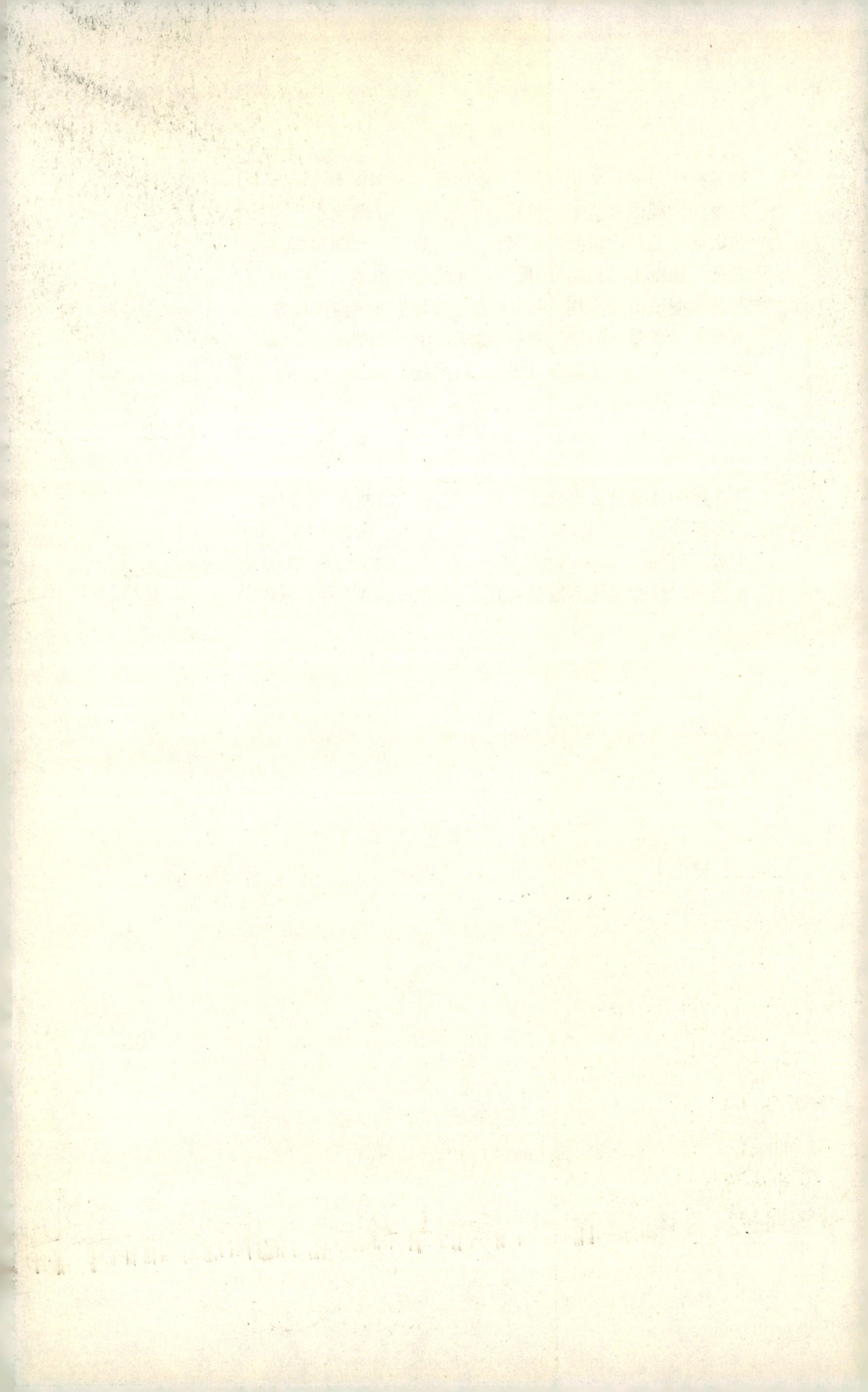